Knaur

Von Evelyn Holst sind außerdem erschienen:

Der Mann auf der Bettkante
Ein Mann aus Samt und Seide
Ein Mann für gewisse Stunden

Über die Autorin:

Evelyn Holst, geboren 1952 in Hamburg, arbeitete dreizehn Jahre als Reporterin für den STERN, davon fünf in New York. Ihre journalistische Arbeit wurd u. a. mit dem Egon-Kisch-Preis ausgezeichnet. Sie ist verheiratet, hat zwei Kinder und lebt als freie Autorin in Hamburg.

Evelyn Holst

Ach, wie gut, daß niemand weiß …

Roman

Knaur

Der Abdruck eines Gedichts aus dem Sammelband *Mutterrecht der Sterne* erfolgt mit freundlicher Genehmigung von Frau Ute Schiran.

Besuchen Sie uns im Internet:
www. droemer-knaur.de

Vollständige Taschenbuchausgabe Juni 1999
Droemersche Verlagsanstalt Th. Knaur Nachf., München

Umschlaggestaltung: Agentur Zero, München
Umschlagfoto: The Image Bank München/Andrea Pistolesi
Satz: Ventura Publisher im Verlag
Druck und Bindung: brodard & taupin, La Flèche
Printed in France
ISBN 3-426-61170-8

5 4

Die Sünde liegt im Gedanken, ob der Körper ihm nachspielt, das ist Zufall.

Georg Büchner
Dantons Tod

Teil 1

1

»Weiß deine Frau eigentlich, daß du sie betrügst«, fragte sie, »oder spielst du zu Hause den treuen Ehemann?« Sie lachte, schwang ihre langen Beine über die Bettkante und steckte sich eine Zigarette an. Sie setzte sich auf, sah ihn prüfend an. »Soll ich mich ausziehen, oder bist du heute abend nicht in Stimmung?«

Er beugte sich zu ihr hinüber und küßte sie auf die Lippen, aber sie schob ihn weg. »Netter Versuch.« Ihre Stimme klang verärgert und leicht resigniert. »Aber mit dir ist heute abend nichts anzufangen. Wenn du dich beeilst, schaffst du die letzte Maschine noch.« Sie stand auf, drückte ihre Zigarette im Aschenbecher aus. »Hast du wenigstens ein Geschenk für deinen Sohn gekauft? Wie alt ist er eigentlich heute geworden? Drei oder vier?«

»Drei«, antwortete er leise. Er schaute auf seinen Reisewecker. Sieben Uhr abends. Die Kinderfeier würde zu Ende und die Wohnung ein Schlachtfeld sein. Überall Papierschlangen, Papphüte und zermatschte Negerküsse. Leander, sein Jüngster, würde strahlend auf seinem Dreirad durch den Flur rasen. Lucy, trotz ihrer knapp sechs Jahre schon ganz deutsche Hausfrau, würde alle Geschenkpapiere sorgfältig aufsammeln, glattstreichen und zusammenfalten. Und Anna saß bestimmt erschöpft mit den anderen Müttern in der Küche und trank ein Glas Wein.

»Schade, daß du nicht da bist«, hatte sie gesagt, als sie seinen Koffer packte. »Die Kinder werden enttäuscht sein.« Dann hatte

sie ihn zum Abschied geküßt, liebevoll und völlig arglos. »Mach's gut, mein Schatz, paß auf dich auf.«
Ich muß Schluß machen, heute abend noch, dachte er und fühlte die Traurigkeit und den Verlustschmerz, noch bevor er die Worte ausgesprochen hatte. Die Frau neben ihm war kein One-night-Stand gewesen, obwohl sie damals, vor sechs Monaten, bei einer Tagung in London, bereits am ersten Abend so heißhungrig übereinander hergefallen waren, als gäbe es kein Morgen mehr. Er liebte sie, genau wie er Anna liebte. Aber Anna gab es länger, und mit ihr hatte er zwei Kinder. Er mußte verzichten.
Er atmete tief durch und stand vom Hotelbett auf. »Ich nehm die letzte Maschine«, sagte er und wählte die Telefonnummer, ohne die Frau auf dem Bett anzusehen.
»Hallo, mein Schatz, ich bin's, der Papi«, er fühlte ihren traurigen Blick im Rücken, »sag der Mami, daß ich in drei Stunden bei euch bin. Nein, dann seid ihr schon im Bett. Tschüs, mein Engelchen.«
Er legte den Hörer auf die Gabel. »Ich kann nicht anders«, seine Stimme klang rauh, »ich brauch meine Kinder einfach. Und ich liebe meine Frau. Fährst du mich bitte zum Flughafen?«
Sie ging auf ihn zu und umarmte ihn. Ihr Gesicht war naß und seins auch. »Ich hab doch nichts anderes von dir erwartet«, sagte sie und räusperte sich energisch. Sie kramte in ihrer Handtasche und hielt ihm einen Apfel hin, »Hier, nimm«, ihre Stimme brach, »du hast den ganzen Tag nichts Richtiges gegessen.«
Er spürte ein leichtes Kratzen im Hals. Hoffentlich kein Asthmaanfall, dachte er, ich hab mein Spray nicht dabei. »Danke«, sagte er, nahm den Apfel aus ihrer Hand und biß hinein.

2 Verdammt! Verdammt! Verdammt!

Sie hatte die Gardinen zugezogen! Das milchige Licht, das durch die weißen, dünnen Vorhänge schien, ließ ihre Umrisse nur schemenhaft erkennen. Er fluchte leise. Alle Mühe umsonst.

Wochenlang hatte er sie ausspioniert. Sie verließ ihr Büro jeden Abend gegen halb sechs, im Edeka-Markt gegenüber, wo sie ihm aufgefallen war, kaufte sie ein, sehr gesund, sehr auf Linie bedacht, wie er mit einem diskreten Blick in den Einkaufswagen feststellte – alles fettarm, wenig Kalorien, viel Obst und Gemüse. Dabei hatte sie es überhaupt nicht nötig. Samt ihren Einkäufen, die sie in einem Jutebeutel verstaut hatte, nahm sie dann den Bus, fuhr drei Stationen bis zum Niendorfer Gehege, betrat dann ihre Parterrewohnung, kam kurz darauf im Jogginganzug wieder und verschwand im nahe gelegenen Wald.

Bis sie nach einer, manchmal zwei Stunden keuchend wiederkam, vertrieb er sich die Zeit in seinem Auto mit Kreuzworträtseln. Die Lage ihrer Wohnung kannte er längst. Küche und Bad lagen zur Straße, das geräumige Wohn- und Schlafzimmer günstigerweise nach hinten zum Wald. Es hatte eine Woche gedauert, bis er sich im Garten einen geeigneten Platz zum Beobachten – das Wort Spannen lehnte er ab – so eingerichtet hatte, daß er erstens Nachbarn mit ihren Gassi gehenden Hunden nicht auffiel und es zweitens in der Hocke gut aushalten konnte.

Denn nur ganz ins Dunkel eingetaucht, unsichtbar für die Welt, spürte er dieses Gefühl von Allmacht und Überlegenheit dieser Frau gegenüber, die er als unwissende Partnerin für seine Inszenierungen auserkoren hatte. Und nur daß sie völlig ahnungslos und unwissend war, machte sie ja überhaupt zu einem geeigneten Objekt seiner Lüste.

Völlig unbefangen ging sie in ihre Wohnung, und er stellte

sich vor, wie sie eine Flasche Weißwein aus dem Kühlschrank holte, sie öffnete, ganz arglos, ganz intim.

Ich bin dein magischer Kontrolleur, dachte er dann, ich weiß alles über dich – und du, du hast keine Ahnung, daß es mich gibt.

Sie war ein paar Tage verreist gewesen, für ihn eine schier endlos lange Zeit, in der er tagsüber unruhig und gereizt gewesen war, während ihn nachts diese schlimmen Bilder quälten. Ungeduldig hatte er auf ihre Rückkehr gewartet, sich sogar einen kleinen Klappstuhl gekauft, damit er es länger im Gebüsch aushalten konnte. Doch jetzt hatte sie die Vorhänge zugezogen und ihn ausgesperrt. Alles war umsonst. Ein Gefühl von Ohnmacht und rasender Wut stieg in ihm auf. Wenn er sie jetzt nicht sehen konnte, jetzt sofort, wenn er sie nicht in dieser Sekunde mit den Augen ganz langsam ausziehen und streicheln konnte, dann würde er …

Er verdrängte diesen Gedanken sofort. Leise schlich er ums Haus und konnte sein Glück kaum glauben. Die Klappe ihres Küchenfensters war offen! Wie ein übermächtiger Sog zog ihn dieser Anblick an. Ein, zwei geübte Griffe mit der Brechstange, und er wäre in ihrer Wohnung. Der Gott aus dem Dunkeln, um sie, ganz allein sie, zu beglücken. Wie sie sich freuen würde – wenn er sie erst einmal überzeugt hatte, daß er ihr Glücksbringer war.

Er ging zu seinem Wagen, öffnete den Kofferraum und ging mit dem Werkzeug zum Haus zurück. Er würde es riskieren.

Als er sich der Fensterklappe näherte, kam sie mit dem Telefon durch die Tür. Ihre Haare waren wundervoll, rotbraun und dick und lockig. Er preßte sich an die Wand, um ihre Stimme zu hören …

»Hallo? Ja, *hallo*! Du bist es. Endlich. Ja, natürlich hab ich dich vermißt. Ganz rasend sogar …«

Sie setzte sich auf einen Stuhl und legte die Beine auf den Küchentisch. Dabei rutschte ihr Nachthemd bis zu den Oberschenkeln, die fest und leicht gebräunt waren. Kein Wunder bei all dem Gerenne, dachte er zärtlich.
Sie kratzte sich die Beine und lächelte: »Kannst du nicht noch vorbeikommen? Wenigstens auf ein Stündchen? Ich bin auch schon angewärmt.«
Mit dem Telefon in der Hand ging sie auf das Fenster zu. Er preßte sich eng an die Wand. Als er sich vorsichtig wieder löste, hatte sie die Klappe geschlossen, die Vorhänge zugezogen und war verschwunden.
Neben ihm knackte es im Gebüsch. Sein Herz raste. Ein Hund? Die Polizei?
»Das ist mein Revier«, zischte eine Stimme, »die Frau gehört mir seit fünf Jahren. Ich war zur Kur, aber jetzt bin ich wieder da. Hau ab hier, sonst mach ich dir Beine.«
Er drehte sich um und sah einen etwa sechzigjährigen Mann mit einem offenen Trenchcoat. Auch die Hose darunter war geöffnet und gab eine kleine, sehr weiße, sehr weiche Schnecke frei.
»Sie gehört dir«, sagte er nun zu dem Mann und verschwand in der Dunkelheit.

3 »Mach's gut, ruf an, wenn ich irgendwas für dich tun kann.« Küßchen rechts, Küßchen links, dann verschwanden die Trauergäste wie schwarze Nebelkrähen im Treppenhaus und ließen Anna Blumenberg mit einem Berg gutgemeinter Blumensträuße und in ziemlich ratlosem Zustand zurück.
Und nun? dachte sie leergeweint und todmüde, als sie etwas Weiches am Knie spürte. Leander, ihr dreijähriger Sohn, küßte und leckte ihr Bein, ganz sanft und zärtlich, wie ein Hündchen.

»Mama hat Aua«, sagte er mit seiner rauhen Kleinjungenstimme, »will wieder heilemachen.«
Sie zog ihn auf den Schoß, vergrub ihr Kinn an seiner kleinen Schulter. »Papa ist gestorben«, sagte sie, »das kannst du nicht wieder heilemachen.«
»Kommt Papa jetzt ins Kalte oder ins Warme?« fragte Leander, und es dauerte ein paar Sekunden, bis Anna begriff, daß er damit Himmel oder Hölle meinte.
»Wahrscheinlich ins Warme«, antwortete sie automatisch, denn ihre Vorstellung von Hölle war ein Platz, wo man immer kalte Füße hatte.
Ihr Sohn sah das anders. »Kommt Papa wirklich zum Teufel?« rief er entsetzt. »Dann will ich da auch hin. Ich will bei meinem Papa bleiben.«
Wenn sie gewußt hätte, daß Klaus so früh sterben würde, dann hätte sie ihn ganz bestimmt nicht geheiratet. Soviel Schmerz war nicht auszuhalten. Und soviel Wut. Ein so lächerlicher Tod. Wenn es wenigstens Krebs gewesen wäre, ein Herzinfarkt oder Verkehrsunfall, dann hätte sie angemessen um ihn trauern können.
Aber nein, noch im Tod mußte er sie veralbern. Mußte sich als schwer Asthmakranker auf einer angeblichen Dienstreise mit einer anderen Frau herumtreiben und beim Sex einen Apfel essen. An dem er prompt erstickte.
Als der Anruf des Notarztes kam, war die Geburtstagsschlacht gerade geschlagen, und sie saß erschöpft mit den abholenden Müttern in der Küche. Neun Dreijährige hatte Leander einladen dürfen, für jedes Lebensjahr drei, ein Wahnsinn, wie andere Mütter prophezeiten, die die Zahl der Geburtstagsgäste ihrer Kinder immer so klein wie möglich hielten.
»Wer möchte einen Wein?« rief sie erleichtert in die Mütterrunde, als Lucy mit dem Handy hereinkam. »Mama, für dich, ein fremder Mann.«

Die Mütter hatten amüsiert die Augenbrauen hochgezogen, als Anna den Hörer ans Ohr hielt. »Blumenberg?«
»Hier ist Dr. Melderis aus dem Unfallkrankenhaus in Wien. Der vor drei Stunden eingelieferte Pa –«
»Was ist los?« schrie sie los. »Um Himmels willen, was ist passiert mit Klaus?«
»Sind Sie die Schwester?« fragte eine ratlose Männerstimme.
Die Mütterrunde war verstummt.
»Was soll der Unsinn?« rief Anna ungeduldig in den Hörer, »was ist mit meinem Mann? Ein Unfall?«
»Entschuldigen Sie bitte.« Die Stimme des Arztes klang unbehaglich. »Ein Mißverständnis, ich dachte, seine Frau sei bei ihm, mein Fehler, diese Telefonnummer ...«
»Reden Sie endlich – was ist mit ihm?«
»Es tut mir sehr leid, Frau Blumenberg, aber ihr Mann ist vor einer Stunde verstorben«, sagte der Arzt. »Er ist an einem Apfel erstickt. Ein Asthmaanfall. Es war nichts mehr zu machen. Auch seine, ähm, Begleitung, konnte offensichtlich nicht helfen. Sollen wir Ihnen seine Sachen zuschicken, oder kommen Sie selbst vorbei?«
Anna blickte in die Runde. Besorgte, ängstliche Frauenaugen. Der Anruf, vor dem alle Ehefrauen Angst haben. Ihr Anruf. In allen Augen dieselbe Frage.
Was ist passiert?
Ohne eine Antwort legte sie langsam den Hörer auf.
»Klaus ist tot«, sagte sie nur. »Er ist an einem Apfel erstickt. Wie Schneewittchen.«
Und dann, wie von weiter Ferne, schwoll ein Lachen in ihr, ein böses, hysterisches Gekicher, das sie nicht mehr bremsen konnte. Der Ausdruck in den Augen der anderen wechselte von besorgt auf betreten, eine Frau nach der anderen erhob sich. Und während sich Anna mit hämmerndem Herzen die Tränen aus den Augen wischte, drang die kleine, ängstliche

Stimme ihrer Tochter an ihr Ohr: »Hat Papa mir was mitgebracht?«
Es war die schlimmste Frage ihres Lebens.

4

Die Zeit bis zur Beerdigung versank in einem gnädigen Nebel. Ihr Hausarzt pumpte sie mit Valium voll, ihre Mutter kam und beschäftigte die Kinder, die sich unter Himmel eine Art erweiterte Dienstreise vorstellten, denn ihr Papa war ja als Vertreter für Computeranlagen sowieso ständig unterwegs, warum nicht auch im Himmel?
»Sind da auch Computer?« fragte Leander. »Und dürfen da alle Engel mit rumspielen?« Die fast sechsjährige Lucy dagegen hatte Annas Erklärung, ihr Papa sei jetzt ein Engel und beobachte sie von einer Wolke aus, mit starrem Schweigen entgegengenommen. Sie, von der Klaus immer lachend behauptet hatte, sie habe wohl Quasselwasser getrunken, sprach seit seinem Tod nur noch das Nötigste. Wenn Anna sie in den Arm nehmen wollte, wehrte sie böse ab. »Laß mich in Ruhe, Mama, ich will Papa.« Und dann ging sie in ihr Zimmer, knallte die Tür hinter sich zu, und das unterdrückte Kinderschluchzen, das von dort zu hören war, brach Anna das Herz.
Es war alles so unwirklich. Sein Koffer und seine Aktentasche waren mit der Post gekommen und von ihr ungeöffnet in die Abstellkammer verfrachtet worden. Am liebsten hätte sie alles verbrannt. Gleich wird es klingeln, dachte sie dreißigmal am Tag, und Klaus wird reinkommen. Er wird seinen Koffer aufmachen, Geschenke für die Kinder, seine schmutzige Wäsche für mich. Ich werde ihn mir vorknöpfen, weil er schon wieder fremdgegangen ist, obwohl er mir doch versprochen hatte … egal. Er wird alles abstreiten, wie immer. Und, in die Enge getrieben, von einer ganz unwichtigen Einsamkeitsnummer faseln, die nichts, aber auch gar nichts, mit mir zu tun

hätte. Und dann wird er mich anschauen, und wir werden uns im Bett wieder versöhnen, wenn die Kinder schlafen und Leanders Schnarchgeräusche aus seinem Zimmer dringen. Seine Polypen müssen raus, wird Klaus sagen, wie immer. Das geht doch erst, wenn er vier ist, werde ich antworten.
Sie vermißte ihren Mann trotz allem so heftig, daß es ihr körperlich weh tat. Ihr Unterbauch war hart wie eine Kugel. Er war ein Schlitzohr gewesen, ein Frauenheld, aber sie hatte ihn kompromißlos geliebt.
»So ein schöner Kerl, was will der denn von dir?« hatte ihre Mutter sehr erstaunt gefragt, als sie ihn zum erstenmal mit nach Hause brachte, »den halt bloß fest, so was kriegst du nie wieder.«
Und das hatte sie getan, während der zwölf turbulenten Jahre ihrer Ehe. Sie wußte, daß er schöner war als sie und witziger und sich viele wie ihre Mutter über diese Beziehung wunderten, auch wenn sie zu höflich waren, es auszusprechen. Nur ihre beste Freundin Alexa war unbeeindruckt gewesen. »Schöne Schale, hohler Kern, mein Augapfel«, hatte sie ihr nach dem Standesamt zugeflüstert. »Du hättest was Besseres verdient.«
Das hatte Anna nie gefunden. Sie liebte ihren treulosen Ehemann, bis daß der Tod sie schied. Eine Frau wie sie, das machte sie sich immer wieder klar, mittelgroß, mittelblond, alles mittel, für die war es ein Geschenk des Himmels, einen Ehemann gefunden zu haben, mit dem sie so hatte lachen können wie mit Klaus. Und mit dem es nach zwölf Jahren Ehe noch immer so heiß im Bett war. Eine absolute Ausnahmesituation, das wußte sie von ihren horizontal längst frustrierten Freundinnen.
Sie hatte sich deshalb mit seinen Seitensprüngen abgefunden. Er gehe gelegentlich mal fremd, so hatte er die Hotelrechnungen, die Lippenstiftspuren, den fremden BH im Handschuhfach

begründet, weil er einfach ein Zuviel an Liebe in sich spüre, nicht ein Zuwenig. Und komme diese zutiefst maskuline Neigung nicht vor allem ihr zugute?
Sie hatte genickt und ein Lächeln versucht, dessen Kläglichkeit er nicht sehen konnte, weil er sich in seine Zeitung vertiefte. Und wie viele Tabletten sie gegen ihre chronisch übersäuerte Magenschleimhaut einnahm, konnte er ja nicht wissen. Nur auf einem hatte sie bestanden: »Mach's, wenn's sein muß, aber nicht in Hamburg, nicht vor meinen Freunden. Ich will nicht zum Gespött der Leute werden.«
Er hatte sie dankbar in die Arme genommen und sich an ihre Abmachung gehalten. Am Todesapfel war er dann ja auch, wie vereinbart, in Wien erstickt.
Fünf Tage nach seinem Tod klingelte es. Anna öffnete die Tür und sah sich einer jungen und, wie sie sofort feststellte, auffallend schönen Frau gegenüber. Schimmerndes, schwarzes Haar, leuchtendblaue Augen, teurer Kaschmirmantel. Annas Herz wurde ein schmerzhafter, kleiner Kloß. Vor ihr stand die Todesursache.
»Sie wünschen?« fragte sie ahnungsvoll und trat in den Hausflur, denn Alexa war drinnen und die Kinder.
Die junge Frau hatte verweinte Augen und eine Plastiktüte in der Hand. »Ich wollte mich nur ganz herzlich bei Ihnen entschuldigen«, sagte sie leise. »Es tut mir ja so leid. Hier ...« – sie drückte Anna die Tüte in die Hand – »ein Geschenk für Ihren Sohn. Das hat Klaus an seinem letzten Tag für seinen Geburtstag gekauft.«
Mit diesen Worten wandte sie sich ab und ging die Treppe hinunter. Wie festgewurzelt blieb Anna auf ihrer Fußmatte stehen und kämpfte das völlig unsinnige Verlangen in sich hinunter, dieser jungen Frau nachzueilen und sie in die Arme zu nehmen. Ein Alptraum mußte es gewesen sein – heißer Sex die eine Minute, röchelnder Tod die nächste.

»Augenblick noch«, rief sie und lief die Treppe hinab. Die junge Frau blieb stehen und drehte sich um.
»Haben Sie meinen Mann geliebt?« fragte Anna.
Die junge Frau nickte.
»Er hat mich auch geliebt«, sagte sie, »aber Sie und die Kinder hat er mehr geliebt. Das Treffen in Wien war übrigens das letzte. Vielleicht tröstet Sie das.«
Sekunden später klappte die Haustür.
Anna ging langsam die Treppen wieder hoch. Eigenartig, dachte sie, das tröstet mich tatsächlich etwas. So tief bin ich als Ehefrau gesunken.
Jetzt bereute sie, daß sie Klaus auf Anraten von Alexa in einem billigen, braun furnierten Sarg hatte bestatten lassen, obwohl sie wußte, daß er eine Feuerbestattung vorgezogen hätte.
»Ein bißchen Rache soll schon sein«, hatte Alexa grimmig gesagt, »das bist du dir als betrogene Witwe schuldig.«
Selbst der Bestattungsunternehmer hatte maliziös die Augenbrauen hochgezogen und ein leises »Auch der Tote hat ein Recht auf Schönheit« gemurmelt.
Ob sie ihn umsargen lassen sollte?
In der Wohnungstür wartete Alexa auf sie. »Wo kommt die Duty-free-Tüte her?« fragte sie. Als Kriminalbeamtin hatte sie ein äußerst scharfes Auge.
»Die ist noch von Klaus«, wich Anna aus. »Hat jemand von der Lufthansa vorbeigebracht.«
In der Küche schüttete sie den Inhalt auf den Tisch. Eine Stange Zigaretten, eine Flasche Obsession, eine Hollywood Hair Barbie für Lucy, ein Lego-Auto für Leander. Unpersönlich. Hastige Geschenke eines leicht schuldbewußten Vaters, der wußte, daß er seine Kinder vernachlässigte, weil ihm die Karriere wichtiger war.
Alexa musterte die Sachen mit mokant hochgezogenen Mundwinkeln: »Liebevoll, wie es seine Art war«, sagte sie nur und

küßte Anna flüchtig auf die Wange. »Ich muß los, das Verbrechen wartet nicht.«
Anna brachte die Kinder ins Bett und räumte auf.
Und jetzt, Anna Blumenberg? dachte sie. In ihr war eine große Leere. Tablettenbetäubte, trügerische Ruhe. Wie tot. So eingesponnen in trübe Gedanken war sie, daß sie das Klingeln an der Tür erst hörte, als es von kräftigen Schlägen begleitet wurde.
Als sie die Tür öffnete, rollte ihr Nachbar Gerd Hoffmann über die Schwelle. In der rechten Hand hielt er eine Flasche Krimsekt. »Dein Mann ist zwar tot, Gott hab ihn selig, aber du bist doch nicht taub«, sagte er in der ihm eigenen, sehr direkten Art, die Menschen, die ihn nur flüchtig kannten, oft vor den Kopf stieß. Was ihn wenig scherte, denn seit er vor acht Jahren nach einem schweren Autounfall auf der Intensivstation aufgewacht war und ihm der Arzt behutsam mitteilte, daß er vom dritten Rückenwirbel an gelähmt sei und nie wieder würde gehen können, daß sie seine schwangere Ehefrau und das ungeborene Kind leider auch nicht mehr hätten retten können, war er immun gegen die kleineren Widrigkeiten des menschlichen Lebens.
Er war seither absolut furchtlos, ein großer Mann mit muskulösen Oberarmen, die er jeden Tag eisern trainierte. »Mein Restkörper muß einfach perfekt sein«, lächelte er. »Wenn schon Krüppel, dann wenigstens obenrum fit wie ein Turnschuh.«
Daß er sein Geld als Porträtmaler verdiente, war Glück im Unglück, weil er trotz seiner Behinderung im Sitzen weiterarbeiten konnte. Und nach einem rührseligen Artikel in einer Boulevardzeitung mit der Überschrift: »Und das Leben geht weiter – die traurige Geschichte des Gerd H.« war er gefragt wie nie zuvor. Mein Schicksalsbonus, pflegte er zu scherzen, denn sein Humor war schwarz wie ein Rabenflügel.
»Du siehst schlecht aus.« Sein prüfender Blick glitt langsam

über ihr blasses Gesicht, die verquollenen Augen. »Du weißt, daß ich deinen Mann schon immer für einen Scheißkerl gehalten habe, deshalb erwartest du sicher nicht, daß ich jetzt Trauergefühle vortäusche. Bring Gläser, dann stoßen wir auf dein neues Leben an.«

Seltsamerweise tat Anna diese Direktheit wohl. Sie war in den letzten Tagen allzuoft tränenreich abgeküßt und gedrückt worden, hatte allzu viele gutgemeinte Trostworte anhören müssen. Am schlimmsten war der naßgeweinte Busen ihrer Schwiegermutter gewesen, die etwas von »so früh ins Himmelreich gerufen« murmelte. Anna hatte sie mit den sündigen Details seines Ablebens verschont.

»Ich darf nichts trinken«, wehrte sie ab, »ich hab immer noch zuviel Valium im Blut.«

»Vergiß dein Blut«, sagte Gerd und gab ihr ein volles Glas. »Du siehst übrigens bezaubernd aus in Schwarz, hat dir das schon jemand gesagt?«

Er beugte sich in seinem Rollstuhl vor und gab ihr einen brüderlichen Kuß auf die Wange. Das Verhältnis zwischen ihnen war schon immer leicht flirtig gewesen, aber während ihrer Ehe hatte sie sich sicher gefühlt. Dieser Schutzschild fiel jetzt weg, plötzlich fühlte sie sich seltsam beklommen, ein Gefühl, das sie sich auf keinen Fall anmerken lassen wollte. Nicht noch mehr Probleme. Wahrscheinlich bilde ich mir sein Interesse auch nur ein, rief sie sich zur Ordnung, schließlich bin ich nicht gerade für Schönheit vorbestraft. Und nur weil er im Rollstuhl sitzt, muß er ja nicht jede gut finden. Trotzdem tat ihr seine Gegenwart wohl.

Eine leise Ahnung wehte sie an, zart wie ein Frühlingshauch, daß es ein Leben nach dem Tode gab. Irgendwie, irgendwann. Daß vielleicht ganz tief in ihr drinnen eine Stärke schlummerte, die sie im Bedarfsfall abrufen konnte.

Gerd lehnte sich im Rollstuhl zurück und betrachtete sie. Ihren

gebeugten Kopf, die nervös knetenden Hände, den allzu dünnen Körper. Und wie immer, wenn er sie unbemerkt beobachten konnte, gestattete er seinem energisch zugeschütteten Gefühl für sie eine klitzekleine Ausbreitung. Ließ es zu, daß diese warme, zärtliche Schwingung ihn wärmte, bis zum Bauchnabel. Verdammt, dachte er, ich lieb dich. Mit all deiner Unsicherheit und deinem Mißtrauen. Wenn du dich doch endlich mal richtig erkennen würdest! Wenn du doch endlich begreifen würdest, was für eine tolle Frau du bist!
Hilflos hatte er miterleben müssen, wie sie sich selbst belog. Hatte Klaus vom Fenster aus beobachtet, wie er sich vor der Haustür zärtlich von anderen Damen verabschiedete. War dann als Hausfreund zum Essen eingeladen worden, wo Anna, erglüht vor Freude, daß sie ihren Mann nach einer langen Dienstreise endlich wiederhatte, Rinderroulade servierte und die beiden verliebte Küsse austauschten. Nie hatte er in einer solchen Situation die Contenance verloren, er war immer der leicht sardonische Nachbar geblieben, der mit dem Hausherrn Witze riß und der Hausfrau leicht gewagte Komplimente machte. Manchmal spürte er den mitleidigen Blick von Klaus, der ihn, wie die meisten Männer, als Mann im Rollstuhl nicht ernst nahm. Keine Konkurrenz, sagte dieser Blick, armes Schwein.
Und während all dieser Zeit war seine Liebe zu Anna gewachsen. Er hatte ihre Tränen getrocknet, wenn sie Klaus im Hotelzimmer angerufen und eine fremde Frau den Hörer abgenommen hatte. Er hatte sie als Akt gemalt, ein Geburtstagsgeschenk für Klaus, das dieser ins Gästeklo gehängt hatte. In all diesen schmerzhaft schönen Jahren hatte er sich sicher gefühlt in seinem unterdrückten Gefühl für sie. Zwei unumstößliche Gründe dagegen halfen dabei – ihre Ehe und sein Rollstuhl.
Jetzt war sie Witwe, aber er war immer noch ein Krüppel.

Es war ihm herausgerutscht, ehe er es verhindern konnte: »Kann ich denn jetzt mein Glück bei dir versuchen, wo du doch endlich keusche Witwe bist?«
Anna lachte, eine Sekunde lang. Dann hörte sie wie ertappt auf.
»Du bist wirklich unmöglich.« Ihre Stimme klang ernst. »Ich muß doch mein Leben erst mal wieder in den Griff kriegen. Klaus hat mir nur Schulden hinterlassen. Ich geh wieder an die Schule zurück. Montag fang ich an.«
Sie trank ihr Glas in einem Zug leer, hielt es ihm wieder hin. »Was soll's?« seufzte sie, »ich bin ja sowieso zugedröhnt bis obenhin. Und wenn die Dröhnung nachläßt, fall ich erst mal in ein tiefes, schwarzes Loch.«
Ihre Stimme vibrierte leicht, also griff er in die Kleenex-Packung und hielt ihr ein Taschentuch hin. »Keine Sorge«, meinte er leichthin, »das war kein unmoralisches Angebot. Ich bin dein Freund, kein verhinderter Verehrer. Dein Alabasterkörper interessiert mich nicht.«
Er hatte so energisch gesprochen, daß sie leicht zusammenzuckte. Peinlich, dachte sie, wie schnell ich so einen harmlosen Scherz mißverstehe. Ich bin eben ganz ungeübt mit Männern.
»Dein Mann war ein Arschloch«, sagte er.
»Ich weiß. Aber ich hab ihn von Herzen geliebt.«
»Das ist ja das Schlimme«, lächelte er.

5

Ein lauer Vorfrühlingsabend. Wie geschaffen für die Liebe.
»Hier möchte ich wahrlich nicht tot am Zaun hängen«, keuchte Kriminalhauptkommissar Peter König, als er mit seiner Kollegin, der Kriminalhauptkommissarin Alexa Martini die kohlduftende, uringetränkte Treppe eines heruntergekommenen Einfamilienhauses in Hamburg-Wilhelmsburg hochstieg, die

zu einem diskreten kleinen Privatpuff im fünften Stockwerk führte. Dort sorgte ein geschäftstüchtiger Russe namens Fjodr Pojem mit einer stets wechselnden, multikulturellen Damentruppe für guten Umsatz.
Obwohl diskret geführt, war diese Absteige als Tummelwiese abgewiesener Asylantinnen polizeibekannt geworden und wurde deshalb regelmäßig kontrolliert. Ein Job, den die dreizehn Kollegen des »Fachkommissariats für Sexualdelikte« haßten wie grüne Pickel, denn vor Tatort trafen sie jedes Mal auf verlegene deutsche Freier, Prostituierte ohne jede Art von Ausweis und deutschem Sprachvermögen und haufenweise vollgefressene Ratten. Sie nahmen dann seufzend Protokolle auf, die eine oder andere weinende Asylantin fest, und es begann ein aufwendiger Papierkrieg mit diversen Behörden. In neun von zehn Fällen tauchten die Beschuldigten wieder unter. »Ist auch egal, ob wir hier sind oder in Nordkorea fällt 'ne Klotür zu«, murmelte König und klopfte kräftig an die dünne Wohnungstür.
»Jedesmal klopfst du, und nie macht jemand auf«, mokierte sich Alexa. »Noch nie was von den Segnungen moderner Technik gehört?« Sie griff zu ihrem Handy, drückte die Wahlspeichertaste. »Guten Abend, Fjodr, hier ist deine Freundin Alexa. Nein, ich will immer noch nicht für dich arbeiten. Wir stehen mal wieder vor verschlossener Tür. Wenn sich in drei Minuten Sesam nicht öffnet, trete ich ihn höchstpersönlich ein. Na also.«
Sie steckte das Handy in die Tasche und betrat die wie von Zauberhand geöffnete Wohnung. König war voll insgeheim eingestandener Bewunderung. Ein Teufelsweib, dachte er. Die hat mehr Mumm als mancher Kerl. Dazu sah sie prachtvoll aus, das gelungene Mischprodukt eines italienischen Vaters und einer ostfriesischen Mutter. Ärgerlich, daß sie für Männer wie ihn nichts übrig hatte. Einmal hatte er es probiert. Nach

einem nächtlichen Einsatz, sie beide ganz allein im Einsatzwagen, nur hinten der Einbrecher mit Handschellen, hatte er ihr vorsichtig die Hand aufs Knie gelegt. Genauso vorsichtig hatte sie seine Hand wieder entfernt. »Danke, König, aber kein Bedarf«, sagte sie nur, sehr freundlich, aber es reichte. Sein Kater am nächsten Morgen hatte Raubtierdimensionen.

Sie hatte es nie wieder erwähnt.

Im stockdunklen Flur war niemand zu sehen. Totenstille.

»Und ich sprach, es werde Licht, und es ward Licht«, sagte Alexa laut und knipste die grelle Flurbeleuchtung an. Dann öffnete sie eine Zimmertür nach der anderen. An ihrem beschwingten Schritt merkte König, wie sehr sie ihren Auftritt genoß. »Heraus aus den Betten, heraus, heraus, die liebe Frau Sonne, sie lacht euch ja aus«, sang sie das alte Kinderlied, während sie überall stimmungstötende Lichter anknipste. »Sie geht schon spazieren auf Feldern und Flur und denkt sich, wo bleiben die Kinder heut nur. Und der Hahn auf dem Hof und die Katzen im Haus …«

Da Fjodr zugenähte Hosentaschen hatte, bestand er in den Zimmern auf Funzelbeleuchtung. »Die Leute wollen vögeln und nicht Pickel zählen«, sagte er nur und beließ es dabei.

Gebückte Schatten huschten durch die Räume, verzweifelte Männer nestelten an ihrem Hosenstall, stopften Oberhemden nach. Die Mädchen waren weniger schamhaft. In aller Ruhe griffen sie zu ihren Bademänteln und harrten der Dinge. Alle hatten falsche Pässe deponiert, ihnen konnte also im Ernstfall nichts passieren.

»Die Männer gehen bitte, vollständig bekleidet, in die Küche«, sagte Alexa und zückte ihren Laptop. »Dort wird Sie mein Kollege Peter König vernehmen, ein glücklich verheirateter Mann mit zwei Kindern und Reihenendhaus. Sie haben sicher einiges gemeinsam. Er kauft seine Babywindeln auch immer bei Schlecker.«

Sie kann's doch nicht lassen, dachte König schmunzelnd, als er in die Gemeinschaftsküche ging, ein schmutziges Quadrat, das die Bezeichnung Küche nur durch einen völlig verdreckten Herd verdiente. Sie muß wieder piksen. Natürlich waren die meisten Freier verheiratet, hatten Kinder und Hypotheken. Hier in Wilhelmsburg ließen sie Dampf ab, um das Wochenende mit Schwiegermutter, Kaffeetrinken und Spazierengehen besser durchzustehen. Die Prise Sünde vor dem heiligen Sonntag.

Alexa, die Männer im allgemeinen und die mit Frauen verbandelten im besonderen für eine eigentlich überflüssige Spezies hielt, vergleichbar etwa mit der Beutelratte, war bei diesen Einsätzen immer in Hochform. Bewiesen sie ihr doch, daß ihr bewußter Verzicht auf jede Form von Ehealltag richtig gewesen war. Daß seit einiger Zeit immer öfter ein Gefühl in ihr pochte und drängte, das sie nur widerwillig als ihre biologische Uhr erkannte, hatte sie noch nicht einmal ihrer besten Freundin Anna gestanden.

Fünf im Koitus unterbrochene Wesen standen jetzt in der Küche und fühlten sich ausgesprochen unwohl.

»Ihre Papiere, bitte«, forderte König und wartete auf die einsatzüblichen Ausreden. Leider nicht dabei. Sind mir vorgestern geklaut worden. Ich wohne gar nicht in Deutschland, bin nur zufällig hier vorbeigekommen.

Er wurde nicht enttäuscht. »Ich denke doch gar nicht daran«, rief ein dickleibiger, etwa sechzigjähriger Mann mit Siegelring und abgewetztem Vertreteranzug. »Wo kommen wir denn hin, wenn ein anständiger deutscher Mann nicht mehr in den Puff darf? Außerdem hab ich gar keine Papiere dabei. Die sind mir gestohlen worden. Vorgestern.«

Anständige deutsche Männer hatte König an diesem Abend gefressen. »Kein Problem.« Seine Stimme klang kreideweich. »Dann stell ich Ihnen die Vorladung eben schriftlich zu. Die

Adresse können wir über Ihren dunkelblauen Saab 9000 herausfinden, den Sie netterweise direkt vor dem Haus geparkt haben.«
»Friedrich Presler, Scheideweg 57.«
Ein leichter Sieg, dachte König, dem der Mann plötzlich leid tat. Er hatte ihn vorhin bewundert, wie er gelenkig von einer fadendünnen Afrikanerin mit riesigen Brüsten stieg. »Warum sind Sie hier?« fragte er Presler, der bereits in der Tür stand. »Möchten Sie, daß Ihre Kinder Sie so sehen?«
Presler drehte sich um. Er sah plötzlich aus wie ein Ballon, aus dem die Luft entweicht. »Ich werd so gern gestreichelt«, sagte er. »Meine Frau faßt mich schon seit Jahren nicht mehr an. Verstehen Sie das?«
»Das verstehe ich«, sagte König und ging ins Nebenzimmer, wo Alexa ihre Arme um zwei Frauen gelegt hatte und eindringlich auf sie einredete.
»Hast du alles?« fragte er. Sie nickte.
In der Tür drehte sie sich noch einmal um.
»Nicht vergessen, Mädels«, sagte sie. »Es muß nicht immer ein Mann sein.« Die Frauen lachten.

6

»Lesbenpropaganda im Puff, geht das nicht ein bißchen weit?« König stieg in einen dunkelblauen Golf, den ihm der deutsche Steuerzahler vor einer Woche mit einem eingebauten Dachmikrofon versehen hatte. Ein großes Privileg, um das er lange und hartnäckig gerungen hatte, denn nichts war lästiger und der Sache undienlicher, als »unerkannt« vor einem verdächtigen Haus zu sitzen, »dezent« in ein Mikrofon zu sprechen, um wichtige Dinge an Kollegen weiterzugeben, nur damit dann ein grinsender Drogendealer an die Scheibe klopfte und fragte: »Wolln Sie zu mir?«
Mit seinem neuen Mikro konnte er sich jetzt über den versteckt

eingebauten Lautsprecher völlig unauffällig mit seinen Kollegen in der Zentrale oder in anderen Einsatzwagen unterhalten. Ein wunderbares Spielzeug.
Alexa hatte sich eine Zigarette angezündet, inhalierte tief und schaute ihn belustigt an. »Davon verstehst du nichts«, lächelte sie. »Die Mädels brauchen kompetenten Zuspruch, die müssen wissen, daß es auch Alternativen gibt.«
Er nahm ihr die Zigarette aus der Hand und drückte sie im Aschenbecher aus.
»Der neue Dienstwagen wird nicht vollgequalmt«, sagte er streng. »Hast du es nicht gerade aufgegeben, du schwaches, anfälliges Weib?«
Ergeben drehte Alexa das Fenster auf der Beifahrerseite herunter: »Ich möchte ein Kind«, sagte sie plötzlich und war genauso erstaunt wie er über dieses unvermutete Geständnis.
»Du möchtest was?« fragte König fassungslos. »Hab ich richtig gehört? Ein Kind paßt so gut zu dir wie ein Swimmingpool in die Wüste.«
Alexa schwieg. Alles in ihr rief nach Rückzug. »Kleiner Scherz am späten Abend.« Ihre Stimme klang wieder unbeteiligt. »Du weißt doch, wie gern ich kleine Männer schocke. Sollte mir das in deinem Fall etwa gelungen sein?«
Peter König seufzte. Gegen Alexa war kein Kraut gewachsen. Als sie vor zwei Jahren in seine Abteilung versetzt wurde, hatte ihn, wie alle männlichen Kollegen, ein kleiner Stromstoß getroffen. Diese blauschwarze Löwenmähne, der langgestreckte, aber an allen wichtigen Stellen genau richtig gekurvte Körper. Was machte so ein Superweib in einem Kommissariat für Sexualdelikte, in dem es tagein, tagaus um Vergewaltigungen, Inzest, brutale Zerstückelungen ging? War sie pervers? Undercover? Viele Fragen, keine Antworten.
Man munkelte, die Mafia habe ihren Vater umgebracht, dessen

Tod sie jetzt rächen wolle. Und dann gebe es da noch einen Onkel, der sie als Baby sexuell mißbraucht habe.
Alexa lächelte und schwieg. Sie trug ihn gern, diesen Mantel aus Vermutungen, Anspielungen, mühsam verhüllter Neugier. Wenn ihr wüßtet, dachte sie oft belustigt, wie harmlos meine Familie ist. Ihre längst geschiedenen Eltern verkehrten immer noch freundlich miteinander. Einmal im Jahr besuchten sie und ihre Mutter Papa Daniele, der in Piemont stolzer Besitzer eines Weinberges war. Nix mit Mafia, aber das wußte keiner im Präsidium. Und Mutter Karin Martini war eine gestandene Endfünfzigerin, die sich in zweiter Ehe den Pastor der lutherischen Gemeinde aus Aurich in Ostfriesland so energisch gegriffen hatte, daß es für einiges Aufsehen gesorgt hatte. Auch da also kein Sündenpfuhl.
Laß sie rätseln, feixte Alexa innerlich, wenn sie am Montag nach einem Wochenendbesuch aus Aurich zurückkam, und auf die Frage, wo sie sich denn herumgetrieben habe, nur mit einem maliziösen: »Würdet ihr ja doch nicht verstehen. Wäre sicherlich zuviel für eure schwachen Nerven« antwortete. Dabei hatte sie den gesamten Sonntag in den Pflaumenbäumen des Pastorats verbracht und zehn Gläser Pflaumenmus im Kofferraum. Sonst war sie weniger diskret.
Eines Abends wartete eine hochgewachsene Blondine mit Messerschnitt und schwarzer Ledercombi auf sie. Lässig lehnte sie an ihrer Harley-Davidson und schmauchte eine Zigarre.
»Guck dir diesen kessen Vater an«, hatte König ahnungslos geflachst, »dem möchte ich auch nicht im Dunkeln begegnen.«
»Ich werd's bestellen«, konterte Alexa grinsend, ging auf die Blondine zu und küßte sie. Dann drehte sie sich zu König um: »Mach dir nichts draus, es hat nichts mit dir persönlich zu tun.«
Seitdem waren sie und König Partner, gingen auf jeden Einsatz gemeinsam, denn da es sich um Sexualdelikte handelte, in

denen es fast immer einen männlichen Täter und ein weibliches Opfer gab, war die Anwesenheit eines weiblichen Polizisten vorgeschrieben.
»Gott, bin ich geschafft.« König reckte sich, seine Schultern knackten. Er hielt den Wagen an, stieg aus, sie wechselten die Plätze.
Es war drei Uhr morgens, noch vier Stunden bis Feierabend. Langsam fuhr der Golf durch Niendorf, einen kleinbürgerlichen Stadtteil mit vielen Einfamilienhäusern, davon der Großteil in Eigenarbeit hergestellt, was man ihnen ansah. Ein Architektenpreis drohte keinem von ihnen.
»Kennst du den Witz von der lesbischen Kaulquappe?« fragte Alexa gerade, als König sie unterbrach: »Moment, fahr mal langsam.«
Er kurbelte die Scheibe herunter, griff nach seinem Fernglas und spähte ins Dunkel. In einem der Gärten bewegte sich etwas. So lautlos wie möglich näherten sie sich. »Soll ich aufblenden?« fragte Alexa. König überlegte. Es waren oft Sekundenbruchteile, die darüber entschieden, ob ein Täter direkt vor dem Tatvollzug geschnappt wurde, woraufhin man ihm meistens nichts nachweisen konnte, oder so richtig schön dabei; erst dann konnte man ihn nageln. Dies hier, dieses Gewusel im Gebüsch, sah nach Tatvollzug aus.
Er nickte.
Also blendete Alexa die Nebelscheinwerfer auf, und in ihrem Lichtkegel versuchte ein Mann mit heruntergelassener Hose, diese krampfhaft wieder hochzuziehen. Er war spätes Mittelalter und sah sehr ängstlich aus.
Armes Schwein, dachte König, es ekelte ihn immer noch, einen Exhibitionisten oder Spanner in flagranti zu erwischen. Obwohl der Ort des Geschehens fast immer öffentlich war, hatte er stets das Gefühl, in etwas zutiefst Privates hineinzuplatzen. Fast hätte er sich entschuldigt. Außerdem war ihm als äußerst

schamhaftem Menschen, den schon FKK-Strände peinlich berührten, zutiefst schleierhaft, wie es einen ausgewachsenen Mann mit Lust erfüllen konnte, sich öffentlich zu entblößen, zumal der entblößte Körperteil oft alles andere als beeindruckend war.

Und obwohl diese armselige Art von Entspannung, wenn sie nicht in Tätlichkeiten ausartete, eigentlich harmlos war, mußten sie als Ordnungshüter eingreifen, Personalien aufnehmen, die Täter im Falle von Renitenz mit zur Wache nehmen. Und sich dort die ewig gleiche, kümmerliche Ausrede anhören: »Ich weiß überhaupt nicht, was Sie von mir wollen. Ich wollte nur pinkeln. Ehrenwort.«

König stieg aus und ging auf den Mann zu, der inzwischen seine Hose geschlossen hatte. In seinen Augen lag die spannertypische Mischung aus Furcht und Trotz. »Was wollt ihr von mir?« sagte der Mann. »Ich hab hier ins Gebüsch uriniert, seit wann ist das in einem freien Staat verboten?«

»Du weißt genau, was du hier gemacht hast, du armer Wicht«, brüllte Alexa, die inzwischen ausgestiegen war. Im Gegensatz zu König hatte sie für diese Abart Mann, wie sie sagte, überhaupt kein Verständnis. Zu oft hatte sie weinende Frauen und Kinder trösten müssen, die von einem schwungvoll geöffneten Trenchcoat zu Tode erschreckt worden waren. Für sie war Spannen eine Form von sexueller Gewalt und als solche zu verabscheuen. Ihre Stimme wurde schriller: »Du hast Weiber ausspioniert. Sicher wohnt hier irgendwo eine alleinstehende Frau, an der du dich im Dunkeln aufgeilst. Zu feige, dich zu zeigen. Mach, daß du wegkommst, sonst werde ich ausgesprochen ungemütlich. Los, ab mit dir, du Zecke.«

Sie blickten dem Mann nach, der ins Dunkel davonhastete.

»Auf so was Blödes wie Spannen kann auch nur das männliche Gehirn kommen«, sinnierte Alexa, »im Gebüsch kauern und sich dabei ans Gemächt greifen. Keine Frau käme auf eine so

schwachsinnige Idee. Aber Männer holen sich ja auch keine Blasenentzündung.«
Sie lachten und stiegen ins Auto.
Keiner sah den Mann, der auf der Straßenseite in seinem Auto saß und sie beobachtete. Das war knapp, dachte er, sehr knapp.

7

Die Gewerbeschule G 15 am Berliner Tor war in den sechziger Jahren erbaut worden, als weder Schönheit noch Umweltgifte bei öffentlichen Gebäuden eine Rolle spielten. Der verschachtelte rechteckige Pavillon war außen braun und innen grau, und über den Asbestbestandteil im ständig feuchten Gemäuer munkelte nur noch der schwindende Kern immer noch grün angehauchter Lehrer.
Seit den sechziger Jahren wurden an der G 15 vor allem deutsche Schlachter und Bäcker ausgebildet, seit fünfzehn Jahren kamen auf Anregung des damaligen Schulsenators, der sich seine linksliberale Wählerschaft nicht verprellen wollte, junge Asylanten dazu, deren Abschiebeverfahren noch nicht abgeschlossen war. Außerdem war eine Klasse mit körperbehinderten Hochbegabten eingerichtet worden. Ein sehr gemischtes Trüppchen also, dessen einzelne Gruppierungen sich jedoch, um allen konservativen Skeptikern ein Schnippchen zu schlagen, aus dem Wege gingen und in Frieden ließen. Ausländerfeindlichkeit war an dieser Schule unbekannt, denn, wie der Schulleiter Hans Wuttke, ein drahtiger, kaum behaarter Dynamo von rund 1,60 m Körpergröße, gern dazu sagte: »Wer selbst die Pik Sieben im Skat des Lebens gezogen hat, der prügelt sich nicht mit anderen Underdogs.«
Ein Satz, der leider nicht auf die Gesellschaft im allgemeinen, wohl aber auf die Schülerschaft der G 15 zutraf. Es war nichts Ungewöhnliches, einen optisch auf Neonazi getrimmten Schlachterlehrling mit Springerstiefeln zu sehen, der liebevoll

einen Spastiker in seinem Rollstuhl zu seinem Klassenzimmer schob. Oder einer jungen Türkin heimlich eine Zigarette anzündete. Völkerverständigung ohne pseudobetroffenes Gelaber, so sagte Wuttke gern.

Ich liebe diese Schule, dachte Anna, als sie morgens um halb acht über den Schulhof ging. Vorbei an dem kleinen Ahornbäumchen, den die Lehrer für ihren Kollegen Achim Westernhof gepflanzt hatten, der sich vor drei Jahren aus einem Fenster im vierten Stock gestürzt hatte und an dessen Urne sich jetzt die Baumwurzeln klammerten.

Er war hochgradig depressiv gewesen, hatte sein Privatleben panisch geheim gehalten. Dabei hatten seine Art zu sprechen, seine für einen Lehrer sehr gewagte Kleidung, sein »Schwager«, der ihn manchmal abholte, keinen Kollegen im unklaren gelassen.

Doch die Angst vor Entdeckung, vor möglicher Suspendierung vom Unterricht hatte ihn zermürbt. Eines Tages hatte er sich ausgezogen, seine Sachen sorgfältig zusammengefaltet, einen Zettel »Es ist besser so« geschrieben und war aus dem Fenster gesprungen.

Der Ahorn, den ihnen das städtische Gartenbauamt als »kräftig, schnellwachsend, sehr pflegeleicht« empfohlen hatte, vegetierte eher kümmerlich vor sich hin, als ersticke er an der Last der unter ihm vergrabenen Asche. Neben ihm lümmelte an diesem Montagmorgen ein Trüpplein junger Türkinnen und rauchte, in den Familien dieser Mädchen ein schlimmes Laster, das sie sich nur in der Schule erlauben konnten.

»Mevlüde«, rief Anna einem der Mädchen zu, »ich dachte, deine Familie wollte wieder in die Türkei zurück.«

Mevlüde drehte sich um und lachte breit. »Noch nicht genug Geld verdient. Die Männer müssen arbeiten. Wo sind deine Babies?«

»Zu Hause«, erwiderte Anna, »ich arbeite wieder.«

»Du mußt wieder arbeiten?« Mevlüde schüttelte bedauernd den Kopf. »Wie schrecklich. Mann weg?«
Anna nickte kurz und betrat die Schule. Im Eingang biß sie sich kurz und schmerzhaft in den linken Handballen, um die Tränen, die in ihr aufstiegen, zurückzudrängen. Klaus war tot, das war die eine Sache. Er war in den Armen einer anderen Frau erstickt, das war die andere. Diese Kombination war es, die so schlecht zu ertragen war. Trauer, Wut, Ohnmacht, verletzter Stolz, gekränkte Liebe – und nie, nie, nie würde sie ihn fragen können: Warum warst du in diesem Hotelzimmer, ausgerechnet an Leanders drittem Geburtstag? Haben wir dir denn so wenig bedeutet? Er war nicht mehr da, um diese drängende, ungelöste Frage zu beantworten und ihr Frieden zu geben. Er war eine Leiche, die langsam verweste.
Das Perfide war, daß er sie mit einem Problem für immer allein gelassen hatte, das ihr seit ihrer Pubertät an die Substanz ging: ihrem mangelnden Selbstwertgefühl als Frau, ihren ständigen Zweifeln an sich selbst. Du mußt dich halt doppelt anstrengen bei deinem Aussehen, hatte ihre Mutter immer gesagt, einer Frau wie dir fliegen die Männer nicht zu. Das wußte sie längst selber. Klaus ist letztendlich tot, weil du ihm nicht genügt hast, Anna, weil du nicht Frau genug bist. Dieser Gedanke vergiftete ihr Leben. Keiner konnte ihr helfen. Alexa mit ihren männerfeindlichen Sprüchen nicht, Gerd mit all seiner liebevollen Aufmerksamkeit nicht. Er tut's ja bloß, weil er Mitleid hat mit mir, das wußte sie. Und weil er so an den Kindern hängt.
Sie betrat die Schule und schaute sich um. Alles noch wie vor ihrer langen Mutterschaftspause. Der Geruch von Bohnerwachs, Lehrerschweiß und Fotokopierer. Die montagsgrauen Pädagogengesichter, die erst freitagmittags wieder aufblühten. Und Werner Hagel, der Hausmeister, der mit einem freundlichen: »Je schlimmer der Montag, desto schöner die Frauen«

auf Anna zustürzte und sie mit seinem penetranten Pfefferminzatem fast erschlug.
»Hallo, Werner«, lächelte sie, »apropos Montag – was macht denn dieses Fanta-Fläschchen in deiner Hand?«
Er tat ganz unschuldig.
»Das wollte ich gerade zum Abfall bringen, meine Süße.«
Unwillkürlich mußte Anna grinsen. Werner Hagels harmlose Fanta-Flaschen waren berühmt. Einmal hatte sie ahnungslos einen Schluck daraus getrunken und sofort wieder ausgespuckt, denn er reicherte seine Softdrinks regelmäßig mit hochprozentigem Wodka an.
Vor dem Lehrerzimmer holte sie tief Luft und versuchte, ihr hämmerndes Herzklopfen zu ignorieren. Die Gespräche werden verstummen, und alle werden mich mitleidig anstarren, dachte sie. Wie ich das hasse! Ich bin nicht geschaffen für die Rolle der trauernden jungen Witwe. Ob sie erfahren haben, wie er gestorben ist? Er wird schon seinen Grund gehabt haben, sie zu betrügen, werden sie denken, eine Schönheit ist sie ja nicht gerade. Und er hat so gut ausgesehen. Wahrscheinlich ist er nur der Kinder wegen überhaupt bei ihr geblieben.
Auf in den Kampf, Anna Blumenberg!
Sie öffnete die Tür. Das Lehrerzimmer war leer, bis auf einen großen, schlanken, etwa vierzigjährigen Mann, der vor den Lehrerschränken stand und neugierig in die Fächer schaute. Bei ihrem Eintreten zuckte er schuldbewußt zusammen. Fast unbeteiligt registrierte sie, daß er einer der schönsten Männer war, die sie je gesehen hatte. Noch schöner als Klaus. Die Ebenmäßigkeit seiner Gesichtszüge, das leicht gewellte, rötlichbraune Haar, die schrägstehenden, leuchtend braunen Augen waren visuell so beeindruckend, daß sie sich in seiner Gegenwart fast unsichtbar fühlte. Sie gehörte so eindeutig nicht zu seiner optischen Liga, daß sie dieses Wissen fast

entspannte. Wahrscheinlich ist er schwul, dachte sie flüchtig, so schöne Männer sind es ja meistens.
»Kalt erwischt«, bemerkte er sanft, und auch seine Stimme war wie ein Streicheln. »Aber ich wollte zu gern mal wissen, was die Kollegen so in ihren Fächern haben. Erste Kontaktaufnahme im Feindesland, sozusagen.«
Er ging auf sie zu, gab ihr die Hand, die weich war und warm. »Ich bin der Neue hier«, lächelte er, wie um Vergebung bittend. »Mein Name ist Marlon Stephan. Ich unterrichte Chemie, Lebensmittelkunde und Sport. Heute ist mein erster Tag, und ich habe ziemliches Lampenfieber. Finden Sie das albern bei einem ausgewachsenen Mann wie mir?«
Er lächelte entwaffnend. Sie lächelte zurück.
»Ich heiße Anna Blumenberg«, entgegnete sie, »und ich bin eine alte Kollegin, die wieder anfängt. Und über den Fächerinhalt kann ich Sie gern aufklären. In jedem Fach sind die Unterrichtsunterlagen und ein Porzellanbecher. Der ist für Kaffee, und die Kollegen werden fuchsig, wenn ein anderer ihn aus Versehen benutzt. Manche haben ihren gesamten Hausstand im Fach, Tempos, Süßigkeiten, Zigaretten, Bücher, Wäsche zum Wechseln. Andere nur das Nötigste, aus Angst, jemand könnte, wie Sie eben, in ihrem Fach herumschnüffeln. Vor ein paar Jahren ist es einem Schüler gelungen, sämtliche Prüfungsarbeiten aus den Fächern zu klauen. Der Jahrgang schloß mit der Jahrhundertbestnote ab.«
Er schwieg beeindruckt. »Woher wissen Sie soviel? Auch schon mal geschnüffelt?«
»Natürlich«, sagte sie, »Neugier ist keine rein männliche Eigenschaft.«
Sie sahen sich an, zwei Kinder mit dem Finger im Marmeladentopf.
Ihre Stimme gefiel ihm. Die rauhe Grundlage, leicht heiser, und obendrauf ein ganz verhaltenes, mädchenhaftes Lispeln. Er sah

sie genauer an. Die widerspenstigen, hellbraunen Haare, die sehr weiße Haut, die im fahlen Vormittagslicht fast durchscheinend wirkte, die graublauen Augen, in denen Zurückhaltung lag, fast so etwas wie Angst.
Sie war eine schüchterne Frau, das merkte er sofort, eine, die sich wenig zutraute, sich ihrer Wirkung auf Männer überhaupt nicht bewußt war. Wahrscheinlich hätte sie ihn ausgelacht, wenn er ihr gestanden hätte, daß er sie ausgesprochen hübsch fand. Und warm.
Billige, aufgetakelte Weiber, die sich einem Mann aggressiv an den Hals warfen, gab es schließlich genug. Sie war ganz offensichtlich anders. Das gab den Ausschlag.
»Haben Sie Kummer?« fragte er unvermittelt.
Entsetzt starrte sie ihn an. War es so deutlich? Sah sie so verhärmt aus?
»Entschuldigen Sie.« Seine Stimme klang zerknirscht. »Wie aufdringlich von mir. Aber Sie haben so schrecklich traurige Augen.«
Ein winzig kleiner Teil ihrer Trauer löste sich in Luft auf.
»Mein Mann ist vor kurzem gestorben«, sagte sie leise.
»War er krank?« Was ging ihn das an?
»Nein, er ist verunglückt.«
»Verkehrsunfall?«
Ihm konnte sie es beinahe sagen, ohne sich gedemütigt zu fühlen.
»Er ist an einem Apfel erstickt. Wie Schneewittchen.«
Er sah sie an und spürte, wie fest sie sich wieder verschloß.
»Kein schöner Tod«, meinte er trotzdem. »Haben Sie ihm denn nicht helfen können?«
»Ich war nicht dabei«, seufzte sie.
Die Tür öffnete sich schwungvoll, und Schulleiter Hans Wuttke betrat das Lehrerzimmer. Eine halbverglühte Zigarette klebte in seinem rechten Mundwinkel, denn er war ein überzeugter

Kettenraucher, den selbst nikotingelbe Finger, übler Atem und die Tatsache, daß seine vielgeplagte Sekretärin Martha Lampe auch im Winter bei geöffnetem Fenster arbeiten mußte, nicht von seinem Laster abbringen konnten. Wuttke war Schulmann mit Leib und Seele, er liebte seine Lehrer, seine Schüler, fand in jedem Schultag ein neues Abenteuer. Seinem Kollegium, das überwiegend aus frustrierten Beamten mit schlecht sitzender Kleidung, Magen- oder Alkoholproblemen bestand, war er ein Rätsel: ein Schulleiter, der morgens nicht schon beim Einparken hinter dem Schulhof diesen dumpfen Druck aus Angst und Magensäure spürte, an dem es nicht ständig nagte, daß es zum Sprung in die freie Wirtschaft nicht gereicht hatte, der sich statt dessen pfeifend eine Tasse Kaffee selbst aufbrühte und manchmal vor Schulbeginn die Klassenzimmer abschritt und bei Bedarf die Tafeln säuberte und die Papierkörbe leerte.

Ein Mann also mit geradezu penetrant guter Laune.

»Anna, meine Schöne«, sagte er jetzt strahlend und preßte sie an seinen nikotingeschwängerten Pullover, den seine Frau vergeblich mit Lavendelöl besprühte. »Endlich bist du wieder da und bringst Schwung in meinen müden Laden.«

»Hallo, Hans«, gab sie lachend zurück und ließ ein bißchen gepreßte Luft raus. Es war viel weniger schlimm, als sie gefürchtet hatte.

»Wie sieht's denn aus? Muß ich Vertretungsstunden machen, oder hast du eine Klasse für mich?«

Wuttke grinste zufrieden. Eine Kollegin nach seinem Geschmack. Keiner dieser durchhängenden Jammerlappen, mit denen sein Kollegium leider durchsetzt war. Gestern hatte er zähneknirschend einen Antrag auf Frühpensionierung unterzeichnen müssen. Die Kollegin war 49 Jahre alt und konnte ein psychologisches Gutachten vorlegen, das ihr Angstzustände und Suizidtendenzen bescheinigte, wenn sie weiterhin vor eine Klasse mit aggressiven Schülern treten mußte. Auch ihre längst geheilte Neurodermitis könne möglicherweise wiederkommen, hatte ihr ein Dermatologe bestätigt. Wuttke hatte innerlich geschäumt, aber im Grunde war er heilfroh, sie loszuwerden. Anna dagegen war aus anderem Holz geschnitzt, eine Erzieherin mit pädagogischem Ethos, selten wie ein vierblättriges Kleeblatt.

»Habt ihr euch schon bekannt gemacht, ihr Zuckermäuse?« fragte er jetzt. Er duzte bis auf den Oberschulrat jeden und war beleidigt, wenn er nicht zurückgeduzt wurde. »Was ist los?« fragte er dann, »seh ich soviel älter aus als du?«

»Wir haben schon«, sagte Anna und sah Marlon an. Das Morgenlicht tanzte in seinem dichten, braunen Haar und warf rötliche Lichter, die Wimpern waren dicht und leicht gebogen. Wie kommt so ein Mann an die Schule? dachte sie.

»Und ich hab eine Klasse für dich.« Wenn Wuttke lachte, wirkte er wie von innen angeknipst. »Nur Ausländer. Denen sollst du Ernährungskunde und Kochen beibringen. Von deinen werten Kollegen will sie keiner haben. Der Studierte gibt sich halt nicht gern mit jemandem ab, der fehlerhaftes Deutsch spricht. Ich sage nur – Lichterketten. Wie schon Churchill so richtig feststellte: Der Deutsche leckt dir entweder die Stiefel, oder er geht dir an die Gurgel. Na ja. Also – traust du dir das zu? Ihr Deutsch, wie gesagt, ist ziemlich dürftig, ihre Motivation auch, denn alle haben Asylverfahren laufen, können also jederzeit wieder abgeschoben werden. Doch bis es soweit ist, dürfen sie hier Hühnerfrikassee und Bratkartoffeln lernen. Alles auf Kosten des Steuerzahlers.« Wuttke grinste dabei, denn er hatte eine wunderschöne Ehefrau aus Eritrea und vier süße »Nougatschnitten«, wie er sie selbst nannte; Ausländerfeindlichkeit konnte ihm also niemand vorwerfen.

»Welche Länder?« fragte Anna interessiert. Die Aufgabe reizte sie.

»Türkei, Mazedonien, Nigeria, Ghana. Überall, wo es warm und arm ist«, antwortete Wuttke.
»Klingt spannend«, sagte Anna. »Wann fange ich an?«
»Eine Lehrerin, die sich auf ihre Schüler freut. Welch ungewohntes Bild.« Wuttke klang hoch zufrieden. »Heute haben deine Süßen einen Praktikumstag in ›Dat Backhus‹, morgen um neun erwarte ich dich auf der Matte.«
»Aye, Aye, Sir«, sagte Anna und salutierte.
Marlon hatte den Wortwechsel stumm verfolgt. Offensichtlich war Anna hier eine geschätzte und beliebte Kollegin. Eine Frau, die mit Menschen umgehen kann, dachte er. Die keine Angst hat vor Nähe. In ihm flackerte ein Gefühl auf, das er selbst nicht als Mischung von Neid und Traurigkeit erkannte. Es drückte ihn nur so, daß er plötzlich ausatmen mußte. Ungerufen tauchte in ihm die Vorstellung auf, wie sie sich wohl in seinen Armen anfühlen würde. Ob sie auch ...? Vergiß es sofort, rief er sich zur Ordnung.
»Bis morgen also.« Anna nickte beiden Männern zu und ging in Richtung Tür. Stumm schauten sie ihr hinterher. Über ihre Wade lief eine dicke Laufmasche.
»Und jetzt zu Ihnen.« Wuttkes Stimme war eine Spur schärfer geworden. »Welcher Art waren denn nun die Schwierigkeiten, die Sie in Lüneburg hatten?«

8

Sie hatte den Tisch schon gedeckt, als er nach Hause kam. Sein Lieblingsessen – Bratkartoffeln mit Leber und Apfel-Zwiebel-Ringen. Obwohl ihn jeden Tag, wenn er nach Hause kam, derselbe Anblick empfing, störte er ihn diesmal ganz besonders.
Fast angewidert folgte er den Bratgerüchen in die Küche, wo seine Mutter, eine frische weiße Schürze umgebunden, am Herd stand und die Zwiebeln wendete. Da sie kaum noch sehen

konnte, hielt sie die immer tränenden Augen ganz dicht an die Pfanne. Bei seinem Eintreten drehte sie sich um, stolperte über den Küchenstuhl. Beinahe wäre sie gefallen, wenn er sie nicht im letzten Moment aufgefangen hätte.

»Paß doch auf«, rief er ärgerlich. Es strengte ihn an, ihre zunehmende Hinfälligkeit zu beobachten, ihm fehlte die Geduld. Und die Liebe.

»Hallo, Marlon, mein Schätzchen«, lächelte sie. »Wie war dein erster Tag an der neuen Schule?«

Ihre Frage verkrampfte ihn. »Danke, gut«, sagte er nur, setzte sich an den Küchentisch und öffnete die Post. Werbung, Finanzbehörde, Mahnung wegen eines Parkvergehens. Ein roter Umschlag ohne Absender.

»Interessante Post, Schatz?« fragte seine Mutter. »Auch etwas für mich dabei?« Ihre Stimme klang eher ängstlich, denn in ihrem Alter bestand private Post vorwiegend aus Todesanzeigen.

»Diesmal nicht«, antwortete er geistesabwesend und öffnete den roten Briefumschlag.

»Mein Herzallerliebster!« Das Ausrufungszeichen war mit einem dicken Herzen versehen, er erkannte die weibliche Handschrift sofort. Mist, wieso ließ sie ihn nicht endlich in Ruhe? War er nicht deutlich genug gewesen? Er legte den Brief auf den Tisch, hob ihn aber sofort wieder auf und las weiter: »Warum hast Du Dich nach unserem Streit nie wieder bei mir gemeldet? Es tut mir leid, daß ich so ausgerastet bin. Ich hatte doch keine Ahnung. Und dann ausgerechnet bei einer Kollegin, das war schon ein Schock für mich. Ist denn dieses, ja, wie soll ich sagen, Bedürfnis, dieser Wunsch so stark bei Dir, daß Du ihn nicht zügeln kannst? Für so etwas muß es doch Hilfe geben. Geh doch mal zu einem Psychologen.

Ich würde Dich trotzdem sehr, sehr, sehr gern wiedersehen.

Ich liebe Dich noch immer.

Leider.
Deine Marion.«
Irritiert legte er den Brief zur Seite. Sie hat schon immer zur Melodramatik geneigt, dachte er. Eine kurze Beziehung, die unerfreulich endete. Warum belästigte sie ihn denn immer noch?
»Das Essen ist fertig«, verkündete seine Mutter und stellte die schwere Pfanne mit den Bratkartoffeln auf die Tischkante. Er sprang auf, schob sie in die Mitte. Seine Mutter hatte von dem Brief nichts bemerkt.
»Fett und knusprig, wie du es magst«, keuchte sie kurzatmig. »Und binde dir bitte die Serviette um, diese Fettflecken sind ungeheuer schwer wieder rauszukriegen.«
Ich muß raus hier, dachte er, wie schon so oft, sonst werde ich wahnsinnig. Das Eßzimmer mit seinen dunkelbraun gebeizten, wilhelminischen Möbeln schien zu einer Röhre zu schrumpfen, die immer enger wurde, ihm die Luft zum Atmen nahm. Er wischte sich über die Augen, hinter denen kleine, braune Punkte tanzten. Raus hier, nur raus.
Der Geruch der fetten Bratkartoffeln bereitete ihm Übelkeit.
Ich muß kotzen, dachte er und stand auf.
»Mama, sei nicht böse«, sagte er, während er seine Serviette zusammenrollte und in seinen silbernen Ring mit Monogramm steckte, »ich kann jetzt nichts essen. Ich geh noch eine Runde joggen.«

9

Anna stand vor dem Schlafzimmerschrank und überlegte. Klaus' Anzüge und Hemden hatte sie dem Roten Kreuz gegeben, einer muffeligen, älteren Dame, die mißtrauisch in die Plastiktüten geschnüffelt und dann festgestellt hatte: »Ich hoffe sehr, Sie haben die Sachen zumindest gewaschen, auch der Bedürftige verfügt über ein Geruchsorgan.«

Es ist alles sauber, hatte Anna noch sagen wollen, aber die Rote-Kreuz-Dame widmete sich bereits der nächsten Lieferung.

Wohin bloß mit seiner Unterwäsche? Sie stand gedankenverloren vor dem Wäschefach und ließ seine Unterhosen durch ihre Hände gleiten. Klaus war ein Wäschefetischist gewesen, der sogar bei seinen Boxershorts Wert auf Bügelfalten gelegt hatte. In allen Farben und Stoffen trug er sie – sogar eine rotsamtene aus New York war darunter. Sie erinnerte sich genau an den Tag, an dem er sie zum ersten Mal getragen hatte. Ein feuchtheißer Tag im Juli vor sechseinhalb Jahren. Klaus war auf einer Konferenz, sie hatte ihn begleitet. Seit drei Tagen wußte sie, daß sie schwanger war. In einer Mischung von Euphorie und Zukunftsangst war sie durch die Lower East Side geschlendert und hatte lauter Souvenirs gekauft. Die roten Shorts steckten am Plüschpo eines Spielzeugelefanten mitten in einem Schaufenster. Darüber ein Schild: *Feels so goood!*

Da Anna zu Hause eine Elefantensammlung hatte, kaufte sie das Tier plus Hose für 25 Dollar und wartete im Hotelzimmer auf Klaus. Er kam gegen Abend, erschöpft, schwitzend und fand seine Frau auf dem Hotelbett, nackt bis auf die roten Boxershorts. Um sie herum schwebte eine Wolke aus rosa Luftballons.

»Hi«, sagte er überrascht. »Willst du den alten Mann heute nacht verwöhnen?«

Sie hatte sich tausend Sätze zurechtgelegt. Witzige, romantische, zweideutige. Aber da sie stundenlang auf ihn gewartet hatte, war ihr Gehirn plötzlich leer. »Wir sind schwanger«, flüsterte sie aufgeregt, und in ihrem Gesicht leuchtete es. »Wir bekommen ein Kind.«

Peng machte es da, und zwei rosa Ballons zerplatzten. Klaus drehte sich um und holte sich ein Bier aus der Minibar. Dann

setzte er sich auf die Bettkante: »Bist du ganz sicher?« fragte er. »Warst du schon beim Arzt?« Und seine Stimme klang so zögerlich, fast eine Spur gereizt, daß sich Anna plötzlich fühlte wie die zerplatzten Ballons.
Er hatte die Boxershorts selten getragen, wahrscheinlich verband er unerfreuliche Erinnerungen damit. Sie hob die Hose an ihre Nase und roch daran. Ein leichter Duft von Wäschepulver und von Klaus' ganz unverwechselbarem Aroma aus Tabak, Männerschweiß und Rasierwasser. Dieser Duft haftete an all seiner Kleidung, egal, wie oft sie gewaschen oder gereinigt wurde. Hartnäckig. Betörend. Wie er.
Und endlich löste sich die eiserne Klammer, die seit dem Anruf aus dem Krankenhaus um ihr Herz gelegen hatte. Erst kam das Weinen trocken, mit dicken, heiseren Schluchzern, dann wurde es flüssiger, sie schwamm richtig weg, auf einer Woge von abgrundtiefem Kummer und rasender Wut. Einsam war's, aber auch befreiend. Nach zehn Minuten hörte sie auf und griff zum Taschentuch. Das hat richtig gutgetan, dachte sie erstaunt. Ich sollte öfter heulen.
Sie ging zum Ascheimer, um die Hose wegzuschmeißen, als es klingelte. Gerd stand vor der Tür mit einer großen Tüte Schokoladentrüffel auf dem Schoß.
»Ich hatte so das Gefühl, daß du was Süßes brauchst«, sagte er einfach, ihr verschwollenes Gesicht ignorierend, und rollte an ihr vorbei in die Wohnung. Seit sie Witwe war, ein schreckliches Wort, das sie sofort um dreißig Jahre altern ließ, war der Kontakt zu ihm sehr viel enger geworden. Selbstverständlicher. Er kam einfach, spielte mit den Kindern, brutzelte etwas Leckeres in der Küche, saß mit Anna am Küchentisch und schwieg mit ihr.
Das war das Angenehmste, das Schweigenkönnen mit ihm. Er war der einzige Mensch, bei dem es sie nicht streßte, wenn keine Worte fielen, wo sie nicht angestrengt Konversation

machte, damit der andere sich in ihrer Gegenwart nicht etwa langweilte.
»Gib her, die Trüffel«, forderte sie und folgte ihm in die Wohnung. Vor dem Schlafzimmerschrank blieb er stehen und musterte die Wäschehaufen mit gerunzelter Stirn. »Nur vom Feinsten«, murmelte er. »Sind deine Dessous auch so edel?«
Anna mußte lachen, weil er wieder mal ins Schwarze getroffen hatte. Ihre Wäsche war aus vernünftiger Baumwolle und von den vielen Waschgängen so dünn, daß sie eigentlich dringend neue brauchte.
»Ich hab die schärfste Unterwäsche in ganz Norddeutschland«, flachste sie. »Du würdest dich wundern.«
»Ich würde mich gern wundern«, stellte er fest und rollte aus dem Schlafzimmer. Wenn du nur wüßtest, wie gern, dachte er. Er sah eben richtig peinlich berührt aus, sorgte Anna sich, als sie ihm in die Küche nachging, wo er bereits am Arbeitstisch stand und Kartoffeln schälte. Warum machst du auch immer so blöde Scherze mit ihm? Ob er überhaupt noch kann? Eine Frage, die sie trotz aller Vertrautheit mit ihm nie gestellt hätte. Was sollte er sagen, wenn es nicht mehr ging? Sie wollte ihm nicht weh tun. Gerade ihm nicht.
»Warum machst du Kartoffeln?« fragte sie. »Wir essen doch Frühstück.«
Er drehte sich nicht um. »Weil du aussiehst wie eine Vogelscheuche«, meinte er nur. »Du brauchst Fett auf die Rippen. Darum gibt es Bratkartoffeln mit Speck, Widerspruch ist zwecklos. Wo ist die Brut?«
Sie schwieg, wie immer leicht schuldbewußt, wenn Gerd sie bei einer pädagogischen Inkorrektheit ertappt hatte. Lealu saßen vor dem Fernseher und ergötzten sich – ausgerechnet – an den Power Rangers.
Gerd war einfach konsequenter in der Erziehung als sie.

Fernsehberieselung, Junkfood, Plastikspielzeug, all die schlechten Dinge, die sie, wenn auch ungern, bei ihren Kindern durchgehen ließ, waren ihm Anlaß für eine strenge Gardinenpredigt. Sie wußte es ja auch, daß sie bei ihren Kindern oft genauso schwach war wie in ihrer Ehe. Ein feuchter Blick aus Kinderaugen, eine Umarmung, und sie rückte von ihren Prinzipien ab. Als Leander zwei Jahre alt war und jede Art von Vitaminen angewidert ausspuckte, kaufte sie ihm tütenweise Gummibärchen, weil sie auf der Packung gelesen hatte, daß diese besonders viel Vitamin C enthielten. Sie behielt dieses sündige Geheimnis für sich, auch Alexa wurde nicht eingeweiht, obwohl diese am allerinkonsequentesten war, was die Kinder betraf.

»Ich versaue dir deine Gören, solange ich noch Tante bin«, verkündete sie fröhlich und kippte Barbies, ferngesteuerte Autos und Weingummi über die Kinder aus. »Wenn ich mal Kinder habe, werd ich streng. Keine Sekunde früher.«

Gerd wendete die Bratkartoffeln. »Glotze am frühen Morgen?« Seine Stimme klang deutlich mißbilligend. »Aber doch nicht etwa die Power Rangers.«

»Natürlich nicht«, log Anna schnell. »Wo denkst du denn hin? Sie sehen einen Naturfilm im Dritten.«

Prüfend ließ Anna ihren Blick über den Eßtisch gleiten. Wie jeden Samstag hatte sie den Tisch besonders üppig gedeckt, denn wochentags fand das Frühstück hauptsächlich im Vorübergehen statt. Leander bestand auf seiner Nuckelflasche mit Ovomaltine, Lucy schlang hastig ein paar Cornflakes mit Orangensaft hinunter, vor zehn Uhr hatte sie nie Appetit. Anna verteilte drei Tassen tintenschwarzen Kaffee auf die Minuten zwischen Aufstehen, Katzenwäsche, Kinder-aus-dem-Bett-Scheuchen, Brote-für-den-Kindergarten-Schmieren, Sich-und-die-Kinder-Anziehen, Aus-dem-Haus-Stürzen. Keuchend saß sie dann im Auto, setzte Leander und Lucy ab und fuhr weiter zur Schule. Das ist kein Leben, dachte sie oft, ich bin ja schon um acht Uhr morgens völlig fertig. Zum Glück kommt in einer Woche das Au-pair-Mädchen. Der Gedanke, ihre Kinder plus Haushalt einem jungen, sicher völlig unerfahrenen Wesen anzuvertrauen, machte sie jetzt schon unruhig, aber sie brauchte Hilfe, und eine Haushälterin konnte sie sich nicht leisten. Also hatte sie eine Agentur angerufen und sich – nach einer des Deutschen unkundigen Polin, die als erstes nach »frei Zeit« fragte, und einer schmollmündigen Französin, die nur einen Monat bleiben wollte – für die neunzehnjährige Schwedin Annika entschieden.

Als Anna ihr schrieb und zusagte, kam ein freudiger Dankesbrief mit einem Foto. Blond und bezaubernd sah Annika darauf aus, und Anna dachte zum erstenmal: Ein Glück, daß Klaus nicht mehr lebt, dann hätte ich zu Hause ja keine ruhige Minute mehr.

Da der Alltag so anstrengend war, freute sich Anna um so mehr aufs Wochenende. Schon Freitag früh stand sie fast so beschwingt und gut gelaunt wie früher unter der Dusche. Zwei Tage ohne Morgenstreß – das war im Moment ihre Vorstellung von Paradies. Und eine Nacht, in der die Kinder einmal ohne Alpträume durchschliefen. Sie selbst hatte gerade ihr Valiumrezept erneuert, weil sie das schlappe Gefühl nach dem Aufstehen den wirren Gedanken vorzog, die sie Nacht für Nacht überfielen, wenn sie das Licht löschte.

Dann tauchte Klaus wieder auf, umringt von einer Frauenschar, und grinste sie an. »Es geht mir gut, mein Schatz«, höhnte er. »Vermißt du mich?« Nein, du Arschloch, dachte sie dann, und an Einschlafen war nicht mehr zu denken. Dann lieber Valium.

Leander und Lucy stürmten in die Küche, rangelten darum, wer rechts neben Gerd sitzen durfte, weil dort das Ohr war, mit dem er so schön wackeln konnte. Gerd las gerade seinen

Lieblingsteil der *Bild*-Zeitung, die Meldungen über Mord und Totschlag.

»Zwei Katzen in Waschmaschine zu Tode gefoltert«, teilte er mit. »So grausam kann der Mensch sein.«

»Hör bitte auf, das ist wirklich nichts für die Kinder«, sagte Anna schnell und wollte ihm die Zeitung aus der Hand reißen, aber er war schneller. »Wollt ihr ein schönes, weiches Frühstücksei?«

Doch die Kinder, mit der angeborenen Grausamkeit von Minimenschen, wollten lieber weiterhören. »Sind denn die Muschis auch sauber geworden?« wollte Lucy wissen, und Leander sang glücklich »Katse Schiene, Katse Schiene« vor sich hin.

»Der Tierquäler steckte die Katzen in eine Waschmaschine, kochte sie zu Tode und *schleuderte sie auch noch trocken.*«

Gerd legte die Zeitung aus der Hand und wandte sich den Kindern zu, die ihre Teller ganz nah an seinen Rollstuhl geschoben hatten. »Untersteht euch, das mit mir auch zu probieren«, sagte er ernst und weidete sich an den erschrockenen Kinderaugen. »Dann bin ich nämlich mausetot.«

Das war zuviel. Lucy fing bitterlich an zu schluchzen, und Leander, von der schwesterlichen Trauer angesteckt, krabbelte auf Gerds Schoß, und schmiegte den kleinen Kopf in seine Halsbeuge.

»Das hast du jetzt davon«, sagte Anna streng, während sie die drei voller Rührung betrachtete. »Wenn du nicht gleich anfängst zu essen, wird dein Essen kalt.«

Gerd schob die Kindermasse energisch von sich. »Wißt ihr eigentlich, daß dies ein Zauber-Ei ist?« fragte er sie und zeigte auf seinen Teller. »Wer davon ißt, wird entweder eine Kröte mit knallroten Augen oder ein Engel mit giftgrünen Flügeln. Wer möchte mal probieren?«

»Ich, ich«, riefen beide, schoben die Köpfe vor und sperrten die Münder auf.

Es klingelte an der Tür. »Will leine gehn«, kreischte der Kleine und tapste zur Tür, die er, keuchend und auf Zehenspitzen gereckt, gerade eben aufmachen konnte. *»Hello, gorgeous«*, rief Alexa, die mit Jule, einer flamboyanten Mischung aus Pudel und Bullterrier, im Treppenhaus stand. »Wenn ich auf Männer stehen würde, wärst du jetzt fällig.« Sie packte ihn und ging mit ihm in die Küche.

»Spiegeleier und Speck!« kreischte sie begeistert. »Geh zurück an den Herd, Mann meiner schlaflosen Nächte, und schlag mir ein paar Eier in die Pfanne. Nur da mag ich sie.« Ohne auf die Reaktion ihres Publikums zu warten, fing sie schallend an zu lachen. »Oder befruchtet.«

Anna lachte mit. Alexa war wie ein geöffnetes Fenster in einer stickigen Wohnung. Wie ein Schaumbad im November. Sie waren beste Freundinnen, seit sie in der siebten Klasse von Frau Dr. Silke Beyn, ihrer gestrengen Chemielehrerin, zum gemeinsamen Nachsitzen verdonnert worden waren. Anna war Alexas große, erste Liebe gewesen, denn sie wußte schon damals, daß sie anders war als ihre Freundinnen. Alle schwärmten von Michael Douglas, Robert Redford oder Alain Delon, sie träumte von Jane Fonda, Brigitte Bardot, Romy Schneider.

Wenn sie auf Klassenreisen neben Anna im Bett lag, wie zufällig an ihren warmen Körper rückte, ihren Geruch einatmen konnte, dann stand sie fürchterliche Kämpfe mit sich aus.

Ob sie? Nur ein einziges Mal? Ganz, ganz vorsichtig?

Alexa hatte es jedoch stets geschafft, ihre aufkeimenden Sehnsüchte gleich zu Beginn zu ersticken. Jahre später, als sie beide studierten, Alexa Jura, was sie nach zwei Semestern an den Nagel hängte, Anna Ernährungskunde und Englisch, war ihr am Ende einer feuchtfröhlichen Party die Kontrolle entglitten.

Sie hatten am Küchentisch eines Freundes gesessen, entspannt, müde, angeheitert.
»Weißt du eigentlich, wie wunderschön du aussiehst?« hatte Alexa gefragt.
Anna schaute sie erstaunt an. »Bist du betrunken?«
»Ziemlich«, murmelte Alexa. Wenn Anna wüßte, wie mein Herz jetzt klopft, dachte sie, sie würde mir sofort die Freundschaft kündigen. Minutenlang rang sie mit sich, heißes Verlangen und die lähmende Angst vor unerfreulichen Konsequenzen kämpften in ihr. Sie trank noch einen Wein.
Anna hatte inzwischen ihre Schuhe ausgezogen und die Beine auf Alexas Schoß gelegt. »'ne Fußmassage wäre jetzt schön«, seufzte sie. Alexa massierte, und dann passierte es. Sie nahm einen Fuß in ihre Hände und küßte Annas Zehen. Jeden einzelnen. Zuerst kicherte Anna, doch dann wurden ihre Augen groß und weit, und sie stand auf und Alexa auch, und dann küßten sie sich. Es war ein sehr aufregender, trotzdem völlig selbstverständlicher Kuß.
Am nächsten Morgen rief Alexa an. »Bist du mir böse?« fragte sie voll ängstlicher Vorahnung. Doch Anna lachte. »Ich liebe dich, Alexa«, sagte sie, »aber ich bin nicht lesbisch. Ich hoffe, daß wir trotzdem Freundinnen bleiben.«
Der Stein, der Alexa vom Herzen fiel, hätte Deutschland in zwei Teile gespalten. »Laß uns gestern nacht vergessen«, schlug sie vor, »es wird nie wieder vorkommen.«
Und es kam nie wieder vor. Alexa wurde ein wildes Mädchen, das viele Frauenherzen im Sturm eroberte und so manche Ehe ins Wanken brachte, während Anna sich kurz darauf so nachhaltig in den jungen Werbegrafiker Klaus Blumenberg verliebte, daß sie monatelang nicht vernünftig anzusprechen war. Zwischen ihm und Alexa war es jedoch mühsam verhüllte Abneigung auf den ersten Blick, und dabei blieb es.
»Du bist eifersüchtig, weil ich einen Mann liebe«, sagte Anna

traurig, aber Alexa schüttelte den Kopf. »Nee, meine Süße, als Liebesobjekt bist du für mich abgehakt. Ich mag ihn nicht, weil du ihn mehr liebst als er dich und weil er das gnadenlos ausnutzen wird.«

Als Klaus starb, hatte Alexa einen kurzen Kondolenzbrief mit lila Rand geschickt. »Die Gott liebt, holt er jung. Tröste dich mit dem Wissen, daß dein Mann ein Vielgeliebter war.«

Und obwohl Anna zu diesem Zeitpunkt in einem tiefen, schwarzen Loch saß, mußte sie schmunzeln. Typisch Alexa, dachte sie, ihre Giftpfeile schleudert sie noch ins Grab. »Wieviel Eier?« fragte sie jetzt. »Vier oder fünf?« Alexa gehörte zu den hassenswerten Frauen, die über einen zu flachen Bauch und Hintern klagten.

»Vier reichen«, sagte Alexa, »ich hab schon gefrühstückt.«

Gerd war inzwischen zum Kühlschrank gerollt und hatte sich einen Joghurt geholt.

»Was verschafft uns die Ehre, Herrin aller Bullen?« fragte er freundlich.

Die beiden liebten und neckten sich mit gleicher Intensität. »Wir sind beide Außenseiter«, hatte er einmal gesagt. »Wir schauen vom Rand aus zu und spielen den Partyclown, damit uns niemand zu nahe kommt.«

»Du hast recht, du Mistkerl«, hatte Alexa geantwortet, »aber das darf außer uns keiner wissen. Außerdem bist du der einzige Mann, den ich in mein Bett ließe.«

»Das sagst du nur, weil du mich für einen sicheren Kandidaten hältst«, hatte Gerd gefrotzelt.

»Wenn du bei ihr schlafen willst, braucht sie dich doch bloß ins Bett zu heben«, schlug Lucy vor, die, wie alle Kinder, ihre Ohren überall hinwachsen ließ. Die Erwachsenen hatten schallend gelacht, nur Klaus nicht, der das Thema absolut deplaziert fand.

Jetzt, dachte Alexa, jetzt oder nie.

»Ich muß euch was sagen.« Das Zögern in ihrer Stimme ließ Anna und Gerd aufhorchen. »Ich möchte euch was Wichtiges erzä ...«

Ihr Beeper ging los. Sie seufzte und schaute auf die Nummer. »Mist, ein Notruf, ich muß sofort los.«

Sie stand auf und reckte sich. »Hoffentlich nur ein armer Exi, der mit seinem Dödel 'ne alte Frau erschreckt hat, und nicht wieder dieser widerliche Kerl, der mit seinem armen Hund auf Mädchenjagd geht«, sagte sie. »Ich hab heute nicht den Nerv für was Tragisches.«

In der Tür drehte sie sich um: »Kann ich Jule hierlassen?«

Anna nickte nur, ohne nachzufragen, was es mit dem Mädchenjäger auf sich hatte. Ihr Bedarf an kriminalistisch-unappetitlichen Details wurde durch ihre Freundin so gnadenlos befriedigt, daß sie sich oft fühlte wie eine Krankenschwester, die sich beim Anblick einer vereiterten Wunde nur gelangweilt wegdreht. Überfüttert. Abgehärtet. »Muß Jule noch mal Gassi?« fragte sie nur. Alexa nickte fröhlich. »Frische Luft tut dir gut, mein Schatz«, flötete sie.

Eine Sekunde später klappten ihre hohen Hacken im Treppenhaus.

10

»Sie wohnen hier... allein?« Der Blick, den Charlotte Pipp vom Amt für Jugend über ihre Wohnzimmereinrichtung wandern ließ, hatte diese Mir-entgeht-nichts-Qualität, die Alexa zum kleinen Schulmädchen schrumpfen ließ.

Dabei hatte sie ihre Dachwohnung, die normalerweise wie nach einem atomaren Erstschlag aussah, noch in letzter Sekunde in einen Zustand zu bringen versucht, der Bravheit, Bürgerlichkeit und vor allem Kinderfreundlichkeit vortäuschen sollte. Die einschlägigen Bücher waren ebenso ver-

schwunden wie die eindeutigen Spielzeuge, dafür lagen ein paar Kinderbücher, die sie heimlich aus Lealus Zimmer entwendet hatte, dekorativ auf ihrem Couchtisch aufgeschlagen, damit sie nach häufiger Benutzung aussahen. Auch der Rosinenkuchen, um den sie Gerd gebeten hatte – sie selbst konnte weder kochen noch backen –, stand, puderzuckerbestäubt und, wie sie hoffte, Hausfraulichkeit betonend, daneben.
»Ich lebe allein«, sagte sie fest, »aber ich habe viele – ähem – kinderreiche Freundinnen, die mich besuchen. Dies hier ist oft der reinste Kindergarten. Möchten Sie vielleicht ein Stückchen Kuchen?«
»Sie wissen ja sicher, daß wir Adoptionen an Alleinlebende nur in absoluten Ausnahmefällen vermitteln.« Frau Charlotte Pipp schien das Kuchenangebot nicht gehört zu haben. »Wir wollen unsere Kinder schließlich nicht in unseriöse Verhältnisse geben. Dafür haben Sie doch sicher Verständnis.«
Alexa wußte alles. Und manchmal bereute sie es bereits, einen Antrag auf Adoption gestellt zu haben. Formulare, Anträge, amtsärztliche Untersuchungen, muffige Behördenflure, noch muffigere Sozialarbeiter. Sie kam sich wie eine Bittstellerin vor, nicht wie die Mutter Theresa, als die sie sich anfangs gefühlt hatte. Denn sie hätte es sich ja auch leichter machen können. Eine heiße Nacht mit Mr. Unbekannt zur rechten Zeit, und das Problem wäre erledigt.
Aber das wollte sie auf gar keinen Fall. Sie wollte kein Kind, das sie einem ahnungslosen Fremden heimlich abgerungen hatte. Sie wollte ein Kind, das sonst keiner wollte. Einen Außenseiter, wie sie. Eine vielleicht übertrieben sozialromantische Vorstellung, aber eine hartnäckige. Sie wollte Mutter werden. So einfach war das und in ihrem Fall doch so kompliziert.
Keiner ihrer Freunde wußte davon, weil sie Angst vor ihren fassungslosen Kommentaren hatte. Zu überzeugend war sie

immer die wilde Braut, die ausgebuffte Lesbe, die waghalsige Polizistin gewesen.
Nur ihre Mutter war eingeweiht. »Ich hätt mein Enkelkind zwar lieber mit Schwiegersohn«, hatte sie geseufzt, »aber lieber so als gar keins.« Und dann hatte sie ihrem Pastor einen doppelten Schnaps eingeschenkt und ihm alles erzählt.
»Ich würde gern den Rest Ihrer Wohnung sehen.« Frau Pipp ging bereits aus dem Wohnzimmer und schaute in die anderen Räume. Küche, Bad, kein Kommentar. Ehe sie es verhindern konnte, öffnete Frau Pipp die Tür zu einer kleinen Dachkammer, in die Alexa den Restmüll aus den anderen Zimmern geschaufelt hatte. Verdammt, dachte sie, aber der Blick der Sozialarbeiterin verriet nichts. Wortlos musterte sie die staubigen Bücherkisten, die überquellenden Müllbeutel, dann blieben ihre wachsamen Augen an einem Kleiderhaufen hängen, auf dem ein Massagestab mit Gumminoppen lag. Woher sollte Frau Pipp wissen, daß er wirklich nur für Alexas schlimme Verspannungen im Rücken war?
»Wie ich schon sagte, solide Verhältnisse.« Frau Pipp drehte sich um und ging wieder ins Wohnzimmer. »Sie haben in Ihrem Antrag angegeben, daß Sie bei der Behörde tätig sind. Kollegin also?« Sie setzte sich und griff nach einem Stück Kuchen.
»Ich bin Polizistin.« Alexas Stimme war ein paar Oktaven gesunken. »Verbeamtet auf Lebenszeit«, fügte sie schnell hinzu.
»Und wo sind Sie da? Regeln Sie den Verkehr?«
Ein kleines, frauenfeindliches Lächeln umspielte die Lippen von Frau Pipp. Aber Alexa reagierte nicht, zu sehr war sie eingesponnen in ihre trüben Gedanken.
Das war's, dachte Alexa bekümmert. Nie werden sie einer Frau ein Kind geben, die es nicht vom Kindergarten abholen kann, weil sie gerade einen Spanner verhaftet. Oder einem Serienmörder auflauert. Bewußt hatte sie deshalb ihre Beschäftigung unpräzise gelassen. Naiv von ihr.

»Ich bin im Kommissariat für Sexualdelikte«, sagte sie ehrlich. »Hauptsächlich Spanner, Vergewaltiger, auch Serientäter.« Mit gesenktem Blick wartete sie auf das Urteil.
»Aber das ist ja hoch interessant.« Charlotte Pipps Stimme klang richtig begeistert. Sie beugte sich vor und sah Alexa an. »Darf ich noch ein Stück? Der Kuchen ist hervorragend. Es ist schön für Kinder, wenn die Mami ein bißchen kochen und backen kann.«

11

Marlon stand in der Telefonzelle und hielt unschlüssig seine Telefonkarte in der Hand. Sein Gesicht glänzte gut durchblutet und leicht feucht, denn er war zwei Stunden durch den Wald gerannt, ohne sich umzusehen, wie von Furien gehetzt. Oder Dämonen. Er griff zum Hörer, die Nummer kannte er auswendig.
»Hallo, hier ist Lucy Blumenberg.« Eine Mädchenstimme.
Schnell legte er den Hörer wieder auf.
Was tat er da?

Im Schlafzimmer seiner Mutter brannte noch Licht, als er nach Hause kam, den Autoschlüssel ans Schlüsselbrett hängte, sich leise an ihr vorbei ins Bad schleichen wollte. Nur jetzt keinen Menschen sehen müssen.
»Ich bin noch wach, mein Schatz«, rief sie. »Willst du mir nicht einen Gutenachtkuß geben?«
Er öffnete ihre Schlafzimmertür, sie lag in ihrem Ehebett, deren andere Hälfte sie immer noch frisch bezog, auf einem Kissenberg, die Brille war ihr halb auf die Nase gerutscht. Wie die Großmutter von Rotkäppchen, dachte er böse, gleich kommt der Wolf und frißt sie. Und plötzlich tauchte diese Nacht vor fünfundzwanzig Jahren wieder auf …
Seine Mutter hatte mit Freunden gefeiert, er war allein zu

Hause. Das störte ihn nicht, er war schon 13 und daran gewöhnt. Seit sein Vater mit 35 Jahren an Darmkrebs gestorben war, sah Marlon seine Mutter nur noch selten. Sie ging viel aus, ständig wurde sie von fremden Männern abgeholt, die seinen Kopf tätschelten und ihn ansonsten ignorierten. Dann flog die Tür auf, seine Mutter, schön wie eine Prinzessin, mit roten Lippen und tief ausgeschnittenem Kleid, kam herein, um sich zu verabschieden. Ein Kuß, gierig sog er die süße Wolke ein, die sie umgab, weg war sie.
An jenem Abend war sie lange weg gewesen, er schlief schon, als ihn die Klingel aufweckte. Sie hatte wieder mal ihren Schlüssel vergessen.
Schlaftrunken ging er nach unten, schloß die Tür auf. »Hallo, mein Held«, lallte sie, »laß dich umarmen.« Wortlos legte er ihren Arm um seine Schulter und schob sie die Treppe hoch. Sie lag wie ein Mehlsack auf ihm, die Wolke von Alkohol und Parfüm betäubte ihn fast. Plötzlich rutschte sie aus, landete unsanft auf der Treppe, zog ihn zu sich runter. »Komm, mein Süßer.« Ihre Stimme klang plötzlich so anders, er hatte Angst, aber folgsam blieb er sitzen, steif und unbehaglich. »Weißt du, daß ich dich sehr lieb hab, daß du seit Papis Tod Mamis kleiner Mann bist?« Sie hatte ihre Hände um sein Gesicht gelegt. Fremd sah sie aus, unheimlich.
»Komm ins Bett«, sagte er mit so viel Festigkeit, wie ihm möglich war. »Du bist betrunken.«
Er stand auf, zog sie mit sich. Keuchend. Im Schlafzimmer angekommen, schleppte er sie zu ihrem Bett und zog ihre Schuhe aus. Ganz still lag sie jetzt da, fast wie eine Leiche, dachte er plötzlich. Wenn nicht ihr Schnarchen gewesen wäre. Er kletterte aufs Bett und betrachtete sie. Über ihren rechten Strumpf lief eine Laufmasche, die störte seinen Ordnungssinn. Vorsichtig hob er ihren Rock und löste das Strumpfband, rollte den kaputten Strumpf langsam ihr schlankes Bein herunter.

Als er das andere Strumpfband berührte, schlug sie die Augen auf.
Wieso fiel ihm diese Nacht jetzt wieder ein? Haß stieg in ihm auf, so wild und übermächtig, daß er die Vorstellung, jetzt an ihr Bett zu treten, seine Hände um ihren faltigen, weißen Hals zu legen, ganz fest zuzudrücken, bis ihr die Augen aus dem Kopf quollen, schon vorweg wie eine riesengroße Erleichterung empfand. Endlich, endlich würde sie tot sein, ihn nicht mehr behelligen und mit ihrer verfluchten, hilflosen Mütterlichkeit ersticken. Sie würde aus seinen Träumen verschwinden und aus seinen Alpträumen.
»Ich dachte, du schläfst schon«, sagte er nur, trat an ihr Bett und küßte hastig die Luft vor ihrem erwartungsvoll hingestreckten Gesicht, »bis morgen. Ich geh auch gleich ins Bett.«
»Wo warst du denn so lange?« fragte sie. »Ich hab mir Sorgen gemacht. Es passiert doch nachts so viel. Soviel Gesindel ist unterwegs.«
»Ich war nur joggen, Mama«, sagte er. »Mir passiert schon nichts.«
Als er sich die Spuren der letzten Stunden weggeduscht hatte und endlich in einem sauberen, frisch gebügelten Schlafanzug im Bett lag, spürte er mit sinkendem Herzen, daß die Phantasien wieder in ihm hochkrochen, so wütend, so gewalttätig, daß sie ihm die Luft abschnürten. Er fühlte diese kribbelnde Unruhe in sich, diese Erregung, die durch nichts zu bändigen war. Durch gar nichts.
Leise stand er wieder auf und zog seinen verschwitzten Jogginganzug an. Er würde sie besuchen, aber diesmal würde er nicht vor dem Fenster stehenbleiben. Diesmal würde er sich trauen.
Als die Tür ins Schloß klappte, hörte er das leise, friedliche Schnarchen seiner Mutter. Wie damals, dachte er.

12 Die Jalousie war geschlossen, trotzdem konnte er hineinsehen. Das Licht war noch an, sie saß auf einem Sessel vor dem Fernseher und las. Neben ihr auf dem Beistelltisch ein Glas Rotwein und ein halbvoller Aschenbecher. Er stand vor dem Fenster, nur ein paar Meter von ihr getrennt. Ich bin dir ganz nah und trotzdem unerreichbar für dich, dachte er, ein unsichtbarer Gott, der dich beherrscht. Ich bin stärker als du, viel stärker. Sein Atem wurde heftiger.
Sie verließ das Wohnzimmer und ging über den Flur ins Bad. Nach ein paar Minuten kam sie wieder, nackt bis auf ein knappes Höschen. Du bist wehrlos, dachte er, absolut wehrlos und schwach. Sie stand jetzt vor dem Fernseher und cremte ihren Körper ein, mit langen, ruhigen, völlig sicheren Bewegungen.
Dann stand sie auf und öffnete das Kippfenster, nur die Glasscheibe trennte ihn von dieser glatten, jungen, selbstbewußten Frau. Sie reckte sich und schaute aus dem Fenster.
Ich warte ab, bis sie im Bad ist, dann steige ich ein, dachte er und war plötzlich ganz ruhig. Seine Aufgabe war klar, er mußte sie erfüllen, sonst würde er nie zur Ruhe kommen.
Sie drehte sich um und ging ins Bad. Vorher löschte sie das Licht.
Jetzt, dachte er. Endlich.
Geschmeidig wie eine Katze zog er sich am Fenstersims hoch, holte seine Brechstange aus der Hosentasche. Sie putzte sich die Zähne, spuckte den Schaum ins Waschbecken. Er schob die Stange zwischen Fenster und Fensterrahmen, es knackte, aber das Wasser rauschte, und sie hörte nichts. Leise, leise öffnete er das Fenster und schwang ein Bein auf den Sims. Ich komme, Liebling, flüsterte er vor sich hin, mach dich bereit für mich.
Die Stimme traf ihn wie ein Beil im Rücken.
»Kommen Sie sofort da runter, sonst hol ich die Polizei.«
Er wollte sich umdrehen, rutschte ab und knallte unsanft auf

den Boden. »Na, da hab ich dich gerade noch rechtzeitig erwischt, du Schwein! Wolltest einbrechen, was?«
Vor ihm stand ein junger Mann mit zornfunkelnden Augen, der mit der rechten Hand ein Fahrrad festhielt. Das Fenster öffnete sich, und eine hübsche, blonde Frau im Nachthemd beugte sich vor: »Was ist denn los, Michael?«
Er war nur noch Adrenalin. Weg nur weg nur weg. Von irgendwoher fand er die Kraft, sich aufzurichten und in die Dunkelheit davonzustürzen. »Laß ihn doch, Michael«, hörte er noch, bevor er um die Ecke keuchte, »das ist doch eine ganz arme Sau.«
Er wußte, daß sie recht hatte. Und das war das Schlimmste.
Weg nur weg nur weg.
Erst als er vor ihrem Haus stand, wurde ihm klar, daß er die ganze Zeit eigentlich nur hierher gewollt hatte. Er sah hoch, in ihrem Fenster brannte noch Licht. Die Gardinen waren nicht zugezogen. Sie war halt ein argloser Mensch.
Er wartete, bis seine Füße eiskalt waren und sein Herz.
Aber sie kam nicht.

13

Es war Montag, und wie immer fehlte die Hälfte der Schüler. Einige Asylbewohner waren übers Wochenende abgeschoben worden, andere als jugendliche Drogenkuriere in polizeilichem Gewahrsam. Die deutschen Schüler, die zukünftigen Bäcker und Fleischer, kurierten zu Hause ihren Kater aus.
Mal sehen, wer noch da ist, dachte Anna, als sie die Tür zur Schulküche öffnete, ein großer Raum mit acht Kochherden, vier Kühlschränken und einer riesigen Arbeitsfläche. Im hinteren Teil hatte sie die Schultische zu einem großen Eßtisch zusammengeschoben, an dem anschließend das mühsam Erkochte gemeinsam verspeist wurde.

Heute stand das arabische Fleischgericht »Kreye« auf dem Speiseplan, das Reza, ein bildhübscher Junge aus Mazedonien, zubereiten wollte. Er war erst 16 Jahre alt, sah aus wie mindestens 20, und alle Lehrerinnen waren verrückt nach ihm, was er verständlicherweise weidlich ausnutzte.
»Guten Morgen, Reza«, sagte Anna, denn er war tatsächlich gekommen, womit nicht unbedingt zu rechnen gewesen war.
»Guten Morgen, Frau Blumenberg«, riefen die anderen Schüler.
Blitzschnell zählte Anna durch. Meral, Nikos, Sepideh, Aldrina, Gülbeyaz, Inzafera, Attia. Acht waren da. Eine Woche lang hatte Anna jeden Abend die fremdländischen Namen auswendig gelernt und auszusprechen geübt, so daß sie jetzt nicht mehr, wie die meisten Kollegen, herumstotterte oder »Du da mit dem bunten Kopftuch« sagen mußte. Die Schüler wußten diesen Respekt zu schätzen, in ihrer Klasse gab es kaum Schwierigkeiten mit der Disziplin.
»Wo sind Raad, Servet, Azra und Ali?« fragte Anna. »Hat sie jemand von euch übers Wochenende gesehen? Sind sie abgeschoben worden?«
Die Schüler schauten sich ratlos an. »Ich glaub noch da«, antwortete schließlich Sepideh, eine 17jährige Kurdin, die mit ihrer achtköpfigen Familie auf dem Containerschiff im Hafen wohnte und trotz ihres schwierigen Lebens immer guter Dinge und sehr hilfsbereit war, »aber weiß nicht genau.« Sie strahlte ihre Lehrerin an: »Deutsche immer machen Sorgen. Warum?«
»Also gut«, Anna klatschte in die Hände. »Fangen wir an. Reza, pack bitte alle Zutaten aus und verteil die Arbeiten. Das Gemüse muß gewaschen und zerkleinert werden. Servet, du wäschst wieder ab, das kannst du am besten. Gülbeyaz, jetzt gibt es noch keine Raucherpause, steck die Zigaretten wieder ein, selbst bei uns darf in der Klasse nicht geraucht werden.«
Sie konnte ihre Schüler beim Essenzubereiten keine Sekunde

aus den Augen lassen, besonders die Jungen nicht, die meist aus moslemischen, oft streng religiösen Familien kamen und für die Kochen Frauenarbeit und damit unter ihrer Würde war. Die kulinarischen Anfangssünden waren deshalb beträchtlich gewesen. Reza hatte das Gulasch zwar gewaschen, aber mit Spüli, Izafera ungekochte Nudeln in der Bratpfanne geröstet. Da viele Schüler die Zahlen an den Meßbechern nicht lesen konnten, war an allen Speisen entweder zuviel Salz, Mehl, Zucker oder gar keins, oder ein Liter Zitronensaft statt ein Eßlöffel.

»Was mach ich bloß falsch?« hatte Anna Gerd eines Abends am Küchentisch vorgejammert. »Wir kochen vier Stunden, es schmeckt scheiße, ich schmeiß alles wieder weg. Das ist doch demoralisierend. Die Schüler denken, ich versteh mein Fach nicht. Sie können ja nicht wissen, daß ich auch privat eine lausige Köchin bin.«

»Wieso schmeißt du das Essen denn weg?« fragte Gerd. »Laß deine Schüler doch alles aufessen, bis zum letzten, verkorksten Krümel. Sollst mal sehen, wie schnell die sich zusammenreißen.«

Und so geschah es.

»Sehr lecker«, sagte Anna nach der nächsten Kochstunde, als sie eine bis zur Unkenntlichkeit verbrutzelte Lasagne aus dem Backofen holte. »Und jetzt – guten Appetit.«

Danach wurde das Gekochte deutlich genießbarer, und manchmal schmeckte es sogar richtig gut.

Während die Schüler das Fleisch schnetzelten, Kartoffeln und Zwiebeln schälten und enthäutete Tomaten in die Pfanne legten, trat Anna an die Tafel. Der Nutzen eines pädagogisch wertvoll erstellten Tafelbildes war ihr manchmal unklar, weil nie jemand mitschrieb, aber Wuttke bestand darauf, also schrieb sie:

Fleisch braten

– Fleisch vorbereiten

– den Fettrand einschneiden, damit die Fleischstücke flach in der Pfanne liegen

– kurz vor dem Braten würzen

– Fett erhitzen

– Bratgut einlegen

Vorsicht Spritzgefahr!

Sie wischte die Kreide von ihren Fingern, drehte sich um und beobachtete ihre Schülerschar mit einer Mischung aus Mitleid und Freude. Vor zwei Tagen war Sepideh ganz aufgeregt zum Unterricht erschienen, weil Gülu, ihr Schwager, von einem Russen direkt vor dem Container regelrecht abgestochen worden war. Man munkelte etwas von Drogen. Sie hatte Sepideh sofort nach Hause schicken wollen, aber das Mädchen wehrte ab: »Bloß nicht, Frau Blumenberg, Männer alle so aufgeregt, nix gut bei mir.« Was für eine Kindheit, dachte Anna und war einen Augenblick zutiefst dankbar, daß so ein Leben ihren Kindern erspart blieb.
Eifrig beugten sich acht schwarzhaarige Köpfe über Herd und Pfannen. Reza füllte den Fleischtopf mit Wasser, ließ kochen, gab dann fünf Eier dazu. Seine Familie war in Mazedonien geblieben und er in einem abgewrackten Hotel am Steindamm untergekommen, wo er Tür an Tür mit Dealern aus Schwarzafrika und drogensüchtigen Prostituierten wohnte. Bereits nach einer Woche war er mit einer teuren Lederjacke in der

Schule aufgetaucht. Geschenk, sagte er. Die Lehrer waren machtlos. Noch war er 16, also unsterblich, und als er jetzt vom Kochtopf hochschaute und den prüfenden Blick seiner Lehrerin bemerkte, kniff er ein Auge zu und lächelte sie an.

»20 Minuten Pause«, rief Anna, und acht Jungköche ließen ihre Bestecke fallen. »Stellt den Backofen auf 100 Grad, und seid Punkt zehn vor elf wieder hier.«

Aufatmend verließ sie die Klasse, denn seit dem Tod von Klaus hatte sie das Rauchen wieder angefangen, und 45 Minuten ohne Nikotin waren hart für sie.

Sie fingerte in ihrer Jeanstasche. Mist, keine Zigaretten mehr da.

»Guten Morgen, oder besser guten Vormittag.« Die Stimme, tief, leicht belegt, ließ sie zusammenfahren. Sie drehte sich um.

»Herr Stephan, guten Morgen, wie geht's Ihnen?« Warum klang ihre Stimme so blöd? Sie war doch kein Schulmädchen mehr.

»Den Umständen entsprechend«, lachte er, »wenn man von einer Prügelei in der ersten Stunde, einer Schülerinnenohnmacht in der zweiten und meinen rasenden Kopfschmerzen seit heute morgen absieht.«

»Habe ich richtig gehört, Sie unterrichten Chemie bei den Bäckern?« fragte sie, hellhörig geworden, denn, so ging das Vorurteil, wer Bäcker werden wollte, war meist dumm und gewalttätig.

»Ja, man hat mir die Faschisten aufs Auge gedrückt«, sagte er, »eine Art Strafversetzung.«

»Wofür müssen Sie denn bestraft werden?« scherzte Anna. »Haben Sie sich einer Schülerin unsittlich genähert oder was aus der Portokasse geklaut?«

»So ähnlich.« Er lächelte zurück und sah sie an.

Sie waren inzwischen im Raucherzimmer angelangt, das nicht so klein und dunkel war wie in anderen Schulen. Wuttke saß schließlich selbst gelegentlich darin und wollte es beim Rau-

chen gemütlich haben. »Ich wollte Ihnen nicht zu nahe treten«, entschuldigte sich Anna, die Marlons Schweigen als stummen Vorwurf deutete. »Ihre Vergangenheit und Ihr Privatleben gehen mich ja wirklich überhaupt nichts an.«
Marlon lächelte. Warum ist sie so unsicher, dachte er, wovor hat sie Angst? »Ich bin gestern zufällig an Ihrem Haus vorbeigegangen«, sagte er und wartete auf ihre Reaktion. Aber er hatte den Tatbestand so harmlos umgedeutet, daß es ganz normal klang. Normal, dachte er, was für ein fremdes Wort.
»Woher wissen Sie denn, wo ich wohne?« fragte sie und lächelte ihn an. Diesmal etwas weniger unsicher. Fast ein wenig geschmeichelt.
»Ich hab Sie am Fenster gesehen.« Falsch, falsch, falsch!
»Und warum haben Sie dann nicht geklingelt?« Sie bückte sich und kramte in ihrer Tasche, so als ob ihr das Gespräch peinlich sei.
Was sie wohl tun würde, wenn sie die Wahrheit wüßte? Eine heiße Sekunde lang schoß dieser Gedanke durch sein Gehirn, verführerisch wie süßes Gift. Oder wie tödliches.
»Ich wollte Sie nicht stören«, sagte er statt dessen. »So gut kennen wir uns schließlich noch nicht.« Rückzug, rief eine warnende Stimme in ihm, bevor es zu spät ist. Unwirklich, fast entrückt wirkte er, wie ein Erzengel. Vielleicht ist es das, dachte Anna, vielleicht will ich ihn so gern berühren, weil er so unberührbar wirkt. Er kann mir nichts tun.
»Das könnte sich ja ändern«, erwiderte sie zu ihrer eigenen Überraschung. »Wenn Sie das nächste Mal in meiner Gegend sind, klingeln Sie doch einfach. Ich bin meistens zu Hause.«
»Das werd ich tun«, versprach Marlon.
»Na, ihr zwei, störe ich?« Die laute Stimme des Sport- und Deutschlehrers Tino Töppler ließ sie zusammenfahren.
»Sei nicht lächerlich«, sagte Anna, »ich muß wieder los, zu Ende kochen.«

Die beiden Männer blickten ihr nach. »Bei der hast du einen Stich, alter Junge«, schmunzelte Töppler. »Die fällt dir in den Schoß wie 'ne reife Pflaume.«
Marlon schaute ihn angewidert an. »Sie haben einen Fettfleck auf der Hose«, sagte er. »Ich hab Terpentin im Labor, damit können Sie ihn rauskriegen.«
»Danke«, antwortete Töppler verblüfft. »Sie haben ja unheimlich scharfe Augen.«
»Die brauch ich auch«, meinte Marlon lächelnd und verließ das Raucherzimmer.

14

Das Kinderheim sah von außen wenig einladend aus. Roter Klinkerbau, jede Menge Risse und Löcher in den Wänden. Auf dem Dach fehlten Ziegel, die Regenrinne war rostig.
»Die Stadt hatte mal wieder kein Geld für eine Renovierung«, stellte Charlotte Pipp fest, die Alexas mißbilligenden Blick wohl bemerkt hatte. »Aber das Heim ist nur von außen scheußlich, innen ist es schöner.«
Sie standen vor der Tür. Frau Pipp hatte die Klinke in der Hand und drehte sich noch einmal um. »Ein völlig unverbindlicher Besuch, liebe Frau Martini«, sagte sie streng, »und dies auch nur, weil Sie mir aus unerfindlichen Gründen sympathisch sind. Schauen Sie sich um, alle Kinder, die Sie jetzt sehen werden, sind schwer vermittelbar, entweder auf Grund ihres Alters oder ihrer sehr problematischen Vorgeschichte. Viele dieser Kinder sind emotional so depriviert, daß sie sich auf jeden Menschen stürzen, der sie besucht. Es hat also nichts mit Ihrem persönlichen Charme zu tun, wenn gleich alle Kinder über Sie herfallen. Und noch eins ...« – ihr Blick wurde fast freundlich – »die meisten Kinder hier haben keine besonders gute Erfahrung mit der Polizei gemacht. In vielen Fällen

hat sie ihnen die Eltern weggenommen. Also – auf in den Kampf.«

Alexa versuchte, so diskret wie möglich so viel Luft wie möglich einzuatmen und wieder auszustoßen. Sie war so aufgeregt wie noch nie in ihrem Leben.

Sie betraten einen überraschend freundlichen Hausflur, in dem jede Menge Buggies, Autos und Fahrräder standen. An den Wänden hingen Blätter mit buntem Kindergekritzel. Und überall Kinder, Kinder, Kinder, die sich durch die Räume knäuelten, kreischten, sich in den Haaren lagen, in die Arme fielen.

»Ganz schön was los hier«, meinte Alexa, leicht überwältigt.

»Im Augenblick ist hier die schlimmste Zeit. Leider«, sagte Frau Pipp und lächelte eine große, breitschultrige Frau mit kreisroten Flecken auf den Wangen an, die jetzt etwas atemlos auf sie zukam. An jeder nur erdenklichen Stelle ihres Körpers klebte ein Kind. Ihr Gesicht war mehlbestäubt, die Augen hinter dicken Brillengläsern funkelten.

»Guten Tag«, sagte sie freundlich, während sie versuchte, ihre rechte Hand freizuschaufeln. »Ich bin Angelika Rosenbaum, die Heimleiterin. Leider bin ich im Augenblick unabkömmlich, weil wir gerade unsere Backstunde haben. Schauen Sie sich gern um. Frau Pipp kennt sich ja bei uns aus.« Sie drehte sich um und entschwand. Von hinten sah sie wie ein Ameisenhügel aus.

»Kommen Sie«, sagte Charlotte Pipp und ging die Treppe hoch. »Hier befinden sich die Schlafzimmer. In jedem Zimmer sind vier Hochbetten, darunter Matratzen. Aus Platzgründen. Jeden Monat werden die Plätze getauscht, denn natürlich wollen alle Kinder oben schlafen.«

Alexa folgte ihr leicht benommen. Kinderaugen musterten sie wachsam, Kinderarme streckten sich nach ihr aus. Sie ging in die Knie, sofort wurde sie umschlungen. »Holst du mich zu dir?« fragte ein etwa fünfjähriges Mädchen mit blonden Locken und blauen Augen, von denen das eine, Alexa sah es sofort, eine Augenprothese war. »Der Vater ist Alkoholiker«, sagte Frau Pipp, die Alexas schnellen Blick bemerkt hatte. »Wir haben sie retten können, bevor es zu spät war.«

Die Kinderzimmer waren hell und freundlich und tipptopp aufgeräumt. Nur ein kleiner Junge saß auf einer orange bezogenen Matratze und sah Alexa mit großen Augen an. Ein heißer Stich fuhr ihr durchs Herz. Wie rasend fing es an zu klopfen. Und plötzlich, ohne jede Vorwarnung, geschah etwas mit ihr, das so stark war, so überwältigend, daß sie es später keinem erklären konnte: Das ist er, dachte sie und war sich so unumstößlich sicher wie damals, als sie spürte, daß sie Frauen liebte. Nur er. Es gab keine andere Möglichkeit. Das ist mein zukünftiger Sohn. Er hat zwar den Umweg über eine andere Frau genommen, aber der liebe Gott hat ihn für mich gedacht.

Sie ging auf ihn zu und setzte sich zu ihm.

»Na, kleiner Mann?« Ihre Stimme war leicht belegt, sie räusperte sich. »Wie heißt du denn?«

Der kleine Junge schaute sie an. Seine Augen waren rund und braun und voll tiefer, trauriger Weisheit.

»Ich heiße Alex«, sagte er.

Da ging ihr Handy los.

Verflucht noch mal, dachte sie. Ausgerechnet jetzt!

»Es tut mir ganz schrecklich leid«, sagte sie zu Frau Pipp, die die Szene beobachtet hatte. »Aber ich muß sofort ins Präsidium.«

15

Mist, dachte König ärgerlich, wo steckt bloß Alexa? In seinem Büro saß eine zitternde, junge Frau, die gerade fast vergewaltigt worden war. Die Schutzpolizei hatte sie bereits in ihrer Wohnung vernommen und ins Präsidium gefahren. Die Frau saß mit leerem Blick vor ihm, und als Mann fühlte er sich in dieser Situation ganz besonders ungemütlich. »Alle Männer sind potentielle Vergewaltiger«, hatte Alexa ihm einmal an den Kopf geschmissen, und er hatte wütend gekontert: »Dann sind alle Frauen potentielle Nutten.« Alexa war ruhig geblieben. »Vielleicht«, erwiderte sie. »Aber Nutten tun nur sich selbst was an.«

Wo war sie jetzt? Wieso ließ sie eine vergewaltigte Frau mit einem »potentiellen Vergewaltiger« allein? Er fühlte sich als Mann in dieser Situation einfach zutiefst unbehaglich. Er steckte sich eine Zigarette an, bot der Frau auch eine an. Sie blickte durch ihn hindurch und schüttelte den Kopf.

»Meine Kollegin wird gleich hier sein«, sagte König. »Wenn sie ihren Beeper angestellt hat«, fügte er leiser hinzu.

Hoffentlich hatte sie ihn nicht wieder im Auto vergessen, wie damals, als sie endlich den Säuremörder verhaften konnten und König ganz allein vor dessen Tür stand. Mann, war ihm damals mulmig gewesen, als er klingelte und ihm ein grauhaariges, verwahrlostes Monster öffnete, das mindestens acht Frauen vergewaltigt, zerstückelt und danach in Säure aufgelöst haben sollte. »Herr Mühlmann, Sie sind verhaftet«, hatte er gesagt, und noch nie war ihm seine Stimme so hoch und piepsig vorgekommen. »Sie werden beschu ...« Autoreifen quietschten. Sie ist es, dachte er, unendlich erleichtert, und da preschte sie auch schon den Gartenweg entlang.

»Haben wir das Schwein endlich«, rief sie schon von weitem, bremste kurz vor dem Säuremörder ab und strahlte ihn an: »Mann, bin ich happy, daß wir uns endlich kennenlernen. Ich bin Kriminalhauptkommissarin Alexa Martini, und ich bin heilfroh, daß ich nicht in einem Ihrer Fässer liege. Sie sind natürlich verhaftet, aber das haben Sie auch sicher nicht anders erwartet.« Sie reichte ihm die Hand, nickte dabei ihrem Kollegen König unmerklich zu.

»Ich bin Wolfgang Mühlmann«, sagte der Mann perplex, als bereits die Handschellen klickten. Während sie ihn zum Auto führten, schob Alexa ihren Kopf ganz dicht an seinen heran. »Schauen Sie sich noch einmal um«, flüsterte sie ihm zu, »denn dieses Haus, diesen Weg, diese Hecke werden Sie nie wieder im Leben sehen.«

Und sie hatte recht behalten. Obwohl der Säuremörder auf unschuldig plädierte, wurde er in einem aufsehenerregenden Indizienprozeß zu dreimal lebenslänglich verurteilt.

»Wollen wir anfangen oder lieber auf meine Kollegin warten?« fragte König jetzt, leicht verzweifelt, die vor ihm sitzende Frau, als er endlich das harte Klicken von Alexas Absätzen auf dem Flur hörte. »Da kommt sie«, rief er erleichtert und öffnete die Tür.

»Wo steckst du denn?« zischte er. »Hast du vergessen, daß du heute Bereitschaft hast?«

»Sorry.« Alexas Lächeln war ansteckend, er war jedoch immun dagegen. »Ich hatte ein heißes Date. Wird nicht wieder vorkommen.«

»Ich laß dich erst mal allein«, sagte er gepreßt. »In zehn Minuten bin ich wieder da.«

Dann verließ er das Büro, holte tief Luft und ging zum Kaffeeautomaten. Er gab es ungern zu, aber diese ständigen Konfrontationen mit vergewaltigten Frauen höhlten ihn langsam aus. Manchmal fühlte er sich einfach sauunwohl als Mann, schuldbewußt, obwohl er ein zutiefst harmoniesüchtiger, friedlicher Mann war, der nie einer Frau auch nur ein Haar gekrümmt hatte. Trotzdem konnte er Alexa verstehen, die seine Geschlechtsgenossen mit Verachtung, bestenfalls mit leiser Ironie behandelte.

»Weißt du eigentlich, was gewalttätige Männer die Steuerzahler kosten?« hatte sie ihn kürzlich gefragt, die Antwort aber gleich selber gegeben. »So viel Geld, daß für die Opfer kein

Geld mehr da ist. Es hat Jahre gedauert, bis der Staat ein Zeugenschutzzimmer für vergewaltigte Frauen erlaubt hat, damit sie in den Prozeßpausen nicht neben ihrem Vergewaltiger im Gerichtsflur stehen müssen.«

Sie hatte ja recht, aber was konnte er dafür, daß Gott ihn als Mann geplant hatte? Er seufzte und öffnete die Tür zu seinem Büro einen Spaltbreit. Doch die beiden Frauen waren in ein intensives Gespräch vertieft, Alexa warf ihm einen genervten Blick zu. In solchen Momenten konnte sie keinen Mann ertragen, obwohl es gegen die Dienstvorschrift war. »Dank dir, Peter«, sagte sie kurz, »ich komm schon klar. Trink noch einen Kaffee, oder geh für kleine Jungs.«

Dann wandte sie sich wieder der Frau zu. »Okay, Susanne, jetzt werden wir nicht mehr gestört. Wollen Sie eine Zigarette?«

»Gern«, meinte Susanne erleichtert und schaute Alexa dankbar an. »Ich könnte das Schwein umbringen. Und dann passiert das auch noch in meiner eigenen Wohnung.«

Alexa klappte ihren Laptop auf. »Ganz meiner Meinung. Und jetzt bitte von vorn, damit wir diese Fehlplanung der Schöpfung möglichst bald erwischen.« Sie nickte Susanne aufmunternd zu.

»Mir ging's nicht besonders gut«, sagte Susanne und inhalierte tief, »also ging ich früh zu Bett. Ich war gerade beim Einschlafen, als jemand in mein Zimmer trat. Zuerst dachte ich, ich träume, doch dann hörte ich seine Stimme: ›Sei still, ich hab ein Messer.‹ Im selben Moment sprang er auf meinen Rücken. ›Willst du mich umbringen?‹ hab ich ihn gefragt, und er hat ›nein‹ geantwortet.«

»Und haben Sie nicht daran gedacht, sich zu wehren?« hakte Alexa behutsam nach. Dabei dachte sie: Wenn mir so was passieren würde, ich würd die Ratte tottreten. Und wenn ich selbst dabei draufgehe.

Susanne schüttelte den Kopf. »Ich hatte Angst, daß der Typ in

Panik gerät und die Nerven verliert. Schließlich hatte er ja ein Messer. Und dann sah ich, daß er eine Kordel oder ein Tau hervorholte. Ich versuchte mich umzudrehen, meine Hände freizubekommen, aber er war so schnell, so schrecklich schnell …« Sie vergrub den Kopf in den Händen und fing an zu schluchzen. Wortlos reichte Alexa ihr ein Tempotaschentuch, in das sie sich geräuschvoll ausschneuzte.

»Es ist nicht Ihre Schuld, daß Sie die Hände nicht freibekommen konnten«, tröstete Alexa. »Was passierte dann?«

Susanne holte tief Luft. »Das Schlimmste ist, daß man seine Würde so total verliert«, sagte sie, ruhiger werdend. »Ich laß mir eigentlich sonst nichts gefallen, aber auf dem Bauch, mit gefesselten Händen … ›Ich mach alles‹, hab ich dem Typ gesagt und versucht, einen klaren Kopf zu bekommen, ›ich krieg keine Luft, laß mich atmen.‹ Dann sah ich die Flasche, und da ich Krankenschwester bin, wußte ich sofort: Das ist Chloroform. Die Vorstellung war schrecklich, daß er mich betäuben und dann alles mit mir machen kann. Umbringen, zerstückeln. Also hielt ich die Luft an, als er mit dem getränkten Tuch kam. Er schlug mich zweimal mit der Faust, so stark, daß ich dachte, ich verliere das Bewußtsein. Aber er hat es nicht geschafft, mich zu betäuben. Dann legte er mir die Hände um den Hals und drückte zu. Ich konnte nicht mehr atmen. Er griff nach meinem Kopfkissen, und ich wußte – das ist die letzte Chance. Ich rutschte vom Bett, er hielt mich an den Füßen fest, und dann schrie ich so laut, daß er doch Schiß bekam und über die Veranda floh.«

Erschöpft hielt Susanne inne, tupfte sich den Schweiß von der Stirn.

»Es ist also nicht, wie man so blöd sagt, zum Äußersten gekommen?« fragte Alexa, die in diesem Moment bewußt auf Polizeijargon verzichtete.

»Nein«, sagte Susanne, »wenigstens das nicht.«

»Wir müssen also nicht zum Gynäkologen«, meinte Alexa, eine winzige Spur enttäuscht, daß es keine Beweismittel gab. Sie schwankte in solchen Momenten immer zwischen ihren Gefühlen als Frau und denen als Polizistin, wobei die Frau fast immer gewann. »Gab es sonst noch Spuren von Gewaltanwendung?«

»Ein ziemlich kaputter Hals«, sagte Susanne und schob ihren Rollkragen herunter, unter dem blaue und rötlich verfärbte Stellen sichtbar wurden.

»Können Sie den Täter beschreiben?« fragte Alexa und klappte ihren Laptop zu, als Susanne bedauernd antwortete: »Leider nicht, der Mann trug eine Maske, eine schwarze Skimaske.«

»Mist«, fluchte Alexa. »Entschuldigen Sie, das ist mir so rausgerutscht. Ist Ihnen denn sonst irgend etwas aufgefallen? Kleidung, Ehering, Schuhe?«

»Die Stimme«, sagte Susanne, »er hatte eine unheimlich schöne Stimme. Ganz tief und sexy.«

16

Die Schulsekretärin Martha Lampe blickte kurz von ihrem Computer hoch, als Tino Töppler eintrat, in der Hand eine Zigarette. »Hier ist rauchfreie Zone, Herr Töppler. Auch und gerade für Sie.«

»Mensch, Martha, altes Mädel, nun mach mir doch nicht so das Leben schwer. Ich hab 'ne Vorladung beim Chef. Weißt du, worum es geht?«

Martha verzog keine Miene. »Erstens bin ich mit meinen 52 Jahren noch nicht alt, zweitens, Gott verhüt es, nicht Ihr Mädel. Und worum es geht, werden Sie schnell genug erfahren.«

Töppler trat an ihren Schreibtisch, beugte sich hinunter und blies Frau Lampe einen Rauchkringel aufs blondmelierte Haar.

»Der Ansatz ist mal wieder dran«, flüsterte er, »oder reicht dafür das Gehalt nicht?«
Er ging, die Tür zum Schulleiterbüro fiel ins Schloß. »Du wirst dein blaues Wunder erleben, Bürschchen«, sagte sie lächelnd. »Und ich gönne dir jede Minute davon.« Dann holte sie ihren Spiegel aus der Handtasche und musterte sich kritisch. Er hat recht, dachte sie.
»Sorry«, sagte Töppler, als er bei Wuttke eintrat, und sah, daß dieser nicht allein war, »ich warte draußen beim Lämpchen.«
»Du bist schon richtig hier«, meinte Wuttke und deutete auf Sepideh, Aldrina, Alita und Lobna, vier türkische Schülerinnen, die verhüllt und schweigend auf der Besuchercouch saßen. »Ihr kennt euch ja, also setz dich, und mach vorher die Zigarette aus. Wir befinden uns in Gegenwart von Damen.«
»Darf ich erfahren, was hier los ist?« Töppler war perplex und ärgerlich.
»Darfst du«, meinte Wuttke gelassen und wandte sich den vier Schülerinnen zu.
»Wenn ihr nichts dagegen habt, wiederhole ich jetzt eure Vorwürfe, und falls ich etwas falsch wiedergebe, sagt ihr Bescheid, okay?«
»Okay, Herr Wuttke«, sagte Sepideh, die anderen nickten.
»Also gut. Ich mach es kurz und schmerzlos, was die Sache nicht besser macht. Zumindest für dich nicht, Tino. Die vier Mädchen hier, Sepideh, Aldrina, Alita und Lobna, werfen dir vor, sie sexuell belästigt zu haben.«
»Ich hör doch wohl nicht recht.« Töppler schrie vor Aufregung. »Das ist ja ungeheuerlich. Als wenn ich so was nötig hätte.«
»Du hast sie unsittlich berührt, sie in dunkle Ecken gedrückt und ausgesprochen dumme verbale Späßchen getrieben. Aldrina, du hattest Nachhilfeunterricht bei Herrn Töppler. Welchen Satz mußtest du hundertmal wiederholen?«

Aldrina schlug ihre glutvollen Augen nieder. »Ist mir peinlich, Herr Wuttke«, flüsterte sie. »Ist so böser Satz.«
»Nun sag schon, Aldrina«, machte ihr Sepideh Mut. »Du brauchst keine Angst zu haben. Unsere Eltern erfahren nichts davon.«
»Ich mußte sagen: ›Diese Frau sein gut zu vögeln‹«, flüsterte Aldrina. »Ich zuerst nicht wußte, was bedeutet, aber alle Schüler haben gelacht. Und dann hat Sepideh mir erklärt, und jetzt ich bin, wie sagt man – entschändet.«
»Geschändet, wolltest du sagen, oder entehrt«, sagte Wuttke freundlich, »und natürlich bist du beides nicht. Aber du hast recht, das ist ein ganz besonders dummer Satz.«
Er schob seine Bifokale hoch und schaute Töppler mit einem Blick an, der Steine gesprengt hätte. »Kommentar, Kollege?«
Der Kollege schnappte nach Luft, suchte fieberhaft nach Ausflüchten, Erklärungen, einem witzigen Satz, doch unter den eiskalten Augen des Direktors zerbröselte er. »Ein dummes Mißverständnis, man wird doch wohl mal einen Witz machen dürfen. Es gibt halt Kommunikationsprobleme, wenn der Ausländeranteil über 70 Prozent ist ...«
»Red dich nicht um Kopf und Kragen«, sagte Wuttke und stand auf. »Und bevor wir über disziplinarische Maßnahmen reden, entschuldigst du dich bei deinen Schülerinnen, und zwar auf der Stelle.«
Die Mädchen schauten hoch, Sepidehs Lippen umspielte ein feines Lächeln. Ein Mann, ein Lehrer sogar, der sich bei einem Mädchen entschuldigen mußte, das machte ihr Spaß. »Wir warten«, sagte Wuttke.
Töppler schluckte. »Es tut mir leid«, preßte er hervor und blickte zum Fenster hinaus.
»Was tut dir leid?« Wuttke war unerbittlich.
»Daß ich mich so blöd benommen habe.« Ich schlitz dir die Reifen von dem verdammten Mercedes Diesel auf, dachte

Töppler. Sexuelle Belästigung, nur weil ein Lehrer mal freundlich war? Seinen Unterricht durch ein kleines Späßchen auflockerte? Wohin war diese Welt gekommen?
»Versprich, daß du deine Schülerinnen in Zukunft in Ruhe läßt«, sagte Wuttke.
»Ich verspreche es.«
»Du versprichst was? Laß dir doch nicht jedes Wort einzeln aus dem Mund ziehen. Wir sind hier nicht beim Zahnarzt.«
»Ich verspreche, daß ich euch in Zukunft in Ruhe lasse.«
Sepideh stand auf, mit ihr die drei anderen. »Auf Wiedersehen«, sagte sie würdevoll und nickte den Männern zu. »Wir nehmen die Entschuldigung an.«
Als sie gegangen waren, zündeten sich beide Männer eine Zigarette an. Nach der ersten Wolke fing Wuttke an zu sprechen. »Wenn das noch einmal passiert, bist du fällig, mein Lieber. Sei froh, daß du Türkinnen belästigt hast. Wenn's deutsche Mädels wären, hätten wir jetzt die Frauenbeauftragte der Grünen auf dem Hals. Und weißt du, was dann passiert? Oberschulrat, Presse, Versetzung nach Ostfriesland. Also – laß deine dicken Finger dort, wo sie hingehören. Du bist zwar häßlich, aber auch für deinen Topf müßte es doch einen außerschulischen Deckel geben. Und jetzt verschwinde.«
Töppler fühlte sich wie ein dummer, ausgeschimpfter Junge, als er das Büro verließ, wozu das unterdrückte Grinsen von Martha Lampe nicht unerheblich beitrug.
»Schönen Feierabend, Herr Töppler«, rief sie ihm übertrieben freundlich hinterher.
Als er ins Lehrerzimmer zurückkam, schauten ihm die Kollegen erwartungsvoll entgegen. »Na, was war los, erzähl«, rief Anna.
»Außerordentliche Gehaltserhöhung, Versetzung nach Timbuktu?«
Der Knoten platzte. Töpplers Faust schlug wuchtig auf den

Tisch, zwei Lehrertassen sprangen hoch, fielen runter, zerbarsten in tausend Scherben.
»Noch ein dummes Wort«, schrie er, »und ich hau hier alles kurz und klein.«
Er stürmte davon.
»Ein unheimlich starker Abgang«, meinte Marlon trocken, der gerade hereingekommen war, »und ein ziemlich temperamentvoller Kollege. Dem möchte ich nicht im Dunkeln begegnen.«
Anna, die gerade ihre Aktentasche packte, schaute hoch, direkt in leicht schräge, tiefbraune, unergründliche Augen. Ein heißer Strom durchfuhr sie, den sie nicht definieren konnte. Oder wollte? Was ist los mit dir, dachte sie ärgerlich, so kurz nach dem Tod von Klaus. Ich bin geschmacklos. Aber Marlon hatte etwas, das sie wehrlos machte. Es war, als würde er viele kleine Kurzschlüsse in ihr auslösen. Körper und Seele spielten verrückt. Als ob sie vor einem tiefen Abgrund stünde und fasziniert ins Dunkle starrte. Unfähig zu springen, unfähig, einen Schritt zurückzutreten. Magnetisch angezogen. Bewegungslos.
»Tino ist ein Arschloch«, sagte sie kurz und bündig. »Der wird noch mal viel Ärger kriegen.«
Sie ließ ihre Tasche zuschnappen und zog ihren Mantel an.
»Gefällt es Ihnen an unserer Schule?« fragte sie Marlon.
»Es gefällt mir sogar sehr«, erwiderte er lächelnd, »ich hätte nie gedacht, wie gut.«
Die Frage rutschte aus ihr heraus, ehe sie es verhindern konnte.
»Meine Freunde und ich kochen jeden Freitagabend. Wenn Sie Lust haben? Sie können natürlich gern Frau oder Freundin mitbringen, der Tisch ist groß genug.«
Er grinste über ihre Direktheit. »Ich komme gern. Kann ich auch meine Mutter mitbringen?«
»Ihre Mutter? Aber selbstverständlich.« Anna fing sich schnell.
»Wohnt sie denn auch in Hamburg?«

»Kleiner Scherz«, sagte er, »ich bring Wein mit. Roten oder weißen?«
»Beides«, antwortete Anna und freute sich jetzt schon.

17

Der Hund jaulte so erbärmlich, daß selbst die hartgesottene Kriminalbeamtin ganz schwach wurde. »Du dumme Töle, mach es dir doch auf dem Rücksitz gemütlich, Frauchen ist auch ganz schnell wieder da. Du kriegst sogar ein Bi-Fi, wenn du die Schnauze hältst.« Es war nichts zu machen, Jule wußte, wohin Frauchen ging, und Jule wollte mit. Bei Anna gab es immer Würstchen und Rindersalami satt, und das wollte sie sich nicht entgehen lassen. Alexa gab nach. »Okay, du Pißnelke.« Sie stopfte sich den Hund unter den einen, zwei Flaschen südafrikanischen Chardonnay (seit Nelson Mandelas Freilassung aß sie auch wieder Kap-Trauben) unter den anderen Arm und ging auf die Haustür zu. Hinter ihr tauchte ein Mann auf, den sie aus den Augenwinkeln heraus automatisch als »in Frage kommend, wenn ich nicht lesbisch wäre«, einstufte. Groß, schlank, aber kräftig, volles, leicht gewelltes braunes Haar. Sie drückte auf die Klingel neben »Blumenberg«, als er sie von hinten ansprach: »Wir wollen offensichtlich zu derselben Party. Ich bin Marlon Stephan, ein Kollege von Anna.«
»Ach, *Sie* sind es?« rutschte es Alexa heraus. »Von Ihnen hab ich ja schon einiges gehört. Hier, Sie können Jule nehmen, aber aufpassen, daß sie Sie nicht anpinkelt. Manchmal tut sie das bei Fremden.«
Sie drückte ihm den hin und her ruckelnden Hund in den Arm und sah erstaunt, wie Jule unter seinen streichelnden Händen sofort ganz ruhig und brav wurde. »Offensichtlich haben Sie ein Händchen für Tiere«, sagte sie, als sie die Treppe zu Annas Wohnung hochstiegen. Alexa keuchte und rang nach Luft, drei

Zigarettenpackungen pro Tag machten sich bemerkbar, Marlon dagegen ging leichtfüßig, ohne erkennbare Anstrengung hinter ihr.
»Warum hab ich immer Freunde, die im fünften Stock wohnen? Und für den Fahrstuhl haben nur die Bewohner einen Schlüssel« jammerte Alexa und drehte sich zu ihm um. »Man hört Sie ja gar nicht atmen. Gehören Sie etwa zu den widerlichen Typen, die jeden Tag ins Fitneßstudio hecheln?«
Er lächelte. »Ich halt es eher mit Churchill«, sagte er. »*No sports.* Gelegentlich geh ich mal joggen.«
Er sieht wirklich verdammt gut aus, dachte Alexa, ob da was läuft zwischen ihm und Anna? Aber männliche Schönheit machte sie eher mißtrauisch. Ihrer Beobachtung nach ruhten sich die meisten Schönlinge auf ihrer Optik aus und beließen den Rest eher unterentwickelt. So, als täten sie der gesamten Welt einen Gefallen mit ihrer bloßen Existenz. Nicht umsonst war auch Jule ein zwar ausgesprochen häßliches, aber sehr charakterstarkes Tier.
»Wo haben Sie denn diese tolle Uhr her?« fragte sie, um Konversation zu machen und von der Tatsache abzulenken, daß sie immer kurzatmiger wurde. Dabei deutete sie auf sein für einen Mann ungewöhnlich schmales Handgelenk.
Er lächelte. »Haben Sie Interesse an Uhren?«
Alexa nickte, inzwischen keuchend. Nie wieder eine einzige Zigarette, Alexa!
»Das ist in der Tat eine ganz besondere Uhr«, sagte Marlon stolz, »eine Omega Speed Master. Ein klassisches Chronometer und genau die Uhr, die die Amis vor dreißig Jahren auf dem Mond getragen haben. Schauen Sie …« Er blieb stehen, nahm die Uhr ab, gab sie Alexa. Die spürte, wie ihr Herz im Brustkorb hämmerte, und griff, froh um die Pause, zu.
Alexa bewunderte die Uhr von allen Seiten. Schwarzes Lederarmband, schwarzes Zifferblatt, weiße, arabische Zahlen.

Plötzlich stutzte sie: »Huch, da ist ja noch das Preisschild dran!«

»Ja, tatsächlich!« Stellen Sie sich vor, meine alte habe ich kürzlich verloren. Hab mir natürlich genau die gleiche wiedergekauft. Was so ein richtiger Fan ist …«

Er band die Uhr wieder um und lief leichtfüßig weiter. Vor Annas Wohnungstür drehte er sich um. »Ihnen würde sie auch gut stehen«, meinte er lächelnd, leicht flirtig, bis er an ihrem kühlen, prüfenden Blick abprallte.

Lucy öffnete die Tür. Sie war bereits im Mickymausnachthemd, ihre schulterlangen Haare hatte sie mit vielen Gummibändern zu einer Art Baby-Rastalook zusammengezwirbelt. Sie sah zum Anbeißen aus. Jule hatte sich losgerissen und sprang wie ein Gummiball an ihr hoch. »Kommt schnell rein«, sagte Lucy, für die unbekannte Gäste nichts Besonderes waren. »Gerd stopft gerade Knoblauch unter die Haut von den Hühnern, und ich darf helfen. Mama ist im Bad und schminkt sich wie ein Clown.« Sie lachte fröhlich und war weg.

»Ein süßes Mädchen«, sagte Marlon und schaute ihr nach.

»Sehr süß«, bestätigte Alexa, »und Anna hat noch so ein Prachtexemplar. Nicht minder süß, obwohl leider Junge. Vielleicht wird ja trotzdem was aus ihm.« Eine Sekunde lang dachte sie an einen kleinen Jungen mit braunen, traurigen Knopfaugen und war ganz plötzlich so aufgeregt wie vor ihrem ersten Rendezvous. Alex – selbst sein Name schien ihr wie eine Gottesfügung.

Wie aufs Stichwort ging die Klotür auf, und Leander erschien. Er zog eine Rolle Klopapier hinter sich her. »Hab Kaka gemacht«, krähte er fröhlich. »Niss mehr Windel.«

Alexa warf einen vorsichtigen Blick ins Klo und rief: »Anna, dein Sohn hat Kaka auf die Brille gemacht, und deine beste Freundin weigert sich.«

»Klopf mal ans Au-pair-Zimmer«, rief Anna aus dem Bad.

»Frag den Neuzugang. Annika heißt sie. Putzmittel sind in der Abstellkammer.«
Lucy zupfte Marlon am Ärmel und zog ihn in die Küche. »Komm, du kannst Knoblauch schneiden.«
Gerd, der am Arbeitstisch saß und mit kleinen, festen Stichen die Hühnchenhaut zunähte, damit die Gewürzmischung nicht herausfiel, drehte sich um, als er Lucys Stimme hörte. »Komm her, Lollipops, wir brauchen noch ein bißchen Fenchelsamen. Steig auf meinen Rolli, dann kommst du an die oberen Regale.«
Lucy schob einen Hocker an den Rollstuhl, schwang sich auf die Lehne, Gerd hielt ihre Beine fest.
»Kann ich helfen?« fragte Marlon vom Türrahmen.
»Das ist Mamas neuer Freund«, sagte Lucy lässig. Alle Männer waren Mamas Freunde, das war in ihren Augen nichts Besonderes. Sie griff ins obere Gewürzregal und holte das Paket mit den Fenchelsamen. »Halt mal, Gerd«, rief sie, ging in die Hocke, wollte langsam vom Rollstuhl herunterrutschen, griff aber daneben und stürzte mit solcher Wucht auf Gerd, daß der Stuhl nach hinten kippte und beide krachend auf dem Boden landeten.
Erschrocken durch den Lärm stürzten Anna, Alexa und Annika herbei.
»Um Himmels willen, was ist denn passiert?« rief Anna und drängte sich an Marlon vorbei, als vom Boden ein Kichern aufstieg.
»Mensch Lucy, du kitzelst mich«, sagte Gerd.
»Ich kitzel doch am Bein, da kannst du gar nichts fühlen«, widersprach Lucy. Sie rappelte sich auf, Anna und Alexa hoben Gerd in seinem Rolli hoch, der sich, um keine Ungemütlichkeit aufkommen zu lassen, sofort in einen markigen Spruch flüchtete: »Dat war ja wohl nichts«, sagte er, während er die Hühnchenschenkel in den Backofen schob. »Hoffentlich hab ich mir keins meiner dünnen Beine gebrochen.«

Anna drehte sich zu Marlon um, der sich in den Flur verdrückt hatte. »Tut mir leid, Herr Stephan«, entschuldigte sie sich, »aber bei mir ist immer was los. Darf ich bekannt machen?«
Die Männer schüttelten sich die Hände. Ihre Augen blieben kühl. »Angenehm«, sagte Marlon. Ein Krüppel, dachte er mitleidig, ich würde mich erschießen an seiner Stelle. Aber er scheint's ja gut zu packen.
»Ebenfalls«, sagte Gerd. Das war er also, der Kerl, in den sich Anna offenbar gerade verliebte. Ein attraktiver Mann, ohne Zweifel, und dieses heftige Gefühl der Abneigung, das er empfand, schob er fairerweise auf seine Eifersucht. Ich gönn ihm Anna nicht, dachte er mutlos, aber würd ich mich denn selber nehmen, wenn ich die Wahl hätte? Sie weiß ja nicht, was sie mit mir verpaßt.
Alexa, die Annika inzwischen zum Tischdecken animiert hatte (wie alle Au-pairs war sie in Haushaltsdingen äußerst zurückhaltend), beobachtete den kurzen visuellen Schlagabtausch. Sie mögen sich nicht, dachte sie, kein Wunder. Schließlich haben sie dasselbe Opfer im Visier.
»Essen fassen, Tante Alexa ist hungrig«, rief sie, um Stimmung bemüht. »Paßt bitte auf, daß Jule keine Geflügelknochen kriegt. Sonst erstickt sie elendig, und ich muß mich an ein neues Tier gewöhnen.«
Marlon schaute sich um. Die Wohnung gefiel ihm. Altbau, hohe Räume, eine Möbelmischung von antik bis Design, viele Blumen und Bücher. Der Gedanke an seine eigene Wohnung deprimierte ihn. Er mußte da unbedingt raus.
»Rot- oder Weißwein?« Gerd war mit hochgehaltener Flasche um den Tisch gerollt.
»Rot«, antwortete Marlon, »wenn ich darf, mit Eiswürfeln.«
»Was für ein Sakrileg«, rief Alexa, »haben Sie amerikanische Vorfahren?«
Alle lachten, die Stimmung löste sich. Es gab Knoblauchhühn-

chen mit Kartoffelgratin, Preiselbeeren und Rosenkohl, einen gemischten Salat und Käse, und da Annas Haushalt seit dem Tod ihres Mannes seine frühere Perfektion verloren hatte, stand alles zusammen auf dem Tisch.

Lachen, Reden, Wein, und ein kleiner Junge, der in seinem Hochstuhl eingeschlafen war. Lucy hatte es sich mit einem Buch und ihrem Bettzeug unter dem Tisch bequem gemacht, Jule lag neben ihr und leckte ihr die Füße.

»Mir ist heiß«, sagte Alexa. »Darf ich bei dir im Unterhemd am Tisch sitzen?«

»Frag nicht so dumm«, meinte Anna und stellte noch eine große Schlüssel Mousse au chocolat auf den Tisch. »Wer hat noch Platz für Nachtisch? Annika, räumst du bitte den Tisch ab? Annika? Annika!«

Anna bemerkte den versunkenen Blick, den ihr Au-pair in Richtung Marlon warf, und seufzte. Schon wieder eine, die weder an Haushalt noch an Kindern, sondern nur an Disco und Männern interessiert war. Marlon schien den Blick nicht zu bemerken, er sah Anna an und hob sein Glas: »Auf ein wunderbares Essen«, lobte er, »und auf sehr nette Gastgeber.« Er prostete Anna, Gerd und Alexa zu, Annika ignorierte er, was diese leicht schmollend zur Kenntnis nahm.

Sie stand auf, wollte sich zurückziehen, als hinter ihr Alexas Stimme ertönte: »Du brauchst heute abend nicht mehr aufzuräumen. Morgen früh reicht aus«, sagte sie honigsüß. »Wenn du um sieben aufstehst, schaffst du alles, bevor Anna in die Schule muß. Gute Nacht.«

Nach Annikas Abgang zuckte Alexa die Achseln, als sie die erstaunten Blicke bemerkte. »Anna ist viel zu weich mit diesen Biestern«, sagte sie, »die müssen gezüchtigt werden, von Anfang an.«

Marlon sagte nichts, schien peinlich berührt.

Bald darauf brachte Anna ihre Freundin zur Wohnungstür und

drückte ihr Jule in den Arm. »Vergiß deine Töle nicht wieder«, mahnte sie. »Und bitte benimm dich beim nächsten Mal etwas stubenreiner, nicht jeder teilt deinen deftigen Sinn für Humor.«
Etwas widerstrebend nahm Alexa ihren Hund wieder und sagte mit gesenkter Stimme: »Ein guter Typ, dieser Marlon. Nur nicht gerade eine Plaudertasche. Paß auf, daß dir den keine andere wegschnappt. Wieso läuft so ein Typ eigentlich frei herum? Vielleicht ist er schwul oder pervers?« Sie lachte und lief die Treppe runter.
In der Küche saßen sich Gerd und Marlon schweigend gegenüber.
»Wie ist es passiert?« fragte Marlon. Ihm fiel einfach nichts anderes ein, und es interessierte ihn wirklich.
Gerd wußte, was er meinte, aber er fand die Frage impertinent.
»Wovon sprechen Sie?« fragte er steif und unwillig.
»Warum sitzen Sie im Rollstuhl?«
»Unfall«, sagte Gerd abwehrend. »Entschuldigen Sie mich bitte.«
Im Flur traf er Anna. »Wo willst du hin?« fragte sie.
»Ins Bett«, sagte er kurz und bündig.
»Danke noch mal für alles.« Ihre Stimme klang zärtlich, als sie sich zu ihm hinunterbeugte und ihn auf den Kopf küßte.
»Schlaf gut«, sagte er und rollte weg. Sekunden später klappte die Tür ins Schloß.
»Ich glaub, ich geh jetzt auch.« Anna fuhr herum, als Marlon in den Flur trat. »Ich habe diesen Abend wirklich außerordentlich genossen.«
Er zog seinen Mantel an. Sie öffnete die Wohnungstür. Der Hausflur war dunkel, von außen leuchteten die Straßenlampen.
»Also dann.« Er zögerte. »Was macht Ihre Freundin eigentlich beruflich?«
Anna überlegte, sie hatte keine Lust, in diesem Augenblick

über Sittenstrolche zu berichten. »Ich erzähl's Ihnen beim nächsten Mal«, sagte sie deshalb nur und sah ihn an. Wird er mich jetzt küssen? dachte sie. Werde ich es zulassen?
Er beugte sich zu ihr, sah, wie sie erwartungsvoll die Augen schloß.
»Ihr Freund Gerd kann mich nicht leiden«, sagte er abrupt und sah mit leisem Bedauern, daß sie die Augen wieder öffnete. Er hätte sich jetzt eine ganz starke Sehnsucht gewünscht, eine wahnsinnige, alle Bedenken hinwegreißende Begierde, aber sie stellte sich einfach nicht ein. Noch nicht, korrigierte er sich. Ich bin einfach zu schüchtern. Zu verklemmt.
»Er ist wahrscheinlich eifersüchtig auf Sie.« Anna hätte sich ohrfeigen können, aber der Satz war draußen. Marlon hatte jedoch soviel Takt, die offensichtliche Frage nicht zu stellen.
»Bis Montag«, sagte er.
»Bis Montag«, antwortete sie, leicht enttäuscht.
Als er gegangen war, stand sie in der geöffneten Tür. Das Telefon klingelte. »Ja?« Bei nächtlichen Anrufen war sie vorsichtig.
»Bist du allein?«
»Was denn sonst?« sagte sie ungeduldig.
»Willst du noch auf einen Absacker zu mir kommen und den Abend durchhecheln?«
»Du bist ein Schatz, Gerd.«
»Das weiß ich. Ich bin zu gut für diese Welt.«
»Aber nicht zu gut für mich.«
»Also komm. Vergiß das Babyphone nicht.«

18

Als er in die Nacht hinaustrat, eine laue, leicht windige Frühlingsnacht, atmete er tief durch. Heute wird es passieren, dachte er und fühlte eine Unruhe, ein Kribbeln, einen so übermächtigen Drang, daß er wußte – wenn ich es nicht tue, geh ich dabei drauf. Lange hatte er nach dem letzten Mal mit sich gekämpft, hatte gehofft, es genüge ihm vielleicht doch, wenn er die Frauen einfach nur sah, nur beobachtete, sie nur mit seinen Blicken entkleidete. Ich bin kein Ungeheuer, dachte er, ich bin kein gewalttätiger Mann, doch er fühlte sich wie ferngesteuert. Wie in einem Strudel, gegen den er machtlos war. Er konnte jedoch keine Frau auf der Straße überfallen, sie womöglich ins Gebüsch zerren, das war unter seinem Niveau. Er brauchte eine Inszenierung, die ihn reizte. Es mußte bei ihr zu Hause sein, in ihrer gewohnten Umgebung, und er mußte vorher alles wissen über sie. Wie ihr Bett aussah, ihre Bettwäsche, wo sie sich die Haare wusch. Ganz vertraut sollten sie vorher sein. Wohl sollte sie sich fühlen und sicher, wenn er die Bühne betrat. Ich bin ein sanfter Vergewaltiger, dachte er und lächelte bei dem Gedanken. Das Wort klang so schön, so friedlich – *ein sanfter Vergewaltiger*.

Als er im Auto saß, legte er kurz seinen Kopf aufs Lenkrad. Laß sie heute abend zu Hause sein, lieber Gott, betete er still, so wie er es von seiner Mutter gelernt hatte, ich will ihr auch nicht weh tun, aber laß sie zu Hause sein.

Dann stellte er klassische Musik an, der »Reigen seliger Geister« von Gluck perlte ins Wagendunkle. Als er nach zehn Minuten vor ihrem Haus parkte und ihre hellerleuchteten Fenster sah, wußte er, daß sein Gebet erhört worden war.

Er stieg aus und schlich ums Haus. Vorsichtig spähte er ins Wohnzimmer, aus dem laute Musik schallte.

Scheiße. Tanzende Paare. Sie kam gerade mit einer Weinflasche rein. Lachend, mit offenen Haaren, wunderschön. Sie ging auf einen jungen Mann zu und küßte ihn. Ihr Freund? Würde er die Nacht bei ihr verbringen? Sie gingen auf die Terrassentür zu, er hatte gerade noch Zeit, sich hinter ein Gebüsch zu drücken.

Sie standen jetzt auf der Terrasse, eng umschlungen, fünf Meter von ihm entfernt.
»Mußt du denn wirklich schon gehen?« flüsterte sie und nibbelte an seinem Ohrläppchen. »Die Nacht ist doch noch jung, und ich auch.«
Er seufzte. »Mach es mir doch nicht so schwer, du weißt doch, wie gern ich noch bleiben würde. Aber es geht wirklich nicht. Morgen um halb sieben geht mein Flieger, und ich brauch ein paar Stunden Schönheitsschlaf. Gib mir einen Gutenachtkuß, schmeiß deine Gäste raus, und geh auch ins Bett.«
Sie küßten sich, minutenlang, während in seinem Bein langsam ein Krampf hochstieg. Vorsichtig versuchte er, sein Bein auszustrecken, es knackte leise …
»War da was?« fragte sie und löste sich etwas aus der Umarmung.
»Eine Maus wahrscheinlich«, lachte ihr Freund und zog sie wieder in seine Arme. »Du fühlst dich so gut an, daß du von der Polizei verboten werden müßtest.«
Noch ein letzter Kuß, dann ging er. Vor der Gartenpforte drehte er sich noch einmal um.
»Love you.«
»Love you auch«, rief sie und ging ins Haus zurück.

Das war knapp. Er stand auf, reckte und streckte sich. Sie war ins Wohnzimmer gegangen, er sah, wie sich die Gäste von Tanzfläche und Sofas lösten. Allgemeine Umarmung, allgemeiner Aufbruch.
Er war jetzt wie festgesogen an ihrem Fenster, unfähig, etwas anderes zu denken und zu fühlen als den irrsinnigen Wunsch, einzusteigen. Sie räumte Aschenbecher und Gläser weg, schüttelte die Kissen auf. Dann knipste sie das Wohnzimmerlicht aus und ging ins Badezimmer. Er schlich ums Haus, stellte sich neben das Fenster. Sie stand im T-Shirt am Waschbecken und

putzte sich gurgelnd die Zähne. Ein letztes Spucken, dann wischte sie sich den Mund ab und zog eine Fratze im Spiegel. Als sie auch im Bad das Licht löschte, setzte er die Skimaske auf und holte das Chloroformfläschchen aus der Tasche.

Bin ich müde, dachte sie und streckte sich wohlig im Bett aus. Schade, daß er nicht geblieben ist. Sie schloß die Augen. Da, ein Knacken. Ich werd noch hysterisch, dachte sie, hier ist schließlich noch nie was passiert.

Sekunden später war sie eingeschlafen.

Als er ihr Schlafzimmer betrat, leise, um sie erst zu wecken, wenn es für sie bereits zu spät war, sich zu wehren, sah er, daß sie im Schlaf lächelte.

Er setzte sich auf ihre Bettkante und betrachtete sie. Ich habe Glück gehabt, dachte er, sie ist auch von nahem schön. Nichts, aber auch gar nichts, war so aufregend, wie hier an ihrem Bett zu sitzen und vorzuschmecken, was er alles mit ihr anstellen würde. Kein normaler Beischlaf reichte an diesen ultimativen Kick heran. Bereitschaft und Hingabe reizten ihn nur, wenn sie von ihm sanft erzwungen wurden. Oder wenn die Frauen das Ganze wie im Traum erlebten. Zärtlich streichelte er ihr Gesicht. Sie brummte, bewegte den Kopf ein bißchen, aber sie wachte nicht auf.

»Ich werde dich so glücklich machen«, flüsterte er.

Langsam schlug sie die Augen auf, er sah das Weiße ihrer Augäpfel leuchten.

»Hast du es dir anders überlegt?« fragte sie verträumt.

»Ich werde dich so glücklich machen«, wiederholte er eindringlich.

Sie schaute ihn an, die dunkle Gestalt auf ihrer Bettkante, und da sie verschlafen war, dauerte es den Bruchteil einer Sekunde, bis sich ihre Augen in bodenlosem Entsetzen weiteten. Ruckartig richtete sie sich auf. »Was willst du von mir?« fragte sie, und die Stimme gehorchte ihr kaum.

»Ich will dich glücklich machen«, sagte er.
»Warum nimmst du dann deine Maske nicht ab«, flüsterte sie, um Zeit zu schinden. »Ich würde gern dein Gesicht sehen.
Er lachte. »Damit du mich dann bei der Polizei besser identifizieren kannst? So dumm bin ich nicht.« Sie mag mich, dachte er, sie hat gar keine Angst. Dieser Gedanke machte ihn ärgerlich. Nahm sie ihn nicht ernst, hielt sie ihn für nicht Manns genug? Wo blieb das Vorspiel?
»Zieh dein T-Shirt aus«, befahl er, eine Spur strenger.
»Nur, wenn du deins auch ausziehst«, meinte sie, und er würde nie erfahren, wie unendlich viel Anstrengung sie diese kokette Fassade kostete. Das Herz klopfte ihr wie ein Preßlufthammer im Brustkorb.
Er spürte, wie er langsam die Kontrolle über die Situation verlor, wie seine Erregung einer Unsicherheit Platz machte. Er mußte die Fäden wieder anziehen.
»Los jetzt«, sagte er hart, »sonst passiert was.«
»Aber …«
»Sei still«, unterbrach er sie, »sonst muß ich dich leider auf meine Weise zur Ruhe bringen.« Er lachte leise. »Und das wollen wir doch beide nicht.«
Langsam zog sie ihr T-Shirt über die Brust, sah ihn dabei mit riesengroßen, bettelnden Augen an. »Willst du mich umbringen?« Ihre Stimme war winzig.
»Nein«, sagte er erstaunt. Es lief wieder nach Plan. Sie hatte jetzt richtig Angst vor ihm, das Gleichgewicht der Kräfte war wiederhergestellt. Er durfte jetzt keine Zeit mehr verlieren.
»Dreh dich auf den Bauch«, befahl er hart.
Sie gehorchte.
»Hände auf den Rücken.«
Er holte eine Kordel aus der hinteren Jeanstasche, fesselte ihre Hände und Füße. »Es passiert dir gar nichts«, beruhigte er sie, »relax und genieß.«

Das Telefon klingelte.
Sie lauschten beide, mit angehaltenem Atem.
Ihr Anrufbeantworter schaltete sich ein. »Hallo, hier ist Ina Hauptmann, ich bin im Moment nicht erreichbar. Legen Sie bitte nicht auf, sondern sprechen Sie eine Nachricht nach dem Piepston.«
Der Piepston kam, dann eine männliche Stimme: »Hallo, mein Schatz, hier ist der Martin. Ich kann gar nicht einschlafen ohne dich, nimm mal ab, wenn du noch wach bist. Hallo? Schade, du schläfst also schon. Also, dann träum von mir, bis Montag.«
Ein Kußgeräusch, dann – klick.
»Ich tu ja alles«, sagte sie plötzlich, »aber doch nicht so. Bitte.«
Langsam verlor er die Geduld, sie sollte nicht mehr reden. Reden störte ihn jetzt. Er zog ein Pflaster aus der anderen Tasche, verklebte schnell und geübt ihren Mund.
»Du kannst offensichtlich dein Maul nicht halten«, sagte er und drückte ihr einen Wattebausch ins Gesicht. Sie sträubte sich, stieß gurgelnde Protestlaute aus, ruckelte hin und her.
»Sei ruhig, sei ruhig«, rief er und schlug sie links und rechts ins Gesicht, bis ihr Kopf zur Seite sackte und sie still wurde, ganz still, wie tot.
Er wartete ein paar Minuten, rauchte eine Zigarette, dann drehte er sie auf den Rücken.
Wie schön sie war, wie ruhig.
Das Pflaster störte, sie sah irgendwie nach Opfer aus. Ob er es wegmachen und die Fesseln lösen sollte? Aus Erfahrung wußte er, daß es mindestens 20 Minuten dauern würde, bis sie wieder zu sich kam.
Er riß es ihr vom Mund. Zog sich aus, bis auf die Haut, und stand dann nackt vor der gefesselten Frau. In der Hand hielt er ein Kondom.
Endlich, dachte er.

19

Sie erwachte eine Dreiviertelstunde später mit einem stechenden Schmerz in den Fußgelenken. Muskelkater, dachte sie zuerst, denn sie hatte am Nachmittag zuvor drei Stunden Aerobic gemacht. Dann spürte sie etwas Glitschiges, Kühles im Gesicht und merkte, daß sie in ihrem eigenen Erbrochenen lag.

Das Zimmer war dunkel, nur die Flurlampe warf einen Lichtkegel auf ihr Bett.

Langsam, dann schlagartig, fiel ihr alles wieder ein, und sie öffnete voller Panik den Mund zu einem Schrei. Ich bin betäubt und vergewaltigt worden, dachte sie, entsetzt und ungläubig. Sein Versprechen hatte der Mann gehalten, sie lebte noch.

Was hatte er mit ihr gemacht?

Obwohl sie zu schwitzen anfing, ihr Herzschlag schneller und schneller wurde, blieb ein Teil von ihr eiskalt und ruhig. Ich muß mich von den Fesseln befreien, dachte sie, warf den Kopf hin und her. Auf ihrem Nachttisch lag eine Nagelschere. Mit unendlicher Mühe rutschte sie näher, bis zur Bettkante, aber der Abstand zur Schere schien aus ihrer verschnürten Position unüberwindlich: Ich schaff es nicht, dachte sie verzweifelt, es ist Wochenende, ich werde langsam verhungern und verdursten, und bis man endlich die Tür aufbricht, ist es zu spät.

Was war das? Ein helles Stückchen Holz klemmte zwischen Matratze und Bettkante. Lieber Gott, ich danke dir, dachte sie, ein Mikadostäbchen. Vor einigen Tagen hatte sie Kinderbesuch gehabt und auf dem Bett Mikado gespielt. Ein Stäbchen mußte herausgerutscht und im Bett gelandet sein.

Sie robbte sich heran, schob den Kopf über die Bettkante und nahm das Stäbchen in den Mund. Bitte, lieber Gott, bitte, du hast mich die letzten Stunden ziemlich im Stich gelassen, jetzt erwarte ich ein bißchen Einsatz.

Langsam, vorsichtig, um bloß das Stäbchen nicht aus dem Mund zu verlieren, hob sie den Kopf so dicht wie möglich an

den Nachttisch und wischte langsam, oh, so langsam, die Schere aufs Bett.
Dann schob sie sie zu ihren Händen und griff danach.
Danke, lieber Gott, dachte sie inbrünstig.
Minuten später war sie befreit. Sie saß auf ihrer Bettkante und betrachtete sich.
An den Beinen hatte sie rötliche Flecken, die später heller werden würden, eine Spur verkrustetes Blut. Aber ich hab mich wenigstens gewehrt, dachte sie mit gewisser Genugtuung, ich hab es dir nicht allzuleicht gemacht, du Schwein. Sie war ruhig, ganz ruhig, aber sie ahnte, daß diese Ruhe trügerisch war.
Zusammenbrechen würde sie später. Jetzt nicht, flüsterte sie, jetzt brauch ich mein bißchen Kraft noch.
Dann rief sie die Polizei an.
»Fachdienststelle für Sexualdelikte, Martini.«
Ina wunderte sich, wie ruhig und gelassen sie war. »Ich bin vergewaltigt worden«, sagte sie schlicht.
»Name, Adresse, in zehn Minuten sind wir bei Ihnen.«
Als sie den Hörer auflegte, ging sie in den Flur und betrachtete sich im Wandspiegel. So kann ich keine Leute empfangen, dachte sie, zerrte sich das T-Shirt über den Kopf und stieg in die Dusche. Noch nie hatte sie die heißen Strahlen so genossen wie jetzt. Alles weg, dachte sie, keine Spuren mehr.
Erst als sie sich abgetrocknet und eingecremt hatte, wußte sie, was sie Unverzeihliches getan hatte. Doch es war zu spät.

»Sie haben was?« Alexa schrie es fast.
»Ich hab mich so schmutzig gefühlt, deswegen bin ich kurz unter die Dusche gegangen.«
»Wissen Sie, daß damit sehr wahrscheinlich die wichtigsten Spuren vernichtet sind?«
Ina fing an zu schluchzen.

»Ich wollte doch einfach nur sauber sein.«
Alexa holte tief Luft. Was für ein Recht hast du eigentlich, so mit einer Frau herumzuschreien, die gerade vergewaltigt worden ist, fragte sie sich streng. Nur weil du ein so abgebrühter alter Hase bist, der tagein, tagaus mit menschlichen Schweinereien zu tun hat.
»Tut mir leid«, sagte sie zu dem zitternden Bündel auf dem Bett. »Mein väterliches Erbe ist mit mir durchgegangen. Schließlich kann frau nicht proben für den Ernstfall. Kopf hoch. Wir müssen leider trotzdem in die Frauenklinik Finkenau. Aber ich kenn die Ärztin dort, die ist sehr nett und angenehm.«

Auf dem Weg zur Klinik stellte Alexa ihr Radio von Klassik auf Pop um. Elton John sang vom Löwenkönig. »Musik für die Nerven«, sagte sie und fingerte nach ihren Zigaretten, fand aber nur eine Stange Lakritz. »Wollen Sie?« fragte sie und reichte Ina Hauptmann die leicht klebrige Stange. »Ich probier's mal wieder mit Entzug. Bestimmt schon zum 1095. Mal.«
»Danke«, sagte Ina, »ich rauche lieber.« Sie bot Alexa eine Zigarette an, automatisch griff die Polizistin zu. Beide Frauen rauchten gierig.
»Ich bin so wütend auf mich«, meinte Ina unvermittelt. »Wie konnte ich bloß so dämlich sein? Parterre, Fenster offen, meine Wohnung ist ja geradezu eine Einladung für Vergewaltiger.«
»Ich kenne einen guten Spruch«, sagte Alexa, »darf ich den zitieren?«
»Gern«, antwortete Ina verblüfft.
»Mal sehen, ob ich noch alles zusammenkriege«, sagte Alexa und blies einen Rauchkringel übers Lenkrad. »Also: Gehen Sie abends nicht allein aus – das regt Männer an. Bleiben Sie nicht zu Hause – ein offenes Fenster oder eine zu durchsichtige Gardine könnte jemanden auf komische Ideen bringen. Seien

Sie niemals Kind – einige Täter stehen auf ganz Kleine. Werden Sie niemals alt – einige Vergewaltiger stürzen sich auf alte Frauen. Verzichten Sie auf Nachbarn – die stehen in der Vergewaltigungsstatistik ganz weit oben. Verzichten Sie auf Vater, Großvater, Onkel oder Bruder – viele Vergewaltigungen passieren in der Familie. Heiraten Sie nicht – Vergewaltigung in der Ehe ist legal. Am besten verzichten Sie aufs Leben, dann kann Ihnen nichts mehr passieren.«
Die beiden Frauen sahen sich an.
»Und jetzt kommen Sie«, meinte Alexa trocken.

Dr. Ruth Eisleben war eine große, fast hagere Frau Ende Fünfzig, der nichts Menschliches fremd war, die also durch nichts mehr zu erschüttern war. Der Fall Ina Hauptmann war für sie Routine; jedes Jahr zeigten rund 300 Frauen eine Vergewaltigung an und landeten auf ihrer Untersuchungsliege. Daß die Dunkelziffer ein Vielfaches betrug, wußte sie. 70 Prozent aller Vergewaltigungen waren Beziehungsdelikte, für nur 30 Prozent kamen Fremdtäter in Frage, das Opfer kannte also den Täter und wußte, was ihm nach einer Anzeige blühen würde.
»Bitte ganz freimachen«, sagte sie zu Ina, »es muß leider sein.« Dabei lächelte sie freundlich und schickte, wie fast jedesmal, wenn eine vergewaltigte Frau vor ihr lag, einen stummen Fluch an alle Täter. Manchmal wunderte sie sich, daß sie trotz ihrer finsteren Berufspraxis noch so glücklich verheiratet war. Vorgestern war sie zum dritten Mal Großmutter geworden. Ihr Privatleben war harmonisch, bürgerlich, ein bißchen langweilig, und genauso brauchte sie es.
»Frau Martini hat mir schon gesagt, daß Sie geduscht haben«, sagte sie und tastete vorsichtig Inas Körper nach Schwellungen und Verletzungen ab. »Das tun übrigens viele Frauen. Sie wollen, ganz genau wie Sie, alles Schmutzige abwaschen, sich

wieder sauber fühlen. Seien Sie also bitte nicht zu streng mit sich. Ich muß Sie leider trotzdem untersuchen.«
Sie stieß leise Schnalzgeräusche aus und legte ihre Instrumente wieder in eine Nierenschale. »Pech gehabt«, sagte sie, »es ist leider nicht zum Erguß gekommen. Und Gewalt, zumindest nachweisbare, hat der Täter auch nicht angewendet. Die roten Flecken können überall herkommen. Ein guter Anwalt putzt die weg wie nichts. Ich fürchte, daß eine Anzeige wenig Sinn macht. Das sag ich jetzt als Frau, nicht als Polizeiärztin.«
Sie drückte Ina die Hand und sagte: »Geben Sie trotzdem eine auf. Der Täter wird wieder zuschlagen. Das tun sie alle. Und irgendwann werden sie gefaßt. Alles Gute.«
Ina Hauptmann war fassungslos. Das war alles? Nur weil sie nicht grün und blau geschlagen war und sich geduscht hatte?
»Ich brauch jetzt ein Bier«, sagte sie zu Alexa, »kommen Sie mit?«
»Ich mach Ihnen einen Gegenvorschlag«, sagte Alexa, die wußte, daß sich auf ihrem Schreibtisch die Aktenberge türmten. »Wir gehen in mein Büro, trinken einen starken Kaffee, und dann nehmen wir alles zu Protokoll. Es ist vier Uhr morgens, da hat sowieso keine anständige Kneipe mehr auf.«

Obwohl die Kriminalhauptkommissarin Alexa Martini ein recht großes Büro hatte, wirkte es winzig und dunkel. Meterhohe Aktenberge vor den Fenstern versperrten die Sicht auf Hamburgs Industriegebiet, der Schreibtisch ächzte unter einer Melange aus Büchern, Schreibutensilien, Faxen und Essensresten.
Als die beiden Frauen das Büro betraten, erklang dumpfes Telefonklingeln von nirgendwo. Alexa stürzte zum Schreibtisch, wühlte, zerrte, grub einen Dienstapparat aus.
»LKA 213, Fachdienststelle für Sexualdelikte, Martini«, keuchte

sie, lauschte, warf einen vorsichtigen Blick auf Ina, die sich interessiert und leicht angewidert umschaute. »Ach, du bist es. Nein, ich bin nicht allein. Das weißt du doch. Love you too. Bis heute abend.«

Sie legte auf. »Ihr Freund?« fragte Ina. Alexa überlegte. Eine Sekunde. »Eine Freundin«, sagte sie dann und wies auf einen schwerbeladenen Stuhl vor ihrem Schreibtisch. »Schmeißen Sie nur alles runter.«

Sie setzte sich, wischte selber eine kleine Fläche frei, auf die sie einen Laptop stellte. Aufgeklappt, eingeschaltet. Dann lehnte sie sich zurück und gähnte herzhaft. »Entschuldigen Sie bitte, es war ein langer Tag. Ich muß der Ärztin leider recht geben, unsere Chancen in Ihrem Fall sind kümmerlich. Kein Sperma, keine Gewaltspuren. Blut und Sperma sind der Spurensicherung leider das Liebste. Der Täter trug eine Maske. Was also haben wir?«

»Die Stimme«, sagte Ina plötzlich, »der Mann hatte eine unheimlich tolle Stimme. Tief und erotisch. Ich hab mich noch gewundert, daß ein Mann mit so einer Stimme so was nötig hat.«

20

Das Klassenzimmer glich an diesem Montag morgen einer Kleinstadt nach dem atomaren Erstschlag. Die Tafel war vollgeschmiert mit wüsten Graffiti, der Schwamm trocken, der Fußboden bereits zugemüllt wie ein Komposthaufen. Marlon Stephan kannte das. Montag war für Lehrer immer der schlimmste Tag, an dem die Schüler ihre Wochenendfrustrationen abbauten. Zuviel Zeit, zuviel Video, Alkohol und Streit mit der Familie. Wie die Pulverfässer rollten sie dann morgens aus allen Himmelsrichtungen in die Schule, und von den Lehrern wurde erwartet, daß sie sie entschärften.

Marlon, der seit 15 Jahren im Schuldienst war, hatte sich als

Überlebenshilfe im Laufe der Zeit den nötigen Gossenbiß angewöhnt. Auf die groben verbalen Klötze seiner Schüler setzte er jetzt keine beleidigte Ermahnung, sondern einen ebenfalls groben Keil.

Deswegen zuckte er auch nicht zusammen, als ihm ein provozierendes: »Na, Herr Stephan, 'ne heiße Braut beglückt am Wochenende?« entgegenschallte.

Er grinste bloß. »Guten Morgen, Boris«, sagte er freundlich und stellte seine Ledertasche auf dem Pult ab. »Wenn du nicht mehr so viele Pickel und dumme Sprüche drauf hast, hast du vielleicht auch mal Glück bei den Frauen. Wir alle wünschen es dir von Herzen.« In das dröhnende Gelächter hinein hielt er ein Bündel Blätter hoch: »Und damit die Freude noch größer wird, meine Herren, die Chemiearbeit. Eine Stunde habt ihr Zeit für den Fragebogen. Richtige Antworten kreuzt ihr bitte mit einem x, falsche mit einem o an.«

Er verteilte die Bögen, während er weitere Anweisungen gab. »Alle Tische frei, alle Taschen zu. Volker, nimm bitte dein Gesicht vom Nachbartisch, Peter weiß auch nicht mehr als du. Meine Augen sind scharf, ich hab sie überall, und wen ich beim Abschreiben erwische, der darf nach Hause gehen und die Arbeit alleine nachschreiben.«

Während er das sagte, ging wieder dieses lästige Augenflimmern los. Irritiert wischte er sich über die Augen, aber das Flimmern blieb. Gleichzeitig hatte er das Gefühl, als würde sich der Raum verdunkeln. Er sah in der Mitte scharf und an den Rändern eingeengt, ein nerviges Gefühl. Verdammt, dachte er, ich brauch tatsächlich schon 'ne Brille. Aber Mami hat ja auch schlechte Augen, die hab ich wahrscheinlich geerbt.

Nach fünf Minuten ging er durch die Reihen und schaute über die gebeugten Köpfe hinweg auf die Zettel. Bei Nikos, einem 17jährigen Griechen, blieb er stehen und zeigte auf eine Frage: »Man soll nie altes Fett mit frischem Fett verdünnen.

Richtig oder falsch? Na, denk doch mal nach. Deine Kunden werden sich freuen, wenn sie dein ranziges Schmalzgebäck probieren.«

Marlon seufzte und ging weiter. Als müßte man die Sandkörner einer Wanderdüne zählen, so kam ihm sein Lehrerdasein immer häufiger vor. Seine Schüler wußten, daß sie vom Leben keine Sahnetorten erwarten durften, nur Kekskrümel. Bestenfalls wurden sie Bäcker in einem Bäckereigroßbetrieb, Arbeitsbeginn drei Uhr morgens, dann vorgemischte Hefeteilchen in den Elektroofen, warten, bis es pling machte, rausholen, abkühlen lassen, in den Verkaufsraum schieben. Monatslohn rund 2000 Mark. Keine motivierende Lebensperspektive, aber die einzige. Du hast keine Chance, aber nutze sie. Dem lieben Gott war einfach die Gehirnmasse ausgegangen, als er Marlons Schüler geschaffen hatte. In seiner unergründlichen Weisheit hatte er Wesen geformt, denen man tausendmal in schlichten Worten erklären konnte, daß Hefe ab plus 10 Grad Celsius inaktiv wird, daß Alkohol ein Lösemittel für Fett ist und sich Maiskeimöl gut zum Fritieren eignet – und trotzdem rutschten alle Informationen durch ihre Gehirnwindungen, nichts blieb hängen. Meist war die Hälfte der Fragen falsch angekreuzt.

Soviel geistige Begrenztheit kam in Klassen mit hohem Ausländeranteil wesentlich seltener vor, auch die Aggressivität und die absolute Respektlosigkeit den Lehrern gegenüber nicht. Die Schüler dort waren zwar Flüchtlinge, doch sie kamen meist aus religiösen, sehr engen Familienverbänden, waren als Kinder zwar ärmlich, aber voller Liebe aufgewachsen. Sie wurden nicht, wie ihre deutschen Mitschüler, zwecks Beschäftigung vor den Fernseher gehockt und mit Süßigkeiten vollgestopft. Die Ausländer waren höflicher, sozialer und behandelten die Lehrer wie Respektspersonen. Wenn dagegen der deutsche Fleischernachwuchs in »Berufshygiene« oder »Fleischzubereitung« unterrichtet wurde, blieb die Tür des

Klassenzimmers meist weit offen – die Lehrer hatten einfach Angst vor ihren Schülern. Erst kürzlich war ein Kollege mit drei Messerstichen ins Krankenhaus eingeliefert worden. Einen Schüler hatte es geärgert, daß er vergessen hatte, warum die Vermehrung von Schimmel durch Sporenbildung erfolgt, und der Lehrer, der dies in der vorigen Stunde ausführlich erklärt hatte, daraufhin etwas gereizt reagierte.
»Du willst mich Schimmel lernen, ich zeig's dir, du Sack«, hatte der Schüler geschrien, war nach vorne gestürzt und hatte auf den Lehrer eingestochen. Der Schüler war zwar von der Schule gewiesen worden, aber die Angst im Kollegium blieb.
Energisch klatschte Marlon in die Hände. »Vorbei mit Spiel und Tanz, meine Herren. Die Stunde ist vorbei. Das traurige Ergebnis bekommen Sie in einer Woche.«
Es klopfte an der Tür, er ging und öffnete sie. Anna kam herein, warf einen zögernden Blick auf die Schüler: »Guten Morgen, entschuldigt die Störung.«
Bereits das letzte Wort ging in einem allgemeinen Gejohle, Gezische, Gepfeife unter. »He, Marlon – geile Mutter, findest du nicht auch?« rief der unverwüstliche Boris.
Anna wurde knallrot und blickte zu Boden. Mir fällt jetzt überhaupt nichts Schlagfertiges ein, dachte sie wütend. Sie schaute hoch in Marlons ruhiges Gesicht, seine verständnisvollen Augen. Von den Schülern unbemerkt, zwinkerte er ihr aufmunternd zu. Dann wandte er sich wieder der Klasse zu. Seine Augen verengten sich, die Stimme wurde schneidend: »Ich schlage vor, daß du öfter mal kalt duschst, mein lieber Boris«, sagte er. »Das würde sowohl deiner Körperhygiene als auch deinen Hormonen zugute kommen. Vom Geruch in der Klasse ganz zu schweigen.« Diesmal lachte keiner. Marlon klatschte in die Hände.
»Das war's. Zehn Minuten Pause. Dann seh ich euch beim Basketball. Du bist sicher heute ganz besonders gut in Form,

Boris. Und wenn nicht«, jetzt lächelte er diabolisch, »dann helf ich dir dabei.«
Stühle scharrten, Taschen klappten, sechzehn dunkelblonde deutsche Brocken, Durchschnittsgröße 1,90 m, Durchschnittsgewicht zwei Zentner, schoben sich nach draußen.
Marlon wandte sich Anna zu. »Eine Klasse voll halbwüchsiger, hormongepeitschter Männer, die keine Ahnung von Chemie haben«, seufzte er. »Meine Vorstellung von Inferno. Was verschafft mir die unerwartete Ehre?«
Anna räusperte sich. »Sie haben am Freitag Ihren Schal bei mir vergessen«, sagte sie, »ich hab ihn in der Tasche im Lehrerzimmer.« Eine dümmere Ausrede ist dir wohl nicht eingefallen, schimpfte sie mit sich, den Schal hättest du ihm ja auch ins Fach legen können. Tatsache war, daß sie über den Flur gegangen war, seine Stimme erkannt und an der Tür gelauscht hatte. Es war alles so peinlich, daß sie errötete, obwohl er ja all dies nicht wissen konnte.
»Schade«, meinte er, »den Schal hätte ich mir gern bei Ihnen persönlich abgeholt.«
»Ich kann ihn ja wieder mitnehmen.« Es wird immer peinlicher, dachte sie. Wir gehen miteinander um wie mit rohen Eiern.
»Sind Sie denn heute abend zu Hause?«
»Wahrscheinlich. Mein neues Au-pair ist bereits verliebt und besteht auf Ausgang.«
»Dann komm ich vorbei.«
»Ich freu mich.«
Ich auch, dachte er, und versuchte, den merkwürdigen Ansturm von Gefühlen zu unterdrücken, der in ihm hochstieg.
»Soll ich wieder eine Flasche Wein mitbringen?«
»Gern.« In ihrem Gesicht ging die Sonne auf.

21 Der gleiche Geruch wie bei mir, dachte Alexa, als sie vor dem Schreibtisch von Charlotte Pipp Platz nahm und brav an ihrem kurzen Rock zupfte, damit er etwas länger wirkte. Behörden riechen alle gleich. Nach Lysol und Beamtenschweiß und kaltem Kaffee. Auch die Leute sehen gleich aus. Irgendwie mausgrau, irgendwie krummrückig, irgendwie …

»Guten Tag, Frau Martini.« Die Stimme von Charlotte Pipp klang freundlich, ein bißchen verwundert. »Was kann ich für Sie tun?«

Alexa holte tief Luft. Jetzt nur nichts falsch machen.

»Ich, also ich …« Energisch räusperte sie sich den kleinen, hartnäckigen Kloß aus dem Hals. »Ich hätte Interesse an dem kleinen Alex aus dem Kinderheim. Ist der noch frei?«

Frau Pipp schmunzelte. »Noch frei?« fragte sie mit hochgezogenen Augenbrauen. »Eine merkwürdige Wortwahl. Frei wozu?«

Alexa errötete. »Ich würde den Jungen gern wiedersehen«, sagte sie und senkte die Augen in ganz ungewohnter Schüchternheit. »Oder komme ich zu spät?«

»Frau Martini, es geht hier nicht um einen Kandidaten aus einer Heiratsanzeige, sondern um ein Kind. Alle Kinder, die Sie vorige Woche gesehen haben, sind noch frei, wie Sie es nennen. Leider. Das bedeutet natürlich nicht, daß jeder kommen und sie sich einfach greifen kann. Diese Kinder sind schwer vorgeschädigt, und wer immer sich jetzt, abgesehen von den Behörden, mit ihnen beschäftigt, wird von uns aufs allergenaueste geprüft.«

Sie sah Alexa an und lächelte. »Sie mögen den kleinen Alex?«

Alexa nickte. »Ich weiß, daß es sehr komisch klingt«, sagte sie mit heiserer Stimme, »aber ich hab mich sofort in ihn verliebt.«

»Das glaub ich sofort.« Die Stimme der Sozialarbeiterin klang ungewohnt warm. »Alex ist ein besonders nettes und gescheites Kind. Das leider ein besonders schweres Leben hatte, bevor es zu uns kam. Ob der Junge das alles jemals wird verarbeiten können, ist zweifelhaft.«

»Was hat er denn erlebt?« fragte Alexa, und Furcht kroch in ihr hoch.

Frau Pipp seufzte, ihre Augen verdüsterten sich. »Seine Mutter ist eine drogensüchtige Prostituierte. Angeblich wurde sie vor etwa zwei Wochen vergewaltigt. Sagt sie. Aber wer weiß das schon ganz genau in diesem Milieu? Vielleicht war's auch nur ein Streit mit einem Freier. Auf jeden Fall hat Alex den ganzen schrecklichen Vorfall miterlebt. Als die Polizei kam, saß er hinter dem Sofa. Daraufhin hat man der Mutter vorläufig das Sorgerecht entzogen.«

Alexa erinnerte sich gut an den Fall. Sie hatte einen freien Tag gehabt. König mußte allein gehen. »War was gestern?« hatte sie ihn am Tag danach gefragt. »Nur 'ne Nutte.« Seine Stimme hatte den leicht verächtlich-gelangweilten Ton, der sie normalerweise in Rage brachte. »Sie bestand auf Vergewaltigung.«

»Bestand?« Sie wußte noch, wie sie damals diese Frage geschrien hatte, so laut, daß die Kollegen erschrocken aus ihren Büros gelaufen kamen. »Eine Frau besteht auf einer Vergewaltigung!!! Das ist ja wohl der dümmste Männerspruch, den ich je gehört habe. Und frag jetzt nicht, ob ich meine Tage habe.«

Jetzt fummelte sie in ihrer Tasche, zog eine Zigarette aus der Schachtel. »Darf ich? Nur eine?«

Stumm holte Pipp einen Winzaschenbecher aus ihrer Schreibtischschublade. »Eigentlich nicht«, sagte sie, »aber ich sehe Ihnen an, daß Sie jetzt ganz dringend ein bißchen Gift brauchen.« Sie stand auf und öffnete das Fenster. »Wie ich schon sagte – es handelt sich im Falle Alex um einen vorläufigen Sorgerechtsentzug. Deswegen hat er auch keinen Besuch, das

emotionale Risiko ist zu hoch für adoptionswillige Ehepaare. Die wollen gern auf Nummer Sicher gehen und wissen, daß sie das Kind auch behalten können.«
Alexa inhalierte tief, und während der Aschekegel rotorange aufleuchtete, horchte sie in sich hinein. Ihre Antwort war eindeutig.
»Wann kann ich zu ihm?« fragte sie nur.
In den Augen von Charlotte Pipp lag ein schwer zu deutender Ausdruck. »Nach Absprache mit der Heimleiterin jederzeit«, sagte sie, »aber versprechen Sie dem Jungen nichts, was Sie nicht halten können. Enttäuschen Sie ihn nicht. Der Kleine braucht Liebe und Ruhe. Und sonst gar nichts.«
Alexa strahlte. »Großes Indianerinnenehrenwort.« Sie stand auf, strich sich den Rock versuchsweise in Kniehöhe. In der Tür drehte sie sich noch einmal um. »Kann ich die Mutter auch mal sehen?« fragte sie.
»Auf gar keinen Fall«, sagte Frau Pipp streng.

22

»Mama, weißt du, was passiert, wenn ich mich ausschnupfe?« fragte Lucy und schnitzte eifrig eine große Kartoffel zu einem undefinierbaren Gebilde, das in ihren Augen ein Hund war. »Dann kommt die Rotze aus meiner Nase raus und läuft auf den Tisch drauf.« Sie schien sehr stolz darauf zu sein, etwas richtig Ekliges verkündet zu haben. »Und dann steck ich meinen Finger rein und leck ihn ab.«
Anna, die vor einem großen Pappbogen saß und ihn mit einem von Leander kaputtgeschnitzten Kartoffelstück bedruckte – die Aufgabenstellung des Kindergartens lautete: Eine schöne, bunte Arche Noah –, lächelte ungerührt. Als Mutter war sie gegen Unappetitliches abgehärtet, es gab nichts an oder in den Körperöffnungen ihrer Kinder, keine Rotze, kein Kaka, Pipi oder ausgespuckter Heringssalat, das sie daran hindern konnte,

ihre Arme zu öffnen oder die Augen genießerisch zu schließen – in der Erwartung eines feucht-schmierigen Kinderkusses.

Von ihren Kindern bekam sie nie die Nase voll, im Gegenteil, nach dem Tod von Klaus war sie geradezu süchtig nach ihrer Körperwärme. Beide hatten es sich angewöhnt, nachts zu ihr ins Bett zu kriechen, eng aneinandergeschmiegt lagen sie jetzt zu dritt. Wenn es ihr zu eng wurde, ging Anna ins Kinderzimmer und krümmte sich ins Kinderbett.

»Wie schön«, meinte Anna und schnitt einen Elefantenrüssel in Leanders Kartoffel, trotz seines wütenden »Mach ich leine«-Protestes. Er wollte jetzt alles alleine machen, Zuckerdosen aus oberen Regalen holen, fragile Jugendstilgläser abtrocknen, Videokassetten ins Gerät stecken. Darin war ihm kürzlich die Hand steckengeblieben, der Notarzt mußte kommen.

»In die Arche Noah gehören auch Elefanten, und die haben einen Rüssel«, sagte sie energisch. »Hat übrigens jemand von euch meinen Schlüssel gesehen? Vor einer Stunde lag der noch auf der Flurkommode.«

»Soll Findefix ihn suchen?« fragte Lucy mit leuchtenden Augen und stand auf.

»Gern, mein Schatz.« Anna bemalte den Elefanten jetzt in Grau. »Das wäre sehr lieb.«

»Kriegt Findefix dann auch ein Überraschungsei?« bohrte Lucy weiter.

Anna seufzte. Gab's denn nichts mehr umsonst? »Okay.«

Drei Sekunden später legte Lucy triumphierend den Schlüssel auf den Tisch. »Der Findefix hat wieder zugeschlagen, Mama. Und jetzt das Überraschungsei.«

Anna wußte genau, daß Lucy den Schlüssel versteckt hatte, aber ihr fehlte die mütterliche Empörung, sie dafür auszuschimpfen. Das Verstecken und plötzliche Wiederfinden, wenn eine Überraschung versprochen wurde, hatte Lucy erst nach dem Tod von Klaus angefangen. Vielleicht sollte sie mal eine Kinderpsychologin fragen. Wer weiß, was für Kinderängste ihre Tochter dadurch verdrängte? Aber heimlich bewunderte sie den Erfindungsgeist ihrer Tochter.

»Wo war der Schlüssel denn?« fragte sie pro forma.

»Der war in meinem Bärenrucksack«, trumpfte ihre Tochter auf. »Da hat ihn Leander reingesteckt.« Der kleine Bruder mußte immer herhalten.

»Vielen Dank, Findefix«, seufzte Anna und drückte den angetuschten Kartoffelelefanten auf die Pappe.

Es klingelte.

Marlon, dachte Anna, und ihr Herz fing sofort, ohne Vorwarnung, an zu klopfen. Eine Stunde zu früh! Und ich bin ungeschminkt und in Schürze! Sie öffnete die Tür.

»Bin gerade mit meiner Köterin in der Nähe. Platz, Jule!« sagte Alexa fröhlich. »Was machst du denn für ein Gesicht? Paßt es dir nicht?«

»Komm rein«, meinte Anna zögernd. »Marlon kommt auf einen Sprung vorbei.«

»Einen Sprung heißt das jetzt? Zu meiner Zeit nannte man das schlicht Nummer, Sex oder vornehm Beischlaf.«

»Alexa, bitte, die Kinder.« Anna legte warnend den linken Zeigefinger auf die Lippen. »Trink einen Tee mit uns, und dann verschwinde.«

Sie sagte dies ohne rechte Überzeugung, denn sie kannte ihre Freundin gut genug, um zu wissen, wie neugierig sie war und daß kein Erdbeben, keine Atombombe und ganz sicher keine höfliche Aufforderung sie heute abend vom Küchentisch würde wegzerren können. Gerade wenn sie spürte, daß sie unerwünscht war.

»Wenn du unbedingt bleiben willst, kannst du mitessen.« Annas Tonfall klang resigniert, was Alexa jedoch überhaupt nicht störte. »Wenn's Nöt'gen denn kein End nimmt, sag ich

doch gerne zu«, strahlte sie. »Wem soll ich denn heute abend eine Gutenachtgeschichte vorlesen?«
»Ich, ich, ich«, kreischten die Kinder sofort, schlangen Arme und Beine um die geliebte Tante, und Jule sprang laut bellend auf das Gewirr von Leibern und Gelächter.
»Also gut, holt das Buch von der kleinen Drachin«, seufzte Alexa und fing an zu lesen: »Die Drachin geht zur Zauberdrachenoma und erzählt von ihrem Wunsch, ein Drachenbaby zu bekommen. Also gibt sie ihr verschiedene Kräuter zu trinken und läßt sie jeden Abend im Mondschein in ihre Zauberkugel sehen. Die Drachin sitzt dann lange vor der Höhle, bis sie zuerst ganz leise, dann immer deutlicher spürt, daß in ihrem Bauch ein Baby wächst. Dreizehn Monate dauert das, dann kommt es zur Welt.«
Atemlos hatten die Kinder zugehört, doch dann runzelte Lucy die Stirn. »Braucht man denn keinen Drachenpapi dafür?«
Alexa zögerte kurz. Sie hatte das Kinderbuch im Frauenladen *Böse Mösen* gekauft, Klaus hatte ihr seinerzeit verboten, daraus vorzulesen, also hatte sie es nach seinem Tod als erstes wieder hervorgekramt, trotzdem ... »Dies ist ein Märchen, liebe Kinder«, erklärte sie, »im wahren Leben braucht man dazu gelegentlich einen Mann. Aber sind Märchen nicht viel, viel schöner? Und während eure Mami kocht, machen wir weiter in Kunst. Was soll das werden hier?« fragte sie und wies auf die Arche. »Ein Zauberschloß?«
Anna verschwand in der Küche. Wenn Alexa kam, war sie abgemeldet. Herrlich. Fraulich, würde Alexa schmunzelnd korrigieren, weil sie sich selbst über ihre Gesinnungsgenossinnen lustig machte, die jedes »man« durch »frau«, jeden »Mond« durch »Mondin« ersetzten, selbstverständlich nur auf »Anrufbeantworterinnen« sprachen und den guten, alten »Rucksack« als Gipfel männlicher Unterdrückersprache in »Ruckbeutelin« umgetauft hatten. Anna lächelte. Frau lernte nie aus.

Sie holte Rouladenfleisch, Speck, Gurken und Senf aus dem Kühlschrank und rollte das Fleisch zusammen. So vertieft war sie, daß sie Marlon erst bemerkte, als er ihr ganz leicht die Hand auf die Schulter legte. Sie zuckte zusammen, der Pfefferstreuer fiel ihr aus der Hand.
»Uhhh, haben Sie mich erschreckt«, sagte sie. »Ich hab Sie gar nicht kommen hören. Sind Sie durch die Fensterklappe eingestiegen?«
Marlon lachte. »Die Wohnungstür war offen, ich hab geklopft, aber keiner hat mich gehört. Tut mir leid, wenn ich Sie erschreckt habe.«
Alexa war mit den Kindern in die Küche gekommen. »Je später der Abend …« flachste sie, hielt ihm ihre Hand ihn, die er ignorierte.
Lächelnd wandte er sich an die Kinder. »Guten Abend«, sagte er und griff in seine Jackentaschen. »Wer möchte rechts, wer möchte links?«
»Ich, ich«, riefen Lealu begeistert und griffen nach den beiden Paketen, die Marlon in die Luft hielt.
»Fangen«, rief er, und jeder fing ein Päckchen, riß es auf. »Eine Barbie«, kreischte Lucy. »Ein Dino«, rief Leander verzückt.«
Anna trat an den Eßtisch. »Wie heißt das Zauberwort?« fragte sie streng.
»Danke«, schrien die Kinder.
»Bitte«, sagte Marlon, »gern geschehen.«
Er sieht seltsam aus heute abend, dachte Alexa, irgendwie gestreßt. Seine Augen gefallen mir nicht. Dann rief sie sich innerlich zur Ordnung. Alexa, altes Mädchen, du findest auch an jedem Mann einen Makel. Guck dir Anna an, die sieht ja aus wie angeknipst. Gönn ihr doch das bißchen Glück, das ein Mann einer Frau geben kann.
Sie versuchte es noch mal. »Guten Abend, Marlon.« Nachnamen vergaß sie aus Prinzip.

Er schüttelte ihre Hand. »Guten Abend. Sie müssen mich entschuldigen, aber ich habe Ihren Namen wieder vergessen.«
So einer bist du also, dachte Alexa amüsiert und musterte ihn aus schmalen Augen. So ein passiv Aggressiver. Hab ich dich vielleicht gar unterschätzt? »Ich heiße Alexa«, sagte sie freundlich.
»Und sie ist bei der Polizei«, krähte Lucy dazwischen. »Sie steckt die bösen Leute ins Gefängnis.«
Marlon, der sich inzwischen an den Tisch gesetzt und mit einem »Ich darf doch?« Wein in die Gläser geschenkt hatte, hob interessiert die Augenbrauen: »Polizei? Das ist ja spannend. Wo denn da?«
»Ich bin Kriminalhauptkommissarin im LKA 213, das ist die Fachdienststelle für Sexualdelikte«, antwortete Alexa und trank ihr Glas in einem Zug leer. Bildete sie es sich ein, oder war er bei ihren Worten unmerklich zusammengezuckt?
»Die Rouladen brauchen noch zwanzig Minuten«, verkündete Anna und band die Schürze ab. »Ich mach mich mal ein bißchen frisch, fangt ruhig schon mit dem Salat an.«
»Bitte keine Umstände«, wehrte Marlon ab, »ich wollte nur meinen Schal abholen.«
Alexa lachte nur: »Sparen Sie sich Ihre Spucke. Anna hat jüdische Vorfahren, also ein ausgesprochen libidinöses Verhältnis zum Essen. Ohne Roulade kommen Sie hier nicht wieder weg. Allerdings nicht koscher.«
Sie prostete Marlon zu. »Auf Anna«, sagte sie, ernst geworden, »auf mehr Glück mit Männern, als sie es bisher hatte.«
Die Kinder spielten Hündchen unterm Tisch, aber Alexa hatte trotzdem die Stimme gesenkt.
»Hatte sie denn soviel Pech?« fragte Marlon und hob sein Glas.
Alexa hätte es unsolidarisch gefunden, in Annas Abwesenheit auf pikante Einzelheiten ihres Privatlebens einzugehen. »Wenn man den Tod eines Ehemannes mit Pech bezeichnen will, dann

hatte sie es wohl«, meinte sie nur. Warum war sie so kühl zu ihm? Sie wußte es selbst nicht. Eine Art Witterung, die ihr ganz plötzlich in die Nase stieg. Jule schien ihre Ablehnung nicht zu teilen. Sie stand neben Marlon und leckte ihm über die Hand, mit der er ihren Kopf streichelte.
»Ich liebe Hunde«, sagte er, Alexas Blick bemerkend, »obwohl ich jetzt keinen mehr habe, scheine ich immer noch nach Hund zu riechen.« Lächelnd fragte er dann: »Was für Delikte bearbeiten Sie denn in Ihrer, wie hieß es noch, Fachdienststelle?«
Anna betrat die Küche. Sie war umgezogen und geschminkt, sah jung und gelöst aus. Marlons Blicke verfolgten sie, und nur Alexa sah etwas in seinen Augen, das er angestrengt zu verstecken suchte. Traurigkeit? Scham? So sieht kein Mensch einen anderen an, wenn er in ihn verliebt ist, dachte Alexa. So ganz und gar unkörperlich. Ob er heimlich verheiratet oder schwul ist? Könnte sein, groß, schlank, schmale Handgelenke und was definitiv Weiches um den Mund. Laß diese blöden Vorurteile, Alexa. Sie wandte sich ihm wieder zu, bewußt freundlich. Er war schließlich geladener Gast, sie nur die ungeladene beste Freundin.
»Oh, wir haben viel zu bieten«, holte sie aus und nahm sich ungefragt eine Roulade aus der Schüssel, die Anna auf den Tisch gestellt hatte. »Hmm, halb verbrutzelt, wunderbar. Also, die Palette fängt beim Spanner an, geht über den Vergewaltiger, den Schläger bis hin zum Frauenmörder. Alles, was mit Sexualität und Gewalt zu tun hat.«
Auch vor Marlon lagen inzwischen eine Roulade und ein Klacks Rote-Bete-Mus, aber er rührte nichts an, schob das Essen auf dem Teller hin und her. »Ich kann nur hoffen, daß Sie nicht allzuviel zu tun haben in Ihrem Job«, sagte er schließlich. »Können sich denn Frauen heutzutage nicht besser gegen Männer wehren? Die machen doch alle Karate oder Bodybuilding oder etwas Ähnliches.«

»Wie kann sich eine Frau dagegen wehren, wenn ein Spanner im Gebüsch hockt und sich daran aufgeilt, wie sie sich auszieht?« Alexa gelang es nicht, die Schärfe in ihrer Stimme abzumildern. Sie merkte selbst, wie hart und schneidend sie klang, wie feministisch, radikal, aber es war ihr egal. Warum wechsle ich eigentlich nicht den Beruf, dachte sie manchmal, suche mir ein friedliches Betätigungsfeld, Gärtnerin, Schneiderin, Pastorin? Aber sie wußte, daß sie sich zu Tode langweilen würde. Polizeiarbeit lag ihr im Blut.
»Alexa, bitte, keine Predigten«, bat Anna, die beobachtet hatte, wie Marlon bei den Worten ihrer Freundin zusammengezuckt war. »Wer möchte noch Soße?«
»Gibt es so was wirklich?« Marlons Stimme klang amüsiert.
»Mehr, als Sie denken.« Alexa war ruhiger geworden. »Die Gebüsche vor den Parterrewohnungen, in denen Frauen wohnen, sind nachts voll. Da gibt es richtige Platzhirschrangeleien.« Sie verfiel in näselndes Falsetto. »Hau ab hier, hier hab ich gespannt, das ist mein Plätzchen.«
»Aber so ein Spanner ist doch harmlos«, warf Marlon ein. »Pervers vielleicht, aber er guckt doch nur, er tut nichts.«
»In vielen Fällen stimmt das«, erklärte Alexa, die sich diskret die dritte Roulade genommen hatte, obwohl Anna nur zwei für jeden vorgesehen hatte. »Aber in einigen verläuft die Perversion progredient, das heißt, sie verstärkt sich, der Mann will plötzlich mit seinem ausgespähten Opfer in Kontakt treten. Er steigt ein.«
»Wie ist denn das möglich«, mischte sich Anna ein, die ebenso diskret auf ihre Roulade verzichtet und Marlon die zweite auf den Teller gelegt hatte. »Das sind doch keine Einbruchprofis?«
»Du glaubst ja gar nicht, wie lächerlich die meisten Wohnungen gesichert sind«, erwiderte Alexa. »Die Haustür oft wie ein Panzer, und hinten kommt man mit dem Schraubenschlüssel rein. Gut, daß du im fünften Stock wohnst.«

»Und wenn der Mann dann eingestiegen ist, dann stellt er sich vor, sagt ›Hallo, hier bin ich‹?« Marlon schien fassungslos und fasziniert zugleich.
Alexa seufzte innerlich, als sie merkte, daß sie um Erklärungen, Beispiele und Geschichten nicht herumkam. Nach Feierabend wollte sie mit Männern, Hetero-Sex und Gewalt am liebsten nichts mehr zu tun haben. »Viele warten ab, bis die Frau so wehrlos wie möglich ist«, hob sie an, »obwohl sie ja pervers sind, das heißt, Gewalt sie geil macht und sie bei sogenanntem normalem Geschlechtsverkehr Erektionsprobleme haben, sind sie Feiglinge. Dem Kontakt zu einer starken Frau, die ihnen in hellwachem Zustand gegenübertritt, fühlen sie sich nicht gewachsen.
Also überraschen sie ihre Opfer gern im Schlaf. Wir hatten auch mal einen, der sich zu den Frauen in die Dusche zwängte und sie dort mit der Pistole bedrohte. Und zwar in voller Klamotte. Ein anderer schlich sich in die Garage, die er vorher von außen zugemacht hat. Als die Frauen ins Auto steigen wollten, überfiel er sie. Bei einem ging plötzlich das Handy los, seine Frau war dran, wollte wissen, wann er nach Hause kommt. Als sie das Schreien des Opfers hörte, hat sie netterweise die Polizei informiert, weil sie dachte, ihr Mann sei in Gefahr.
Die meisten Vergewaltigungen, die von Männern begangen werden, die ihre Karriere als Spanner anfingen, finden jedoch im Schlafzimmer des Opfers statt. Im Augenblick suchen wir einen, der seine Opfer vorher betäubt. Auf den freu ich mich besonders. Den entmanne ich eigenhändig.«
Ach ja, dachte Marlon amüsiert. Und fühlte sich wie Rumpelstilzchen. Ach wie gut, daß niemand weiß …
Ein ungemütliches Schweigen breitete sich aus. Anna schäumte innerlich. Mein Gott, mußte Alexa denn jedesmal gleich die Keule schwingen, dachte sie, es gibt doch auch normale

Beziehungen zwischen Mann und Frau. Gib Marlon eine Chance!
»Aber ist es denn für die Opfer nicht besser, wenn sie nichts davon merken?« Marlon fragte weiter, obwohl auch er die Vibrationen, die Alexa bei diesem Thema immer stärker ausstrahlte, fast körperlich spürte. Er trank seinen Wein in einem Schluck aus. Gott, diese Frau ist ein harter Brocken, dachte er. Eine echte Herausforderung.
Alexas Augen blitzten. »Sie meinen die sogenannte frauenfreundliche Vergewaltigung, nicht wahr?« Sie holte tief Luft. »Ein Richter hat vor kurzem das Strafmaß drastisch herabgesetzt, weil er auch dieser Meinung war. Für die Frauen ist so was nur viel, viel schlimmer, denn nur im Schlaf läßt der Mensch richtig los. Wenn ihm also im Schlaf oder in der Ohnmacht Gewalt angetan wird, verliert er sein Urvertrauen. Er kann der ganzen Welt nicht mehr glauben, wittert überall Verrat und Unheil. Im Schlaf ist es also das Allerschlimmste.«
Sie sah so böse aus, daß ein Themenwechsel angebracht schien. Schnellstens. Aber Marlon konnte nicht loslassen. Er wollte sie kleinkriegen, spürte plötzlich eiskalte Wut in sich, die immer dann in ihm hochkam, wenn er diese Verachtung in Frauenaugen sah. Dich hätte ich auch gern, dachte er plötzlich. Und du hast keine Ahnung, wer ich bin. Aber ganz zum Schluß genießt du es. Obwohl ich ein Mann bin und du offensichtlich nur auf Frauen stehst.
»Aber wenn ein Mann nun nicht anders kann?« bohrte er weiter. »Für uns normale Menschen ist es schwer vorstellbar, aber es soll ja welche geben, die haben so einen starken Drang, daß sie ihn nicht beherrschen können. Die wollen einer Frau im Grunde ja gar nicht weh tun.«
»Sind Sie da so sicher?« meinte Alexa. »Ich nicht. Aber wenn Sie zu diesem Thema noch persönliche Fragen haben, sollten

Sie meine Freundin Gretha fragen, die ist Psychologin und auf sexuell Gestörte spezialisiert.«
Mit einem Ruck schob Alexa ihren Stuhl zurück und stand auf. »Sorry, aber ich kann dieses Thema heute nicht aushalten. Sie haben sicherlich ein Recht auf dumme Fragen, aber ich hab Feierabend. Und wahrscheinlich werde ich trotzdem wieder nachts zu einer Frau gerufen, die blutend und heulend auf ihrem Bett sitzt, weil ein Mann sich wieder mal nicht beherrschen konnte. Entschuldigt mich.«
Sie ging in den Flur und spähte ins Kinderzimmer, wo Lealu friedlich mit offenen Mündern in ihren Betten lagen. »Tut mir echt leid«, flüsterte sie Anna zu, die ihr gefolgt war, »aber ich hab diese blöden Männerfragen einfach so satt, verstehst du? Es tut mir leid.«
»Schon gut«, flüsterte Anna zurück und umarmte ihre Freundin. »Hat's denn wenigstens geschmeckt?«
»Das weißt du doch«, sagte Alexa und küßte Anna auf die Stirn, die warm und trocken war.
Als Anna in die Küche zurückkam, saß Marlon etwas betreten am Tisch. Sieh mal einer an, dachte er gerade, ihre Freundin Gretha ist Spezialistin. Eine interessante Vorstellung.
»Da hab ich wohl in ein Wespennest gestochen«, entschuldigte er sich, »aber ich konnte ja wirklich nicht ahnen, daß die Dame so empfindlich ist. Mich hat das Thema einfach interessiert. Und ihre Freundin ist also Psychologin? Auch ein kesser Vater?« Anna haßte diesen rüden Ausdruck, aber sie wollte den Abend friedlich ausklingen lassen. Und daß Alexa Männer bis aufs Blut provozieren konnte, hatte sie oft genug bei Klaus erlebt. Deine Freundin ist ein richtiges Kastratenweib, meine Liebe, hatte er oft gesagt.
»Alexa hat einfach schon zuviel gesehen und erlebt«, verteidigte Anna ihre Freundin, Marlons zweite Frage ignorierend. »Sie meint es nicht so.«

»Natürlich nicht«, sagte er. »Das Essen war übrigens hervorragend. Vielen Dank.«
»Können Sie auch kochen?« fragte sie. Irgendwie sah er aus wie ein Mann, der gut kochen konnte.
»Nein«, antwortete er, »das hab ich immer den Frauen überlassen.
»Den Frauen?« neckte sie. »Waren es denn so viele?«
Wie er so dasaß, lächelnd, mit hochgerollten Hemdsärmeln, leicht erhitzt, gelöst wirkte er – ja, was denn, sinnierte Anna und steckte sich ihre ganz bestimmt allerletzte Zigarette an. Erotisch? Sexy? Alles, dachte sie, und streckte wie unbewußt die Hand aus, um seinen Arm zu streicheln.
»Hat Alexa Sie verschreckt?« fragte sie statt dessen, und zog die Hand zurück. Schließlich war er Kollege, unerwünschte Avancen ihrerseits konnten peinlich werden, wenn sie in der Schule publik wurden.
»Ich glaube, eine so hartgesottene Polizistin verschreckt jeden Mann ein bißchen«, antwortete er nachdenklich, »aber ihr Beruf trägt ja auch nicht gerade dazu bei, Vorurteile gegen Männer abzubauen. Trotzdem mag ich sie«, fügte er schnell hinzu, als er Annas Gesicht sah. »Vielleicht bin ich auch ein bißchen pervers.«
Er erhob sich – zögernd, wie es ihr schien – und ging in den Flur. Dort drehte er sich zu ihr um.
»Ich würde gern ...« Er stockte.
»Sie würden gern was?«
»Ich würde Sie gern k ...«
»Mama, Flasche!« Leanders Stimme klang verzweifelt, Weltuntergang.
»Mama kommt«, rief Anna schnell und brachte ihm eine neue Flasche, »aber ganz schnell wieder einschlafen.« Ein Kuß auf die heiße Kinderstirn, den Schmuseschlafsack zurechtgerückt. Tür leise zu.

Marlon hatte inzwischen seinen Mantel angezogen und stand in der Wohnungstür.
»Was ich eben sagen wollte ... Ich hätte Sie gern geküßt«, sagte er schnell. Sekunden später hatte ihn das Treppenhaus verschluckt.

23

»Hier ist noch Rückenspeck zum Auslösen, ein bißchen dalli, dalli, meine Herren, Knorpel und große Sehnen müssen weg, kleine Sehnen können dranbleiben.« Tino Töpplers Stimme klang an diesem trüben Morgen noch genervter als sonst. Er betrachtete es als bösartige Strafversetzung durch seinen linkslastigen Schulleiter Hans Wuttke, daß er »mit Wirkung sofort und unwiderruflich« keine niedlichen, braunhäutigen Ausländerinnen mehr in Deutsch, dafür pickelige, ungewaschene Lehrlinge aus Pinneberg und Itzehoe in der Kunst des Fleischerhandwerks unterrichten durfte.
»Du weißt, warum«, hatte Wuttke nur barsch gesagt. »Da du offensichtlich keine Kontrolle über deine feisten Finger hast, schaff ich dir eine Umgebung, die es dir leichter macht, dich zu beherrschen. Oder stehst du in der Zwischenzeit auf rotgesichtige Faschos? Und selbst wenn, die kannst du belästigen, soviel du willst, die können sich selber wehren.«
Wuttke war bekannt für lange, selbstverliebte Volksreden, deshalb hatte Töppler ihn einfach auflaufen lassen. »Ich danke dir für die neue berufliche Herausforderung.«
»Da doch nicht für, mien Jung«, hatte der Schulleiter grinsend erwidert und ihm einen dicken Kringel ins wütende Gesicht geblasen.
Und nun stand er hier, im fußkalten Zubereitungsraum der »Gewerbeschule für Hotel- und Gaststättengewerbe«. Thema dieser Woche: »Die Brühwurst«.

»Wer oder was gehört zur Gruppe der Brühwürste?«
Keiner sagte ein Wort. Zwölf junge Männer, viele noch pubertätspicklig, unfertig bartflaumig, starrten zu Boden.
»Also, ich sag's noch mal zum Mitschreiben. Eine Brühwurst heißt Brühwurst, weil sie im Kochschrank bei rund 78 Grad gebrüht wird. Es gehören dazu: der Bierschinken, unsere beliebte Mortadella, die Jagdwurst und sämtliche Bockwürste, Knacker, Wiener und so weiter.«
Die Schüler starrten ins Leere. Um sie aus ihrem offensichtlich tiefen Wochenanfangskoma zu lösen, klatschte Töppler laut in die Hände: »Meine Herren – meine Damen kann ich ja leider nicht sagen –, also, wir fangen an, bitte in Dreiergruppen aufteilen. Könnt ihr noch bis drei zählen, sonst sagt Bescheid.«
Und dabei bin ich seit zwei Wochen Vegetarier, dachte Töppler.
Die Jungen standen jetzt an langen Tischen, neben sich eine »Satte«, in die die Abfälle geworfen wurden. Das Schweinefleisch wurde »entfettet«, danach das magere und das fette Fleisch wolfsgerecht gemacht, das heißt, in eindrittelfaustgroße Stücke geschnitten. »In dieser Form heißt das Fleisch Grundbrät«, erklärte Töppler. »Das Grundbrät kommt dann in den Kutter, wo aus dem grobstückigen Fleisch ein kleingehäckselter Brei wird.« Er inspizierte die Fleischberge in den jeweiligen Satten, die im fluoreszierenden Licht dieses sonnenscheuen Morgens ganz besonders gräulich wirkten.
Dann stellte er den Kutter an und ließ das Grundbrät hineinlaufen. Ein Mordskrach, der alle Schüler aufweckte. Einen Deut interessierter schauten sie zu, wie das Brät, sehr grobem Hack ähnelnd, als grau-beiger, fettweicher Teig aus der Düse rollte.
»Lecker«, sagte Hans-Peter, ein großer, aschblonder, sehr eifriger Schüler, der nur mit dem Abwiegen seine Probleme hatte. Gramm, Kilogramm, das war wie Fachchinesisch für ihn. Auf die eine oder andere Null kam es ihm nicht besonders an. »Null

ist doch nichts wert«, meinte er unschuldig, wenn sein pingeliger Lehrherr ausflippte, weil er statt 2 kg nur 200 g Bierschinken-Gewürzmischung in das Brät getan hatte.
Sorgfältig schüttete er jetzt einen Eimer gecrashtes Eis auf das Fleischmus, danach wolfsgerechtes fettes Fleisch. »Halt«, rief Töppler genervt, »da ist ja noch die Schwarte dran, wer soll so eine Wurst denn essen? Klaus, damit du endgültig aufwachst, nimm das Fleisch und schwarte es ab, hopp, hopp.« Widerwillig näherte sich ein kleiner, schmächtiger Junge und rollte die Augen. »Mensch, immer ich für die Ätzjobs, das ist echt belastend«, murmelte er und griff zum Messer.
Im Kutter rotierte jetzt die Fleischfettmasse, in die Töppler angewidert aus kleinen Containern das abgewogene Salz und die Gewürzmischungen kippte.
»Wo sind die 500 g Wiener Würstchen PGS«, rief er, »soll unsere Wurst denn nach Scheiße schmecken?«
»Tststs, Fäkalsprache vor Minderjährigen.« Die Stimme seines verhaßten Schulleiters kratzte auf seinen montäglichen Nerven wie ein abgebrochener Fingernagel auf einer Schiefertafel. Er drehte sich um. Neben Wuttke stand ein junges Mädchen mit streichholzkurzen, pechschwarzen Haaren und blitzendgrünen Augen und guckte ihn herausfordernd an. »Du hast Glück«, meinte Wuttke streng, »ein weiblicher Lichtblick in deiner Testosteron-Hölle, den ich nicht verhindern konnte. Louisa will unbedingt Fleischerin werden. Ihr Vater hat einen italienischen Delikateßladen im Hamburger Hafen, und sie soll die Fleisch- und Wurstabteilung übernehmen.«
Louisa trat vor und gab Töppler die Hand. Ein für ein so zartes Mädchen erstaunlich fester Händedruck, der ihm die Knöchel schmerzhaft zusammenpreßte. »Guten Tag«, sagte sie mit kräftiger Stimme. »Ich bin Louisa Centis, und ich will alles über Fleisch und Wurst lernen.«
Verblüfft starrte er sie an. »Sie sprechen ja völlig ohne Akzent.«

»Meine Mutter ist Deutsche«, antwortete sie sachlich, »ich bin zweisprachig aufgewachsen.«
»Hol dir bitte einen Kittel und einen Kopfschutz aus der Kleiderkammer«, sagte Wuttke. Als Louisa, begleitet von drei Mitschülern, verschwunden war, nahm er den Lehrer zur Seite.
»Wenn ich den leisesten Hauch einer Beschwerde auch nur ansatzweise höre, dann sorge ich höchstpersönlich dafür, daß dir alle Knochen gebrochen werden, bevor du achtkantig von dieser Schule fliegst. Hast du mich verstanden?« flüsterte er.
»Danach wird dich ihre Familie vorknöpfen, der Vater hat extrem gute Kontakte.«
Töppler zuckte die Schultern. »Laß mich in Ruhe«, entgegnete er böse, »außerdem kannst du beruhigt sein. Ich steh sowieso nicht auf kesse Väter.«
»Um so besser.« Wuttke grinste und ging.
Louisa war inzwischen im weißen Kittel, mit Notizblock bewaffnet, wieder aufgetaucht, Töppler zwang seine Aufmerksamkeit von der Tatsache weg, daß dieser Kittel ausgesprochen aufreizend gefüllt war. Sieh sie einfach als Mann, ermahnte er sich, nenn sie innerlich Luigi. Noch besser – Karl-Heinz.
»Alle Mann an die Füllmaschine«, kommandierte er. Nur laute Befehle drangen bei seinen Schülern durch, Höflichkeit war hier so überflüssig wie ein frisch gebügelter Armani-Anzug unter seinem fett- und schweineblutverschmierten Kittel.
»Wo sind die Därme?« schrie er. »Oder soll ich die Wurst in Präser füllen?«
Die Schüler lachten kurz und scheppernd, nach kurzem Zögern lachte Louisa mit.
Ich muß hier hart im Nehmen sein, dachte sie, sonst machen mich diese Brutalos fertig. Sie kannte Töpplers schlechten Ruf, Mitschülerinnen hatten sie vorher gewarnt. Aber da er der einzige Lehrer an der Schule war, der Fleischer in der Praxis

unterrichtete, war ihr nichts anderes übriggeblieben. Sie war die ehrgeizige Tochter ihres Vaters, er rechnete mit ihr.
Chen, ein 20jähriger Chinese, dessen Vater eine Restaurantkette besaß, war der einzige, der nicht mitlachte. Er kannte das Wort Präser nicht, nur den Begriff Kondome. Stumm holte er den Plastikeimer, in dem die Schweinedärme in einer Salzlake schwammen.
»Abspülen, zacki, zacki«, sagte Töppler, und Chen spülte, aber die Därme waren so ineinander verknotet, daß ihm das Gewusel aus den Fingern flutschte.
»Laß mich mal«, rief Louisa, die seine Mühsal beobachtet hatte. Flink und geschickt zupfte und zerrte sie, bald rannen weißgraue, dünne Darmschlangen aus ihren Fingern auf den Tisch.
»Bravo«, johlten die Schüler, »und jetzt auf die Düse drauf.«
Louisa guckte verwirrt. Düse? »Sie müssen diese Därme jetzt ganz vorsichtig auf die Düse spannen und dann nach vorn zur Öffnung schieben«, erklärte Töppler, »Klaus, Wolfgang, Jan, ihr füllt inzwischen das Brät ein.«
Als die Maschine oben bis zum Rand gefüllt war, hatte es Louisa geschafft. Sie selbst war auch geschafft, ein Schweißtropfen rann von ihrer Stirn. Töppler warf ihr einen kurzen Blick zu, während er das Brät festklopfte. Extrem appetitlich, dachte er mit einem inneren Seufzer. Er erinnerte sich an seine Lehrerpflichten: »Beim Einfüllen drauf achten, daß keine Luft rauskommt. Die Füllung muß gleichmäßig in den Darm gestopft werden, damit die Wurst später keine Löcher hat.«
Er stellte das Gerät an, weich und stetig quoll die Masse aus der Düse und lief in die aufgespannten Därme. Wenn sie kleine Blasen warfen, piekste er mit einer Nadel kurz hinein, damit die Haut flach anlag.
»Abdrehen.« Seine Stimme war konzentriert, auf die Wurst

fixiert, die er nie im Leben freiwillig gegessen hätte. Doch jetzt war sein ganzer Lehrerehrgeiz darauf ausgerichtet, einen Haufen gleichmäßig abgebundener, prall gefüllter Knacker in einer großen Satte zu hinterlassen, die anschließend in einer Maschine getrocknet, geräuchert und gegart wurden und dann an die Bewohner von Behinderteneinrichtungen zum Selbstkostenpreis verkauft wurden. Tja, Tino, dachte er selbstironisch, einer ist Gehirnchirurg, der andere fliegt ins All, und du sorgst für gleichmäßige Würste.

»Hängt die abgedrehten Würste auf die Stange, damit sie besser lüften, und nicht so dellig abdrehen bitte, das sieht doch scheußlich aus. Die Wurst muß knackig sein«, betonte er und drehte sich zur Schülerschar um. Wie es der Zufall wollte, blieb sein Blick an Louisa hängen. »Stimmt's?« wiederholte er.

»So knackig wie möglich«, sagte sie fest.

Sie band sich die Schürze ab und verließ die Küche, auf langen, fohlenhaften Beinen, über denen aufs gemeinste ein praller, aber für alle unerreichbarer kleiner Po wippte. Nervig, diese Typen, ärgerte sie sich. Sie war in einer großen Familie mit Brüdern, Cousins und jungen Onkels groß geworden, rauhe Sprüche, halberotisches Getätschel, überaktive Hormone waren ihr deshalb keineswegs fremd. Doch dies hier hatte eine andere Qualität, kam ihr feindseliger und aggressiver vor. Deutsch eben, dachte sie, nicht italienisch.

So vertieft war sie in ihre düsteren Betrachtungen, daß sie Anna Blumenberg und den Schuldirektor erst bemerkte, als sie mit ihrem Kopf in Wuttkes Brust rammte.

»Wohin so schnell, junge Frau?« rief Wuttke und hielt sie fest. Er schob sie ein Stück von sich weg, schaute sie forschend an. »Hat dich die Rasselbande dort geärgert?« fragte er, und die beiden Längsfurchen auf seiner Stirn vertieften sich.

Louisa, die von Natur aus keine Petze war, zuckte nur mit den Schultern. »Männer halt«, sagte sie, »das macht mir nichts aus.«

Doch Wuttke war nicht so schnell abzulenken. »Was macht dir nichts aus?«
»Ach Gott, so dumme Bemerkungen halt«, druckste sie herum, wollte sich an Wuttke vorbeiquetschen, aber er hielt sie fest.
»Ich bin stur«, warnte er scherzhaft. »Wenn du mir nichts sagst, stehen wir beide morgen früh noch hier.«
Louisa seufzte. Wieder so ein anstrengendes Exemplar. Daß Männer eine Frau nie in Ruhe lassen können. »Herr Töppler hat mich mit einer Wurst verglichen«, sagte sie knapp. Was ja im Grunde auch stimmte, auch wenn Töppler es nicht ausdrücklich so gesagt hatte. Denn gemeint hatte er es.
Unwillkürlich mußte Wuttke schmunzeln. »Mit einer Wurst?« fragte er ungläubig.
»Mit einer Knackwurst«, korrigierte Louisa.
»Ich verstehe«, murmelte er, »ich nehme an, von wegen knackig und so.«
Als Louisa sich entfernte, seufzte Wuttke unwillig. »Er kann's einfach nicht lassen«, sagte er zu Anna. »Irgendwann kriegt er noch mal den ganz großen Ärger.« Kopfschüttelnd betrat er sein Büro. Seine Sekretärin war in ein Telefonat vertieft, dem sie bei seinem Anblick blitzschnell einen offiziellen Touch zu geben versuchte.
»Also gut, Herr, ähem, also Müller, wir bleiben dann dabei. Ich komme auf Ihr Angebot zurück. Ja, Herr Wuttke ist wieder da. Soll ich Sie durchstellen? Gut, dann bis Mittwoch.« Sie legte den Hörer auf und vertiefte sich in den Bildschirm, nervös sprang die Computermaus hin und her.
»Lämpchen«, sagte Wuttke beschwichtigend und legte ihr die Hand auf die Schulter. »Mir mußt du doch nichts vormachen. War das wieder einer deiner Anzeigenmänner?«
Martha Lampe war seit zwei Jahren Witwe, und da sie eine sehr glückliche, wenn auch kinderlose Ehe geführt hatte, fühlte

sie sich in ihrem Ehebett verwaist und wollte die frei gewordene Betthälfte gern wieder belegen. Also schrieb sie auf Anzeigen, denn dafür, selber zu inserieren, reichte ihr recht schmales Gehalt als Schulsekretärin nicht. Allerdings kam sie mit ihren 52 Jahren den meisten gleichaltrigen oder etwas älteren Männern wie eine fast scheintote Zumutung vor. »Sie sind 52?« hatte ein Endsechziger beim Cocktail im Café Keese entgeistert gefragt. »Ich suche doch ausdrücklich nach einer jüngeren Partnerin.«
Trotzdem gab Martha Lampe den Mut nicht auf, obwohl sie in Form von Asylbewerbern, Arbeitslosen, Alkoholikern schon viele Frösche geküßt hatte. »Mein Prinz kommt, Herr Wuttke«, sagte sie gelassen, »er weiß es nur noch nicht.«
Jetzt blickte sie von den Computertasten hoch. »Erwischt, Chef« lächelte sie, »ein Herr Witthüs, klingt vielversprechend. Witwer, es droht also auch keine Exfrau mit Unterhaltsforderungen. Kinder im Ausland, Rentner, hat folglich Zeit für den Haushalt. Noch keine Drittzähne und Prostataprobleme. Mal sehen, wo der Haken ist.«
Energisch wandte sie sich wieder ihrer Korrespondenz zu, die Tasten klackten, Wuttke war verabschiedet.
Er zögerte. Etwas beschäftigte ihn, eine vage Besorgnis. In der Tür zu seinem Büro blieb er stehen, drehte sich zu seiner Sekretärin um. »Eine Frage noch, Lämpchen.«
Sie schaute nicht hoch. »Und die wäre?«
Er holte Luft, stieß sie schnaubend wieder aus. »Meinst du, daß Töppler einer Frau gefährlich werden könnte?«
Sie hielt inne. »Gefährlich? Inwiefern?«
Wuttke überlegte, ob er sein merkwürdiges Gefühl in Worte fassen sollte. »Meinst du, daß er Gewalt anwenden, daß er, wenn er so richtig in Rage ist, eine Frau vergewaltigen könnte?«
Das Klacken hörte schlagartig auf. »Um Gottes willen, Herr

Wuttke«, sagte Martha Lampe erschrocken, »wie kommen Sie denn auf so was?«
»Ich kann den Kerl nicht verknusen«, brach es aus Wuttke heraus. »Alles an dem Mann ist wandelndes Testosteron. Wenn er ein weibliches Wesen sieht, fliegen bei ihm die Sicherungen raus. Mit dem hat mir der Schulrat wirklich ein Rattenei ins Nest gelegt.« Wütend warf er die Tür ins Schloß.
Es klopfte, Töppler steckte den Kopf ins Büro.
»Wenn man vom Teufel spricht«, sagte Lampe. »Haben Sie einen Termin beim Chef?«
Er trat an ihren Schreibtisch. In der Hand hielt er einen glühenden Zigarrenstummel. »Ich werde seine kostbare Zeit nicht lang in Anspruch nehmen«, sagte er und blies ihr langsam und kunstvoll einen Rauchkringel in die Augen. »Ich wollte mich nur für die wunderbare Klasse bedanken, in die er mich strafversetzt hat. Besonders für den Neuzugang. Ein besonders niedliches Exemplar.«
Auf dem Weg ins Chefzimmer kam er an einem Zimmerfarn vorbei. Martha Lampe hatte ihn von zu Hause mitgebracht, es war das letzte Geschenk ihres Mannes, ihre Lieblingspflanze. »Du brauchst ein bißchen Hitze, meine Süße«, sagte Töppler und drückte seine Zigarrenkippe genüßlich in der Blumenerde aus.
»Chef«, rief die Sekretärin aufgebracht ins Nebenzimmer. »Ich kann's mir auch vorstellen.«
In der Sekunde, als Töppler betont lässig die Tür zum Chefzimmer hinter sich schloß, sprang sie auf, pulte die Kippe aus der Erde und warf sie in den Papierkorb. Dann ging sie zum Farn zurück. »Haddu Aua?« flüsterte sie besorgt und streichelte seine langen, dünnen Blätter. »Hat der böse Mann dir weh getan?« Martha, dachte sie, du brauchst wirklich unbedingt einen Mann.

24 Als Marlon von der Schule nach Hause kam, saß seine Mutter, wie jeden Nachmittag, in ihrem Sessel. Die dicken, stützbestrumpften Beine lagen auf einem Lederhocker, über den sie eine Wolldecke mit Fransen gelegt hatte. Sie sah fern, ihre Lieblingssendung »Freunde fürs Leben«. Besonders der blondgefönte Michael Lesch hatte es ihr angetan. Bernd Herzsprung war ihr zu unsolide, aber es interessierte Marlon nicht herauszufinden, was sie damit meinte. Er war froh, wenn er nach Hause kam und ihm der ohrenbetäubende Lärm der Fernsehwerbung (sie kam mit ihrem Hörgerät nicht zurecht) verriet, daß sie beschäftigt war und ihn nicht mit ihrer mütterlichen Neugierde belästigen würde.

Er hätte alles darum gegeben, sie verlassen und sich eine eigene Wohnung nehmen zu dürfen, aber es ging nicht. Wer sollte sich um sie kümmern? Er war Einzelkind, und ins Altersheim wollte sie »nur über meine Leiche«. Und wie sollte Marlon eine Pflegerin bezahlen bei seinem schmalen Gehalt? Er saß in der Falle, das wußte er, und sie würde alt werden, uralt. Bei dem Gedanken daran stieg wieder dieser ohnmächtige Haß in ihm hoch. Sie saugen mich aus, dachte er, und das Blut rauschte in seinen Ohren. Nicht alle, verbesserte er sich, es gibt Ausnahmen.

Er ging zum Telefon, wählte eine Nummer. »Hallo?« Warum flüsterte er?

Er hörte ein Geräusch und drehte sich um. Seine Mutter stand im Flur, schwer auf ihre beiden Krücken gestützt. Er hätte sie ihr wegreißen mögen. »Deine Hemden sind alle gebügelt«, keuchte sie. Der kurze Weg hatte sie angestrengt. »Auch deine Hosen hab ich gewaschen. In der Trainingshose waren Blutflecken, die hab ich nicht ganz rausgekriegt. Wie ist dir denn das passiert?«

»Ich bin beim Laufen gestolpert«, sagte er. Raus hier, nur raus! »Ich geh noch ein bißchen joggen.«

Vor der Tür holte er tief Luft. Er wußte, was er jetzt tun würde. Tun mußte.
Und sie war schuld.
An allem.

25

Alexa stand vor dem Kinderheim, einen eingewickelten Power Ranger in der Hand, und traute sich nicht hineinzugehen. Eine Stunde, mehr nicht, hatte Charlotte Pipp gesagt, setzen Sie sich einfach zu ihm, und erzählen Sie ihm etwas. Aber erwarten Sie nicht, daß er Ihnen antwortet. Seit dem Vorfall mit seiner Mutter reagiert er extrem verängstigt auf Fremde.
Sie holte tief Luft und trat ein.
Die Halle war leer, aus der Ferne hörte sie Geschirrklappern und Gelächter. Sie folgte dem Lärm in ein großes, helles Eßzimmer. An einer langen Tafel saßen die Kinder, tranken Kakao und stopften sich dazu mit Butterkuchen voll. Alex war nirgends zu sehen. Vom Ende des Tisches erhob sich die Heimleiterin Angelika Rosenbaum und ging auf Alexa zu: »Sie sind ja schnell wieder da«, rief sie freundlich. »Hat meine Rasselbande Sie nicht abgeschreckt?«
Alexa musterte die schokoverschmierten Kindergesichter und lächelte: »Ich bin Polizistin«, sagte sie, »und von Berufs wegen hartnäckig. Ich wollte eigentlich zu Alex ... aber ich seh ihn hier gar nicht.«
Angelika Rosenbaum seufzte. »Unser Sorgenkind«, sagte sie leise. »Er ist in seinem Zimmer. Wissen Sie noch, wo es ist?«
Alexa war schon halb draußen. »Vielen Dank, ich find mich schon zurecht«, rief sie und ging die Treppe hoch. Sie schaute in jedes Zimmer – nichts.
»Hallo, ich bin's, die nette Tante Alexa«, rief sie, um ihn

vorzuwarnen. »Und ich hab einem ganz besonders netten Kind etwas Schönes mitgebracht.«
Nichts rührte sich. Ganz still war es.
»Ich komme«, rief sie.
Dann trat sie in das letzte Zimmer. Nichts. Sie runzelte die Stirn, weil sie sich genau zu erinnern glaubte, daß sie im richtigen Zimmer war.
»Alex, bist du hier?« versuchte sie es noch einmal. »Ich hab dir etwas mitgebracht.«
Vielleicht will er, daß ich ihn suche, fiel ihr plötzlich ein, Kinder lieben das.
Sie schaute unter die Betten, in die Schränke, hinter die Tür. Nichts.
Gerade wollte sie das Zimmer verlassen, als sie aus dem Augenwinkel ein leises Rascheln in den Vorhängen bemerkte. Sie stand still und guckte. Ein kleiner, dunkelblauer Schuh lugte hinter den Gardinen hervor.
»Ich hab dich gesehen, Alex«, flüsterte Alexa, leise, um ihn nicht zu erschrecken. »Willst du wissen, was ich dir mitgebracht habe?«
Es raschelte noch einmal, dann stand Alex vor ihr. Wie eine kleine Porzellanfigur. Mit großen, braunen, zu Tode erschreckten Augen. Er trug eine Latzhose und einen roten Rollkragenpullover. Ihr Herz krampfte sich zusammen, fast schmerzhaft, in einer übergroßen, völlig unangebrachten, besitzergreifenden Liebe. Mein Sohn, dachte sie wieder, ich will dich mitnehmen. Du sollst nicht mehr so traurige Augen haben, verdammt.
»Jetzt spinnst du aber wirklich«, sagte sie laut, wie um sich zur Ordnung zu rufen.
Sie ging vor Alex in die Knie und gab ihm das Paket. Er sah sie an. Zögernd. Mißtrauisch. Ängstlich.
»Nimm schon, es ist deins«, forderte sie ihn auf.
Mit seiner kleinen Hand griff er nach dem Paket, vorsichtig,

als sei der Luftweg dazwischen mit unabsehbaren Gefahren durchsetzt. »Es beißt nicht«, lockte Alexa, »und wenn du es nicht leiden magst, tausch ich es wieder um.«
Alex wickelte das Paket aus und betrachtete die Plastikfigur.
»Soll ich wiederkommen?« fragte Alexa. »Oder soll ich dableiben?«
Er sagte kein Wort. Aber er legte seine Hand in ihre und führte sie in die Zimmerecke, wo ein Karton mit Pixi-Büchern stand.
»Willst du, daß ich dir vorlese?« Offensichtlich, dachte sie und griff zu einem Buch. Du entwickelst dich noch zur Märchentante, Alexa Martini.
»Die drei Kinder von König Babar und Königin Celeste heißen Pom, Flora und Alexander«, las sie. »Im königlichen Kinderzimmer macht Flora gerade ihre ersten Schritte. Sie lernt das Laufen schnell. Der Affe Zephir hat versprochen, sie aufzufangen, wenn sie das Gleichgewicht verliert. Babar …« Alex saß jetzt neben ihr auf dem Boden. Und das ganz leichte, zum Heulen ergreifende Gefühl, das Alexa auf ihrem Bein spürte, war seine kleine Kinderhand.

Auf der Straße holte sie tief Luft. Ich darf mich nicht verrennen. Vorsicht heißt die Mutter der Porzellankiste.
Sie überquerte die sechsspurige Straße, die um den Stadtpark herumlief, weil sie ihr Auto am anderen Ende geparkt hatte. Sie brauchte dringend frische Luft, um all die durcheinanderwirbelnden Gedanken zu ordnen. Morgen komm ich wieder, dachte sie.
Die Männergestalt im Jogginganzug sah sie erst, als sie um die nächste Kurve biegen wollte. Groß, athletisch, in grauen Jogginghosen und einem dunkelgrünen Sweatshirt. War das nicht …?
»Marlon«, rief sie hinter der Gestalt her. »Sie haben ja einen Affenzahn drauf.«

Er hielt im Laufen inne und drehte sich um. Unwillig, wie ihr schien. Dann erkannte er sie und lächelte. »Ich mach gerade meinen Abendlauf«, sagte er, nur unwesentlich außer Atem. »Wollen Sie mitlaufen? Die Luft ist heute abend phantastisch.«
Alexa lachte. »Vielen Dank fürs Angebot. Aber ich will nach Hause. Frohes Laufen.«
Er lachte zurück, winkte, war verschwunden.
Als er sicher war, daß sie ihn nicht mehr sehen konnte, blieb er stehen. Scheiße, dachte er, ausgerechnet heute.
Ein Taxi kam vorbei, er winkte und stieg ein.
»Zum Niendorfer Gehege«, sagte er und lehnte sich in die Polster zurück.

26

Anna keuchte so, daß sie jeden Moment zu platzen glaubte. Ihr Herz klopfte wie ein Preßlufthammer, ihr Gesicht war schweißbedeckt und voller roter Flecken.
»Ich bin total aus der Form«, japste sie und wischte sich den Schweiß von der Stirn. »Wie kommt es, daß du so widerlich fit bist?«
Gerd, der im Rollstuhl neben ihrem Lifecycle Stairmaster stand und Gewichte hob, lachte schallend. »Weil ich im Gegensatz zu dir regelmäßig etwas für meine Fitneß tue.« Mit diesen Worten hob er ächzend zwei 50 kg schwere Hanteln, stemmte sie hoch, ließ sie dann vorsichtig auf seinen Rollstuhl fallen. »Bist du froh, daß ich dich hierher gezwungen habe, du schlaffes Weib?«
»Sehr froh, du Frauenschänder«, ächzte sie strampelnd.
Das war sie wirklich, obwohl jede Minute, die sie inmitten dieser gestählten Frauen- und Männerleiber verbringen mußte, eine Tortur für sie bedeutete. Aber Gerd war gnadenlos gewesen. »Die Fitneß Lodge oder keine«, hatte er befohlen und sie selbst angemeldet. »In den Turnverein kannst du als altes

Mütterchen.« Und so gingen sie, dreimal die Woche, und hinterher fühlte sie sich wie auf Wolken.
Eigentlich hatte sie heute nicht mitkommen wollen. Es war einer dieser schwarzen Tage, an denen sie schon beim Aufwachen wußte, daß sie wieder jede Minute, jede Sekunde an Klaus würde denken müssen, daß dieser ganze unerledigte Packen von Wut und Haß und Kummer sich wie ein Sack voller Steine auf ihre Schultern gelegt hatte.
»Hast du wieder deine Haßkappe auf?« fragte Gerd, der ihr verbissenes Strampeln beobachtet hatte.
Anna stellte den Stairmaster ab und ging zum nächsten Gerät. Sie setzte sich, klemmte die Arme hinter die Gewichte und begann mit Butterfly-Übungen. Gut für den Busen. Und was nützte ihr ein guter Busen? Egal. »Ich hab heute wieder meinen Haßtag«, gab sie zu und preßte ihre Arme zusammen. Der leichte Schmerz tat gut.
»Dafür geht's mir um so besser«, sagte Gerd, der sich inzwischen auf dem Boden befand und Liegestütze machte, eins und zwei und eins und zwei. »Willst du wissen, warum?«
»Lotto?« rief Anna lustlos. »Rockefeller hat für seine gesamte Familie ein Porträt bei dir bestellt? Auch nicht? Also los, was dann?«
Mit einem Schwung stemmte sich Gerd wieder in den Rollstuhl und rollte direkt vor sie.
»Versprich mir, daß du dich jeden Kommentars enthältst«, verlangte er.
Jetzt war sie doch neugierig. »Versprochen.«
Er holte tief Luft. »Ich hatte heute meinen ersten Erguß seit dem Unfall«, sagte er leise und sah an ihr vorbei aus dem Fenster. »Offensichtlich hat sich da was regeneriert.«
Anna ließ die Gewichte los. Sie spürte, daß er auf eine Reaktion von ihr wartete, aber sie hatte keine Ahnung, wie sie reagieren sollte. Herzlichen Glückwunsch? Wie schön für dich? Fast

wäre es ihr lieber gewesen, er hätte diese frohe Nachricht mit einer neutraleren Person geteilt, aber ihr war klar, daß das natürlich nicht ging. Sie war es, die er auserkoren hatte, und sie war ganz sicher, daß sie die erste war. Und die einzige.

»Das ist ja toll«, sagte sie und merkte selbst, wie lahm es klang.

Er sah sie an, und die Freude wich aus seinem Gesicht. »Ich hab dich wahrscheinlich damit überfahren«, murmelte er enttäuscht, »tut mir leid.«

Ehe sie etwas erwidern konnte, war er in der Umkleidekabine verschwunden.

27

Die Kneipe hieß *Bertie Fick*, lag direkt am Hafen und hatte ihrem Namen früher alle Ehre gemacht, obwohl Bertie ein solider Kneipier war, der für seinen Namen schließlich nichts konnte. Früher waren die Fickstuben ein Hamburger Wahrzeichen gewesen, Nutten trafen sich hier nach der Spät-, Fernfahrer vor der Frühschicht.

Die Holztische auf dem billigen Linoleumboden hatten so manchen Suffkopf ertragen, so manche Kotzlache über sich ergehen lassen, ihnen war nichts Menschliches fremd. Seit vor fünf Jahren die Schnellstraße zum Elbtunnel direkt an den Fickstuben vorbeigeführt wurde und die Lastwagen nicht mehr parken konnten, waren auch die Bordschwalben weniger geworden. Statt dessen hingen jetzt Gestrandete jeglicher Schattierung über dem Tresen, die meisten ließen anschreiben, Bertie stand kurz vor der Pleite.

Deshalb war er dankbar für jeden solventen Durstigen, der über seine Schwelle trat. »Tino, alte Arschbulette, welch Glanz in meiner Hütte«, rief er freudig, als der Lehrer mit ein paar Freunden die Kneipe betrat. »Ich hoffe, du hast den richtigen Brand mitgebracht.«

»Worauf du dich verlassen kannst, altes Fickgesicht«, sagte Tino und setzte sich.
An seinen ausladenden Bewegungen erkannte der erfahrene Wirt, daß sein Gast nicht mehr nüchtern war. Wortlos stellte er ein frisch gezapftes Bier auf den Tisch.
»Eins gibt's umsonst«, sagte er, »danach nur noch mit Vorauskasse.«
Auch Tinos Kumpels Jochen, Werner und Horst hatten geräuschvoll Platz genommen, deftige Kerle mit Muckis unter dem Jogginganzug aus Fallschirmseide. Ihr optisches Vorbild, an das sie allerdings nicht heranreichten, war der Hamburger Superlude Negerkalle, der gerade durch die Schlagzeilen gegeistert war, weil er eins seiner Mädels an einer Hundeleine durch die Stadt spazierengeführt hatte. Sie wolle es so, hatte er behauptet.
Werner holte Skatkarten aus der Tasche, mischte und verteilte.
»Wieder nur Luschen«, maulte Tino.
»Was macht dein Wichserjob, Tino?« fragte Jochen. »Bringst du immer noch den Mädels bei, wie sie richtig am Bügelbrett stehen?«
Die Männer lachten.
»Wäschesprenger mit warmem Wasser füllen, denn warmes Wasser zieht besser in die Faser ein«, grölte Werner. »Beim Wäscheglattstreichen besonders auf die Säume achten.«
»Halt's Maul, du Sack«, sagte Tino und bestellte eine neue Runde.
»Immer noch besser, als mit einer Tüte BHs im Kofferraum die Wäschegeschäfte der neuen Bundesländer abklappern, was, Horst?«
Horst lächelte verkniffen. Ein wunder Punkt; er haßte seinen Job. Auf die Frage, was er denn so beruflich mache, antwortete er nie wahrheitsgemäß mit »Ich bin Vertreter für Damen-

unterwäsche«, sondern redete sich mit »Geschäftsmann im Osten, helfe dort beim Wiederaufbau« heraus.

»Was dem einen sein Bügelbrett, ist dem andern sein Büstenhalter«, versuchte er zu scherzen. »Du sagst es, Tino.« Er hatte eine Kreuzflöte auf der Hand, drei Jungs, darunter die Alten.

»Achtzehn«, sagte Tino.

»Jederzeit.«

»Zwanzig.«

»Hab ich.«

»Zwo.«

»Ja, auch.«

»Null.«

»Nee, weg.«

»Null«, sagte Werner.

»Ja, hab ich.«

»Vier.«

»Hab ich auch.«

»Dann mußt du spielen.«

»Kreuz wollen wir sehn. Grand heißt das schöne Spiel.«

Die Männer spielten konzentriert, die Außenwelt war versunken für sie. Bier zischte die Kehlen hinunter, Gläser wurden achtlos abgestellt.

»Du siehst gallig aus, Alter«, sagte Werner plötzlich zu Tino. »Ist dir die Alte abgehauen?«

»Welche Alte?« fragte Tino abwesend. »Gib her, den Scheiß, der Stich ist meiner.«

»Die mit den dicken Titten, die Bardot für Arme«, meinte Werner. »Die dich nachts angeblich nie in Ruhe gelassen hat.«

»Ha, davon kann ich nur träumen«, rief Horst. »Wenn meine Alte den Mund aufmacht, will sie zetern, wenn sie ihn wieder zumacht, hat sie gezetert. Wenn ich einmal im Monat ran darf, bin ich ein glücklicher Mann.«

Die Zornesfalte auf Tinos Stirn vertiefte sich. Hatte er denn

nicht wenigstens am Stammtisch seine Ruhe, mußten sie auch noch hier auf ihm herumhacken?
»Mein Chef hat mich strafversetzt«, grummelte er. »Ich will nicht darüber reden. Wer gibt?«
Doch da kannte er seine Freunde schlecht. »Wohin denn strafversetzt?« fragte Jochen. »In den Männerknast? Bringst du denen jetzt das Bügeln bei, ha ha ha?« Beim letzten »ha« knallte Tinos Faust auf den Kneipentisch, erschrocken sprangen die Biergläser von ihren Deckeln. »Ich hab im Augenblick den Superfrust, Freunde. Es ist besser, ihr laßt mich in Ruhe Karten spielen, capito?«
Die Männer guckten sich verblüfft an. Sie kannten ihren Kumpel, seit sie sich in der Sandkiste gegenseitig ihre Plastikeimer weggerissen hatten, aber so genervt hatten sie ihn noch nie erlebt. Selbst als seine dritte Ehefrau, Sandra, eine bildhübsche Mittzwanzigerin, hochschwanger mit seinem Bruder durchgebrannt war, hatte er sich lediglich drei Nächte lang auf 2,5 Promille hochgetrunken und die Angelegenheit nie wieder erwähnt.
Jochen, Werner und Horst waren schlichten Gemütes, Männer eben. Gedankenaustausch, Beziehungsgespräche waren ihnen ein Greuel, trotzdem wagte Horst die vorsichtige Frage: »Was nagt an dir, Alter? Spuck's auf den Tisch!«
Tino schaute von seinem Bierglas hoch, in sechs besorgte Männeraugen. »Ich hab's einfach bis hier«, schrie er, so laut, daß sich die zwei auf den Schößen eines sturzbetrunkenen Fernfahrers etablierten Nutten erstaunt umsahen. »Ich hab so den Frust, daß ich reinschlagen könnte. Dem Wuttke würd ich am liebsten seine Scheißschule überm Glatzkopf anzünden.«
»Vielleicht solltest du dir mal wieder ein Mädel nehmen, nur zur Entspannung«, schlug Werner vor. »Ich hab da 'ne kleine Friseuse, die steht auf Dicke. Soll ich dir ihre Telefonnummer geben?«

»Geh mir weg mit Frauen.« Tino hatte sein Stimmvolumen um ein Dezibel heruntergeschraubt. »Sie machen dich an, sie saugen dich aus. Aber wehe, du machst eine falsche Bewegung – dann kreischen sie los, und du hast den Staatsanwalt am Hals.«

Wovon sprach Tino? Sein Gesicht hatte sich gerötet, kleine Schweißperlen liefen ihm die Wangen herunter, ins Bierglas hinein.

»Übertreibst du da nicht ein bißchen?« wagte Werner zu bemerken. »Seit wann hast du denn mit dem Staatsanwalt zu tun?«

»Was nicht ist, kann ja noch werden«, murmelte Tino und stand auf. »Tut mir leid, Jungs, aber ich bin heute abend nicht gut drauf. Wir sehn uns.«

Als ihn die Nacht verschluckt hatte, sagte Horst: »Der Mann hat ernste Probleme. Wer gibt?«

28

Drei Uhr nachts. In Alexas Büro brannte Licht. Sie saß am Schreibtisch und kaute an einem kalt gewordenen Cheeseburger, als das Telefon klingelte. Seufzend griff sie danach. »Kommissariat für Sexualdelikte, Martini.« Sie lauschte, dann schmiß sie den Hörer hin und lief auf den Flur. »Peter, komm sofort in mein Büro.« König, der gerade auf dem Männerklo saß, hörte sie trotzdem. Kann man denn nicht mal in Ruhe … dachte er erschöpft und griff zum Klopapier.

Als er drei Minuten später in Alexas Büro trat, saß eine junge Frau im Bademantel bei ihr. Sie war bleich, mit strähnigen, blonden Haaren, und machte einen sehr erschöpften Eindruck.

»König«, sagte er und gab ihr die Hand.

»Cornelia Bartsch«, sagte sie. Ihr Händedruck war kräftig.

Alexa, die nach hastigem Kramen in ihren Schreibtischschubladen fündig geworden war, zündete sich eine Zigarette an.

»Frau Bartsch, stört es Sie, wenn Herr König bei unserer Vernehmung dabei ist?«
Bitte, laß es dich stören, betete König insgeheim. Offensichtlich handelte es sich um eine Vergewaltigung, und er war müde und kaputt, sein Ischias tat weh, er wollte ins Bett. Oder wenigstens zurück aufs Klo.
»Ich habe nichts dagegen«, sagte Cornelia Bartsch. »Ich scher doch jetzt nicht gleich alle Männer über einen Kamm.«
Sie war erstaunlich gefaßt für eine Frau, die vor ihrem potentiellen Vergewaltiger nackt auf die Straße gelaufen war. An vielen Türen hatte sie geklingelt, aber da die meisten sie für eine Drogensüchtige hielten und die Türen nicht öffneten, hatte sie ein zufällig vorbeifahrender Streifenwagen mitgenommen.
»Ist der Täter eingestiegen?« fragte Alexa müde.
»Das brauchte er gar nicht«, gestand Cornelia Bartsch. »Ich Dussel hab die Terrassentür offengelassen. Zum Lüften. Nur zehn Minuten. Aber das hat gereicht. Ich hab geduscht, aber da ich stark kurzsichtig bin, hab ich ihn nicht kommen sehen. Außerdem war ja auch die Dusche laut, und ich hatte Musik an. Plötzlich hat mich jemand umklammert und mir die Hand auf den Mund gelegt.« Sie atmete jetzt doch heftig, versuchte, sich unter Kontrolle zu bekommen. »Und dann sagte er: ›Sei still, ich hab ein Messer.‹«
Alexa horchte auf. »Erinnern Sie sich noch, wie seine Stimme geklungen hat?«
Cornelia mußte nicht lange überlegen. »Er hatte eine tolle Stimme. Ganz tief und rauchig. Wie Robert De Niro. Eigentlich die Stimme eines Mannes, der so was nicht nötig hat.«

29 »Unser Thema heute heißt ›Soßen‹«, sagte Anna und zwang Wachheit und Enthusiasmus in ihre Stimme. Was ihr an diesem Morgen schwerfiel. Lucy bekam Backenzähne, die Nacht war kurz gewesen. »Unsere Arbeitsregeln sind folgende. Bitte mitschreiben – du auch, Bingül, ich weiß, für dich ist Kochen Frauenarbeit, aber wir sind jetzt nicht in der Türkei, sondern in Deutschland, und da verliert ein Mann nicht seine Potenz, wenn er mal eine Soße anrührt.«

Er wollte mich küssen, dachte sie, während ihr Blick abwesend über die Klasse schweifte. Klaus hatte sie zum Schluß nur noch ganz selten geküßt, war meist gleich und direkt zur Sache gekommen. Dabei liebte sie das Küssen so, die weiche Berührung der Lippen, das zärtliche Zungenspiel. Marlon dagegen sah so aus, als ob ihm Küssen Spaß machte. Gestern abend war er nach dem Joggen nur ganz kurz bei ihr gewesen. Ganz verschwitzt noch. Ein Glas Wein hatte er getrunken und sie dabei so merkwürdig angeschaut. Ob er bleiben will, hatte sie gedacht und sich bereits eine liebevolle Absage ausgedacht, die sein zartes Ego nicht verletzen würde. Die Kinder, Marlon, es ist noch zu früh. Aber er war plötzlich aufgestanden und hatte sich verabschiedet. Abrupt. Kein Kuß, dafür ein tieftrauriger Blick. Ob er sich nicht traute? Sie zwang sich in die Gegenwart zurück.

Mißmutig holte Bingül seinen Kugelschreiber heraus, betont langsam einen Block, dabei hielt er den Blick unverwandt auf die Lehrerin gerichtet. Jetzt zwinkerte er ihr zu, aber Anna ignorierte ihn.

Sie fischte ein kleines, feuchtes Stück Kreide unter der Tafel hervor. Während sie an die Tafel schrieb, las sie vor:

> »Grundrezept für eine helle Grundsoße: 40 g Fett; 40 g Mehl; 1/2 Liter Flüssigkeit. In welcher Reihenfolge benutzen wir nun diese Zutaten? Mevlüde, würdest du

die Freundlichkeit besitzen, dich ganz kurz von deinem *Bravo*-Heft loszureißen und dich auf den Unterricht zu konzentrieren! Danke.«

Anna seufzte. Es war mühsam heute morgen. Wie Sterne am Himmel zählen. Oder den Ozean auslöffeln. Wer kam aber auch auf die Idee, Ausländern Soßen beizubringen, die sie vermutlich nie freiwillig essen, geschweige denn kochen würden? Manchmal war das Leben absurd. Ob Marlon eine andere Freundin hatte?

»Also: zuerst das Fett im Topf erhitzen, dann Mehl ins heiße Fett schütten. So lange rühren, bis alle Klumpen weg sind, dann die Flüssigkeit langsam, ich wiederhole, *langsam* dazugießen. Zum Schluß mit Salz und Gewürzen abschmecken. Warum kommen die Kräuter zum Schluß rein? Nikos, irgendeine Idee?«

Nikos, der hübsche Grieche, schüttelte traurig den Kopf.

»Keiner?« Ich hätte was Anständiges lernen und nicht so früh heiraten sollen, dachte Anna plötzlich. Ob Marlon immer hatte Lehrer werden wollen? Im Lehrerzimmer wirkte er neben seinen insgesamt so grauen Kollegen wie ein schillernder Paradiesvogel.

Keiner.

»Weil sonst die Vitamine flötengehen. Wißt ihr, was Vitamine sind?«

Keine ganze Stecknadel, einen Stecknadelkopf hätte man fallen hören können.

»Alles, was es bei McDonald's gibt, ist voll von Vitaminen«, sagte Anna resigniert. »Die Stunde ist beendet, gehet hin und kaufet euch einen Doppelwhopper.«

Ich muß den ersten Schritt tun.

Klaus bin ich nichts mehr schuldig.

Und Gerd erst recht nichts. Oder?

30

Alexa saß mit ihrer Ab-und-zu-Geliebten Gretha-Marie in der Frauenkneipe *Lesbenlust* und zog über die Gäste her. »Sag mal, sind denn in der Szene nur noch kesse Väter unterwegs?« fragte sie ihre Freundin und stupste sie am Arm. »Da, hinter dir, dreh dich jetzt nicht um, ist das nicht Inge Nachtigall?«

Gretha drehte sich langsam um. »Nee, das ist Jill Sandmann, die hat nur einen schlechten Tag heute.«

Sie kicherten. Gretha war 45 Jahre alt und hatte drei bereits erwachsene Kinder. Sie war erst kürzlich aus einer langen, seit der Hochzeitsnacht unglücklichen Ehe mit einem prominenten Herzchirurgen ausgestiegen – gegen dessen erbitterten Widerstand. Es war nicht die übergroße Liebe zu ihr gewesen, was ihn die Scheidung verweigern ließ, als vielmehr sein abgrundtiefer Widerwille gegen alles, was ihm sein durch sie so wohlgeöltes Dasein erschweren könnte.

»Barbra Streisand soll ihrer Kammerzofe befohlen haben, das Klopapier in einzelne Stücke zu pflücken und übereinander zu legen, weil sie es mit ihren langen Fingernägeln nicht selbst zerreißen konnte«, hatte Gretha am ersten Abend erzählt, als sie Alexa auf der Vernissage eines kalmückischen Impressionisten kennenlernte. »Das war das Motto unserer Ehe. Er war das Baby, ein gut verdienendes, zugegeben, und ich war seine Mami. Er stand auf, das genau temperierte Duschwasser lief schon, die Kleidung war zurechtgelegt, der Fön eingestöpselt. Wenn er sich dann zum Frühstück hinsetzte, brauchte er von seiner vorher gebügelten – damit er sich die Finger nicht schmutzig machte – *FAZ* nicht hochzuschauen, denn Brötchen, Käse, Wurst, Honig und sein Glas frisch ausgepreßter Möhren-Orangen-Saft standen in Griffweite.«

Einmal, nur ein einziges Mal, hatte Gretha sich einen Scherz erlaubt und das Saftglas rechts statt links vor die Zeitung gestellt. Sein Griff ins Leere hatte eine mittlere Ehekrise ausgelöst, mit einem deutlichen Hinweis darauf, wer hier die Brötchen verdiente und wer sie gefälligst richtig auf den Tisch zu stellen hatte.

Als der Jüngste eingeschult wurde, hatte Gretha heimlich angefangen zu studieren, was ihr Mann, der ein gefragter Experte und Gastredner auf internationalen Tagungen war, erst merkte, als sie das erste Staatsexamen abgelegt hatte. Sie kam nach Hause, glücklich, stolz, mit einer Flasche Veuve Clicquot. Überraschen wollte sie ihn und dann mit ihm feiern. Er war so wütend geworden über diesen »Vertrauensbruch«, wie er es nannte, daß er sie zum erstenmal in ihrer einundzwanzigjährigen Ehe schlug. Und zum letztenmal.

Sie zog aus und nahm sich eine kleine Wohnung. Hatte Angst vor der Zukunft und fühlte sich doch so frei wie noch nie. Kurz darauf lernte sie Alexa kennen und verliebte sich mit einer Intensität in sie, die sie nie in sich vermutet hätte. »Ich hab das Gefühl, als sei ich endlich zu Hause«, sagte sie nach der ersten Nacht zu ihr. Alexa sah sie sehr ernst an. »Du mußt erst bei dir selbst zu Hause sein«, sagte sie, »ich lehne jegliche Verantwortung für dein zukünftiges Glück ab. Ich mag dich, aber ich will frei bleiben. Schenk mir bitte nicht dein freigewordenes Herz, ich will es nicht. Zumindest noch nicht.« Um die Schärfe ihrer Worte zu mildern, nahm sie Gretha in die Arme. »Du bist eine unheimlich schöne, unheimlich starke Frau, und du packst es.«

Diese Worte gaben Gretha Mut in den schwierigen Jahren, die vor ihr lagen. Zweites Staatsexamen, Praxisgründung, Kassenzulassung, damit sie als Psychoanalytikerin auch auf Krankenschein arbeiten konnte. Um jeden Pfennig zusätzlich mußte sie ihren Mann anbetteln, der inzwischen längst eine sehr junge Freundin hatte, die ihn zwar im Bett zufriedenstellte, aber, wie er jammerte, »überhaupt keine Frühstückskultur« hatte. Sein Leben war ohne sie deutlich unbequemer geworden, und das verzieh er ihr nicht. Er hätte sie nie zurückgenommen, trotzdem sollte sie es so schwer wie nur möglich haben. Was er dazu beitragen konnte, tat er gern. Er kündigte seine feste Anstellung, machte eine Privatpraxis auf, die natürlich in den ersten Jahren nur Verlust machte. Er hetzte die Kinder gegen sie auf. Wenn er von Alexas Existenz gewußt hätte, hätte er vermutlich ihre Wohnung in Brand gesteckt.

Gretha uberstand alles und wurde stark dabei. Jetzt hatte sie eine gutgehende Praxis, in der sie vorwiegend sexuell deviante Patienten betreute. Sie half einem mittelalterlichen Fußfetischisten, seine Phantasien als harmlos auszuleben und sich nicht zu schämen, weil ihn Frauen in Gummistiefeln besonders erregten. Sie betreute geschlagene Frauen, aber auch ihre schlagenden Männer, soweit sie schuldeinsichtig waren. Pädophile lehnte sie ab ebenso wie Väter, die ihre Kinder sexuell mißbraucht hatten.

»Wo ist eigentlich deine Grenze?« fragte Alexa und musterte diskret aus den Augenwinkeln ein junges Mädchen, aus der Ferne Kim Basinger nicht unähnlich, das gerade am Nachbartisch Platz nahm. »Sind nicht alle Taten, auch die schlimmsten, für einen Psychologen zu erklären und damit auch zu entschuldigen?«

»Ich urteile aus dem Bauch«, sagte Gretha. »Schiel nicht so rüber, hol dir doch deine Traumfrau, ich bin ja Kummer gewöhnt bei dir. Ich kann zum Beispiel einem Mann helfen, der Frauen vergewaltigt, aber keinem, der dies bei Kindern tut. Und es darf auch nur eine sogenannte ›normale‹ Vergewaltigung sein, wenn darüber hinaus Gewalt angewendet wird, lehne ich ihn als Patienten ab. Ich begutachte ihn auch nicht vor Gericht. Aber die Grenzen sind fließend.«

»Würdest du auch eine gewalttätige Frau verteidigen?« Alexa war neugierig. »Oder kommt so was nicht vor? Sind Frauen, die Gewalt anwenden, vorher immer von Männern dazu provoziert worden?«

Gretha war die einzige Frau, von der sie noch etwas lernen konnte. Nur vor ihr konnte sie ihre Wissenslücken zugeben, vor anderen, besonders vor Männern, kehrte sie grundsätzlich Lady Allwissend heraus. Nie hätte sie zugegeben, wie sehr die menschliche Seele ihr nach wie vor ein Buch mit sieben Siegeln war. Darum ließ sie ihre Freundin gern ihr Fachwissen ausbreiten, was sie bei Männern als eitles Getue verachtete.

Gretha zuckte die Achseln. »Wer war zuerst, Henne oder Ei? Es gibt ja zwei Arten Perversionen, wenn wir zum Beispiel eine Vergewaltigung so nennen wollen. Die sexuell deviante und die an Situationen gebundene. Die erste ist an Gewaltphantasien gebunden, die situative nicht. Der Gewalttäter ist unruhig, er befindet sich in einem Konflikt. Nur durch die perverse Tat wird sein seelisches Gleichgewicht zunächst wiederhergestellt.«

»Bis zum nächstenmal«, bemerkte Alexa trocken.

»So ist es. Die meisten dieser Vergewaltigungen haben übrigens eine Einstiegsdroge, die heißt Voyeurismus. Der Voyeur läuft nachts durch Gärten und spioniert Frauen aus. Dabei entblößt er sich.«

»Weiß ich doch längst, mein Mädel«, sagte Alexa, die inzwischen mit Kim Basinger einen Augenflirt aufgenommen hatte. »Ich hab diese armen Würstchen doch oft genug festgenommen.«

»So schrecklich arm sind diese Würstchen gar nicht«, stellte Gretha fest. »Sie entblößen sich ja, um der Frau Angst einzujagen. Diese Angst ist zentral für sie, damit sie sich stark und mächtig fühlen.«

»Wie kann ein großer Willi bloß auf den Gedanken kommen, daß sein kleiner Willi Angst einflößt?« Alexa schüttelte den Kopf. »Stell dir das mal umgekehrt vor, eine Frau entblößt sich,

und ein Mann läuft schreiend davon.« Beide lachten. Unvorstellbar war das.
»Führt Voyeurismus eigentlich notgedrungen zur Vergewaltigung?« fragte Alexa. »Oder bleiben die meisten Spanner in ihren Vorgärten und begießen die Blumen?«
»Wie perverse Phantasien letztlich entstehen, ist nach wie vor ungeklärt«, sagte Gretha. »Es handelt sich um Psychosen, die meist nicht heilbar sind. Neurochirurgische Eingriffe oder triebdämmende Mittel nützen jedenfalls überhaupt nichts. Die meisten Perversionen verlaufen progredient, das heißt, sie beginnen im Lebensalter von zehn bis vierzehn Jahren und werden schlimmer. Das kann bis zum Mord gehen. In meiner Studentenzeit hab ich einen jungen Mann mitbegutachtet, der einen kleinen Jungen bei lebendigem Leibe zerstückelt hatte. Er war Student, kam aus sogenanntem gutem Haus und hat jahrelang versucht, seine Phantasien zu bekämpfen. Er hat intensiv gejoggt, Yoga gemacht, sich eine Freundin gesucht, sich in die Arbeit gestürzt. Dann traf er einen kleinen Jungen, lockte ihn in seine Wohnung und betäubte ihn dort mit einem Becher Kakao und einem darin aufgelösten starken Schlafmittel. Die Obduktion ergab, daß der Kleine das meiste noch lebend mitbekommen hat.«
Gretha erzählte diese Geschichte äußerlich ganz ruhig, nur ihre Augen wurden dunkel, verrieten ihre innere Wut und Anteilnahme. Dann schüttelte sie sich plötzlich. »Mein Gott, haben wir uns nicht getroffen, um abzuschalten? Kaum sitzen wir, schon sind wir wieder beim Thema. Schrecklich.«
Alexa drückte ihre Freundin kurz. »Weißt du eigentlich, daß ich dich genauso gern mag wie Anna? Betrachte dies als höchstes Kompliment.«
Gretha lachte. »Wenn du ein Kerl wärst, wärst du unerträglich. Und jetzt geh rüber, und hol dir die Telefonnummer von dem blonden Gift neben uns.«

»Nee, laß man«, sagte Alexa. »Meine Stimmung ist irgendwie weg. Darf ich dich beruflich noch mal anzapfen?«
Gretha seufzte. »Privat wäre mir lieber gewesen. Schieß los.«
»Ein Mann steigt bei alleinlebenden Frauen ein, setzt sich aufs Bett, wenn sie schon schlafen, oder klettert in die Dusche. Er trägt eine Maske und Handschuhe. Er fesselt und betäubt sie. Beschreib mir den Mann, bitte.«
Gretha überlegte kurz. »Na gut – alles natürlich unter Vorbehalt. Wahrscheinlich ein hochintelligenter Mann, der seine Perversion als Inszenierung erlebt. Er ist mit Sicherheit ein Spanner, dessen Veranlagung ihn weiter treibt, in die Wohnung, bis zur Vergewaltigung. Wahrscheinlich hat er als kleiner Junge Löcher in die Kabinen von Schwimmbädern gebohrt, um den Mädchen beim Umziehen zuzusehen. Sex ist für ihn in hohem Maße schambesetzt. Seine Taten werden ritualisiert ablaufen, er spricht einen bestimmten Text, erwartet eine bestimmte Antwort und so weiter. Wenn irgend etwas dieses Ritual stört, läuft er entweder weg, oder er wird gewalttätig.«
»Wie gut, daß wir beide lesbisch sind«, Alexa lächelte und streichelte Grethas Hand. »Aber warum die Maske, warum Betäubung, wo wir doch alle wissen, daß Vergewaltigungen nicht mit Sex, sondern mit Macht zu tun haben. Was für eine Macht habe ich, wenn mich das Opfer nicht sieht?«
»Schlaues Kerlchen«, lobte Gretha. »Meiner Meinung nach handelt es sich um einen Mann, der so große Angst vor Frauen hat, daß er sie unschädlich machen muß. Und die Maske setzt er auf, weil er seine bürgerliche Existenz nicht gefährden will. Wie gesagt, ich glaube, der Täter ist hochintelligent.«
Kim Basinger war aufgestanden und schaute auffordernd herüber. Als Alexa sie ignorierte, ging sie auf die Theke zu, wo Attis, eine wohlbeleibte, stadtbekannte Schamanin, hofhielt. Sie hob die Arme, zog Kim in eine freundschaftliche Umarmung, so freundschaftlich, daß Attis' Lebensgefährtin Calypso,

eine bildschöne, frisch geschiedene Bardame, unruhig auf ihrem Barhocker hin und her rutschte. Alexa beobachtete die Szene aus den Augenwinkeln. Vor einiger Zeit war sie auch einmal mit Attis versackt, eine unvergeßliche Nacht. Gegen Attis' Brüste waren die von Dolly Dollar ein Bügelbrett. Doch im Augenblick hatte Alexa anderes im Kopf. Ob sie Gretha von Alex erzählen sollte?

»Ich hab mich übrigens verliebt«, sagte sie plötzlich.

»Schon wieder?« Grethas Stimme klang kühl. »Kenn ich die Glückliche?«

»Diesmal ist es ein Glücklicher.« Alexa lächelte vor sich hin und fingerte in ihrer Zigarettenschachtel. »Ein sehr junger Mann. Er ...«

»Bitte verschon mich«, unterbrach sie Gretha. Sehr bestimmt. »Willst du zum Abschied etwas richtig Gruseliges hören? Natürlich willst du. Also: eine Frau, Ende Vierzig, hoch intelligent, Professorin, quälte sich ihr ganzes Leben mit Zerstückelungsphantasien. Sie schaffte es, diese Phantasien zu unterdrücken, bis sie die große Liebe ihres Lebens, eine junge Lehrerin, kennenlernte, die gern ihre Sklavin war. So weit, so gut. Eines Abends veranstalteten die beiden ein Fest, die Domina badet ihre Sklavin in Ochsenblut, dabei flößt sie ihr einen Schlaftrunk ein. Dann zerstückelt sie sie. Wohin mit der Leiche? Kein Problem. Sie dost den gesamten Körper ein und entsorgt ihn. Den Kopf skelettiert sie, stellt ihn auf ihren Nachttisch, küßt ihn jeden Abend vor dem Schlafengehen.«

»Meine Güte.« Selbst Alexa war leicht übel geworden. »Ich sag nie wieder was.«

»Nach genau neun Monaten brachte die Professorin den Schädel in den Park, wollte ihn dort bestatten. Dabei ist sie verhaftet worden.« Gretha lächelte, eine Spur sadistisch, als die Kellnerin einen doppelten Cognac vor ihre Freundin stellte.

»Vielen Dank für diese schönen Gutenachtgeschichten.« Alexa

kippte das Glas mit Schwung nach hinten. »Schläfst du heute nacht bei mir? Ich kann jetzt nicht alleine sein.«
Gretha schüttelte den Kopf. »Wird das nicht ein bißchen eng?«
»Eng, wieso? Ich hab doch ein King-size-Bett.«
»Mit deinem jungen Mann zusammen.«
»Der ist noch im Heim.«
»Im Heim? Bist du jetzt völlig übergeschnappt?«
»Es sieht so aus.« Alexa lächelte innig.
»Du willst mich offensichtlich nicht an deinem neuen Liebesglück teilnehmen lassen«, stellte Gretha irritiert fest.
»Noch nicht«, sagte Alexa.
»Manchmal hab ich das Gefühl, als ob ich dich überhaupt nicht kenne.« Grethas Stimme klang resigniert.
»Manchmal hab ich auch das Gefühl«, erwiderte Alexa und streichelte ihre Wange. »Und im Augenblick hab ich es ganz besonders.«

31

Marlon saß schon an einem Ecktisch, als Anna das Lokal betrat. Wie beim ersten Treffen nach einer Kontaktanzeige, dachte sie leicht beklommen, als sie auf ihn zuging, und hoffte, daß ihre Körpersprache nicht so verklemmt wirkte, wie sie sich fühlte.
»Hallo, Marlon«, sagte sie und setzte sich. »Warten Sie schon lange?«
Sie brauchte jetzt ganz dringend ein Glas Wein und eine Zigarette. »Nicht besonders lange«, sagte er ruhig und lächelte sie an. Wenn sie gewußt hätte, wie angespannt er vorher gewesen war, wie dicht davor, wieder abzusagen, wie genau er die mögliche und unmögliche Choreographie dieses Abends durchgespielt hatte, wäre ihr vermutlich sehr viel wohler gewesen. Oder sehr viel unwohler.
Sie bestellte einen Wein, trank hastig ein paar Schlucke,

zündete sich eine Zigarette an, zog tief durch. Sie hatte Marlon in der Pause auf dem Schulhof regelrecht überfallen: »Haben Sie Lust auf ein Glas Wein?« Was sollte der arme Kerl da sagen? Verblüfft hatte er genickt. Und jetzt saß er hier und fühlte sich wahrscheinlich total unwohl. Es war schon ziemlich anstrengend, eine emanzipierte Frau zu sein. Eine Frau muß sich rar machen, davon war ihre Mutter felsenfest überzeugt gewesen. Aber du, mein Annalein, wirst dir das wohl weniger leisten können. Ja, Mami.

Eine Sekunde lang dachte sie an Gerd und wie entspannt es jetzt mit ihm gewesen wäre. Er hätte längst eine bissige Bemerkung über die Frau an der Theke gerissen, die sich schamlos an den Barkeeper heranzumachen versuchte, hätte sich über Annas neue Frisur (kurz und rot statt kinnlang und mausbraun) lustig gemacht. Warum saß sie also hier mit einem Mann, der sie verunsicherte, den sie kaum kannte? Sie wußte es nicht, sie wußte nur, daß er sie auf knieerweichende Weise faszinierte und beschäftigte. Therapie gegen Witwenkummer? Und wenn? Es half, daß er unverschämt gut aussah. Groß, schlank, die widerspenstige Haartolle, die er sich ständig aus der Stirn strich, gab ihm etwas Jungenhaftes. Aber das war es nicht. Nicht nur. Es war seine Traurigkeit, die Anna anzog. Schon immer hatte sie eine Schwäche für Männer gehabt, die etwas Geheimnisvolles hatten, die nicht auf Anhieb zu durchschauen waren. Klaus war eine Ausnahme von der Regel gewesen, ein geradliniger Fremdgeher, der mit nichts hinterm Berg hielt, alle seine Schwächen vor ihr ausgebreitet hatte. Das war anstrengend gewesen, aber sie hatte immer gewußt, woran sie war. Daß sie das störte, hatte sie ihm nie erzählt. Im Grunde hat sich Klaus nie die Mühe gegeben, mich richtig kennenzulernen, dachte sie plötzlich. Er dagegen lag vor mir wie ein offenes Buch – ein Buch mit einer vorwiegend weiblichen Leserschaft.

Marlon hatte jedenfalls ein Geheimnis, da war sie ganz sicher. Die Art, wie er allen persönlichen Fragen geschickt auswich, wie er lieber fragte als von sich erzählte, all das verriet ihn. Er hat auch ein Schicksal, dachte sie zärtlich, genau wie ich.
»Leben Sie eigentlich allein?« fragte sie und spürte an seinem leichten Zusammenzucken, daß ihm diese Frage unangenehm war.
»Mehr oder weniger ja«, antwortete er knapp.
»Geschieden?« bohrte Anna weiter.
Er seufzte. »Ich war noch nie verheiratet.«
»Wie bitte, noch nie?« rief Anna ungläubig. »Also wilde Ehe.«
»Ich habe im Moment keine Beziehung«, sagte er und schaute über ihre Schulter aus dem Fenster.
»Tut Ihnen das leid?« Sie konnte es nicht lassen. Nur eine Frage noch, dachte sie, dann hör ich auf. Sonst hält er mich noch für eins dieser extrem beziehungsbedürftigen Weiber. Bin ich das? Alexa würde vor mir ausspucken, aber ich bin halt nicht so stark wie sie. Ich bin im Augenblick eigentlich gar nichts. Ein verwitweter Single mit zwei Kindern.
»Ich bin schwierig«, antwortete er und schaute sie an. Sein Blick war dunkel, unergründlich, die Pupillen kleine Stecknadelköpfe.
»Wären Sie denn gern verheiratet?« fragte sie kühn.
»Das kommt auf die Frau an«, sagte er und zündete sich ein Zigarillo an.
»Wie müßte denn die Frau beschaffen sein, die Sie zur Ehe überreden könnte?« Sie konnte es nicht mehr lassen. Jetzt oder nie.
Er zögerte. »Sie müßte sehr verständnisvoll sein, mir viele Freiheiten lassen«, sagte er dann. »Ich wäre sicher ein komplizierter Ehemann.«
Der Kellner trat an ihren Tisch. »Was darf's sein?« fragte er mürrisch.

Marlon schaute Anna an. »Champagner.«
Die Kellnermiene hellte sich schlagartig auf. »Sofort, die Herrschaften.« Er verschwand blitzschnell, so als fürchte er, sie könnten die üppige Bestellung wieder rückgängig machen.
»Haben wir denn was zu feiern?« fragte sie vorsichtig. Ein Mann der großen Geste. Das war Klaus auch gewesen. Und hatte sie damit zur frühen Witwe verdonnert.
Marlon schien ihre Gedanken zu lesen. Er musterte sie amüsiert. »Ich weiß es noch nicht«, sagte er, »ich hoffe es nur.«
Willst du sie, fragte er sich, willst du sie wirklich? War sie der Ausweg? »Ich hoffe es«, wiederholte er.

Zwei Stunden später standen sie vor ihrem Auto, unschlüssig, beide. Die Luft war klar und kühl, der Himmel ausnahmsweise sternenübersät. Es war etwas zwischen ihnen passiert, eine Wand hatte sich verkrümelt, und jetzt wußten sie nicht, wohin.
Anna spürte, daß sie wieder den ersten Schritt machen mußte. Etwas hindert ihn, dachte sie. Schüchternheit? Doch verliebt in eine andere? Dabei war sie selbst so unentschlossen. Ein Verhältnis unter Kollegen? Eigentlich keine gute Idee. Doch offensichtlich hatte sie eine Schwäche für komplizierte Situationen.
Wer nicht wagt, der nicht gewinnt. Auf geht's. Los. Mach schon. Riskier mal was im Leben! Mehr als nein sagen kann er nicht.
Sie schloß die Autotür auf, drehte sich um. »Wollen wir noch einen Wein bei mir trinken?«
Er lächelte. »Ich dachte schon, Sie würden niemals fragen.«
Und dann beugte er sich zu ihr herunter, hob mit zwei Fingern ihr Kinn hoch und küßte sie zärtlich auf den Mund. Seine Lippen waren weich, ganz ohne Forderung. Eine zögernde Einladung, ein zaghaftes Versprechen.
Sie öffnete den Mund und küßte ihn zurück. Vorsichtig lockte

sie seine Zunge hervor, spielte mit ihr. Er ist wirklich noch ganz ungeübt, dachte sie ungläubig, er küßt wie ein Mönch. Eine Welle von Zärtlichkeit durchflutete sie. Klaus war das genaue Gegenteil gewesen. Ein starker Mann, stolz auf seine Potenz, die er oft und nicht nur bei ihr eingesetzt hatte. Nie hatte er den geringsten Zweifel daran gehabt, daß er Gottes Geschenk an alle Frauen war. Sein Größenwahn hatte sie immer eher belustigt als gestört. Wie wunderschön, daß Marlon so weich war, so kindlich, so ganz und gar ohne männliche Aggression.

»Mich wirst du nie wieder los«, flüsterte er mit geschlossenen Augen.

O Gott, dachte sie, erschrocken und beglückt, worauf hab ich mich denn hier eingelassen? Doch irgendwie reizte es sie, dieses Spiel weiterzuspielen. Der schönste Satz von allen, schöner noch als eine Liebeserklärung – »Mich wirst du nie wieder los.«

»Komm«, sagte sie sanft, »mir ist kalt.«

32

Als er nach einem langen, zärtlichen Abschiedskuß ihre Wohnung verließ und wieder ins Freie trat, riß er als erstes sein Jackett auf, öffnete die Hemdknöpfe, hielt seine nackte Brust in die kalte Nachtluft. Ich zerspringe, dachte er und schöpfte Luft in tiefen, gierigen Zügen. Der Abend war sehr schön gewesen, obwohl er ihre und seine Erwartungen nicht hatte erfüllen können. Im letzten Augenblick hatte Marlon versagt.

Falls sie enttäuscht war, hatte sie es meisterlich zu verbergen gewußt. Im Gegenteil, sie war danach nur noch zärtlicher zu ihm gewesen. Es war also ganz bestimmt nicht ihre Schuld, daß er jetzt hier, vor ihrem Haus, mit ihrem Lippenstiftgeschmack auf seinen Lippen, an diese andere Frau in Niendorf

dachte. Ob sie sich gerade für die Nacht zurechtmachte? Vielleicht schon ausgezogen im Bett lag? Er wußte ja, daß sie immer nackt schlief.
Er zuckte zusammen, als er seinen Namen hörte.
»Marlon.« Anna stand auf dem Balkon und winkte ihm zu. »Du hast deinen Schal wieder vergessen.« Sie hatte ihn zusammengerollt, warf ihn mit einer Kußhand herunter. »Schlaf gut, mein Schatz.« Dann trat sie ins Haus zurück.
Doch nicht Niendorf, dachte er.
Wenigstens heute nacht nicht.

Nach einer unruhigen Nacht stand er am nächsten Morgen mit Anna im Raucherzimmer und sah aus dem Fenster. Schön war sie heute, mit geröteten Wangen und leuchtenden Augen. War er der Grund? Und wollte er der Grund sein? Wollte er sich einer Frau anvertrauen, die keine Ahnung davon hatte, was für eine Last er mit in die Beziehung brachte? Konnte er ihr das antun? Andererseits – gab es eine andere Chance für ihn als Anna?
»Was macht denn der Tino da mit seiner Schülerin?« Sie hatte das Fenster des Raucherzimmers geöffnet und schaute auf den Schulhof, den Töppler gerade mit Louisa überquerte.
Marlon war hinter Anna getreten. »Ich seh nichts Besonderes«, meinte er.
»Weil ihr Männer immer mit Scheuklappen vor den Augen herumlauft«, sagte sie, »guck mal genau hin. Er will ihr den Arm um die Schulter legen, aber sie wehrt ihn ab. Er kann's und kann's nicht lassen. Wenn Wuttke ihn sieht, ist er geliefert.«
Marlon kniff die Augen zusammen, versuchte, das plötzlich aufgetauchte Druckgefühl dahinter zu ignorieren. »Du siehst Gespenster«, sagte er, »er legt ihr einen Schal um die Schulter, das ist alles. Völlig harmlos.«

Anna schloß energisch das Fenster. »Völlig harmlos ist bei Tino gar nichts«, sagte sie abschließend. »Hast du mal 'ne Zigarette für mich?«
Er gab ihr Feuer, musterte sie prüfend. »Bist du noch sauer auf mich?«
Sie zuckte wie ertappt zusammen. »Wie kommst du darauf? Überhaupt nicht.«
»*Thou protesth too much*, heißt es bei Shakespeare oder so ähnlich«, scherzte er, aber seine Stimme klang ernst, und in seinen Augen lag – ja was, dachte sie, Traurigkeit, Wut, Resignation? »Wegen gestern nacht. Das war ja keine Glanzleistung von mir.«
Sie zog scharf die Luft ein. Wenn sie allein gewesen wären, hätte sie ihn jetzt in die Arme genommen und getröstet. Wie eine Mutter. Wie so was die Männer belastete. Natürlich hatte sie sich diese Nacht anders vorgestellt, ganz anders, aber nicht jeder Mann hatte die sexuelle Standhaftigkeit von Klaus. Dafür war Marlon so zärtlich zu ihr gewesen, wie es Klaus, dem Supermännlichen, niemals eingefallen wäre. »Das kann doch jedem passieren«, sagte sie weich, »mach dir bloß keine Gedanken. Wir haben doch noch so viele Nächte vor uns.«
»Bist du sicher, daß du es noch einmal mit mir versuchen willst?« fragte er. »Ich bin ein ziemlich schwieriger Kandidat.«
Sie drückte ihre Kippe im Aschenbecher aus und nahm ihn in die Arme. Er war so groß, daß sie ihre Stirn an seinen Brustkorb legen konnte. Sein Herz klopfte hart und schnell. Es schlägt so stark, weil er mich liebt, dachte sie glücklich. »Ich bin schwierige Männer gewöhnt«, sagte sie leise, »du mußt mir nur eins versprechen.«
»Nur, was ich auch halten kann«, sagte er ernst.
Sie rückte ab, schaute ihn prüfend an. »Versprich mir, daß du

mich nie belügst«, sagte sie, »ich kann alles ertragen, nur keine Lügen.«
Seine Stimme war fest, feierlich fest. »Ich verspreche es.«

33

Anna wußte, daß Gerd sie gehört hatte, trotzdem ließ er sich Zeit. Erst nach dem vierten Klingeln öffnete er die Tür. »Komm rein«, sagte er kurz, drehte sich um und war in seiner Küche verschwunden. »Freut mich, daß du dich noch an mich erinnerst.«
Verlegen stand sie da mit ihrer Flasche Wein, die sie jetzt auf seiner Küchenarbeitsplatte abstellte. »Ich hatte zu tun«, entschuldigte sie sich, wollte ihm, wie immer, einen Kuß auf den Kopf geben, aber er rollte blitzschnell zum Kühlschrank, ein schmallippiger, ärgerlicher Igel.
»Ich hab auch zu tun«, sagte er dann. »Trotzdem vernachlässige ich meine Freunde nicht. Du weißt ja, wo die Gläser sind. Trink auf mein Wohl.«
Sie ging ihm in sein Arbeitszimmer nach, wo er seine Staffelei in Rollstuhlhöhe aufgestellt hatte. Ein halbfertiges Porträt war eingespannt; ein imposanter, grauhaariger Mann mit löwenartigem Kopf hatte das Kinn auf die Hand gestützt, schaute sinnierend ins Leere. Die Augen waren schon fertig, blau, unter buschigen, grauen Augenbrauen, die Nase breit und wuchtig, hatte allerdings nur einen Flügel. »Du solltest die Seiten etwas verschlanken«, schlug Anna vor. »Er sieht sonst aus wie Zwerg Nase. Wer ist denn der Schöne?«
»Ein Industrieller«, antwortete Gerd kurz, »was Hochkarätiges im Stahlgeschäft. Gattin Nummer drei will ihm das Bild zum zweiten Hochzeitstag schenken. Sie kommt jeden Tag vorbei und treibt mich zum Wahnsinn. Der Mann schrammt optisch knapp am Glöckner von Notre-Dame vorbei, aber ihr schwebt eine Mischung aus Paul Newman und Udo Jürgens vor.«

Anna lachte erleichtert. Endlich wieder ihr alter Gerd. Sie konnte sehr schlecht mit seiner Kühle und seinem Sarkasmus umgehen. Wie verstoßen aus dem Paradies fühlte sie sich dann. Wie ins Kalte geschubst aus einem warmen Schaumbad.
»Bist du sauer auf mich?« fragte sie. Das hat mich Marlon heute auch gefragt, dachte sie plötzlich.
»Ich habe kein Recht, auf dich sauer zu sein«, antwortete Gerd und malte konzentriert am rechten Nasenflügel. »Wir sind nicht verheiratet. Und du hast in der letzten Zeit offensichtlich Besseres vor, als dich von mir bekochen zu lassen.«
Sie sagte nichts, weil es nichts zu sagen gab. Zumindest nichts, was ihn nicht bis ins Mark verletzen würde. Stimmt, ich habe mich in Marlon verliebt, aber laß uns gute Freunde bleiben. Das Vertrackte daran war, daß sie ja offiziell nichts anderes waren als gute Freunde.
»Heute abend hätte ich aber große Lust, von dir bekocht zu werden«, lenkte sie deshalb ab. »Ich würde nackt über den Balkon laufen für dein Kartoffel-Broccoli-Gratin.«
»Was macht deine Brut?« fragte Gerd.
»Bei meiner Schwiegermutter. Oder ist es meine Ex-Schwiegermutter? Bis übermorgen bin ich kinderlos.«
»Und du hast nichts Besseres vor?«
»Nichts Besseres als dein Gratin.«
»Dann schäl Kartoffeln, schneide sie in hauchdünne Scheiben und tupf sie mit Küchenpapier ab. Sonst werden sie glitschig. Ich mal meinem Tycoon noch ein Robert-Redford-Grübchen ins Kinn, dann komm ich nach.«

Zwei Stunden später saßen sie, kartoffelsatt und leicht betrunken, am abgeräumten Küchentisch. »Du wärst die perfekte Hausfrau«, murmelte Anna und öffnete diskret ihren Hosenknopf. »Wenn ich noch ein bißchen besoffener bin, mach ich dir einen Heiratsantrag.«

»Und wenn ich ihn annehmen würde?« fragte Gerd. Es sollte scherzhaft klingen, bewährt ironisch, aber er sah sie dabei so ernst und durchdringend an, daß sie schlagartig nüchtern wurde. »Könntest du dir vorstellen, mit mir zusammenzuleben?«

Diese Frage, obwohl unbewußt erwartet und befürchtet, kam trotzdem wie ein Schock. Es war die Stunde der Wahrheit gekommen, in der sie ihren besten Freund so verletzen mußte, daß er es danach vermeiden würde, ihr im Treppenhaus zu begegnen. »Wir sind doch praktisch ein Ehepaar«, versuchte sie, das Unvermeidliche noch hinauszuzögern. »Wir sehen uns ständig, du erziehst meine Kinder und mäkelst an meinen Kochkünsten herum. *Why spoil a good thing*, wie der Engländer sagt?«

»Mich interessiert nicht, was der Engländer sagt.« Gerd hatte sich eine Zigarette angezündet, auch was zum Festhalten, und sah sie unverwandt an. »Ich hab keine Lust mehr auf ein Katz-und-Maus-Spiel. Mein Leben soll weitergehen. Ich hab beschissene Jahre hinter mir, du beschissene Monate. Meine Frau und mein ungeborenes Kind sind tot, aber ich lebe noch. Und zwar trotz Rollstuhl gar nicht so schlecht. Daß ich dich liebe, weißt du längst. Ob du mich auch liebst, wirst du mir heute abend sagen.«

Sie fühlte sich derart in die Enge getrieben, daß sie Schluckbeschwerden hatte. Heiß war ihr, schrecklich heiß. Kein Ausweg, sie saß in der Falle. Und Gerd war der Jäger, der mit schmalen Augen vor ihr, seiner Beute, saß. Was für eine perverse Situation.

Sie holte tief Luft, ihr wurde leicht schwindelig. »Du bist mein allerbester Freund«, fing sie vorsichtig an, »und als solcher unersetzbar. Vor fünf Monaten bin ich Witwe geworden. Meine Kinder haben nachts Alpträume, weil sie ihren Vater so vermissen. Ich schwanke zwischen Wut und Sehnsucht, wenn ich

an Klaus denke, wobei die Wut langsam die Oberhand gewinnt. Meine Schüler stressen mich. Wenn ich mittags nach Hause komme, bin ich kaputt, aber mein Tag als Mutter fängt gerade an. Was ich damit sagen will – ich hab im Augenblick einfach keine Kapazitäten frei für komplizierte Gefühle.«
»Seit wann ist Liebe denn so ein kompliziertes Gefühl?« fragte er ruhig. »Oder haben all deine Erklärungen nicht mit mir als Mann, sondern mit mir als Dauerpatient im Rollstuhl zu tun? Stößt dich der Gedanke ab, mit einem Mann Liebe zu machen, der in den Beinen nichts mehr fühlt?«
Anna hob den Blick und sah Gerd in die Augen, in denen jedoch ein so bodenloser Kummer lag, daß sie gleich wieder wegsehen mußte. Aber selbst wenn sie ganz ehrlich in sich hineinhorchte, wußte sie, daß er unrecht hatte. »Der Rollstuhl hat damit nichts zu tun«, sagte sie energisch. »Außerdem ist Sex sowieso nicht das Wichtigste im Leben. Ich komm in der letzten Zeit sehr gut ohne aus.«
Notgedrungen, dachte sie ironisch.
Gerd war zum Fenster gerollt und sah in den Nachthimmel, der schwarz war und sternenlos. »Du denkst also, mit mir sei Sex nicht mehr möglich.« Seine Stimme war kaum zu hören. »Du stellst dir eine Art Onkelehe mit mir vor.«
Sein Rücken war so gerade, als hätte er ein Lineal unterm Hemd.
»Ich stell mir Sex im Zusammenhang mit dir überhaupt nicht vor«, rief Anna gequält. »Du bist mein Freund, nicht mein Lover!«
»Und was ist Marlon?« fragte Gerd. Er hatte sich umgedreht, stand vor ihr und wartete. Nur an seinem auf und ab zuckenden Adamsapfel sah sie, wie angespannt er war. Die Verkündigung des Urteils. Die Geschworenen erheben sich. Todesstrafe oder Freispruch?
»Ich mag ihn sehr gern«, meinte Anna lahm.

»So gern wie mich?« Er war unnachgiebig, wie ein Staatsanwalt.
»Anders gern.« Ein Königreich, wenn ich jetzt aufwachen würde und alles nur geträumt hätte. Dann könnte mir auch gern Leander das ganze Bett vollspucken. »So ungefähr.«
»Ich verstehe.« Seine Stimme schien unaufgeregt, fast gleichgültig. »Bist du in ihn verliebt?«
»Ich glaube ja«, sagte sie leise, wie um Verzeihung bittend. »Es ist ja alles noch ganz frisch.«
»Wie schön für euch«, meinte er sarkastisch. »Tragt ihr euch mit Heiratsplänen?«
»Um Gottes willen«, rief sie. »Wir kennen uns ja kaum.«
»Ist er gut im Bett?« Die Frage war ihm herausgerutscht. »Ist er besser als Klaus?«
»Strenggenommen kann ich diese Frage gar nicht beantworten«, lächelte Anna, und fast hätte sie vor lauter Anspannung gekichert.
»Jeder ist in seiner Art oberfein oder so ähnlich?«
»Oder so ähnlich«, sagte sie. »Aber du bist am oberfeinsten.«
Sie stand auf, und während sie ihn auf sein warmes, nach Apfelshampoo duftendes Haar küßte, dachte sie wehmütig: Warum bin ich nicht in ihn verliebt? Mein Leben wäre so unendlich viel einfacher.
»Bleibst du mein Freund?« fragte sie.
»Schade, daß du so bescheiden bist«, meinte er.
»Bleibst du mein Freund?« wiederholte sie. Nichts war ihr wichtiger als seine Antwort.
Er seufzte. Versuch eines Lächelns. Dann zuckte er die Schultern. »Ich bleibe dein Freund. Bist du jetzt zufrieden?«
In ihrem Gesicht ging die Sonne auf.
»Sehr zufrieden«, strahlte sie. »Tust du mir einen Gefallen? Bist du nett zu Marlon und vergraulst ihn mir nicht?«
In seinem Gesicht ging die Sonne unter. »So wichtig ist er dir?«

»Ja«, sagte sie einfach.
Und ging.
Als die Tür ins Schloß gefallen war, blieb er noch einige Minuten lang ruhig sitzen. Er hatte es geahnt, aber trotzdem krampfte sich die Enttäuschung wie eine Schraubzwinge fest um seinen Magen. Sein Leben kam ihm wie ein Tunnel vor, der nie wieder aufhören würde. Er würde immer dunkel bleiben. »Sie liebt dich eben nicht, alter Junge«, sagte er laut. »Dafür liebt sie einen Mann, der sie wie ein Mann lieben kann.« Und das würde er, Gerd, nie wieder sein – ein Mann, ein richtiger Mann. Die Hülle würde bleiben, die obere intakte Hälfte. Bis zur Taille erlebte er jede Berührung wie ein unerwartetes Geschenk. Doch nur einen Millimeter tiefer fühlte er nichts mehr. Jedenfalls nichts Körperliches. Mehr eine Art spiritueller Riesenwelle von innen nach außen. Aber was nützte ihm die? Wenn er Anna beobachtete, ihren Gang, ihre Art, drei Dinge auf einmal zu tun, die kleine Furche auf der sonst glatten Stirn, die hastige Bewegung, mit der sie ihre widerspenstigen Haare hinters Ohr schob, dann spürte er die Sehnsucht, sie zu umarmen, zu küssen, ihren Duft nach Maiglöckchen, Tabak und Kindercreme ganz tief einzuatmen, wie einen süßen, hinterhältigen Schmerz bis zu den gefühllosen Fußspitzen.
Ich werde sie nie küssen dürfen, dachte er, und dieser Gedanke riß ein Loch in sein Herz. Vielleicht werde ich nie wieder eine Frau küssen, denn wer küßt schon freiwillig einen Krüppel? Wer streichelt freiwillig meine ausgezehrten Beine? Ich werde immer ohne Liebe bleiben, bis ich sterbe. So will ich nicht weiterleben.
Er rollte ins Badezimmer und stemmte sich am Waschbecken zu seinem darüber befestigten Hängeschrank hoch. Die Röhrchen standen säuberlich nebeneinander, drei Stück mit jeweils 50 Tabletten. Das würde ausreichen.

Er schüttete den Inhalt in ein Glas, füllte es mit Wasser.
Er trank einen Schluck. Es schmeckte ekelhaft. Er trank einen zweiten Schluck. Das Glas war halbleer.
Das Telefon klingelte. Automatisch griff er zum Hörer.
»Hallo, Gerd«, sagte die Kinderstimme von Lucy. »Mami ist heute abend so komisch und will mir keine Geschichte vorlesen. Kann ich zu dir runterkommen? Erzählst du mir wieder eine selbstgemachte ohne Buch? Vom Drachenkasper mit den grüngepunkteten Flügeln?«
Er sagte nichts, weil ihm schwummrig wurde.
»Gerd, bitte sag ja, bitte, ich kann sonst nicht einschlafen. Gerd … Gerd!!!«
Als er umkippte und sich dabei erbrach, hörte er im Treppenhaus das aufgeregte Trippeln kleiner Kinderfüße.

34

Prüfend ließ er seinen Blick durch das Zimmer wandern. Auf seinem Bett, in dem er seit seiner Konfirmation geschlafen hatte, stand ein geöffneter Koffer. Er war halb voll. Was sollte er mitnehmen in sein neues Leben? Er packte einen Stapel Hemden, seine Unterhosen und die Socken dazu. Bücher? Die konnte er später abholen. Sein Fernglas! Es lag neben ihrem Fernsehsessel, weil sie von dort aus die Menschen im Nachbarhaus beobachtete. Das war ihre Lieblingsbeschäftigung, wenn das Programm schlecht war.
Er klappte den Koffer zu und ging ins Wohnzimmer. »Mama, ich geh noch mal joggen«, sagte er leise. Sie antwortete nicht. Endlich war sie eingeschlafen. Neben ihrem Sessel, auf dem kleinen Beistelltisch, lagen ihre Fernsehzeitschriften und ein Fläschchen mit Augentropfen, ein weiteres mit ihrem Herzmittel.
Der Beipackzettel lag zerknittert in der Schachtel daneben. Er glättete ihn und las: »In hoher Dosierung kann es zu einer

Verlangsamung des Herzschlags oder zum Herzstillstand kommen.«
Vorsichtig ging er um den Sessel herum. Sie saß da, leicht in sich zusammengesunken. Ihre sonst krampfhaften Atemgeräusche hatten aufgehört, aus ihrem rechten Mundwinkel lief ein dünnes Rinnsal Spucke. Ihre Augen waren geschlossen. Er holte ein Taschentuch aus seiner Hosentasche und wischte den Speichel behutsam weg. Offensichtlich hatte die Dosierung gereicht. Er nahm das Wasserglas, das auf den Zeitschriften stand, ging in die Küche und spülte es gründlich aus.
Dann griff er nach seinem Koffer und verließ die Wohnung.
Freiheit, dachte er, endlich.
Vor der Telefonzelle stellte er seinen Koffer ab.
»Hallo? Bitte kommen Sie in die Lutterothstraße 110. Ich mach mir Gedanken um meine Nachbarin. Zweiter Stock links. Nein, tut mir leid, ich bin auf dem Weg zum Flughafen. Mein Name? Baron von Münchhausen. Danke.«
Er legte auf, ging ins Freie.
Mein altes Leben, dachte er und fühlte sich wie neugeboren, wie vom Winde verweht.

»Herzstillstand, ganz offensichtlich«, sagte wenig später der Notarzt zu den Sanitätern, die gerade die alte Frau auf ihre Trage wuchteten. Dann zückte er seinen Schreibblock und schrieb: »Natürlicher Tod.«

Teil 2

1 »Gerdie, du siehst einfach fabelhaft aus im Smoking.« Anna stand vor dem Schlafzimmerspiegel und musterte sich kritisch. »Meinst du, es bringt Unglück, wenn man sein Hochzeitskleid zweimal anzieht? Selbst wenn es nur fürs Standesamt ist?«

Von ihrer abergläubischen Vorahnung abgesehen, kniff das kurze, enge Satinkleid auch überall da rein, wo sie in den letzten 13 Jahren – wieder so eine ominöse Zahl – doch etwas zugelegt hatte. Aber Marlon fand die Idee romantisch, außerdem sparten sie Geld, und so stand sie nun hier, an ihrem Hochzeitsmorgen, und quetschte sich in die Vergangenheit.

»Du siehst aus wie eine Bratwurst aus Seide«, grinste Gerd und umarmte sie von hinten. »Ich bin froh, daß ich dich nicht heiraten muß.«

»Aller guten Dinge sind drei«, sagte sie, ging in die Knie und küßte ihn aufs Ohrläppchen. »Immer wenn ich dich sehe, danke ich dem lieben Gott, daß dich Lucy rechtzeitig gefunden hat.«

Er seufzte ungeduldig. Was da vor drei Monaten geschehen war, war ein dunkler Punkt in seinem an dunklen Punkten sehr reichen Leben, den er gern endgültig vergessen hätte. Aber Anna ließ ihn nicht. »Versprichst du mir, daß du so was Bescheuertes nie wieder machst?« fragte sie ernst und zerrte dabei an ihrem Reißverschluß, aus dem ein bißchen weiches rosa Rückenfleisch herausquoll. »Hilf mir bitte mal, das Mistding geht nicht zu.« Er ruckelte, schob dabei vorsichtig das Zuviel an Rücken hinter den Reißverschluß, den er lang-

sam zumachte. »Geschafft«, keuchte er. »Wo ist eigentlich der glückliche Bräutigam?«
Anna lachte. »Der war so aufgeregt, daß er vor dem Standesamt noch eine Runde joggen wollte. Schließlich heiratet er zum ersten Mal.«
»Hat er eigentlich überhaupt keine Familie mehr?« fragte Gerd. »Um völlig verwaist zu sein, ist er mit seinen 38 Jahren doch noch nicht alt genug.«
»Seine Mutter war wohl Kriegerwitwe und er ein spätes Einzelkind«, meinte Anna. »Er redet nicht gern über seine Familie. Hallo, schöne Frau!« Erleichtert über die Unterbrechung, drehte sie sich zu Alexa um, die gerade in einem pechschwarzen Hauch von Textil, der in ihrer unteren Busenhälfte anfing und am Oberschenkel wieder aufhörte, ins Zimmer getreten war. Unterm Arm hielt sie Jule, der sie um Schwanz und beide Ohren schwarze Schleifen gebunden hatte.
»Donnerwetter, du hast dich ja schwer in Schale geworfen für meinen Freudentag«, rief Anna lächelnd. »Bezahlt die Kripo dich so schlecht, daß du dir nicht mehr Stoff leisten kannst?«
Alexa lachte nur. »Das ist mein Trauerkleid«, sagte sie und hob Jule hoch, die außerdem ein schwarzes Halsband trug. »Auch meine Hündin zeigt ihre Anteilnahme angesichts des größten Fehlers deines Lebens.« Sie ging zu Gerd und kraulte ihn am Hinterkopf. »Wo sind die Gören? Hat dein Gatte sie bereits ins Heim für Schwererziehbare gegeben?«
»Die Kinder warten mit meiner Mutter im Standesamt Hamburg-Nord auf uns«, sagte Anna. »Anschließend gibt's beim Syrer kalte Platten, das war's. Kein Gedöns, wie du sagen würdest. Was macht dein Wunschkind?«
»Der durfte gestern zum erstenmal zu mir nach Hause«, murmelte Alexa, die abwesend in den Morgenzeitungen blätterte. Sie war ein News-Junkie, der ohne Mord und Totschlag am frühen Morgen gar nicht richtig wach wurde. »Aber leider

spricht er immer noch so gut wie nicht. Ein harter Brocken, aber ich werde ihn schon knacken.« Sie blätterte weiter. »›Die Finte mit der Babyflasche‹«, las sie vergnügt vor. »›Die neueste Variante der dreisten Gauner ist der sogenannte Babyflaschentrick. Zwei Frauen klingelten bei einer 93jährigen Rentnerin, reichten ihr ein Fläschchen und baten um warmes Wasser. So verschafften sie sich Eintritt und erbeuteten eine Geldkassette mit 42 000 Mark. Woher hat so eine alte Dame soviel Geld?‹« Sie blätterte knisternd in der Zeitung, Anna und Gerd schauten sich augenrollend an. »Hier, das paßt für heute: ›Mann beging Selbstmord wegen seines Namens – er trug denselben Namen wie ein gefürchteter Mafiakiller. Das trieb ihn in den Tod. Der ehrbare Kaufmann Andreas R. war seit 15 Jahren im Visier der Sicherheitsbehörden. Grund: Sein Namensvetter war der meistgesuchte Mafiakiller Italiens. Folge: Hausdurchsuchungen, Verhöre, Polizei. Jetzt konnte er nicht mehr. Er fuhr mit seinem Auto auf einen Parkplatz, verabschiedete sich über Handy von seiner Frau. Dann trank er eine Flasche Insektengift und starb.‹«

Sie legte die Zeitung auf den Tisch und lachte: »Nimmst du eigentlich Marlons Namen an?«

»Unsere Freundin Anna besteht auf einem Doppelnamen«, mokierte sich Gerd, der jetzt über Alexas Schulter in die Zeitung blickte. »›Maskenmann noch immer frei. Hamburger Frauen in Angst vor dem Einsteiger.‹ Ist das dein Revier, meine Schöne?«

Unwillig legte Alexa die Zeitung zusammen und schob sie von sich. »Den kriegen wir auch noch«, sagte sie, »alles nur eine Frage der Zeit.«

Marlon war so leise eingetreten, daß bei seinem »Morgen allerseits« alle zusammenzuckten. Er küßte Anna flüchtig, ging dann zum Papierkorb und nahm die Zeitung wieder heraus.

»Ich geh kurz duschen, dann mach ich mich hochzeitsfein, nur noch mal eben die Fußballergebnisse anschauen.«
Das Telefon klingelte.
»Blumenberg«, sagte Anna und lauschte stirnrunzelnd.
»Marlon«, rief sie Richtung Badezimmer, »Telefon für dich. Ein Bestattungsinstitut.« Er nahm den Hörer, verschwand sofort damit im Flur.
»Ja«, hörten sie seine Stimme, »ich wohne hier bei meiner zukünftigen Frau. Schon seit längerem, ja. Das tut mir leid, daß Sie mich so lange nicht gefunden haben, aber wir hatten schon seit Ewigkeiten keinen Kontakt mehr. Schicken Sie mir die Rechnung, ich werde für alles aufkommen.«
Kurz darauf kamen Duschgeräusche aus dem Bad.
Verdammt, dachte Marlon und ließ den heißen, dicken Strahl auf seinen Rücken prasseln. Würde sie ihn denn nie in Ruhe lassen? Sie war tot, verdammt noch mal. Er zuckte zusammen.
»Verdammt, entschuldige.« Anna hatte vorsichtig den Duschvorhang zur Seite gezogen und musterte ihn besorgt. »Was wollte denn der Bestattungsunternehmer von dir?« Ihre Stimme zitterte, sie mußte wieder an Klaus denken, ausgerechnet an ihrem Hochzeitsmorgen.
»Eine entfernte Verwandte von mir ist gestorben«, sagte er kurz und stieg aus der Duschkabine. »Ich bin leider der einzige Hinterbliebene und muß für die Beerdigung aufkommen.«
Anna verstand gar nichts mehr. »Eine Verwandte?« fragte sie fassungslos. »Wieso hast du mir denn nie von ihr erzählt? Wir hätten sie doch besuchen können.«
Typisch Anna, dachte er, halb gerührt, halb ärgerlich, jetzt hat sie sogar noch Mitleid mit einer völlig unbekannten Toten. Wahrscheinlich hätte sie sich auch mit meiner Mutter gut verstanden. Er verdrängte den Gedanken sofort. »Eine fürchterliche Frau«, sagte er nur, »aber natürlich soll sie gut unter die Erde kommen.«

»Wo liegt sie denn?« fragte Anna. »Wir können ja zumindest dafür sorgen, daß ihr Grab ordentlich aussieht.«
Marlon merkte, wie ihn Annas Fürsorge und Interesse immer aggressiver machten. Wie Mami, dachte er eine heiße, haßerfüllte Sekunde lang.
»Kümmer du dich um deinen Kram, und ich kümmer mich um meinen.« Er sah sie hart an. »Der Fall ist für mich erledigt.«
Als er in seine Boxershorts stieg, sah er, wie sie mit den Tränen kämpfte. Sofort rührte sich sein Gewissen. Er ging auf sie zu, legte seine Hände auf ihre Schultern. »Sorry«, flüsterte er zerknirscht, »ich bin ein Superekel. Willst du mich trotzdem heiraten? Noch ist es nicht zu spät, es dir anders zu überlegen.«
Sie lächelte nur und ging zurück in die Küche.
»Hast du geheult?« fragte Gerd sofort. »Was war das für ein Anruf?«
Anna zuckte die Schultern. »Ein Mißverständnis«, log sie. »Bist du bereit?«
»Bist du es?« fragte Gerd zurück.
Zwei Stunden später standen sie vor dem Standesbeamten, einem säuerlich dreinblickenden Mittfünfziger, »mehrfach geschieden«, wie er zur Auflockerung der Stimmung verkündet hatte, und hörten sich mit interessierten Mienen seine bereits hundertfach gehaltene Rede an, die er an diesem Vormittag mit der Begeisterung eines Mannes hielt, der seiner Frau beim Kartoffelschälen helfen muß. »Liebes Brautpaar, liebe Hochzeitsgäste. Sie wollen nun in den heiligen Bund der Ehe treten, offensichtlich nicht zum erstenmal.« Strenger Blick auf Lucy und Leander, die damit beschäftigt waren, die braunen Kügelchen aus den hydrokulturellen Blumentöpfen in kleinen Häufchen auf dem Fensterbrett zu drapieren. »Sicher haben Sie sich diesen Schritt gut überlegt, denn, wie der Volksmund so richtig sagt, wo viel Licht ist, ist auch viel Schatten. In diesem Sinne,

alles Gute für die Zukunft, und hoffentlich sehen wir uns nie wieder.«
Alexa und Gerd, die als Trauzeugen fungierten, kicherten backfischhaft, Anna lächelte tapfer. Marlon sagte kein Wort, er sah aus dem Fenster, wirkte seltsam abwesend. »Liebling.« Anna stieß ihn an, denn das Familienbuch lag vor ihm, er sollte unterschreiben. »Da, Liebling, beim Kreuz.«
Marlon zuckte zusammen, als wäre er gerade ganz weit weg gewesen. Dann setzte er seinen Namen unter das Ehedokument. Anna schaute zu, ihr war halb feierlich, halb bänglich zumute. Dann war sie dran. Sie hatte sich, gegen den erbitterten Protest von Gerd und Alexa, für einen Doppelnamen entschieden. Anna Blumenberg-Stephan. Das war sie jetzt. Eine wiederverheiratete Frau, keine junge Witwe mehr.
»Happy?« flüsterte Alexa.
Glücklich – war sie das?
Sie schaute ihren Ehemann an, seine kräftigen Schultern, die hohe Stirn, die tabakbraunen Augen, die so zärtlich und Sekunden später so abweisend sein konnten, die langen, schmalen Hände. Natürlich bin ich glücklich, dachte sie. Marlon war ein wunderbarer Vater, beide Kinder liebten ihn abgöttisch. Stundenlang, ohne Ermüdungserscheinungen, spielte er mit ihnen, baute komplizierte Playmobil-Anwesen, jedes Plastikgeschöpf hatte jetzt einen Namen, eine Marotte und ein Lieblingsspiel. Gestern abend lagen alle drei auf dem Boden vor einer Playmobil-Arena und spielten Zirkusvorstellung. Die Pferde standen in der Mitte, und Marlon hatte kleine Peitschen aus Streichhölzern und Tempotaschentuchfetzen gebastelt, die er den Artisten um die Hände gewickelt hatte. »Einen doppelten Rittberger«, rief er, und Leander, mit roten, hektischen Bäckchen, setzte die Artisten auf die Pferde, natürlich kippte alles um, und Lucy, die vor der Arena einen Kiosk aufgebaut hatte mit kleinen Krümelbrötchen und Salamitört-

chen, jauchzte vor Freude und rief: »Erfrischungen, meine Damen und Herren, Erfrischungen.«
Natürlich war Anna glücklich, das war sie ihren Kindern schuldig. Und daß Marlon als Mann bisher so zurückhaltend gewesen war, zeigte doch nur, daß er sie als Frau fürs Leben wollte, nicht nur für eine Nacht. Und daß er eben nicht so viel Erfahrung hatte wie Klaus. Dafür würde er bestimmt nicht fremdgehen, da war sie ganz sicher. Er war einfach nicht der Typ dafür.
Anna kniff ihrer Freundin in den Unterarm. »Sogar sehr glücklich«, flüsterte sie.
Der Standesbeamte sah auf die Uhr. »Hiermit sind Sie vor den Augen des Gesetzes rechtmäßig verheiratet. Wenn Sie wollen, dürfen Sie sich jetzt küssen. Es ist legal. Kleiner Scherz am Rande.«
Anna neigte sich ihrem Mann zu und schloß die Augen. Als sie seinen Mund auf dem ihren spürte, öffnete sie sie kurz. Über seiner linken Augenbraue war eine kleine, dunkelrote Schramme.

Beim Syrer ging Alexas Beeper los. »Mist«, fluchte sie, als sie auf das Display schaute. »Kollege König. Das kann nur Streß bedeuten.«
Die Hochzeitsgäste saßen um eine lange Tafel und delektierten sich an einer syrischen Vorspeisenplatte: kleinen Hackbällchen in Yoghurt-Kokos-Sauce, an Hummus und kandierten Möhren, an Lammfleisch süßsauer und an knusprigen Fladen.
»Kann ich Ketschupp?« fragten Lealu sofort.
Jetzt hab ich eine Familie, dachte Marlon.
Ein merkwürdiger Gedanke. Zwei Kinder und eine Frau. Jeden Morgen werde ich von nun an neben ihrem Gesicht aufwachen, bis daß der Tod uns scheidet. Wenn nichts dazwischenkommt.

»Schon wieder eine Frau ...«, Alexa sah den beschwörenden Blick von Anna auf ihre Kinder und hielt inne, »... die Ärger hat. Ich muß sofort los.«
Sie warf Luftküsse über den Tisch und war im selben Moment verschwunden.
»Wie passend«, meinte Gerd und häufte sich Hummus auf seinen Fladen. »Ausgerechnet an eurem Hochzeitstag. Prost.«

Auf dem Weg ins Präsidium fuhr Alexa mit der Rechten, mit der linken Hand hielt sie das Handy. »Wer war's? Unser Einsteiger? Wieso war die Frau denn vormittags zu Hause? Arbeitslos? Und wieder mit Maske und Chloroform? Hat sie sich denn wenigstens gewehrt? Ich könnte kotzen, dem dreh ich eigenhändig die Gurgel zu. *See you.*«
Sie trat aufs Gas, der Wagen schoß über die Straße. War's denn schön für dich, hatte der Mann sein Opfer zum Schluß gefragt, hat es dir genausoviel Spaß gemacht wie mir?
»Ich krieg dich«, flüsterte sie wie im Fieber, »ich krieg dich.«

2

Anna stand nackt im Badezimmer und machte eine kritische Bestandsaufnahme ihres 34jährigen Körpers. Ihre Brüste waren okay, obwohl sie beide Kinder jeweils neun Monate lang gestillt hatte. Ein kleiner Bauch wölbte sich unterhalb ihrer immer noch passablen Taille, aber da auch Po und Oberschenkel, zwar nicht zum Nüsseknacken, aber immerhin noch, wie Alexa zu sagen pflegte, »zum Bananezerdrücken« hart genug waren, konnte sie zufrieden mit sich sein.
Meine zweite Hochzeitsnacht, dachte sie und war ein bißchen aufgeregt. Im Schlafzimmer lag Marlon, auf Klaus' ehemaliger Doppelbetthälfte, und wartete auf sie. Er war auch nervös, das hatte er ihr nach dem Essen gestanden. Es ist schließlich meine

erste, hatte er gesagt, da erwartest du sicherlich etwas ganz Besonderes. Überhaupt nicht, hatte sie ihm versichert, ich erwarte gar nichts, aber sie wußten beide, daß das nicht stimmte.

Die Nacht mit Klaus war seinerzeit ein einziger Rausch gewesen, auf einer griechischen Insel, am Strand unter Sternen, das Meer gluckerte, überall war Sand, und sie konnten nicht genug voneinander bekommen. Klaus war ein fordernder, manchmal brutaler Liebhaber gewesen, es war ihr oft, das gestand sie sich jetzt erst ein, zuviel gewesen. »Ich bin sicher, dein Mann vögelt wie ein Karnickel« hatte Alexa mal gesagt, und sie hatte recht gehabt. Was Anna an Marlon so schätzte, war seine leise, vorsichtige Art, mit ihrem Körper umzugehen, fast weihevoll. »Magst du es so?« fragte er manchmal ängstlich, wenn er sie berührte. »Oder bin ich dir zu grob? Sag, wenn ich dir weh tue.«

Er war ihr nie zu grob, eher zu weich, aber das hätte sie ihm niemals gestanden. Sie hatte das Gefühl, mit einem sehr fragilen Ego im Bett zu liegen, einem Ego, das beim geringsten Lufthauch in sich zusammenknickte wie ein zu früh erblühtes Pflänzchen. »Hast du mal schlechte Erfahrungen mit Frauen gemacht?« hatte sie ihn nach den ersten Nächten gefragt. Er hatte etwas von einer überstrengen Mutter gemurmelt, von einer ersten Frau, bei der er versagt und die ihn deshalb vor seinen Freunden verspottet hatte. Anna fühlte bei diesen Worten einen Strom von Mitleid und – ja, fast so etwas wie Mutterliebe, die alles in ihr heiß und weich machte. Sie breitete die Arme aus und drückte ihn an ihren Busen.

»Mein Kleiner«, murmelte sie zärtlich, wie zu einem Kind. »Jetzt bist du ja bei mir, jetzt kann dir nichts mehr passieren.« Er braucht mich, dachte sie dann, halb glücklich, halb beklommen, so wie Klaus mich nie gebraucht hat.

Anna ging ins Schlafzimmer und löschte das Licht, weil sie

wußte, daß allzu grelle Beleuchtung ihren frischgebackenen Ehemann irritierte. »Bist du noch wach?« fragte sie ins Dunkel.
»Wach und vollgefressen«, sagte er. »Komm ins Bett, geiles Weib, bevor ich einschlafe.«
Sie lachte, als sie diese ungewohnt frivolen Worte hörte, und schlüpfte unter die Decke. Sein Körper war warm, nur die Füße kalt. Er umschlang sie, noch immer etwas zögerlich, so als wickele er eine kostbare Vase aus, und zog sie an sich. »Wie kommt es, daß du immer und überall heiß bist?« flüsterte er an ihrem Hals, »Du dampfst richtig, und ich hab kalte Füße.«
Sie machte sich ganz gerade, so daß jeder Zipfel ihrer Haut von seinem Körper bedeckt wurde.
»Ich liebe dich«, sagte sie, wie um sich und ihn zu beschwören. »Ich weiß, du wirst mich glücklich machen.«
Er seufzte: »Ich möchte dich nie enttäuschen.« Seine Stimme klang bedrückt.
Sie rückte ganz dicht an sein Gesicht, bedeckte es mit kleinen Schmetterlingsküssen. »Warum hast du solche Angst, mich zu enttäuschen? Wirke ich denn wie eine verwöhnte Zicke auf dich, für die du immer Programm machen mußt? Ich bin eine ganz normale Frau, ich brauche einen ganz normalen Mann, nicht mehr und nicht weniger.«
»Ich weiß nicht, ob ich ein ganz normaler Mann bin«, sagte er leise.
»Natürlich nicht«, beruhigte sie ihn, »wer ist schon ganz normal.«
Dann schwieg sie und rutschte langsam unter die Decke, bis sie das, was schneckenweich und dann panzerhart zwischen seinen Beinen lag, zärtlich in den Mund nehmen konnte. Sein Atem wurde schneller, er warf den Kopf hin und her, stöhnte. Esistsoschöndumachstmirangstsoschöndumachstmirangst.
Sie tauchte wieder auf und küßte ihn, seinen Geschmack auf den Lippen.

Die Luft zwischen ihnen wurde schwer, heiß, dann flüssig und klebrig, sie warf die Decke ab, um sich von der Nachtluft kühlen zu lassen. Alles in ihr war jetzt schmerzhafte Lust, die dem Höhepunkt entgegendrängte. Alles war ihr egal, alles, nur fühlen wollte sie ihn, hart, pulsierend in ihr.
»Komm«, flüsterte sie heiser, »bitte komm.«
Sie nahm und führte ihn, sie war weich und offen, und bereit, o so bereit, und ihrer beider Stöhnen war wie ein lustvoller Kanon.
»Mami, ich hab Durst.« Leander stand vor ihrem Bett und rieb sich die Augen. »Kann ich bei euch in Beddie und Flasche trinken?«
Das abrupte Wiedereintauchen in die Mütterlichkeit war brutal, aber Anna schaffte es. Sie schob Marlon von sich. »Komm zwischen uns«, sagte sie, »Mama holt dir eine Flasche. Saftie oder Kakao?«
»Saftie«, murmelte der Kleine hoch zufrieden und kuschelte sich in die Besucherritze. Seine Knie stießen an etwas Hartes. »Wattdattn?« fragte er schläfrig. »Papas Dödel?«
Im Dunkeln lächelte Marlon. Ganz so habe ich mir diese Nacht nicht vorgestellt, dachte er, auch eine Spur erleichtert, und stellte beruhigt fest, daß nach der Kindberührung sein gesamter Körper schlaff geworden war. Aber diese Frau ist ein Gesamtpaket, da gibt es derlei Einlagen gratis. Ganz sanft holte er das schlummersatte Kind an sich heran, streichelte es zärtlich. »Du hast meine Hochzeitsnacht gestört«, murmelte er, »eigentlich sollte ich ganz böse auf dich sein.«
Leander schlug die Augen auf, groß und blank, ganz dicht vor denen seines neuen Vaters. Dann holte er die kleine Grübchenhand aus den Tiefen des Bettes und betastete Marlons Gesicht, die Nase, die Wangenknochen, dann das Kinn.
»Papa aua«, sagte er, als Anna mit der Saftflasche ins Zimmer trat, »Papa ganz doll aua.«

»Das stimmt.« Marlons Stimme klang heiser. »Papa hat ganz doll aua.«
Sie lächelte. Vater und Sohn, dachte sie, von tiefer Liebe erfüllt, meine kleine Familie. »Das ist nur ein kleiner Schorf«, hörte sie Marlons Stimme, tief und beruhigend. »Den hab ich mir heute morgen beim Joggen geholt.«

3 »Meine Güte, Sie sind wirklich hartnäckig.« Die Stimme von Charlotte Pipp klang trotzdem eher belustigt als genervt. »Nun war er doch gerade bei Ihnen zu Hause. Reicht denn das nicht erst einmal?«
Da sich Alexa inzwischen im Pippschen Büro fast wie zu Hause fühlte, steckte sie sich eine Zigarette an, ohne zu fragen. Und ohne Kommentar stellte die Sozialarbeiterin einen Aschenbecher auf ihren Schreibtisch. »Ich hab einfach Lust, mehr mit Alex zu unternehmen«, erklärte Alexa, »ich will ihn meinen Freunden zeigen, er soll deren Kinder kennenlernen.«
»Frau Martini.« Jetzt klang die Stimme doch streng. »Sie sind nicht seine Mutter. Sie besuchen ihn, er besucht Sie. Seine Mutter macht gerade eine Entziehungskur. Wenn die anschlägt, wird sie den Jungen wiederbekommen. Es ist also in Ihrem ureigenen Interesse, sich nicht allzusehr an ihn zu gewöhnen.«
»Und wenn die Mutter wieder rückfällig wird?« fragte Alexa hoffnungsvoll. »Kann ich dann wenigstens seine Pflegemutter werden?«
Charlotte Pipp seufzte tief. Da hatte sie sich wirklich etwas eingebrockt. Aber es war schwer, dem hartnäckigen Charme dieser wildentschlossenen Polizistin zu widerstehen. Und daß Alex in ihrer Gegenwart geradezu aufblühte, hatte sie selbst beobachtet. Er aß und schlief besser, und wenn Alexa kam, lief er ihr entgegen, warf sich in ihre Arme, schmiegte sich an sie.

Vor einer Woche hatte sie seine Mutter besucht. Die 24jährige Angela Pfeiffer, die die erste schlimme Phase des Entzugs hinter sich hatte, fragte nicht einmal nach ihrem Kind. Dafür hatte sie um Zigaretten und Valium gebettelt. Es widerstrebte Frau Pipp zutiefst, dieser abgehärmten, kaputten Frau ihr Kind wieder anzuvertrauen. Aber wenn sie clean war, konnten die Behörden wenig tun. Bis zum nächstenmal.

»Wie geht es denn seiner Mutter?« fragte Alexa jetzt.

»Den Umständen entsprechend.«

»Also – darf ich?«

»Dürfen Sie was?«

»Mit Alex etwas außerhalb meiner Wohnung unternehmen. Frische Luft schnuppern. Ich entführe ihn schon nicht. Schließlich bin ich Beamtin auf Lebenszeit.«

Charlotte Pipp gab sich einen Ruck. Es war alles etwas außerhalb der behördlichen Vorgaben. Aber gelegentlich folgte sie auch ihren eigenen Regeln. »Sie dürfen ihn am nächsten Samstag für drei Stunden ausführen«, erlaubte sie. »Aber denken Sie immer daran, daß der Junge eine Vorgeschichte hat. Keinerlei Berührungspunkte mit Ihrer schillernden Berufstätigkeit, keine Ausflüge im Polizeiauto. Sonst kommen wir beide in Teufels Küche.«

»Wir werden Blumen pflücken«, versprach Alexa strahlend. »Oder Muscheln sammeln.«

4

Er stand unschlüssig im Flur, lauschte dem Prasseln aus dem Badezimmer. Sie wußte nicht, daß er sie, klammheimlich und sehr diskret, als Objekt seiner visuellen Begierde auserkoren hatte, seit Anna ihr mitgeteilt hatte, daß Marlon zu ihr und den Kindern ziehen würde. Noch am gleichen Abend hatte er sie durch ihre halbgeöffnete Tür beobachtet, ihr zerwühltes Bett, die herumliegenden Kleidungsstücke. Sie zog sich aus, arglos. Er stand auf dem Flur. Mucksmäuschenstill. Die Möglichkeit, seine Leidenschaften nicht außer Haus auszuleben, sondern sie sozusagen nach innen zu verlagern, in Annas und seine gemeinsame Wohnung, hatte ihn seltsamerweise fast etwas entlastet. War es nicht im Grunde besser, wenn er versuchte, seinen leichten Hang zum Voyeurismus auf diese harmlose Weise zu befriedigen? Als Familienvater war er schließlich angebunden, konnte sich nicht mehr beliebig beim Joggen austoben. Mein Methadon, dachte er, immer noch besser als reines Heroin. Und seiner Beziehung zu Anna kamen diese kleinen Spannereien, wie er sie nannte, nur zugute. Einmal, mitten in der Nacht, hatte ihn ein Geräusch aus der Küche geweckt. Leise, wie er es sich zur Gewohnheit gemacht hatte, stand er auf, schlich auf den Flur. Annika stand, nur mit einem Slip bekleidet, vor dem offenen Kühlschrank und holte sich einen Joghurt. Dann setzte sie sich an den Tisch und löffelte ihn aus. Als sie aufstand, war er geräuschlos ins gemeinsame Schlafzimmer zurückgeschlichen und hatte Anna mit einer Heftigkeit und Leidenschaftlichkeit geliebt, die sie beide überraschte.

Jetzt war Anna mit den Kindern auf dem Spielplatz.

Marlon trat näher an die Badezimmertür.

Annika stand noch unter der Dusche und ließ das Wasser über ihren Körper prasseln. Genießerisch schloß sie die Augen, während sie den Reinigungsschaum über ihre gebräunte Haut verteilte. Sie seufzte. Endlich hatte sie die Wohnung mal für sich. Anna und die Kinder weg, Marlon zum Joggen.

Sie bemerkte den dunklen Schatten erst, als sie die Augen öffnete und aus der Duschkabine steigen wollte. Ein Einbrecher, dachte sie. Sie wollte schreien, biß statt dessen in eine große Hand, die sich blitzschnell, wie im Reflex, auf ihren Mund legte. »Sei ruhig.« Marlons Stimme klang beschwörend. »Um Himmels wissen, ich bin's doch nur.«

Wie lange hatte er dort gestanden und sie beobachtet?
»Gott, was haben Sie mich erschreckt«, keuchte sie und griff zum Handtuch. »Haben Sie denn das Wasserrauschen nicht gehört?«
Marlon stand bereits in der Tür, drehte sich kurz um.
»Es tut mir wirklich leid, Annika.« Seine Stimme klang zerknirscht. »Ich war in Gedanken.«
»Macht ja nichts«, sagte sie erleichtert. »So was kommt in den besten Familien vor.«
Als sie den Schlüssel im Türschloß hörten, zuckten beide wie ertappt zusammen. Marlon verschwand im Schlafzimmer.
»Hallo, Annika.« Anna stand im Flur, an jeder Hand ein Kind. »Da sind wir wieder. Zieh dich schnell an, sonst erkältest du dich.«

5

»Sei vorsichtig!« Die Worte waren Petra Lohse herausgeschlüpft, obwohl sie die Reaktion ihrer 14jährigen Tochter Scarlett darauf zur Genüge kannte. Gepeinigtes Teenagergesicht, verzerrte Unterlippe, wortloses Gestöhne. All dies drückte eines aus: das abgrundtiefe Desinteresse, das diese mütterlichen Worte bei ihr auslösten.
»Hörst du, Scarlett?« (Mein Gott, die Alte war heute wieder besonders nervig.) »Guck rechts und links, wenn du über die Straße gehst, laß dich nicht ansprechen, du weißt, wieviel kaputte Menschen unterwegs sind, ein falsches Wort, und die zücken ihr Messer ...«
Und bla und bla und bla, dachte Scarlett, als sie ihrer Mutter einen flüchtigen Kuß gab und die Haustür hinter sich ins Schloß klappen ließ. Im Treppenhaus holte sie tief und befreit Luft. Freiheit, das war für sie die Abwesenheit von Eltern und Lehrern. Die Ruhe nach dem Erwachsenengelaber.
Sie trat auf die Straße und ging eilig zum Shopping-Center

Duvenstedt, wo sie mit ihren Freundinnen verabredet war. Es war wirklich harmlos, was sie dort trieben. Rumhängen vor McDonald's und Pizza Hut: Wenn noch Taschengeld übrig war oder sich der Griff ins elterliche Portemonnaie gelohnt hatte, teilten sie sich eine Pizza oder einen Milkshake. Und falls die Clique ganz besonders gut in Stimmung war, stromerten sie herum und »klauften« sich etwas, aber nur Kleinigkeiten wie Haarreifen, Zeitschriften und eine Dose Red Bull oder Wild Horse, weil das Zeug so schön wach machte.

Scarlett überquerte die Straße, die zum Parkplatz vor dem Center führte, als sie den kleinen Hund sah, der auf der Kühlerhaube eines gelben Mercedes Kombi saß.

Da sie eine Tiernärrin war, leider passiv, weil doofe Eltern ihre doofe Dreizimmerwohnung für Haustiere zu klein fanden, ging sie sofort auf den Wagen zu und setzte sich auf die Kühlerhaube. Sie streichelte den Hund, eine dackelgroße, säbelbeinige Mischung sämtlicher Hunderassen, sprach auf ihn ein: »Na, mein kleiner Süßer, hast du denn kein Herrchen oder Frauchen? Komm mal her.«

Gut, daß sie jetzt keiner aus der Clique sehen konnte, wie uncool sie mit diesem Köter in der Babysprache redete. Der Hund, offensichtlich dankbar, leckte ihr mit seiner rauhen Zunge über die Hände.

Scarlett sah den Mann erst, als er sie ansprach: »Gott sei Dank, daß du ihn gefunden hast, meinen kleinen Raubautz«, sagte er und nahm ihr den Hund ab. Er sah aus wie ein Staubsaugervertreter, fand sie insgeheim, der braune Anzug saß etwas knapp, das blauweiß gestreifte Hemd hätte an einem schlankeren Mann vielleicht ganz flott ausgesehen, bei ihm spannte es über Bauch und Oberarmen und wirkte billig. »Ist das Ihr Hund?« fragte sie indigniert.

Er lächelte sie freundlich an. Seine Augen waren groß und braun, cockerspanielhaft. »Hast du ihn gefunden?« fragte er besorgt. »Ich hab das ganze Einkaufszentrum nach Raubautz abgesucht.«

»Er hat hier auf diesem häßlichen Auto gesessen«, sagte Scarlett vorwurfsvoll. »Ganz allein. Er hat gezittert, als ich ihn gefunden habe. Wieso haben Sie Ihren Hund nicht angeleint? Wir sind hier in der Großstadt, nicht auf dem Land.«

Er zögerte, offensichtlich mußte er sich seine Antwort überlegen.

»Ich hab ihn aus dem Tierheim geholt. Er ist noch ein bißchen wild, schlecht erzogen.«

Aus dem Tierheim geholt, das waren Zauberworte für Scarlett. Was für ein netter Mann, zu so was wäre ihr eigener Vater nie imstande, der wollte immer nur seine Ruhe. »Ist er denn ganz gesund?« fragte sie ängstlich. »Ich meine Läuse oder so?«

Der Mann lächelte. »Gut, daß du mich danach fragst«, sagte er. »Ich wollte nämlich gerade zum Tierarzt mit ihm. Weißt du zufällig einen guten?«

Aber klar wußte sie einen. »Ich weiß sogar einen ganz in der Nähe«, sagte sie eifrig. »Der Vater meiner Freundin Gesa, Dr. Güntheroth, der hat seine Praxis in der Graffenbergstraße. Das ist, Moment mal« – ihre Stirn kräuselte sich – »Moment, also, von hier aus links, nein rechts, dann die Straße geradeaus, und gleich hinter der Kurve liegt die Praxis in einer Sackgasse.«

Der Mann machte bedenkliche Augen. »Ich komm nicht aus Hamburg«, sagte er. »Würdest du ...« Er hielt inne, schaute sie an.

»Ich kann Sie hinbringen«, schlug Scarlett vor, »ist ja nicht weit.«

Die braunen Augen des Mannes strahlten. »Würdest du das wirklich? Wie nett von dir.«

Er ging zur Fahrertür des gelben Mercedes, schloß ihn auf. »Bitte einsteigen.«

»Ist das Ihr Auto?« Scarlett stand zögernd vor der Beifahrertür. Die mütterlichen Drohworte hämmerten plötzlich hinter ihren Schläfen. *Du lässt Dich nicht ansprechen. Du steigst unter gar keinen Umständen zu einem Fremden ins Auto.* Aber Mama kannte Raubautz nicht.
»Ja, das ist mein Auto. Was stimmt nicht damit?« fragte der Mann.
»Da ist das Hamburger Kennzeichen drauf«, meinte sie. »Sie haben doch gesagt, Sie sind nicht von hier.« Sie schwieg, mißtrauisch, wie ihm schien.
»Das ist das Auto meiner Schwester«, sagte er schnell und drückte ihr den Hund in den Arm. »Nimmst du ihn auf den Schoß, während wir zum Arzt fahren? Ich glaube, er hat Angst vor Autos.«
Das überzeugte. Schnell stieg sie ein. Er drehte sich um, nachdem er das Auto zentralverriegelt hatte. »Sitzt du bequem mit Raubautz?« fragte er und fuhr los.
Sie lehnte sich zurück, schaute aus dem Fenster. Raubautz hatte sich in ihren Schoß gekuschelt. Komisch, bei mir hat er überhaupt keine Angst, dachte sie.
»Jetzt geradeaus, dann die zweite links«, sagte sie und beugte sich zu Raubautz herunter, um diese merkwürdige, abgeschabte Stelle unter seinem Hundehalsband zu studieren. Rot war sie und wässerte ein bißchen, Läuse konnten es also nicht sein, die setzten ja kleine, weiße Eier ins Fell. Sie schaute hoch, um ihm weitere Anweisungen zu geben. »Moment, anhalten, wir sind falsch!« rief sie. »Wir fahren ja in den Wald, die Praxis ist ganz woanders.«
Der Mann fuhr weiter, schien sie nicht zu hören.
»Wir sind falsch«, rief sie und klopfte ihm auf die Schulter. »Haben Sie mich nicht verstanden, wir sind total falsch.« Sie merkte, wie ihre Stimme schrill und panisch wurde. Sie holte tief Luft, um sich zu beruhigen.

»Ich habe noch etwas bei meiner Schwester vergessen«, sagte er. »Keine Sorge, ich tu dir schon nichts.«
Ich tu dir nichts? Was sollte das bedeuten? Und plötzlich wußte sie es, und ihr Herz wurde schwer vor Angst.
»Ich muß nach Hause«, flehte sie. »Meine Mutter wird sich Sorgen machen.«
»Du wirst schon nach Hause kommen, kleines Mädchen«, sagte er. »Wenn ich mit dir fertig bin.«
Wenn ich mit dir fertig bin.
»Wieso mit mir? Was hab ich denn mit Ihrem Hund zu tun?«
Lieber Gott, bitte bitte, dachte sie, bitte beschütze mich, ich will auch nie wieder klauen und meine Eltern anlügen.
»Mach dir keine Gedanken, dem Hund geht es gut«, sagte er ruhig und hielt den Wagen an. Sie schaute aus dem Fenster, erkannte mit sinkendem Herzen, daß er ausgerechnet in den Duvenstedter Forst gefahren war, an dessen waldreichste, dunkelste Stelle. Die Tannen waren so hoch, daß sie das Licht nur dünn und schwach durchließen. Hierher verirrte sich selten ein Spaziergänger. Einmal, als Kind, hatte sie sich hier verlaufen, und es hatte Stunden gedauert, bis sie zu ihren Eltern zurückgefunden hatte. Der Mann drehte sich um. Seine großen, braunen Augen blickten noch immer freundlich.
»Steig aus«, befahl er. »Wir wollen es uns gemütlich machen.«
Er entsicherte die Zentralverriegelung, stieg sofort aus, damit Scarlett nicht davonlief.
»Was ist mit dem Hund?« fragte sie zitternd. »Der hat doch Angst im Auto.«
»Der Hund hat seine Aufgabe erfüllt.« Ein kaltes Lächeln war aus den Augenwinkeln in seine Mundwinkel gekrochen. »Der Hund muß bleiben. Komm, ich hab nicht beliebig Zeit.«
Er stieß sie vor sich her, in die feuchte Dunkelheit. Klarbleiben, Scarlett, befahl sie sich, halt ihn bei Laune. Rede mit ihm.

»Ich friere«, sagte sie kläglich. »Es ist so ungemütlich hier. Können wir nicht irgendwohin, wo es wärmer ist?«
»Ich wärm dich schon, mein kleines Baby, keine Sorge.« Plötzlich blieb er stehen, drehte sich zu ihr um. Seine großen, braunen Augen glitzerten. »Willst du dich selber ausziehen, oder soll ich dir dabei helfen?«
Sie wußte, als sie die Augen hob, daß es keine Rettung gab.
»Ich zieh mich selber aus«, sagte sie leise und blickte zu Boden.
Er musterte sie aus schmalen Augen. Ihre Willfährigkeit verblüffte ihn. Er kannte seine Opfer schreiend, um Gnade flehend, winselnd. Diese kleine Kröte hier war ein Eisstück, die schien keine Angst zu kennen. Das ärgerte ihn. Er mochte es, wenn sie weinten, Gefühle zeigten, ihn seine Allmacht auskosten ließen. Wenn er sich als Herr über ihr Schicksal zeigen konnte. Über Leben und Tod.
»Hast du keine Angst vor mir?« fragte er. Vielleicht täuschte sie ihre Nerven ja nur vor.
Sie sah ihn an, es blieb ihm verborgen, welche Kraft sie dieser gelassene Blick kostete. »Nein«, sagte sie und lächelte, »ich habe keine Angst vor dir. Du hast so schöne Augen.«
Wollte sie ihn verarschen? Wütend spürte er, wie seine Erregung, die sich so herrlich in ihm aufgebaut hatte, langsam zurückwich und einem schalen Gefühl Platz machte. Eine klare, furchtbare Sekunde lang sah er die Situation so, wie sie sich einem Betrachter dargeboten hätte – ein großer, dicklicher Mann stand vor einem jungen, sehr zarten Mädchen. Der Mann hatte seine Hose aufgeknöpft, sie war heruntergerutscht und hing in Kniehöhe. Eine lächerliche Situation.
»Zieh dich aus«, befahl er barsch, wie um sich selbst wieder in Stimmung zu bringen. »Mach schon.«
»Willst du es wirklich mit mir tun?« fragte sie und schaute ihm tapfer in die Augen. »Ich bin noch Jungfrau. Vielleicht werde ich schwanger, dann mußt du dein Leben lang Unterhalt

zahlen.« Sie wußte selbst nicht, warum ihr das jetzt eingefallen war. Reine Angst. Reden, nur reden, um das Unvermeidliche noch aufzuhalten.
»Hast du nicht gehört, was ich gesagt habe? Zieh dich aus, sonst setzt es was.«
Sie lauschte dem wütend-genervten Ton seiner Stimme. Fast mußte sie lächeln. Er klang jetzt genau wie ihr Vater, wenn sie wieder einmal ihr Zimmer nicht aufgeräumt hatte. Sonst setzt es was – so ein richtig saublöder Erwachsenenspruch.
Er hob ihr Kinn, sah ihr fest in die Augen: »Genug gequatscht, du weißt, was ich will, zieh dich aus.«
Langsam, mit abgewandtem Gesicht, zog sie sich aus. Das Sweatshirt mit dem Emblem der Chicago Bulls, die am Knie zerfetzte Jeans. Ihre Mutter fiel ihr plötzlich ein. Ich werde nie begreifen, warum Löcher in den Jeans so schick sind. Aber wenn du meinst … Den Slip, die Socken.
Als sie fertig war, nackt und zitternd, sah sie ihn an: »Bitte tu mir nicht weh.«
Und während er es doch tat, dachte sie: Hoffentlich hat Raubautz keine Angst so allein. Bis es so schlimm wurde, daß sie an gar nichts mehr denken konnte.

6

»Kannst du eigentlich auch kochen?« fragte Alexa, eine Spur aggressiv, weil sie jedesmal, wenn sie vorbeikam, Marlon am Küchentisch sitzend vorfand, während Anna am Herd stand und brutzelte. »Es geht ja das Gerücht, daß sich Qualitäten in der Küche und im Bett direkt proportional entsprechen.«
Marlon blickte von seiner Zeitungslektüre hoch. »Sexmonster noch immer frei«, stand in dicken Lettern auf der Titelseite. Es war ihm lästig, sich mit Alexa beschäftigen zu müssen, er war eifersüchtig auf ihre enge Beziehung zu Anna, aber das ließ

er sich nicht anmerken. Glaubte er. Alexa hatte seine Abneigung längst gespürt, weil sie genauso intensiv und kompromißlos war wie ihre eigene ihm gegenüber.
Anna zuliebe spielten beide die Scharade von zwei Menschen, die sich zwar ständig anfrotzeln, trotzdem aber insgeheim sympathisch finden. Dabei, das wußten beide, konnten sie sich nicht ausstehen, machten gute Miene zum bösen Spiel, weil sie wußten, wieviel Anna daran lag.
»Wie ich höre, bist du eine lausige Köchin«, sagte Marlon. »Das Gerücht kann also nicht stimmen.« Alexa lachte schallend. Dann wurde sie unvermittelt ernst. »Sonntag würde ich gern mit Alex bei euch vorbeikommen.« Sie holte tief Luft. »Damit ihr ihn mal kennenlernt.«
Anna sah sie erstaunt an. Sie war so beschäftigt mit ihrem komplizierten Leben, daß sie ihrer besten Freundin in letzter Zeit nur mit halbem Ohr zugehört hatte. »Das ist ja toll für dich«, sagte sie, etwas schuldbewußt. »Ich bin sehr gespannt auf Alex. Soll ich was Bestimmtes kochen? Pfannkuchen oder Pommes?«
Marlon legte die Zeitung zur Seite. »Wie fühlst du dich denn so«, fragte er Alexa, und in seiner Stimme schwang ein Hauch Gehässigkeit, »mit deinem geliehenen Kind?«
»Ich kann ja leider keine komplette Familie heiraten wie du.« Alexa war selten um eine Antwort verlegen.
Anna seufzte. Sie haßte die ständigen Kabbeleien zwischen ihrem Mann und ihrer besten Freundin, oft an der Grenze zur Gemeinheit, manchmal auch darüber.
Flüchtig dachte sie an Annika, die sie um ein Gespräch »von Frau zu Frau«, wie sie es feierlich nannte, gebeten hatte. Was konnte sie bloß wollen? Mehr Geld? War nicht drin. Mehr Freizeit? Auch nicht. Hoffentlich hatte sie sich nicht verliebt und wollte weg. Die Kinder hatten sich gerade an sie gewöhnt.
»Kommt Gerd eigentlich auch zu deinem alljährlichen cad-

miumverseuchten Grünkohlessen?« fragte Alexa, während sie ihre Freundin beim Zerschneiden des Kaßlers beobachtete. Fleisch turnte sie total an.
»Leider nicht«, meinte Anna betrübt und naschte eine Kartoffel. »Er hat sich rar gemacht in letzter Zeit. Gestern hab ich ihn im Treppenhaus mit einem jungen Mädchen gesehen.«
»Mädchen?« fragte Alexa sofort nach. »Was heißt das? Freundin, Kundin, Modell?«
»Keine Ahnung. Ich hab ihn nicht gefragt.«
Alexa lächelte. »Du wärst eine schlechte Journalistin geworden. Unsere Anna ist überhaupt kein Spürhund. Nicht wahr, Marlon?«
Er ignorierte sie, stand auf. »Ich schau mal nach den Kindern«, sagte er und verließ die Küche.
Anna drehte sich seufzend um. »Mußt du ihm gegenüber denn immer so piksig sein? Er hat dir doch überhaupt nichts getan.«
Alexa wollte zu einer Erklärung ansetzen, als ihr Beeper losging. »Auf dem Ding liegt ein Fluch«, murmelte sie, während sie automatisch die Nummer auf dem Display in ihr Handy drückte. »Immer grad dann, wenn ich essen will. – Was gibt's? Der Hundemann? O mein Gott, ich bin sofort da.«
Sie steckte ihr Handy in die Jackettasche, sah Anna an. »Der Mann lockt mit seinem Hund kleine Mädchen in sein Auto und vergewaltigt sie dann. Und weil kleine Mädchen meistens Hundefreunde sind, machen sie es dem Mann leider ganz furchtbar leicht. Ich könnte kotzen. Ich dachte, der Maskenmann wäre der Schlimmste, aber es gibt immer noch Schlimmere. Es hört einfach nicht auf.« Sie gab Anna einen hastigen Kuß und stürzte aus der Wohnung.
»Schon weg? Wieder mal jemand vergewaltigt worden?« fragte Marlon, der mit Leander auf dem Arm die Küche betrat und ihre letzten Worte gehört hatte. Es gibt also noch Schlimmere, dachte er, und der Satz erfüllte ihn mit einem Gefühl wie

Erleichterung. Sehr viel Schlimmere wahrscheinlich, er war nur ein kleiner Fisch im Riesenteich der Vergewaltiger. Fast schon normal.
Anna ärgerte sich über seine flapsige Frage, wollte das aber in Anwesenheit ihres kleinen Jungen nicht zur Sprache bringen. Außerdem wußte sie, daß derart »feministische Überempfindlichkeiten«, wie Klaus es seinerzeit formuliert hatte, auch bei seinem Nachfolger auf taube Ohren stoßen würden. Männer, dachte Anna, was hat sich der liebe Gott bloß dabei gedacht? Aber der war ja schließlich auch ein Mann ...
»Mama, hat der liebe Gott auch einen Dödel?« Wie aufs Stichwort kam diese Frage, bei der sich Mama und Stiefpapa gerührt und amüsiert anschauten.
»Das hab ich euch doch längst erklärt. Alle Männer haben einen Dödel«, sagte Anna.
»Hat Papa auch einen?« fragte Leander sofort.
Anna freute und befremdete es zugleich, wie schnell ihr Sohn seine allumfassende Zuneigung auf Marlon transferiert hatte. Als hätte es Klaus gar nicht gegeben, dachte sie, er war wie ausgelöscht. Lucy redete zwar weniger von ihrem Vater, seit Marlon bei ihnen wohnte, aber sie beobachtete den Neuzugang in ihrer Familie sehr genau und kritisch.
Im Gegensatz zu ihrem Bruder nannte sie ihn Marlon – »schließlich kann ich nicht zwei Papas haben, das wäre meinem im Himmel bestimmt nicht recht«.
»Ich hab auch einen Dödel«, schmunzelte Marlon, während er seinen Stiefsohn auf dem Hochsitz plazierte. »Und du hast auch einen.«
Eine Auskunft, die Leander zufriedenstellte.
Marlon leckte sich die Lippen. »Es duftet wie im Himmel.«
»Dann bedien dich kräftig«, lächelte Anna. »Es ist reichlich da.«
»Ich würde gern, aber ich darf nicht«, sagte Marlon entschuldigend. »Ein voller Magen joggt nicht gern.«

»Sei doch nicht so schrecklich konsequent«, mahnte Anna und legte drei Kartoffeln, ein Stück Kaßler und zwei Löffel Grünkohl auf seinen Teller.
»Für meinen Jogger«, sagte sie zärtlich, »und seine Abenteuer im Park.«
Ruckartig schob Marlon seinen Teller von sich. »Was meinst du damit?« fragte er scharf. »Was für Abenteuer?«
»Ein kleiner Scherz«, sagte sie, gekränkt und verwirrt. »Wo doch so viel passiert, nachts.«
Marlon blies auf seine Kartoffeln.
»Sorry«, sagte er reumütig. »War nicht so gemeint. Ich bin schlecht drauf. Wahrscheinlich steckt mir eine Grippe in den Knochen.«
Sie betrachtete ihn still und verwundert. Er hat wirklich erstaunliche Stimmungsschwankungen, dachte sie. Klaus war irgendwie einfacher, berechenbarer. Ganz tief drinnen spürte sie, wie ihre alte Unsicherheit wieder in ihr hochkroch. Die Angst, ihrem Mann nicht zu genügen, als Frau nicht interessant und begehrenswert genug zu sein.
Er spürte ihren Blick und sah von seinem Teller hoch. »Was ist eigentlich das Allerschlimmste, was du je gemacht hast?« fragte er unvermittelt und schob den Teller von sich.
»Das Allerschlimmste?« fragte sie, ein bißchen überrumpelt. »Meinst du entdeckt oder unentdeckt?«
»Unentdeckt«, antwortete er prompt. Mit einem gewissen Unbehagen glaubte sie zu spüren, daß sein Blick etwas Lauerndes bekam. Ihre Antwort schien ihm wichtig zu sein.
»Gar nicht so einfach«, wich sie aus. »Was war denn dein Allerschlimmstes?«
Er lachte. »Nicht kneifen. Erst du.«
»Ich hab mal was im Kaufhaus mitgehen lassen«, gestand sie. Ob er das schlimm fand?
»Was denn?«

»Etwas total Blödes. Eine Faschingsmaske. Ich war dreizehn und auf eine Party eingeladen. Also ging ich als Räuber. Und jetzt du.«

Er sah sie an. »Ich hab mal ein Loch in unsere Hecke geschnitten und unsere Nachbarstochter beobachtet, wie sie sich oben ohne gesonnt hat.«

Sie war gerührt. Das war sein Allerschlimmstes? »Und – hat sie dich gesehen?«

»Ich hab aufgepaßt«, sagte er nur und stand auf. »Hast du was dagegen, wenn ich doch noch joggen gehe? Ich hab einfach zuviel gegessen.«

»Marlon?«

Er war schon in der Tür. »Was ist?« Sie wollte ihn doch nicht etwa zurückhalten? Er mußte jetzt los. Ich tu ja nichts wirklich Schlimmes, dachte er, gegen den Hundemann bin ich ein harmloser Wicht.

»Ich liebe dich«, sagte sie.

7 Bleich, aber tapfer saß Scarlett auf ihrem Bett, die Eltern besorgt auf der Bettkante. Vor ihnen jaulte Raubautz, den Scarlett auf dem rechten Arm fest umfangen hielt. Zentnerschwer lagen die vergangenen Stunden über der Familie, der Vater war aus einem Meeting gerufen worden.

Wut, Ohnmacht, Mordgelüste hatten in ihm getobt, während er sich zunächst in hektische Aktivitäten stürzte. Er bedankte sich bei dem Autofahrer, der Scarlett mit zerrissenen Kleidern an der Straße zum Wald gefunden hatte. Er rief die Polizei. Er versorgte den Hund, den sie mitgebracht hatte, obwohl er selbst eine Hundehaarallergie hatte und bereits fühlen konnte, wie sich heiße, wäßrige Blasen auf seiner Haut bildeten. Schließlich war er in sich zusammengesunken, rauchte, trank, fühlte sich hilflos. »Was können wir sonst noch tun?« herrschte er seine Ehefrau Petra an. »Es kann doch nicht sein, daß dieses Schwein draußen frei herumläuft.« Er wäre am liebsten rausgelaufen, weit weg von seiner schluchzenden Frau und seinem verstörten Kind. Und dann der kläffende Köter. Er spürte den übermächtigen Wunsch, sich einen Revolver zu kaufen und so lange zu suchen, bis er den – er konnte das Wort noch nicht einmal denken – Vergewaltiger seiner Tochter gefunden hatte. Dann würde er ihn an die Wand drücken, sich sein Gesicht ganz genau einprägen, drei Schritte zurückgehen und das ganze Magazin leer schießen, bis auf die letzte Patrone. Er wollte ihn verbluten sehen, elend verröcheln. Er wollte seine Hirnmasse auf dem Asphalt sehen und dann darauf herumtrampeln. Diese impotente Wut in ihm machte ihn wahnsinnig. Statt dessen lief der Mann, der seine Tochter brutal mißbraucht hatte, frei herum. Vielleicht saß er jetzt in einer Kneipe, trank und prahlte mit seiner Tat.

Der Anblick dieser angeblich deutschen Polizistin heizte den Vater nur noch mehr auf ... Wie arrogant sie ihn angesehen hatte, dieses aufreizende, langmähnige Weiberstück. Jetzt saß sie bei seiner Tochter auf dem Bett und stellte dumme Psychofragen, statt sich darum zu kümmern, daß der Mann dingfest gemacht wurde. »Hat er dir Gewalt angetan?« fragte Alexa behutsam und streichelte automatisch Raubautz, dem die Mutter, auch sie keine Tierfreundin, einen Napf mit Wasser hingestellt hatte.

»Er hat mich vergewaltigt«, sagte Scarlett mit fester Stimme. Sie schien äußerlich diesen Tag gut überstanden zu haben. Alexa sah das Mädchen an. Jung, so jung war sie noch, aber seit ein paar Stunden war ihre Seele erwachsen. Er war ihr erster Mann gewesen, nie würde sie ihn vergessen; immer würde sie ihr erstes Mal mit der Angst, der Demütigung und den Schmerzen, die er ihr zugefügt hatte, gleichsetzen.

Die Narben würden bleiben.

Wochen, Monate, vielleicht Jahre später würde irgend etwas, das Muster eines Pullovers vielleicht oder ein Männerprofil oder eine Wolkenbildung am Himmel, ähnlich der, die sie während der Vergewaltigung fixiert hatte, sie an die Schrecken dieser Stunden erinnern, und sie würde zusammenbrechen. Vielleicht mitten im Examen, in einer Liebesnacht oder bei der Geburt ihres ersten Kindes.

Scarletts Augen waren klar und fest. Noch wußte sie nicht, wie sehr sich ihr Leben und ihre Träume verändern würden.

»Macht es dir etwas aus, etwas genauer zu werden?« fragte Alexa und hatte, wie immer, Angst vor der Antwort.

»Jetzt reicht es aber«, schimpfte Scarletts Vater und baute sich vor Alexa auf. »Hat sie denn nicht genug mitgemacht, muß denn dieser Schweinkram hier noch wiederholt werden?«

Scarlett erhob sich, hoch aufgerichtet stand sie vor ihrem Vater. »Papa.« Ihre Stimme war klar und fest. »Ich bin vergewaltigt worden. Vaginal und anal. Da interessiert es mich, wie die Rechtslage aussieht. Mach dir keine Gedanken. Und schrei die Polizistin nicht an. Die kann schließlich auch nichts dafür.«

»Entschuldigen Sie«, sagte der Vater steif.

Als Alexa sich verabschieden wollte, winkte die Mutter sie zur Seite. »Was soll nun mit dem Hund geschehen?« fragte sie besorgt. »Wir können ihn unmöglich behalten. Mein Mann kriegt sonst einen allergischen Schock. Soll ich das Tierheim Süderstraße anrufen?«

8

Alexa fuhr nach Hause, mit überhöhter Geschwindigkeit und überlauter Musik. »Fammi combattere« aus der Oper *Orlando* von Georg Friedrich Händel. Auf dem Beifahrersitz saß Raubautz, vorschriftsmäßig angeschnallt. Er wirkte entspannt und zufrieden, so als habe er bereits erkannt, daß sein neues Frauchen ein ausgesprochen weiches Herz für Tiere hatte.

»Und dann noch Rüde«, sagte Alexa zu ihm. In ihrem rechten Mundwinkel dampfte eine verbotene, aber unheimlich schmackhafte Filterlose. »Jule wird nicht begeistert sein, sie steht auch mehr auf Frauen.« Ich muß aufpassen, daß ich nicht alle Männer über einen Kamm schere, dachte Alexa. Nur weil ich beruflich mit dem Hunde- und dem Maskenmann zu tun habe, darf ich nicht vergessen, daß es auch ganz normale Männer gibt. Solche wie Gerd. Sie lächelte. Und solche wie Marlon. Der mir nichts getan hat. Und Anna offensichtlich auch nicht. Warum fahr ich bloß immer alle Stacheln aus, wenn ich ihn sehe? Was fuchst mich so an ihm?

Das Gespräch über sanfte Vergewaltigungen fiel ihr wieder ein, über den sogenannten Triebstau, dem ein Mann angeblich hilflos ausgeliefert sei. Sagten jedenfalls Männer immer. Aber waren sie wirklich Dampfkessel, die bei zuviel Druck einfach Dampf ablassen mußten? Und selbst wenn es so sein sollte, was sie stark bezweifelte, wirkte Marlon absolut nicht wie ein Dampfkessel auf sie. Er war einer dieser gefährlichen Sanften, trügerisch Sensiblen. Die hatte sie besonders auf dem Kieker. Da war ihr ein hirnreduzierter Macho sehr viel lieber.

Sie hielt vor ihrem Haus, einem modernen Apartmentgebäude in der City, dem einzigen in Hamburg mit Portier. Das Geld, das sie für den Kauf der Wohnung investiert hatte, war ein Geburtstagsgeschenk ihres Vaters Daniele gewesen, ein Anteil an seiner ersten Weinernte.

»Hi, Joe«, grüßte sie den dunkelhäutigen Hünen, der hinter dem Eingang in seiner Pförtnerloge saß und Kreuzworträtsel löste. »Ist Gretha schon da?«

»Da und bereit, wie ich für dich hoffe«, entgegnete er süffisant. Er war Musiker aus Jamaica, amüsant, ironisch, und er schweinigelte genauso gern wie sie.

»Was macht dein Liebesleben, Rastaman?« fragte sie zurück. »Bist du immer noch mit dem Bremer Kaufmann zusammen, der dich in seinem Testament bedenken würde, wenn er nicht drei Kinder hätte?«
Joe schmunzelte. *»Ebony and ivory.* Wir sind wie die Klaviertasten. Einer allein kann keine Musik machen. Wo kommt die Töle auf deinem Arm her?«
Alexa ignorierte seine Frage, während sie zum Fahrstuhl ging. »Grüß deinen Lover von mir. Und er soll seinen Porsche nicht immer im absoluten Halteverbot parken. Ich kann die Tickets auch nicht immer wegdrücken.«
Als sie die Wohnungstür aufschloß, kam ihr Gretha im Morgenmantel entgegen. Offensichtlich hatte sie gerade gebadet, denn ihre Haare waren naß und kräuselten sich. Jule lag neben ihr und legte sofort die Ohren hoch, als sie den Neuankömmling bemerkte.
»Du siehst zum Anbeißen aus«, grinste Alexa und setzte den Hund ab, bevor sie Gretha küßte und ihren frischen, feuchten Duft einsog. »Hast du gekocht«, fragte sie, »oder soll ich den Pizzaservice anrufen?«
»Wo kommt der Hund her?« fragte Gretha. »Ein selten häßliches Exemplar.«
Alexa berichtete, und Gretha schüttelte den Kopf. »Jule wird nicht begeistert sein. Guck dir mal an, wie sauer sie aussieht.«
Alexa ging mit Raubautz in die Knie und stellte ihn Jule vor. »Darf ich bekannt machen – Raubautz, der Schweineköter, der nichts dafür kann, und Jule, eine sensible Dame, die gern Mozart und Beethoven hört und normales Chappi verabscheut, was mein schmales Gehalt ziemlich beansprucht. Ich möchte, daß ihr beiden euch vertragt, wenn ich nicht da bin. Glaubt ihr, daß ihr das schafft? Raubautz, Jule?« Vier große Hundeaugen schauten sie an. Dann fing Raubautz kläglich an zu bellen.

»Der hat bestimmt Hunger«, rief Gretha und lief in die Küche. »Kann ich ihm deinen Aufschnitt geben, oder hast du sonstwas da?«

Als die Hunde versorgt waren und – Wunder gibt es immer wieder – einträchtig zu ihren Füßen lagen, schenkte sich Alexa einen dreifachen Cognac ein.

»Darf ich?« fragte sie und legte die Füße auf Grethas Schoß. Während diese mit erfahrenen Händen die Verspannungen in ihren Beinen knetete und wegdrückte, lehnte sich Alexa zurück und ließ die letzten Stunden Revue passieren. »Schade, daß das Vieh nicht reden kann«, sinnierte sie. »Er könnte mir alles erzählen; der Mann hat ihn als Köder mißbraucht, ihn regelrecht abgerichtet. Das arme Vieh mußte bei wildfremden Mädchen auf den Arm, war dabei, als sie vergewaltigt wurden, hat alles mit angesehen. Ein Traumkronzeuge, leider ein stummer.«

»Wie kommt er denn hierher?« fragte Gretha ruhig, denn bei Alexa regte sie nichts mehr auf, gar nichts mehr. Fast gar nichts mehr.

»Das Mädchen hat ihn regelrecht entführt«, erklärte Alexa. »Sie ist nach ihrer Vergewaltigung aufgesprungen, ist zum Auto gerannt und hat den Hund rausgeholt. Dann ist sie losgelaufen.«

»Und der Mann hat sie laufenlassen?« fragte Gretha ungläubig. »Eine Tatzeugin, die ihn genau beschreiben konnte?«

Alexa lächelte. »Sie war schneller. Und den Hund zu retten war ihr wichtiger als die Angst. Vielleicht hat ihr das das Leben gerettet. Und was mach ich jetzt mit dem Köter?«

»Müßtest du ihn nicht im Präsidium abgeben?« Gretha hob Alexas Fuß etwas hoch, knetete zwischen ihren Zehen, lächelte, als sie das fast orgastische Grunzen ihrer Freundin hörte. »Du bist völlig verspannt, deine Füße sind voller Kalkablagerungen.«

Alexa seufzte wohlig. »Die bringen ihn bloß ins Tierheim, und wir beide wissen doch, wie es da aussieht. Enge Käfige, keine menschliche Ansprache, die Tiere verkümmern. Das kann ich nicht zulassen. Das Tier bleibt hier.«
Sie blickte auf Raubautz und Jule, die friedlich vor dem Sofa um die Wette schnarchten. »Schau dir die Viecher an«, sagte sie, »von denen können wir Menschen noch was lernen.«
»Gib mir den anderen Fuß«, sagte Gretha nur.

9

Tino Töppler sah, wie sie den kleinen Raum betrat, in dem Schulbücher und sonstige Materialien aufbewahrt wurden. Er wartete kurz ab, dann folgte er ihr.
Louisa stand vor einem Regal und blätterte in einer Broschüre. Sie zuckte zusammen, als sie ihn sah.
»Gott, was haben Sie mich erschreckt! Können Sie nicht anklopfen?« Ihre junge Stimme klang ärgerlich.
Er lachte. »Das ist ein öffentlicher Raum, keine Privatwohnung. Woher soll ich wissen, daß du auch hier bist?«
Sie klappte die Broschüre zu. »Sie haben recht. Das ist mir so rausgerutscht. Entschuldigen Sie.«
Als sie an ihm vorbeiwollte, ging er automatisch einen Schritt in ihre Richtung, so daß ihn ihre Brüste streiften. Obwohl sie das ärgerte, tat sie so, als hätte sie nichts bemerkt. »Ich muß los, der Unterricht fängt an.« Ihre Stimme klang gepreßt. Genervt, nicht ängstlich.
»Du bist wunderschön«, sagte er träumerisch. »Weißt du das eigentlich?«
Unwillkürlich blieb sie stehen und schaute ihn forschend an. »Soll das jetzt 'ne Anmache sein oder einfach nur 'ne Feststellung?«
»Beides«, antwortete er. »Hättest du Lust, dich nach Schulschluß mit mir zu treffen?«

Er hob die Hand und wollte ihr Gesicht streicheln, aber sie wich rechtzeitig zurück, so daß er ins Leere fuhr. »Nicht, was du jetzt denkst«, sagte er hastig, »nur ein bißchen plaudern. Ich kenn ein nettes Café um die Ecke. Ich erzähl dir aus meinem Leben und du mir aus deinem.«
Fast tat er ihr leid. Der Mann war alt, richtig alt. Mindestens vierzig. Gruftimäßig. Der Gedanke, ihn zu berühren, jagte ihr einen Schauder über den Rücken. Er nackt, eine Gruselvorstellung. Andererseits gefiel er ihr eigentlich als Mensch und Lehrer. Er war witzig, ließ sich von seinen Schülern nicht so unterbuttern wie die anderen. Und sein Unterricht war gut, sie lernte etwas bei ihm. Wenn sie ihn jetzt vergraulte, würde er sich rächen, da war sie sicher. Männer waren so, nicht nur italienische. Er würde ihr ein lausiges Zeugnis geben, Aldo würde ausflippen und ihr den Grund bestimmt nicht glauben. Warum also nicht auf einen Kaffee? Was konnte am hellichten Tag schon passieren?
Sie holte tief Luft, sah ihm betont lässig in die Augen. »Warum eigentlich nicht? Kann ich meine Freundin mitbringen? Die hört nämlich auch gern zu, wenn ältere Leute aus ihrem Leben *plaudern.*« Sie betonte das letzte Wort ironisch und wartete, wie er darauf reagieren würde.
Er überlegte schnell. Der Fisch zappelte am Haken, trotzdem mußte er vorsichtig sein. Stellte sie ihm da eine Falle? Würde sie zu Wuttke rasen und ihn verpetzen?
Er wollte es riskieren. Das Leben war kurz, und er hatte es nie als Generalprobe gelebt. »Bring sie mit«, sagte er, »wenn du unbedingt möchtest.«
Sie spürte die Macht, die sie über ihn hatte, und genoß sie. Er war mindestens so alt wie ihr Vater, er war Lehrer – und jetzt stand er da mit diesem Hundeblick und war scharf auf sie. Ein irgendwie berauschendes Gefühl. Ihre Busenfreundin Nina würde sich schlapplachen.

»Okay«, sagte sie, »aber nur einen Kaffee. Und nur nachmittags.«
Er grinste. Es war wundervoll, etwas Verbotenes zu tun, eins dieser überflüssigen Tabus zu brechen, die das Leben so eng und grau machten. »Morgen um drei«, sagte er, »in der *Künstlerklause*.«
»Okay.« Sie sah die Vorfreude in seinem Blick und mußte lächeln. »Im Augenblick sehen Sie aus wie ein Frosch«, sagte sie, die Türklinke in der Hand. »Steht Ihnen aber.«
Er folgte drei Sekunden später, stieß vor der Tür mit Anna zusammen, die mit gesenktem Kopf über den Flur ging. »Autsch«, sagte sie, »wo kommst du denn her?«
»Aus dem Bücherzimmer«, antwortete er.
»Kam da nicht eben auch Louisa raus?«
»Stimmt«, antwortete er kühl. »Sie hat sich dort ein paar Broschüren geholt.«
Anna sah ihn prüfend an, dann zog sie die Augenbrauen hoch. »Paß lieber auf«, sagte sie. »Du kannst dir so was nicht leisten.«
Ehe er etwas entgegnen konnte, war sie um die Ecke verschwunden.

10

Die Hunde zogen und zerrten. »Ihr verdammten Viecher«, brüllte Alexa. »Halt mal die Leine mit fest, Alex. Ich schaff das nicht alleine.«
Puterrot vor Anstrengung krampfte Alex seine kleine Faust um die Hundeleine. Er strahlte. Alexa streichelte mit ihrer freien Hand über seinen Kopf, der sich, bedeckt mit raspelkurzen Haaren (»Wir haben ständig Läuse hier«, hatte Angelika Rosenbaum erläutert), wie ein seidiges Katzenfell anfühlte. »Versprichst du mir eins, Cowboy?« Er sah sie an, mit so viel Vertrauen im Blick, daß ihr ganz weich wurde. »Wenn du

wieder anfängst, richtig zu sprechen, will ich die erste sein. Ich will deine ersten Worte hören, okay?« Er nickte. »Also, auf geht's, erst kaufen wir langweiligen Kram für mich, dann geht's ab in die Spielzeugabteilung.«

Wie war sie bloß auf die schwachsinnige Idee gekommen, beide Hunde plus Kind mit ins Kaufhaus zu nehmen? Jule und Raubautz verstanden sich mittlerweile so prächtig, daß sie alles gemeinsam taten, nur verstärkt. Nicht doppelt verstärkt, sondern mindestens vierfach. Sie rauften zusammen, bis die Fetzen flogen. Sie fraßen sich durch Berge von Rinderhack. Das billigere Schweinehack lehnte Alexa auch für ihre Tiere ab, seit sie gelesen hatte, daß der Verzehr von Schweinefleisch zu vermehrter Furunkelbildung führen sollte. Und da Raubautz liebend gern badete, hatte auch Jule ihre Wasserscheu überwunden. Außerdem war Alex versessen auf die Tiere. Das hatte den Ausschlag gegeben. Der erste Ausflug mit ihm sollte ein Erlebnis werden.

»Platz da, oder ihr kommt ins Auto«, befahl sie den Hunden in der Haushaltabteilung, als beide am Ende ihrer ausfahrbaren Leinen in Richtung feines Porzellan tobten. »Bei Fuß und friedlich, sonst flippt Mama aus.«

Sie wollte eine Kaffeemaschine kaufen, ihre alte war einer Hundetoberei zum Opfer gefallen. Wie in deutschen Kaufhäusern üblich, waren die Verkäufer entweder zur Kaffeepause oder in ein zwingendes Privatgespräch vertieft. Sie tippte eine Angestellte an, die gerade ihrer Kollegin von ihrem letzten Urlaubsdesaster berichtete: »Der Dieter hat nackt gebadet, aber die Brille nicht aufgehabt, also hat er sich voll in die Quallen reingesetzt. Sein Arsch warf Blasen. Und jetzt will die Versicherung nicht zahlen. Eigenes Risiko, behaupten die. Frechheit! – Ja bitte?«

Genervt sah sie Alexa an, die mit zwei leinezerrenden Hunden plus Kind einen etwas aufgelösten Eindruck machte. »Ich

möchte eine neue Kaffeemaschine«, sagte Alexa, um Höflichkeit bemüht.
»Hinten rechts«, sagte die Verkäuferin, zeigte in eine vage Richtung und wandte sich wieder ihrer Kollegin zu. »Schließlich haben wir 35 Mark für diese blöde Versicherung bezahlt.«
Alexa kochte. Sie zog die Hundeleinen fest und ging einen Schritt auf die beiden Frauen zu. »Entschuldigen Sie die Störung«, ihre Stimme klang seidenweich, »kann ich bitte mal Ihren Vorgesetzten sprechen?«
»Der ist nicht da«, sagte die Verkäuferin sofort.
»Dann warte ich hier mit Ihnen, bis er wiederkommt.« Alexa blieb unerschütterlich. »Oder sein Stellvertreter.«
»Was wollen Sie denn von ihm?« Die Verkäuferin hatte jetzt kleine, spitze Messer im Blick.
»Ich möchte mich mit ihm über das unverschämte Verhalten seines Verkaufspersonals unterhalten«, sagte Alexa kühl und zog ihren Dienstausweis. »Polizeidienststelle 230. Wir haben Beschwerden aus der Bevölkerung bekommen, besonders aus dieser Abteilung. Holen Sie ihn, bitte?«
Es war fast tragisch, wie blitzschnell die Verkäuferin ihr Verhalten änderte. Sie wurde rot, dann blaß, sackte in sich zusammen, stotterte. »Können wir das nicht unter uns regeln?« flehte sie. »Ich zeig Ihnen mal, wo unsere Sonderangebote stehen.«
Das war Alexa nur recht, denn wenn ihre Dienststelle von diesem außerdienstlichen Einsatz erfuhr, war sie dran. »Ausnahmsweise«, beschied sie die Aufgelöste kühl, »aber beeilen Sie sich, ich hab nicht viel Zeit.«
Wenn Diensteifrigkeit ein Sandkorn ist, dann wurde die arme Frau zur Wüste Gobi. Sie holte, sie packte aus, sie erklärte. Alexa, die sich längst für ein Gerät entschieden hatte, ließ sie wirbeln. »Na, sehen Sie, es geht doch«, meinte sie gönnerhaft,

als die ausgepackten Geräte zu einem großen Haufen aufgetürmt waren, »und beim nächsten Mal bitte gleich so.« Sie zog die Leinen fest. »Sie haben mir so viele Geräte gezeigt«, rief sie über die Schulter, »daß ich mich einfach noch nicht entscheiden kann. Ich komm am nächsten Samstag wieder.«

Dann ging sie grinsend weiter in die Sportabteilung. Die Hunde waren ausnahmsweise brav, sie spürten, daß sie ihrem Frauchen jetzt nicht in die Parade fahren durften. Alex trabte mit riesengroßen Augen neben ihr her. Ob er noch nie in einem Kaufhaus war? Vielleicht war er bis auf die unseligen Spritztouren nie aus seiner verdreckten Wohnung herausgekommen. Das würde sich ändern.

Vor dem Tisch mit Aerobic-Kleidung blieb sie stehen und ließ die Minimal-Outfits durch die Finger gleiten. Ihre Figur ließ derartige Entkleidungen zwar durchaus zu, aber da sie keinen spatzenhirnigen Bodybuilder aufreizen wollte und ihr beim Sport ein Slip zuwider war, der mit einer Art verstärktem Faden zwischen den Pobacken klemmte, zog sie im Fitneßstudio stets eine bequeme Jogginghose und ein weites T-Shirt an.

»Schaut euch das an, ihr drei«, sagte sie zu ihrer Begleittruppe und hielt eine Art getigerten Tanga hoch. »Wollt ihr Frauchen in so was sehen?« Sie legte das Teil zurück, als sie durch ein abruptes Gezerre an der Leine fast über Alex gestolpert wäre. Sie fing sich, aber Raubautz war nicht zu halten, und Jule kläffte und zerrte zur Gesellschaft mit. Der Rüde bellte wie angestochen, ließ sich nicht beruhigen. Alexa hob den Blick. Was regte ihn so auf? Sie ließ ihren Blick über die Menge schweifen. Nichts Besonderes. Wühlen, grabbeln, Einkaufswagen schieben. Eine Mutter, die mit ihrem Kind schimpft.

Sie wollte gerade die Hunde mit Gewalt wegzerren, als sie einen Mann sah, der sich verstohlen umsah und in der Menge verschwinden wollte. Ganz plötzlich überkam Alexa eine

Ahnung. »Ist das dein Schweineherrchen?« fragte sie Raubautz, der immer noch wie verrückt bellte. »Dann los und faß. Hol ihn für Frauchen.« Sie machte die Leinen los, und wie von Furien gescheucht, rannten die Hunde los.
Alexas Adrenalinspiegel stieg in schwindelhafte Höhen. Mit schwitzigen Fingern griff sie zum Handy, wählte den Bereitschaftsdienst. »Hallo, ich bin's. Kaufhaus Karstadt, Eppendorfer Landstraße. Ich glaub, ich hab den gelben Mercedes. Schick sofort zwei Wagen los.«
Ausatmen, Luft holen, jetzt nichts falsch machen. Die Hunde bellten immer noch, nur ruhiger. Offensichtlich hatten sie ihre Beute gefaßt. Wie er wohl aussah?
Sie bahnte sich einen Weg durch die Menschentraube, die sich um die Hunde gebildet hatte. Empörtes Gemurmel: »Eine Unverschämtheit, wie diese Viecher sich benehmen. Einschläfern sollte man die.«
»Kriminalpolizei, bitte lassen Sie mich durch.« Der Mann saß auf dem Boden, Raubautz auf ihm. Die Wiedersehensfreude hatte den Hund närrisch gemacht. Er leckte dem Sitzenden Gesicht und Hände. Ein mittelgroßer, dicklicher Mann mit links gekämmtem Scheitel. Durchschnittlich. So sehen die meisten aus, dachte Alexa, ansehen tut man es keinem.
Der Mann schüttelte den Hund ab und blickte sich um. »Sind das Ihre Köter?« fragte er Alexa mit einer Stimme, die stark und böse klingen sollte. Alle konnte er täuschen, sie nicht, sie erkannte ertappte Täter sofort an der Stimme. Da war immer dieses unterdrückte Tremolo, die Mischung aus Angst und Wut, die sie Experten wie Alexa sofort verriet.
Bürschchen, du bist fällig, dachte sie. »Einer ist meiner, der andere gehört Ihnen«, sagte sie höflich. »Aber das wissen Sie ja besser als ich. Darf ich Sie bitten, mit auf die Wache zu kommen?«
»Sie können mir nichts beweisen«, schrie er, die Menge war

inzwischen angeschwollen, in aller Augen glitzerte es sensationsgierig.
»Was hat er gemacht?« rief ein junger Mann aus der hinteren Reihe. »Sollen wir ihn gleich lynchen? Das spart Steuergelder!«
Die Menge raunte.
Da hörte Alexa die Sirenen, die Kollegen waren im Anmarsch. Gott sei Dank, dachte Alexa erleichtert, denn sie hatte keine Handschellen dabei, der Täter hätte jederzeit fliehen können.
»Sie können mir gar nichts beweisen«, sagte der Mann noch einmal.
Die Handschellen klickten. »Bist du auch sicher?« murmelte Peter König leise, als sie den Mann zum Polizeiwagen führten. »Eine Blamage können wir uns nicht erlauben.«
»Sie können mir gar nichts beweisen«, wiederholte der Mann, während sie zur Vernehmung ins Präsidium fuhren.
König sah Alexa fragend an. Sie nickte ihm unmerklich zu.
»Wir haben nicht viel«, sagte sie dann zu dem Mann, »nur die eine Spermaprobe, die der Täter in einem seiner minderjährigen Opfer hinterlassen hat. Wenn Sie nichts zu befürchten haben, wird sich das sehr schnell herausstellen, dann bitte ich Sie jetzt schon in aller Form um Entschuldigung.«
Der Mann sackte in sich zusammen. »Kann ich meinen Anwalt anrufen?«
»Das ist Ihr gutes Recht«, sagte Alexa freundlich. Sie setzte sich bequem zurück, wollte sich eine wohlverdiente Zigarette anstecken, als ihr etwas einfiel: »Fahr sofort zurück«, rief sie, »meine Hunde. Ich hab meine Hunde im Kaufhaus vergessen. Und Alex. Um Gottes willen, beeil dich.«
»Raubautz ist *mein* Hund«, sagte der Mann unwillkürlich und rieb seine schmerzenden Handgelenke.
»Raubautz *war* ihr Hund«, lächelte Alexa, »jetzt hab ich ihn adoptiert. Aber vielen Dank fürs Teilgeständnis.«
Der Einsatzwagen hielt mit kreischenden Bremsen, Alexa

sprang heraus, lief ins Kaufhaus, zwei Treppen hoch, Gott sei Dank, da stand er noch an derselben Stelle, er hatte sich nicht vom Fleck gerührt. Sie hob ihn hoch, und als sie sein Gesicht abküßte, merkte sie, daß seines voller Tränen war. »Mein Schnuddelchen«, sagte sie und fing auch an zu weinen. »Hast du Angst gehabt, ich komm nicht wieder? Ich laß dich nie, nie, nie im Stich. Das versprech ich dir. Und Tante Pipp erzählen wir beide kein Wort, einverstanden? Sonst werd ich ausgeschimpft.«
O Gott, dachte sie verschreckt, die Frau wird absolut ausflippen.
Drastischer hätte Alexa ihren hoffentlich zukünftigen Sohn wirklich nicht in ihr Berufsleben einführen können.
Sie legte ihren Kopf auf seinen, und als sie diesen unverwechselbaren Kleine-Jungen-Duft einatmete, da hätte sie vor Sehnsucht und vor Angst laut schreien mögen.
Du bist meiner, flüsterte sie in sein tannenzapfenbraunes Haar, du wirst es so gut haben bei mir.

11

Später Nachmittag, es dämmerte schon. Er hatte den ganzen Tag mit den Kindern verbracht, Spielplatz, Kasperletheater – und spürte, daß er bei aller Liebe zu ihnen von Minute zu Minute ungeduldiger wurde.
»Ich muß noch mal raus«, hatte er deshalb Anna zugerufen, die am Küchentisch saß und ein Kreuzworträtsel löste. »Wartet mit dem Essen nicht auf mich.« Sie hatte nur kurz hochgeschaut: »Was ist eine staatliche Pension mit fünf Buchstaben?«
»Knast«, sagte er automatisch.
»Das paßt«, rief sie zufrieden, »du bist ein Schatz. Viel Spaß beim Laufen.«
Und mit dieser Mischung aus heißkaltem Verlangen und nagendem Schuldgefühl, die sich seit seiner Ehe wie eine

zweite Haut um ihn gelegt hatte, war er auf die Straße getreten. Alexas scharfe Worte gingen ihm im Kopf herum, verhöhnten ihn. Einer starken Frau fühlen sie sich nicht gewachsen, hatte sie über Männer wie ihn gesagt. War er wirklich so schwach, so erbärmlich? »Gretha ist auf sexuell Gestörte spezialisiert.« – Alexa wußte nicht, was sie mit diesem kurzen Satz in ihm ausgelöst hatte.
Der Name stand jedenfalls neben ihrer Türklingel. Dr. med. Gretha-Marie Rieser. Endlich hatte er sie gefunden. Eine Begegnung mit ihr reizte ihn, weil er spürte, daß ihm die bisherigen nicht mehr genügten. Zu leicht war es, zu gefahrlos. Der Kick fehlte. Das Risiko. Denn nur, wenn das Risiko groß war, konnte er sich hinterher als ganzer Mann fühlen. Die Meßlatte mußte höher gelegt werden – mitten im Kiez, umgeben von Zuhältern, die bis zu den Zähnen bewaffnet waren. Der absolute Thrill. Er als Superman. Doch dann war das blöde Balg aufgewacht. Er hatte das Kind nicht gesehen, weil er beim ersten Schrei sofort geflüchtet war. Er war so voll gewesen von Lust und Frust und Adrenalin, daß er sich besinnungslos besaufen mußte. Sonst wäre etwas Furchtbares passiert.
Gretha Rieser also. Ihre Wohnung lag günstig, viele Fenster, hinten zum Garten raus, und bis auf ihre Patienten hatte sie wenig Besuch. Gut. Er haßte es, wenn seine Frauen oft Besuch hatten. Verschwendete Zeit, in der nichts Spannendes passierte. Stundenlanges Geplaudere auf dem Sofa, angezogen natürlich, es sei denn, sie hatten ganz besonderen Besuch. Und Gretha war offensichtlich gern allein. Außerdem ging sie früh ins Bett und wanderte am liebsten im Bademantel in ihrer Wohnung herum.
Der meist sehr locker zugebunden war.
Zur Sicherheit tastete er nach, aber die Maske war noch immer in seiner rechten, das Fläschchen Chloroform in seiner linken Westentasche. Er mußte ganz sichergehen, daß sie ihn nicht

erkannte. Ganz nah am Abgrund, ein falscher Schritt, und er stürzte in den sicheren Tod – ein beklemmendes, ein absolut berauschendes Gefühl. Zwecklos, sich dagegen zu wehren. Er brauchte diesen Kick, sonst würde er zugrunde gehen. Der Alltag hatte ihn wieder umzingelt, im Grunde hatte er nur ein Familienszenario gegen das andere ausgetauscht. Der ewig gleiche Trott, die ewig gleichen Gesichter, und er spürte wieder dieses Würgegefühl, dem er nur entfliehen konnte, wenn er sich dem lustvollen Kitzel des Verbotenen hingab.

Das war immer sein schönster Moment, wenn sie ihn endlich erkannten. Nicht ihn als Person, schließlich trug er eine Maske, um genau das zu verhindern. Nein, ihn als Maskengott, als überirdischen Unmenschen. Wenn ihre Augen groß wurden und weit und sie diese halb erschreckten, halb ekstatischen Laute ausstießen. Zuerst hatten sie natürlich Angst vor ihm. Vermutlich dachten sie, er wolle sie umbringen, dabei lag nichts ihm ferner. Er war ihr Retter, ihr Held, ein Mann, der sie zu Gipfeln führen würde, die sie allein nie erklommen hätten. Natürlich mußte er manchmal ein bißchen Druck ausüben, sie zu ihrem Glück zwingen. Wenn es ohne Betäubung nicht ging, mußte er eben zur Chloroformflasche greifen, aber wenn er sie dann verließ und sie so daliegen sah, so ganz entspannt, mit glückselig geschlossenen Augen und lächelndem Mund, dann fühlte er sich wie Gott am Schöpfungstag. Er konnte ohne seine Frauen nicht mehr leben. An diesem Märzabend war es unerwartet warm, und wie immer, wenn sich nach einem langen, trüben Winter endlich der Frühling hervortraute, waren die Hamburger fast betrunken vor Glück. Wer ein Cabrio hatte, fuhr ohne Verdeck, vor den Lokalen saßen Sonnendurstige in dünnen Jacken und tranken Grog.

Die ruhige Seitenstraße in Hamburg Othmarschen war deshalb ausgestorben, als er seinen Wagen drei Häuser entfernt parkte. Als er seine Position im Gebüsch des Nachbargartens gefunden und sein Fernglas hervorgeholt hatte, trat Gretha-Marie wie aufs Stichwort auf ihre Terrasse und reckte sich wohlig. Dann ging sie ins Wohnschlafzimmer zurück, ließ das Kippfenster der Terrassentür offen. Leise schlich er sich heran, stellte sich dicht an die Wand, so daß er einen guten Überblick über Wohnzimmer und Flur hatte.

Jetzt kam sie wieder zurück, zu seiner erwartungsvollen Freude sah er, daß sie bereits im Nachthemd war. Auf Samtpfoten trat er noch einen Schritt vor, damit ihm kein Detail ihres Schlafrituals entging, denn am allermeisten liebte er all die intimen, kleinen Dinge, die Frauen vor dem Zubettgehen erledigten. Das Haarebürsten, das schaumige Zähneputzen, das sorgfältige Auflegen der Nachtcreme, die extra Lotion, die vorsichtig um die Augen geklopft wurde, der letzte Blick in den Spiegel – er liebte es alles.

Gretha-Marie stand im Badezimmer und griff mit Daumen und Zeigefinger in ihr rechtes Auge. Er trat näher, neugierig. Dann sah er die kleine Schachtel auf dem Waschtisch, in die sie jetzt etwas hineinlegte. Ach so, Kontaktlinsenträgerin, um so besser: Dann konnte er die Brille, die sie vermutlich vor dem Lichtausknipsen auf den Nachttisch legen würde, verstecken, und sie würde hilflos sein, wenn sie ihn sah. Sein Herz klopfte, freudig erregt. Er war ganz ruhig, es würde leicht werden, die Inszenierung würde klappen.

Sie hatte jetzt eine Brille aufgesetzt, sah auf die Armbanduhr. Es war erst acht Uhr abends. Sie holte sich eine Wolldecke und legte sich aufs Sofa. Die Brille hatte sie hochgeschoben. Dann löschte sie das Licht, das Zimmer wurde halbdunkel.

Seiner Erfahrung nach dauerte es im Durchschnitt zehn Minuten, bis sie einschliefen, maximal fünfzehn. Wenn sie es bis dahin nicht waren, machten sie das Licht wieder an, standen auf, wanderten herum, holten sich etwas zu essen aus dem Kühlschrank, lasen.

Er wartete, in den Häusern wurden nach und nach die Lichter gelöscht. Das blaue Licht der Fernsehgeräte ging als letztes aus. Die Hunde wurden zum letzten Mal Gassi geführt, fast immer von Männern, die Vorhänge endgültig zugezogen, der Tag legte sich zu Bett. Es wurde sehr still.
Da die Fensterklappe noch immer geöffnet war, konnte er das lange Stück Draht problemlos nach innen schieben und den großen Hebel, der die Tür öffnete, damit nach oben drücken. Die Tür ging nach innen auf und schob die zugezogenen Vorhänge leicht raschelnd vor sich her. Er hielt den Atem an, lauschte. Vom Sofabett her verriet ein leichtes, nasales Schnarchen, daß Gretha bereits im ersten Schlaf war.
Er trat näher, an ihre Bettkante, und betrachtete sie im Schein der Straßenlampe. Ihre leicht krausen Haare lagen verwühlt auf dem Kopfkissen, die feinen, blauen Äderchen ihrer Lider waren nur zu erkennen, als er sich ganz dicht über sie beugte. Er küßte sie auf die Stirn, zart wie ein Engelsflügel. Ihre Lider flatterten, aber sie schlief weiter, ein tiefer Seufzer, er hielt die Luft an, trat einen Schritt zurück, aber sie streckte sich nur in eine andere Position. Das Schnarchgeräusch wurde etwas lauter, offensichtlich begann die Tiefschlafphase.
Zeit genug für seine Vorbereitungen. Mit geübten Griffen setzte er die Maske auf, zog sie stramm. Dann entkorkte er die Flasche Chloroform, stellte sie hinter sich in Griffnähe auf den Couchtisch. Er holte die Kordel aus der hinteren Hosentasche und legte sie auf den Nachttisch. Alles zu seiner Zeit.
Jetzt konnte sie aufwachen.

12

»Sag mal, wo treibt sich denn dein Mann um diese Zeit herum?« Alexa saß am Küchentisch, auf jedem Bein ein Kind, und dippte das mitgebrachte Sushi in die Sojasoße.

Lealu hatten die japanische, in Hamburg sehr teure Spezialität als »Kackessen« abgelehnt, ergötzten sich statt dessen an aufgeweichten, ketchuptriefenden Pommes und warmer Cola, die Leander seit einiger Zeit nur noch »Kackieschorle« nannte. Keiner wußte, warum. Alex verschmierte einen Negerkuß, von dem Alexa behauptete, diese Bezeichnung sei rassistisch und müsse geändert werden, genüßlich in seinem Gesicht.

Anna holte einen Mittagsrest aus der Mikrowelle. Es war merkwürdig fremd und zutiefst vertraut zugleich, daß Alex jetzt mit ihnen am Tisch saß. Er schien sich wohl zu fühlen, auf jeden Fall folgte er Lucy auf Schritt und Tritt, wie ein Hündchen. Und sie hatte Alexa noch nie so ausgeglichen und total zufrieden erlebt. »Kinder stehen dir«, sagte sie, und Alexa nickte. »Ich bin selbst erstaunt, wie sehr. Hättste das von mir gedacht?«

»Nicht in hundert Millionen Jahren.« Lucy kam in die Küche, Alex im Schlepptau.

»Ich hab ihm meine kaputte Barbie geschenkt«, verkündete sie und drückte ihm den extremitätenlosen Rumpf ihrer Gymnastikbarbie in die Hand. »Weil, er hat ja sonst überhaupt kein Spielzeug. Und für Jungs reicht sie ja.«

Anna lächelte. »Dein guter Einfluß, liebe Alexa.«

Alexa wußte, daß Alex eine Leihgabe war, ein sehr zerbrechliches Glück. Und sie ertappte sich dabei, daß sie sich heimlich wünschte, seine Mutter möge noch recht lange in der Klinik bleiben, am liebsten für immer.

»Wo ist der Chef des Hauses?« hakte sie nach. »Ich darf Alex zwar ausnahmsweise über Nacht behalten, aber er soll nicht so spät ins Bett. Für heute hatte er genug Aufregung.«

»Er wollte noch mal raus«, sagte Anna, »sich Bewegung verschaffen.« Eine kleine Unruhe nistete sich in ihr ein, die zunächst auch klein blieb. Aber hartnäckig.
»Seit drei Stunden?« fragte Alexa ungläubig. »Dein Mann muß ja eine Mordskondition haben. Profitierst du auch sonst davon?«
Anna lachte etwas verkrampft. »Ich kann nicht klagen.«
Die beiden Frauen rauchten und stierten besinnliche Löcher in die Luft. Sie kannten sich so gut, daß Schweigen sie nicht störte. »Was macht eigentlich Gretha-Marie?« fragte Anna. »Läßt ihr Ex sie jetzt endlich in Ruhe, oder lauert er ihr immer noch auf?«
»Wolfgang?« fragte Alexa verächtlich. »Nur noch Telefonterror. Sonst läßt er sie in Frieden. Er weiß, daß er es sonst mit mir zu tun kriegt, und davor hat er mehr Schiß als vor Pest und Cholera zusammen.« Sie lachte. »Ich ruf sie mal an, wenn sie nicht schon im Bett liegt, hat sie vielleicht Lust, noch vorbeizukommen.«
Sie griff zum Handy.

Er hatte ihr das Nachthemd vorsichtig hochgeschoben und streichelte Bauch und Brüste, als das Telefon klingelte. Er schrak hoch, war den Bruchteil einer Sekunde später in die Gardinen eingetaucht, bewegungslos.
Brrr. Langsam, unwillig rekelte sich Gretha-Marie in einen dösigen Halbschlaf, griff zum Telefon: »Ja?«
»Bist du es, meine Göttin?«
»Waschwillsdu?«
»Deine Stimme hören.«
»Jetzt hast du sie gehört.«
Klack.
Sekunden später lag sie wieder im Tiefschlaf.
Alexa klappte ihr Handy zusammen.

»Sie hat schon gepennt, die Gute.«
»War sie genervt?«
»Nee, bloß müde.«

Er trat hinter den Vorhängen hervor und machte da weiter, wo er vor zwei Minuten gestört worden war. Sie hatte das Nachthemd wieder runtergezogen, also schob er es vorsichtig wieder hoch. Er tastete sich vom Bauchnabel zu ihren Brüsten hoch, umkreiste und drückte sie. Das fahle Abendlicht fiel jetzt auf ihren mondhellen Körper. Er beugte sich über sie, wollte sie eigentlich auf die Brust küssen, aber dann kam es plötzlich über ihn, dieses rasende Gefühl von Macht und Ohnmacht, Wut und Leidenschaft, und er biß zu. Ihr Schrei gellte durch die Nacht, sie fuhr hoch, mit schreckgeweiteten Augen, wollte aus dem Bett springen, aber er drückte sie zurück.
Sie lag da, heftig atmend. »Wer sind Sie, was wollen Sie?«
Ruhig bleiben, Gretha, befahl sie sich, laß dir deine Angst nicht anmerken, sprich mit ihm. Sie konnte in der Dunkelheit sein Gesicht nicht erkennen, tastete nach dem Lichtschalter. Er bemerkte ihre Absicht, fluchte, wollte ihren Arm festhalten, aber es war zu spät. Die kleine Lampe auf dem Beistelltisch tauchte das Zimmer in mattgelbes Licht.
»Nehmen Sie die Maske ab, damit ich Ihr Gesicht sehen kann.« Ihre Stimme klang ruhig und befehlsgewohnt. »Sie können mich auch sehen, das ist ungerecht.«
Sekundenlang war er verwirrt, ihre Logik leuchtete ihm ein.
»Na, los, machen Sie schon.« Sie war ungeduldig geworden, wollte die Situation an sich reißen, ihn beherrschen. Sein Gesicht hinter der Maske verhärtete sich. So nicht. Nicht mit ihm. Er gab hier den Ton an.
»Zieh dich aus«, herrschte er sie an. »Und sei still, ich hab ein Messer.«
Ganz ruhig, Mädel, sprach sich Gretha innerlich Mut zu, die

Erfahrung lehrt, daß man die meisten Sexualtäter verunsichern kann, wenn man sie als Mensch und nicht als Täter anspricht.

»Du hast eine so angenehme Stimme«, flüsterte sie. »Warum machst du so was? Weißt du nicht, wie sehr du den Frauen damit angst machst? Einen Todesschrecken hast du mir eingejagt, einfach so einzusteigen. Ich weiß doch nicht, daß du es bist, ich denk doch, da kommt ein primitiver Einbrecher.«

Reden, nur reden. Zeit gewinnen. »Laß das Gequatsche.« Seine Stimme hatte deutlich an Weichheit verloren. »Zieh dich aus, ich hab nicht die ganze Nacht.«

»Ich hab doch nur mein Nachthemd an.« Alberne Feststellung, aber sie spürte am veränderten Ton seiner Stimme, daß er es ernst meinte, daß er gefährlich werden würde, wenn sie ihm nicht nachgab.

»Dann zieh dein Nachthemd aus.« Er stand jetzt vor dem Bett, ein schwarzer Maskenmann, unerbittlich. Während sie sich so umständlich wie möglich das Nachthemd über den Kopf zog, hatte er blitzschnell zur Kordel gegriffen. Zwei, drei geübte Griffe, und ihre Arme waren hoch über dem Kopf zusammengeschnürt. »Halt still«, raunte er, »dann passiert dir nichts.« Er fesselte ihre Füße und betrachtete das Bündel, das jetzt wehrlos vor ihm lag.

Ihre Augen störten ihn, sie waren voller Angst, aber auch voller Wut. Eine starke Frau, eine, die ihm mehr als gewachsen war. Wie sich wohl Alexa in dieser Situation verhalten hätte? Die Vorstellung reizte ihn. Einmal tun müssen, was ein Mann will, ha!

Er griff hinter sich und drehte den Verschluß der Flasche auf, die er auf den Couchtisch gestellt hatte. Mist, er hatte die Watte vergessen. Er fluchte. »Was haben Sie vor?« fragte Gretha, und das waren ihre letzten Worte, bevor sie eine nasse Handfläche auf dem Gesicht spürte und dann hineinsank ins Vergessen, und kurz bevor sie abtauchte ins Nichts, hörte sie, wie er sagte: »Ganz ruhig, entspann dich, du wirst viel Spaß haben, genau wie ich.«

13

Er zog seine Jogginghose hoch, strich das Hemd glatt. Gretha schlief tief und fest, mindestens eine Stunde würde es dauern, bis sie wieder wach wurde. Ein Blick auf den Wecker auf ihrem Nachttisch. Mist. Schon halb neun Uhr abends. Es hatte lange gedauert diesmal. Anna würde unruhig werden. Seit dem Tod von Klaus, das hatte sie ihm gestanden, war sie sehr viel ängstlicher geworden, vermutete Unheil bei der geringsten Unpünktlichkeit. »Ich hab einfach das Bedürfnis, mein Schicksal zu kontrollieren. Es soll mir nicht noch mal so was Schlimmes passieren wie mit Klaus.« Als er ihr unsicheres Lächeln sah, hatte er sie tröstend in die Arme genommen. »Es passiert schon nichts.«
Er schloß die Haustür und trat ins Freie. Die einsetzende Nacht empfing ihn, die Straßen waren menschenleer. Er war froh, daß er ein paar Minuten Zeit hatte, um sich wieder auf seine Familie einzustellen. Hoffentlich waren die Kinder schon im Bett, es machte ihn aggressiv, wenn er seine Erlebnisse nicht noch ein wenig auskosten konnte, weil ihn direkt danach klebrige Kinderarme umfingen. Am liebsten ging er anschließend in die Badewanne und schloß die Tür hinter sich. »Papa, ich will auch rein«, würde Leander unweigerlich rufen, aber heute abend würde er hart bleiben. Er fühlte sich oft wie unter einer Glasglocke, isoliert, stumm vor Verzweiflung, das Leben spielte sich außerhalb ab, seinem Zugriff entzogen. Die Menschen redeten, lachten, spannen ein Netz aus Gefühlen, Geschichten, und er fiel durch die Maschen. Nur wenn er im Dunkeln vor einem Haus stand, einem erleuchteten Fenster, und sich überlegte: Wann? Und jetzt, jetzt steig ich ein, dann

fühlte er sich richtig lebendig, dann rauschte ihm das Blut in den Adern. Er mußte es tun, öfter, immer öfter. Sonst fühlte er sich oft wie abgestorben. Manchmal glaubte er, den Druck nicht mehr auszuhalten. Dann war er kurz davor, Anna alles zu gestehen und sich, um Gnade winselnd, vor ihre Füße zu werfen.

Vor zwei Tagen hatten sie am Frühstückstisch gesessen, als plötzlich ein Handwerker auf dem Küchenbalkon stand. Die Außenfassade wurde neu gestrichen, das gesamte Haus war deshalb mit einem Gerüst umgeben. Die Kinder sprangen sofort hoch und klopften an die Scheibe, der Handwerker winkte freundlich zurück. Anna stand auf und bot ihm eine Tasse Kaffee an.

Jetzt, hatte Marlon, überraschend für ihn selbst, plötzlich gedacht. Jetzt sag ich's ihr. »Eigentlich ein schöner Beruf«, hatte er zu Anna gesagt, die wieder am Tisch Platz nahm, und sein Herz fing zu rasen an.

»Gerüstbauer? Was soll daran so toll sein?« Sie fing an, das Geschirr abzuräumen und in die Spülmaschine zu sortieren. »Außerdem bin ich nicht schwindelfrei. Was findest du denn so toll daran?«

Es kam ihm vor, als würde sein Herz zerspringen. »Was ich daran so toll finde?« sagte er. »Daß man überall in die Wohnungen sehen kann. Die Leute beobachten, wie sie sonst keiner sieht. Ganz privat und intim. Als wenn man unsichtbar wäre ...« Unter ihrem fassungslosen Blick war er förmlich zusammengeschrumpft.

»Du bist ja ein richtiger *dirty old man*«, rief sie. »Ich entdecke ja immer neue Seiten an dir.« Er schwieg, sie klappte die Tür des Geschirrspülers energisch zu. »Was machst du denn für ein Gesicht?« Sie setzte sich auf seinen Schoß und küßte ihn. »Bist du sauer, daß ich dich einen Suddelgreis genannt habe? Verzeih mir.«

Ach, Anna.
Jetzt stand er vor ihrem Haus und blickte hoch zum Küchenfenster, das hell erleuchtet war. Fast feindselig wirkte das Gebäude auf ihn, abweisend. Du gehörst nicht hierher, Marlon. Aber dort oben, im fünften Stock, warteten seine Frau und seine beiden Kinder auf ihn. Wie immer nach seinen Ausflügen prüfte er Kleidung und Schuhe auf Verdächtiges. Alles in Ordnung, kein Loch, kein Riß, kein Blut.
Er gab sich einen Ruck und schloß die Haustür auf. Manchmal sehnte er sich fast danach, entdeckt zu werden. Endlich Schluß. Allein in einer Zelle, keine Versuchung mehr, in Schutz genommen vor sich selbst.
Müde stieg er die Treppen hoch. Schon von ferne hörte er die Stimmen seiner Kinder, dann das laute Lachen von Alexa. Schon wieder ist sie da, dachte er ärgerlich. Dann fiel ihm ein, daß sie ja ihr kleines Heimkind angekündigt hatte. Eigentlich rührend, wie verwandelt sie war. Wenn ihn irgend etwas an dieser Frau rühren konnte.
Auf in den Kampf, dachte er und schloß die Tür auf.
»Papa, Papa!« Leander raste auf ihn zu, sprang an ihm hoch, leckte und küßte ihn wie ein Hündchen.
»Wo warst du denn so lange?« rief Anna aus der Küche. Lucy stand Hand in Hand mit einem kleinen Jungen im Flur. Das war sicher das Heimkind. Marlon bückte sich und reichte ihm die Hand. »Hallo, ich bin der Marlon. Und wer bist du?«
Alex sah den großen, dunklen Mann, der jetzt in Augenhöhe war. Ganz dicht. Sein kleines Gesicht verzog sich in abgrundtiefem Schrecken. Er öffnete den Mund, stieß kleine, heisere Töne aus. Wie eine verzweifelte Kaulquappe.
»Um Himmels willen!« Alexa war zu ihm gestürzt, nahm ihn in die Arme, streichelte ihn. »Was ist denn los? Was hast du denn? Das ist doch nur der Papa von Lucy und Leander.«
Hilfesuchend wandte sie sich zu Anna um, als ein Schrei, spitz

und hoch wie in allerhöchster Todesangst, sie im Rücken traf: »Böse, böse, du bist böse«, schrie Alex, immer und immer wieder. Dann lief er aus der Wohnung. Alexa stürzte hinterher.

Ein paar Sekunden später saß sie auf der Treppe und redete beruhigend auf das schluchzende, kraftlose Bündel ein, das quer über ihrem Schoß lag.

»Ich hab überhaupt keine Ahnung, was mit ihm los ist«, sagte sie ratlos. »Und dabei hab ich mir so gewünscht, daß er wieder richtig zu sprechen anfängt. Offensichtlich hat Marlon ein Trauma bei ihm ausgelöst. Aber was für eins?«

Anna zuckte die Schultern. »Vielleicht erinnert er ihn an jemanden.«

Alexa stand auf und nahm Alex auf den Arm, der sofort seinen Kopf in ihrer Halsbeuge vergrub. »Wenn das die Pipp wüßte, würde sie mich lynchen. Keine Aufregung, hat sie gesagt. Hoffentlich beruhigt er sich ein bißchen, bevor ich ihn zurückgebe. Wir gehen jetzt am besten.«

Sie beugte sich vor, küßte Anna aufs Ohrläppchen. »Der arme Marlon«, sagte sie, während sie die Treppe hinunterstieg. »Kein schöner Empfang für ihn. Sag sorry von mir und Alex.«

Marlon saß auf dem Bett, als sie hereinkam. Sein Körper war noch feucht, er hatte gerade geduscht. Er drehte sich nicht um, das Anziehen seiner Boxershorts schien seine gesamte Konzentration in Anspruch zu nehmen.

»Alexa läßt sich entschuldigen«, sagte Anna und setzte sich neben ihn, er rückte wie unabsichtlich ein Stück zur Seite. »Sie hat keine Ahnung, was in den Jungen gefahren ist. Wo hast du denn die ganze Zeit gesteckt?«

Er schien abwesend, sie mußte die Frage wiederholen.

»Es war so schön draußen«, meinte er dann, »ich hab die Zeit ganz vergessen.« Er hob seine Jogginghose hoch, eine Schach-

tel Zigaretten fiel heraus. »Du rauchst beim Joggen?« fragte sie ungläubig. »Was bringt das Ganze dann?«
Er stand so ruckartig auf, daß sein Wecker vom Nachttisch fiel. »Es wäre ausgesprochen angenehm, wenn ich wenigstens einen Zipfel Privatleben für mich hätte, über den ich dir nicht Rechenschaft ablegen muß«, sagte er gereizt. »Manchmal hab ich das Gefühl, ich ersticke hier.«
Anna ging ihm hinterher auf den Balkon, wo er sich über das Geländer lehnte und auf die Straße blickte. Sie stellte sich neben ihn. Wie eine bunte Lichterkette schimmerten die Autos und Busse im blauschwarzen Nachtlicht. »Was hast du?« fragte sie. »Geht dir die Ehe mit mir auf die Nerven? Sind es die Kinder? Sag doch!«
Wenn er den Mut gehabt hätte, wäre er gesprungen. Zwanzig Meter Fallhöhe, das hätte gereicht. Aber er hatte den Mut nicht. »Ich bin es«, flüsterte er und nahm sie in die Arme. »Ganz allein ich.«

Als sie später im Bett lagen, versuchte sie einzuschlafen, aber die Bilder in ihrem Kopf ließen es nicht zu. Sie spürte, daß etwas nicht stimmte. Wo war er gewesen? Ob es ihn störte, daß Lucy und Leander nicht seine eigenen Kinder waren? Wollte er eigene mit ihr? Oder wollte er am liebsten wieder gehen, blieb bloß der Kinder wegen bei ihr? Vielleicht hatte er eine Freundin, eine, die er viel länger kannte als sie. Marlon lag stocksteif neben ihr, aber sie war sicher, daß er nicht schlief. »Marlon?« fragte sie. »Marlon, bist du glücklich mit mir?«
Er antwortete nicht.
Ich bin glücklich mit dir, dachte er und versuchte, so flach und unauffällig wie möglich zu atmen. Ich bin nur so verdammt unglücklich mit mir. Aber ich kann nicht aufhören, Liebling, ich kann es einfach nicht.

»Sexmonster endlich gefaßt.« Anna legte am nächsten Morgen die Zeitung weg und sah Marlon triumphierend an. »Hör mal zu: ›Am Samstag nachmittag konnte nach langer Suche endlich Hamburgs gefährlichster Sexualverbrecher dingfest gemacht werden. Der 40jährige Christof W. ist arbeitslos und wohnte in einem Wohnwagen in Billbrook. Sieben Mädchen hatte er bereits vergewaltigt, als er vorgestern im Kaufhaus Eppendorf von seinem eigenen Hund, den er als Köder für seine Verbrechen abgerichtet hatte, gestellt wurde. Der Hund, ein Mischling, ist im Gewahrsam von Kriminalkommissarin Alexa Martini, die den Täter verhaften konnte. Wir sind stolz und glücklich, daß unsere Straßen wieder ein bißchen sicherer sind, sagte sie. Ein guter Tag für die Hamburger Polizei. Jetzt haben wir alle Kräfte frei für den Maskenmann, der leider noch frei herumläuft. Aber auch den werden wir uns schnappen.‹« Anna schob die Zeitung weg und kicherte: »Sein eigener Hund, das ist doch fast himmlische Gerechtigkeit? Komisch, daß sie nichts erzählt hat. Seit Alex da ist, interessiert sie sich für nichts anderes.« Sie schmiegte sich an ihn, grinste: »Wie günstig, daß ich nicht allein lebe. Sonst würde sich der Maskenmann womöglich auf meine Bettkante setzen. Aber da würde er ja auf dich stoßen.« Anna fand den Gedanken urkomisch. »Tschuldigung, ein blöder Witz«, sagte sie, als sie seine steinerne Miene sah.
Und obwohl sie wußte, daß Marlon weibliche Neugier nicht ausstehen konnte, fragte sie ganz beiläufig: »Sag mal, wo kommt denn schon wieder diese Schramme an deinem Oberarm her?«
Er tastete nach seinem Arm, runzelte die Stirn. Dann erhellten sich seine Züge: »Ich bin gestern abend im Wald gelaufen. Da muß mich ein Zweig geratscht haben.«
Anna wollte es glauben. Welchen Grund sollte er auch haben, sie anzulügen? »Nächstes Mal komm ich mit, wenn du joggen

gehst«, sagte sie und lächelte ihn an. »Und paß auf, daß du dich nicht verletzt.«
Er bestrich sein Brötchen mit Butter. »Gute Idee«, meinte er. »Wir probieren es gleich heute abend aus.«
Sie war erstaunt, wie schnell er auf ihren Vorschlag einging. »Ich frag Gerd, ob er das Babyphone nimmt«, sagte sie.

»Laß es ruhig hier«, sagte Gerd am frühen Abend, als Anna in Trainingshose und Sweatshirt vor ihm stand. »Und wo soll's in diesem Aufzug hingehen? Theater, Oper? Lehrerparty?«
Es sollte scherzhaft klingen, aber seine Augen blickten zu kühl für Scherze. Seine Worte taten ihr weh, sie wußte, daß er die Mauer zwischen ihnen wieder aufgebaut hatte. Er behandelte sie mit dieser kühlen Höflichkeit, die er für schwierige Kunden reserviert hatte.
»Du kannst ja nächstes Mal mitkommen«, sagte sie und hätte sich am liebsten die Zunge abgebissen. Wie konnte sie nur!
Gerd lächelte mit dünnen Lippen. »Das könnte ich«, meinte er sarkastisch. »Zumal ich im Rollstuhl vermutlich immer noch schneller bin als du zu Fuß.«
Ohne ihre Antwort abzuwarten, rollte er zu seiner Wohnungstür, riß sie weit auf. »Lauf schön, und sag Bescheid, wenn du zurückkommst. Sonst horche ich die ganze Nacht mit dem Ohr an der Wand.«

Eine Stunde später stand sie keuchend an seiner Wohnungstür. »Schon zurück?« fragte er. »Das war ja ein kurzes Vergnügen.«
»Marlon ist zu schnell für mich«, japste sie, »das hat keinen Zweck. Ich bin einfach nicht genug in Form. Trotz Fitneßstudio. Er ist mir davongelaufen.«
Er wollte ihr das Babyphone zurückgeben, aber sie drängte sich energisch in den Flur.

»Ich möchte noch einen Wein mit dir trinken«, sagte sie und setzte sich an den Küchentisch.
»Erlaubt das denn dein Gatte?« fragte er süffisant. »Ich möchte nicht, daß er mir mit dem Hackebeil die Tür einschlägt.«
»Jetzt hör mir mal zu«, sagte sie und legte ihm die Hände so fest auf die Schultern, daß er nicht wegrollen konnte. »Wir waren einmal richtig gute Freunde. Du warst, du bist neben Alexa die wichtigste Person in meinem Leben. Seit ich Marlon kenne, behandelst du nicht nur ihn, sondern auch mich wie ein Stück Dreck. War's das mit uns, ist unsere Freundschaft zu Ende? Oder kann ich irgend etwas tun, damit du wieder so bist wie früher? Dann sag es mir, und ich tu es.«
Sie sah ihn durchdringend an, und endlich hob auch er die Augen und blickte zurück.
»Du hast dich für Marlon entschieden«, sagte er knapp, »und damit gegen mich. Ich hab gedacht, es macht mir nichts aus, aber das stimmt leider nicht. Es macht mir verdammt viel aus. Also geht es mir besser, wenn ich dich nicht allzuoft sehe. Aber ich wünsche euch alles Gute. Ich hoffe, du bist glücklich mit ihm.«
»Ist das dein letztes Wort?« fragte sie verzweifelt.
»Komm mit der Scheidungsurkunde vorbei«, sagte er nur und wandte sich ab. »Dann mach ich einen Champagner auf.«
»Okay.« Müde stand sie auf. »Kann ich denn die Kinder wenigstens ab und zu vorbeischicken? Sie fragen ständig nach dir.«
»Jederzeit«, lächelte er mit dünnen Lippen. »Ich mach doch keine Sippenhaft.«

14

Als Gretha-Marie Rieser aufwachte, fiel es ihr sofort wieder ein. Sie lief ins Badezimmer, betrachtete sich im Spiegel. Blaß war sie, die Augen leicht gerötet, ansonsten sah man es ihr nicht an. Hab ich vielleicht alles nur geträumt? dachte sie, es ist doch im Grunde gar nicht möglich.
Doch dann blickte sie an sich herunter, sah das dünne, festgetrocknete Rinnsal Blut, das vom Oberschenkel zu ihren Knien hinunterlief, und plötzlich löste sich alles in ihr, sie sank zu Boden, trommelte wie besinnungslos auf den Teppich und schrie: »Ich bin vergewaltigt worden.« Immer und immer wieder, bis ihre Stimme heiser, die Augen trocken waren und sie im Herzen eine Wut spürte, die sie zu ersticken drohte.
Sie griff zum Telefon, rief Alexa zu Hause an.
»Komm sofort!« Jetzt weinte sie. »Ich bin gerade vergewaltigt worden.«

Elfeinhalb Minuten später hörte sie das Quietschen von Alexas Reifen, die Autotür klappte, ihre Absätze kamen klackend näher. Gretha stand auf, öffnete die Haustür und ließ sich in die Arme ihrer Freundin fallen.
Alexa fing sie auf, schleppte sie zum Sofa. Dann verschwand sie in der Küche, kam mit zwei randvollen Gläsern Wein wieder. »Was Stärkeres hab ich nicht gefunden«, sagte sie und hielt ein Glas an Grethas Lippen. »Trink aus, mein Schatz, das ist im Augenblick die beste Medizin für dich.«
Während Gretha trank, ging Alexa herum, prüfte, ob der Täter etwas liegengelassen hatte. Gestern hatten Kollegen einen langgesuchten Einbrecher verhaften können, der netterweise seine Brieftasche mit sämtlichen Papieren am Tatort vergessen hatte. »Wie ist er reingekommen?« fragte sie und wußte es bereits. »Du hast die Fensterklappe zum Garten wieder offengelassen, stimmt's?«
Gretha nickte kläglich.

Alexa versuchte, sachlich zu bleiben, was ihr schwerfiel angesichts ihrer Freundin, der starken Gretha, die jetzt auf der Bettkante saß wie ein Häufchen Unglück. »Na, dann wollen wir mal«, sagte sie betont forsch und schluckte, um den Kloß in ihrem Hals zu beseitigen. »Erzähl mal ganz von Anfang an.«
Schweigen. Gretha starrte mit leeren Augen vor sich hin, bewegungslos. »Er trug eine Maske«, sagte sie, »ich hab sein Gesicht nicht erkannt.« Sie sprang auf, lief erregt auf und ab. Dann blieb sie vor Alexa stehen. »Ich möchte keine Anzeige erstatten«, sagte sie dann fest.
»Das kann nicht dein Ernst sein.« Alexa versuchte, ruhig und sachlich zu bleiben. »Du kannst doch nicht wollen, daß so ein Mann noch frei herumläuft.«
Gretha stand am Fenster, unerreichbar. »Ich bin ganz sicher. Ich bin Psychoanalytikerin – kannst du dir den Effekt auf meine Patienten vorstellen? Wie sollen die mich denn noch ernst nehmen, wenn ich selbst ein Opfer war? Ich verliere doch meine Glaubwürdigkeit als Therapeutin. Und dann die Pressegeier – das wäre doch ein gefundenes Fressen für die. Und wie mein Ex das ausschlachten würde, kann ich mir vorstellen. Nein, mein Entschluß steht fest.«
Alexa ging zum Fenster, öffnete es, atmete gierig die Nachtluft ein. Lange standen sie da und sahen in den Sternenhimmel. Obwohl es Unsinn war, fühlte sich Alexa plötzlich irgendwie schuldig. Gretha gegenüber, weil sie sie in dieser Nacht nicht beschützt hatte. Alex gegenüber, den sie mit sehr schlechtem Gewissen im Heim abgeliefert hatte. Er hatte so geweint, daß sie sich nicht mehr zu helfen wußte.
Es war, als spuke ein böser Geist in ihrem Leben herum.

15 Die Luft im Büro von Charlotte Pipp war so eisig, daß Alexa unwillkürlich ihre Strickjacke straffer um die Schultern zog. »Nehmen Sie bitte Platz.« Auch die Stimme der Sozialarbeiterin war tiefgefroren. »Sie wissen sicher, warum ich Sie habe rufen lassen.«

Alexas Magen verkrampfte sich voller böser Vorahnung. Obwohl sie nach Nikotin lechzte, traute sie sich diesmal nicht, um einen Aschenbecher zu bitten.

»Nein, ich weiß, also, ich kann's mir schon vor …« fing sie kläglich an, als sie die wütende, ungewohnt laute Stimme von Frau Pipp unterbrach: »Eine Unverantwortlichkeit, Frau Martini. Was haben Sie sich dabei gedacht? Sie nehmen den Jungen auf eine Verbrecherjagd mit? Und vergessen ihn zu allem Überfluß im Kaufhaus, weil Sie einen Serientäter überwältigen müssen! Der Junge ist völlig außer sich. Gestern abend mußte ihm der Arzt eine Beruhigungsspritze geben. Ich bin schwer enttäuscht. Und ich werde meine Konsequenzen ziehen, und zwar ab sofort. Hiermit untersage ich Ihnen jegliche Besuche bei Alex Pfeiffer. Bitte gehen Sie.«

Wie erschlagen stand Alexa auf. »Es muß doch einen Grund geben, warum Alex so ausgerastet ist.« Ihre Stimme brach, dann fing sie sich wieder: »Ich werde der Sache auf den Grund gehen, Frau Pipp.«

Doch die blätterte bereits in einer anderen Akte, sah nur kurz hoch. »Ich wiederhole ganz ausdrücklich, Frau Martini. Keine Besuche. Sie werden Alex nicht wiedersehen. Bitte schließen Sie die Tür hinter sich, wenn Sie gehen. Sonst zieht es.«

Im Auto holte Alexa ihr Handy aus dem Handschuhfach, wählte die Nummer des Präsidiums. »Peterle, hier ist deine Lieblingskollegin. Nein, nicht Renate, du Blödmann. Erinnerst du dich zufällig an den Fall der Prostituierten, die behauptet hat, sie sei vergewaltigt worden? Genau, der du nicht geglaubt hast. Eine Abmahnung hättest du dafür verdient, du Idiot. Nein, das wird kein Vortrag. Nur eine Bitte. Ich hätte gern den Namen der Mutter und die Klinik, wo sie gerade entzieht. Ja, genau, ich verfolge da eine Spur. Du bist der Beste.«

Sie klappte das Handy wieder zu.

Sie fühlte sich so mies wie noch nie zuvor in ihrem ganzen Leben.

Neben ihr lag die *Bild*-Zeitung – »Fieberhafte Suche nach dem Mann mit der Maske – die Polizei ist ratlos«, stand auf der ersten Seite.

Voller Wut zerknüllte sie die Zeitung und warf sie aus dem Fenster.

16

Die Bergstedter Klinik für Drogensüchtige lag idyllisch in den Hamburger Walddörfern, umkränzt von teuren Einfamilienhäusern und großen Gärten. Es hatte seinerzeit großen Aufruhr in der Bevölkerung gegeben, als die Klinik gebaut wurde. »Keine Fixer auf unseren Spielplätzen«, stand auf den Transparenten, die empörte Eltern durch die Vorortstraßen trugen – aber es hatte nichts genützt. Die Baugenehmigung war da und bald auch die Patienten.

Aber da der Heimleiter Dr. Hartmut König sehr auf der Hut war, Besuchs- und Ausgangsprivilegien seiner Patienten strikt regelte, gab es wenig Probleme. Einmal hatte die Anwohnerin Frau Antonie Heidtmann, eine alte, vornehme Dame, eine Spritze in ihrem Vorgarten gefunden und war wütend damit zur Polizei gegangen. Als sich jedoch der Schuldige, ein rückfällig gewordener Junkie von achtzehn Jahren, mit einem Blumenstrauß bei ihr entschuldigte, war sie so geschmolzen, daß sie ihn, da selbst kinderlos, als Enkel inoffiziell adoptierte. Seitdem arbeitete sie als Volontärin in der Klinik.

Als Alexa die anheimelnde Backsteinvilla aus der Gründerzeit durch eine große Holztür betrat, war Antonie Heidtmann gerade damit beschäftigt, einen riesigen Blumenstrauß im Eingangsflur zu ordnen. Ein junger Afrikaner mit Rastalocken half ihr dabei. »Nicht so viele Nelken, junger Mann«, sagte sie gerade, als sie Alexa sah. »Besuchszeit ist mittwochs von drei bis fünf«, rief sie ihr entgegen. Ihre Stimme klang freundlich, aber deutlich nach »Einspruch ist zwecklos«.

Alexa hatte es in ihrem Job allerdings tagtäglich mit härteren Brocken zu tun. Sie zwang ein 360-Grad-Lächeln auf ihre etwas festgefrorenen Lippen und senkte die Stimme: »Ich weiß ja, aber es handelt sich hier um einen Notfall.« Sie zückte ihren Dienstausweis, der im Falle Heidtmann jedoch nicht die gewünschte Wirkung zeigte.

»Polizei?« rief die alte Dame, während der junge Mann verschwand. »Die bringen hier immer nur Unruhe ins Haus. Was wollen Sie diesmal?«

»Kann ich bitte die Klinikleitung sprechen?« Alexa schärfte ihre Stimme. Hier mußten offensichtlich andere Saiten aufgezogen werden.

»Die Herrschaften sind auf einem Betriebsausflug. Aber vielleicht kann ich Ihnen weiterhelfen.« Frau Heidtmann steckte die letzten Nelken in die Vase und wischte sich die Hände an der Schürze ab. »Worum geht es?«

Alexa steckte den Ausweis mit betont langsamen Bewegungen zurück, um nochmals diskret zu unterstreichen, daß man es hier mit einer Person von staatlicher Autorität zu tun hatte. »Es geht um Angela Pfeiffer«, sagte sie. »Besser gesagt: um ihren So   Alex.«

17

Lucy ging durch die Wohnung und langweilte sich. Mama war mit Leander beim Kinderarzt, und da sie nun schon alt genug war - gerade geworden -, durfte sie ausnahmsweise allein zu Hause bleiben. Eigentlich sollte ja Annika auf sie aufpassen, aber die hatte einen neuen Freund, und dem kaufte sie jetzt ein Geburtstagsgeschenk. Hoffentlich vergaß sie nicht, daß sie ihr eine Barbie-Schminktasche versprochen hatte.

Obwohl Mama Lucy verboten hatte, den Fernseher anzustellen, hatte sie es trotzdem getan, aber dann so ein schlechtes Gewissen gekriegt, daß sie ihn schnell wieder ausgeschaltet hatte. Allein in ihrem Zimmer zu spielen war langweilig, keiner da zum Ärgern. Sie ging ins Schlafzimmer und machte die Schränke auf. Das tat sie gern, wenn keiner da war, so ein bißchen herumschnüffeln und die Sachen neu sortieren. Vor einer Woche hatte sie Mamis Lippenstift in ihrem Barbie-Wohnwagen zwischengelagert, den Lieblingsstift natürlich. Was hatte die Mami herrlich überall gesucht! Ganz unschuldig war sie hinter ihr hergeschlichen und hatte ab und zu gefragt: »Soll Findefix mal kommen?« Denn das war sie, der Findefix. Sie fand einfach alles. Was natürlich auch manchmal daran lag, daß sie es selbst versteckt hatte, aber das mußte ja keiner wissen, das gehörte zum Geheimnis von Findefix.

Was sollte sie diesmal verschwinden lassen? Unschlüssig stand sie vor dem Kleiderschrank. Den neuen BH, den Marlon Mami geschenkt hatte? Sie würde ihn bestimmt schnell vermissen, weil sie sich so riesig gefreut hatte, als er damit ankam.

Lucys kleine Stirn verdüsterte sich etwas, als sie an Marlon dachte. Er war so komisch in letzter Zeit, immer so genervt. Und mit den Fingerpuppen hatten sie auch lange nicht mehr gespielt, obwohl sie auf dem Flohmarkt extra eine neue gekauft hatten. Für 2,50 DM, das war soviel wie einmal Taschengeld. Ihr Gesicht hellte sich plötzlich auf. Vielleicht

sollte Findefix mal was von ihm verstecken? Das würde ihm Spaß machen! Schnell, bevor Annika oder Mama mit Leander wieder zurückkamen, ging sie in die Kleiderkammer, in der Marlon seine Sachen aufbewahrte. Anna hatte so viele Sachen, daß im Schlafzimmerschrank kein Platz mehr war.
Vor seinen Fächern blieb sie stehen, strich mit ihrer kleinen Hand über Pullover und Hemden. Dann schnüffelte sie etwas. Manchmal rochen Mamis Sachen so gut, so nach Parfum und so. Marlons Jogginghose und sein Sweatshirt lagen zusammengeknüllt auf dem Regal darunter. Lucy, ganz kleine, deutsche Hausfrau, hob die Sachen hoch und faltete sie ordentlich zusammen. Sie zog die Nase kraus. Das roch ja wie bei Mami, so süßlich irgendwie. Ob er das Parfum draufgespritzt hatte? Sie legte Jogginghose und Sweatshirt ins Fach zurück, als sie einen zerknüllten, schwarzen Wollball entdeckte. Sie hielt ihn hoch, schüttelte ihn leicht. Eine Skimütze, dachte sie, die wird er jetzt bald brauchen, wo es kälter wird. Sie hörte den Schlüssel im Türschloß. Blitzschnell lief sie in ihr Kinderzimmer und versteckte die Skimaske in ihrer Verkleidekiste.
»Hallo, Mäuschen.« Marlons Stimme ließ sie zusammenzucken. Er stand im Türrahmen und musterte sie freundlich. »Wieso bist du denn ganz allein? Schau mal, was ich dir mitgebracht habe.« Und am Zeigefinger der rechten Hand, die er jetzt hinter dem Rücken hervorholte, steckte eine Fingerpuppe, die schönste, die sie je gesehen hatte. Eine Prinzessin mit goldenem Haar und einer kleinen Krone. Ihr langes Kleid war aus weißer Spitze.
»Danke«, quietschte sie atemlos. »Danke, lieber Papa.«
Es war das erste Mal, daß sie ihn so nannte.
Die Skimaske war vergessen.

18 Angela schaute nicht hoch, als Alexa vorsichtig die Tür öffnete. »Frau Pfeiffer?« Sie steckte den Kopf ins Zimmer. »Kann ich Sie bitte einen Augenblick sprechen?«

Das Zimmer war klein, aber gemütlich. Ein bunter Quilt lag auf dem Bett, die Möbel waren hell und freundlich. So schön hat sie wahrscheinlich noch nie gewohnt, dachte Alexa, als sie mit ausgestreckter Hand auf Angela Pfeiffer zuging. »Ich bin Alexa.« Bewußt vermied sie in dieser Situation ihre Berufsbezeichnung, wußte sie doch aus Erfahrung, wie einschüchternd diese oft wirkte.

»Was wollen Sie?« Angela Pfeiffer war erst 24 Jahre alt, aber die Last eines seit langem verunglückten Lebens hatte ihr blasses Gesicht mit Schatten und Furchen gezeichnet, die sie wesentlich älter aussehen ließen. Sie wirkte wie eine verhärmte alte Frau, obwohl ihre langen, blonden Haare, die jetzt trüben dunkelblauen Augen, die kecke Nase noch ganz dunkel erahnen ließen, wie hübsch sie einmal gewesen sein mußte. Alexa wußte aus ihrer Akte, daß das Leben ihr übel mitgespielt hatte. Die Anhäufung all der Widrigkeiten ihres Werdegangs las sich fast wie eine böse Kette von Klischees – als Baby im Wasserkasten eines Restaurantklos ausgesetzt, vom Pflegevater verprügelt, mit zehn zum erstenmal von zu Hause ausgerissen, mit zwölf auf dem Drogenstrich gelandet. Ein paar türkische Zuhälter hatten sie dort böse ausgenommen und immer wieder schlimm zugerichtet. Als sie schwanger wurde, zeigte sie zum ersten- und letztenmal Zivilcourage. »Ich will dieses Kind, egal, von wem es ist«, schleuderte sie dem Mann entgegen, der nach Ablauf jeder Nacht 500 Mark von ihr erwartete, auch als sie eine Lungenentzündung hatte und mindestens 300 Mark täglich für Heroin brauchte, um sich nicht die Pulsadern aufzuschneiden. Sie blieb standhaft, auch noch, als er sie zusammentrat, acht Wochen vor der Geburt von Alex. Er war zu früh gekommen, ein kränkliches, zerrupftes

Vögelchen, aber sie hatte ihn bedingungslos geliebt, von Anfang an.
Als sie dann nach dem Krankenhaus mit ihm nach Hause kam, besser, in das Zimmer kam, das sie bei dem Mann bewohnen durfte, hatte er auf das kleine Bündel in ihrem Arm keinen einzigen Blick geworfen.
»Hast du schon einen Dummen für das Balg?« fragte er nur und musterte sie abschätzend. »Sieh zu, daß du den Bauch wieder verlierst. Du bist zu fett. Schlecht fürs Geschäft.«
Die ersten Monate seines Lebens verbrachte Alex auf dem Bett seiner Mutter. Er lag neben ihr, wenn sie Kundschaft hatte, und war meistens so mucksmäuschenstill, als wüßte er, daß ein einziger Ton, ein einziges leises Jaulen, ihn sofort vertreiben würde.
Nach sechs Monaten war Angela am Ende. Eine Sozialarbeiterin holte ihn ab, das Heim, in das sie ihn brachte, war so überfüllt, daß die Erleichterung groß war, als sich eine Pflegefamilie bereit fand, ihn aufzunehmen. Dort blieb er ein Jahr, dann hatte Angela den dritten Entzug hinter sich und wollte ihn wieder.
So pendelte er zwischen Heim, Pflegemüttern und überforderter Mami, bis zu jener Nacht, als sie ausnahmsweise einmal allein im Bett waren und dieser Mann durchs Fenster gestiegen war.
»Was wollen Sie?« wiederholte Angela jetzt ungeduldig.
»Es geht um Ihren Sohn«, fing Alexa vorsichtig an. »Er ist im Kinderheim.«
»Und, was ist mit ihm?« In Angelas Stimme schwangen Ungeduld und Angst. »Wird er schlecht behandelt? Ist er ausgerissen?«
»Alles in Butter«, beschwichtigte Alexa schnell. »Es geht um die Nacht vor fünf Monaten, als Sie … nun ja, als Sie diesen unerwünschten Besuch hatten.«

Angelas Kopf fuhr hoch, ihre Augen funkelten zornig: »Das haben Sie wirklich ganz wunderbar ausgedrückt. Der Mann ist bei mir eingestiegen und hat mich vergewaltigt, während mein Kind danebenlag. Aber die Polizei hat mir ja schon damals nicht geglaubt.«

Alexa sah Angela an, und ein Gefühl von Zuneigung und Wärme stieg in ihr auf. Sie zweifelte keine Sekunde daran, daß Angela die Wahrheit sprach. Zu ihrer klammheimlichen Verblüffung war sie, jetzt, wo sie ihr gegenübersaß, keine Spur mehr eifersüchtig auf Angela – die Bauchmutter, wie sie sie nannte, von Alex. Aber ich bin die Herzensmutter. Ein arroganter Ausdruck, das wußte sie jetzt. Und schämte sich dafür.

»Hat man den Mann, der Sie vergewaltigt hat, jemals festgenommen?« fragte sie.

Angela schnaufte. »Mir hat doch damals kein Mensch geglaubt. Der Polizistenschnösel, der mich vernommen hat, dachte wahrscheinlich, ich hab Zoff mit 'nem Freier. Als wenn ich bei der Arbeit mein Kind dabei hätte«, fügte sie schnell hinzu.

»Ich glaube Ihnen«, sagte Alexa fest. »Von Frau zu Frau.« Sie nahm Angelas Hand in ihre und drückte sie. »Hat Alex eigentlich alles mitgekriegt?« forschte sie. »War er wach die ganze Zeit?«

Angela drehte ihr Gesicht zur Seite, wischte sich ärgerlich über die Augen. »Das Schwein hat eine Maske aufgehabt«, sagte sie, »damit er nicht erkannt wird. Alex ist genau in dem Moment aufgewacht, als ich mich gewehrt hab und ihm dabei das Ding vom Gesicht gezerrt habe. Er muß sich zu Tode erschrocken haben, der Ärmste.«

»Eine Maske?« Alexas Herzfrequenz verdreifachte sich. »Der Mann trug eine Maske?« Der Maskenmann, der immer noch frei herumlief.

»Ja, so 'ne Art schwarze Skimütze. Wie beim Banküberfall hab ich mich gefühlt.«
»Was hat er eigentlich getan, als seine Maske weg war?«
Angela lachte unfroh. »Der hat sich wahnsinnig erschrocken, sein Gesicht war total verzerrt. Er hat sich blitzschnell das Gesicht zugehalten.«
»Haben Sie sich sein Gesicht gemerkt?« fragte Alexa. »Könnten Sie uns bei einer Phantomzeichnung behilflich sein?«
»Tut mir echt leid.« Angela schüttelte bedauernd den Kopf. »Es ging alles so schnell, und ich hatte total Schiß, außerdem ...«
Alexas Blick wanderte durch den Raum – eine kriminalistische Angewohnheit –, blieb an den Plüschtieren auf dem Bett haften, komisch, fast alle Prostituierten lieben Plüschtiere, wanderte weiter zum Nachttisch, auf dem eine knallrote Lampe in Form eines Hubschraubers stand, daneben eine Packung Zigaretten und eine Uhr mit einem schwarzen Armband, schwarzem Zifferblatt und weißen Zahlen.
»Schöne Uhr«, sagte sie beiläufig, während sich etwas aus den Tiefen ihres Gehirns emporwühlte, ein Gedanke, eine Erinnerung. »Irgendwo hab ich so eine ähnliche schon mal gesehen.«
»Die hab ich von einem Freier bekommen«, sagte Angela schnell und hob die Uhr hoch. »Leider ist das Armband kaputt, aber ein neues ist mir im Augenblick zu teuer.« Alexa stand auf. Ein unerledigter Gedanke spukte in ihr herum, sie mußte los. »Vielleicht sehe ich den Alex bald mal wieder«, sagte sie zum Abschied. »Soll ich ihn von...«, sie schluckte, »von seiner Mama grüßen?«
Zum erstenmal ging in Angelas Augen die Sonne auf. »O ja, bitte!« Selbst ihre Stimme schien zu leuchten. »Bitte tun Sie das. Sagen Sie ihm, daß seine Mama ihn ganz doll lieb hat und daß wir beide bald wieder zusammen sind.« Dann sackte sie in sich zusammen, ihre Augen erloschen. »Haben Sie was dabei?« flüsterte sie heiser. »Ich brauch wieder was.«

Alexa schluckte. »Das werd ich ihm sagen«, versprach sie. »Alles Gute.« Alex, dachte sie, während sie ins Auto stieg. Daß Liebe so weh tun kann und gleichzeitig so verdammt glücklich macht.

19 Alexa verließ den Spielzeugladen, bepackt, zufrieden, mit nur leicht schlechtem Gewissen. Power Rangers für Leander, quietschlila und rosa Plastikponys mit der dazugehörigen Frisierstation für Lucy – Anna würde kreischen. Das war ihre mütterliche Pflicht. Alexa hingegen hatte das Tanten verbriefte Recht, die beiden nach Herzenslust zu verwöhnen.

Sie stieg in ihr Privatauto, zerriß den hinter die Scheibenwischer geklemmten Strafzettel und fuhr los. Anna, das war's, was sie jetzt brauchte. Gemütliches Familienchaos.

Als sie den Sicherheitsgurt umlegte, ging ihr Handy los. Genervt drückte sie auf »On«.

»Ja?«

Zuerst konnte sie die leise, zögernde Stimme kaum verstehen. Dann setzte sie sich ruckartig zurück, der Gurt knallte nach hinten.

»Angela? Ja, bin bin's, Alexa. Woher haben Sie meine Handynummer? Sie haben im Revier angerufen? So wichtig?« Sie lauschte. »Danke, Angela.«

Sie legte das Handy auf den Beifahrersitz, wollte losfahren, als die Wucht des eben Gesagten sie so plötzlich überfiel, daß sie das Autofenster herunterkurbeln und erst einmal tief durchatmen mußte. Ogottogottogott, dachte sie, wirr und heiß. Dann fuhr sie los.

Vor Annas Wohnungstür versuchte sie rasch, ihr Gesicht unter Kontrolle zu bekommen. Schließlich brachte sie sogar ein freundliches Lächeln zustande.

»Was machst du denn hier?« Anna trat zurück, ließ die Freundin herein. »Ich hab's mir gerade mit einem Buch gemütlich gemacht.« Sie streckte sich wieder auf dem Sofa aus. »Wenn du einen Kaffee willst, bring mir einen mit. Du weißt ja, wo die Maschine steht.«

Alexa räusperte sich. Hoffentlich klang sie nicht so aufgeregt, wie sie sich fühlte. »Kann ich mir mal euren Wagenheber ausleihen? Oder ist Marlon gerade mit dem Auto unterwegs?«

Anna war schon wieder in ihr Buch vertieft. »Nee, du hast Glück, der Wagen steht um die Ecke. Hol dir, was du brauchst.«

»Wann kommt dein Mann wieder?« fragte Alexa beiläufig.

»Der ist wahrscheinlich mit den Kiddies versackt, vielleicht noch ein Eis essen gegangen«, sagte Anna und lächelte Alexa an. »Er ist wirklich süß mit den Kindern, und die beiden sind absolut verrückt nach ihm. Besonders Leander. Lucy hält sich noch ein bißchen zurück, aber sie war ja auch schon fast sechs, als Klaus gestorben ist.«

Plötzlich stand Anna auf, umarmte Alexa und legte den Kopf auf ihre Schulter. »Ich hab das Gefühl, die schwarzen Punkte in meinem Leben werden endlich wieder weiß. Marlon ist sicherlich nicht perfekt, aber das bin ich ja auch nicht. Und in der letzten Zeit ist er auch wieder zärtlicher geworden, besonders, wenn er nachts vom Joggen kommt. Erstaunlich, seine Kondition.« Sie schaute die Freundin prüfend an. »Was machst du denn für ein Gesicht? Ärger im Job? Frust in der Liebe? Sagen Sie es Frau Irene.«

Alexa entschied sich für ein Stückchen Wahrheit. Soviel war sie ihrer Freundin einfach schuldig. »Ich hab Ärger mit dem Sozialreferat«, seufzte sie. »Alex war nach seinem Besuch bei mir so durcheinander, daß mir diese blöde Pipp jeglichen Kontakt mit ihm untersagt hat. Aber das krieg ich schon wieder hin. Und dann brennt mir dieser Maskenmann auf der Seele. Gestern nacht hat er schon wieder zugeschlagen.« Sie küßte

Anna auf die Wange. In der Tür drehte sie sich noch mal um. »Seid ihr abends zu Hause?« fragte sie. Anna nickte. »Dann schau ich noch mal bei euch vorbei.«
Anna sah ihrer Freundin nach. Irgend etwas hat sie, dachte sie, aber drei Minuten später drehte sich der Schlüssel in der Haustür, Mann und Kinder stürmten herein, küßten sie, stritten sich um die mitgebrachten Brezeln, und ihr Herz dehnte sich vor Glück. »Alexa war gerade hier«, erzählte sie, während sie die Kinder auszog. »Dieser Perversling, der bei Frauen einsteigt, ist noch immer auf freiem Fuß. Das macht sie wahnsinnig.«
»Das kleine Nachtgespenst?« Marlon machte sich an seinen Schnürsenkeln zu schaffen. »Ich könnte mir vorstellen, daß sich manch eine vielleicht sogar freut. Soviel ich weiß, tut er ja nichts Schlimmes.« Sein Kopf tauchte wieder auf. »Gibt es jetzt die Pfannkuchen, die du uns versprochen hast?«
»Finde ich nicht so komisch.« Annas Stimme war eine Spur schärfer geworden. »Die Frauen haben eine Todesangst ausgestanden. Alexa hat mir erzählt, daß alle Opfer aus ihren Wohnungen ausgezogen sind, manche mußten zu ihren Eltern zurück, weil sie auf die schnelle nichts gefunden haben. Aber sie haben es bei sich zu Hause einfach nicht mehr ausgehalten. Dieser Mann hat ihr Leben zerstört, der muß ganz streng bestraft werden.«
»Ist das nicht etwas übertrieben?« Marlon blieb gelassen. »Schließlich ist ihnen nichts Lebensgefährliches passiert. Und wenn ich mich recht erinnere, hat er sie ja vorher betäubt, sie haben also gar nichts gemerkt.«
Was redet er da bloß? dachte Anna erschrocken. So kenn ich ihn ja gar nicht, so eiskalt und zynisch. »Und die wahnsinnige Angst, bevor sie das Bewußtsein verlieren? Ein Fremder in deinem Schlafzimmer, da, wo du dich am allersichersten fühlst? Das kannst du als Mann vermutlich nicht nachempfinden«, sagte sie kühl. »Diese Frauen werden wahrscheinlich ihr

Leben lang sexuell gestört bleiben, Angst vor Männern haben.« Sie drehte sich von ihm weg, Emotionen kamen hoch, Wut und Hilflosigkeit, die sie ihn nicht sehen lassen wollte.
»Nun übertreibst du aber«, sagte er sanft und umschlang sie von hinten. »Meinst du, daß die Kinder heute ausnahmsweise mal Mittagsschlaf halten?«
Er zwinkerte verschwörerisch, und Anna spürte, wie sich ihr Groll in Luft auflöste. »Wir können es ja probieren«, lächelte sie.
Dann fiel ihr etwas ein. »Alexa hat sich übrigens deinen Wagenheber ausgeliehen«, sagte sie. »Ich hoffe, du hast nichts dagegen. Ich hab ihr den Autoschlüssel gegeben.«
Er zog scharf die Luft ein. »Natürlich nicht«, sagte er. »Hat sie sonst noch was gesagt?«
Anna schaute ihn erstaunt an. »Viele Grüße«, log sie schnell. »Sie kommt heute abend noch mal vorbei.«
»Ich wollte eigentlich zum Joggen.« Sein Gesicht war undurchdringlich. »Beim Weibertalk stör ich euch ja sowieso.«
»Ach, bleib doch mal«, bat Anna, die darunter litt, daß sich Mann und Freundin immer noch tunlichst aus dem Weg gingen. »Sie freut sich auf dich, hat sie gesagt.«
»Ach ja, hat sie das?« Marlons Stimme troff nur so von Sarkasmus, er konnte es nicht verhindern. »Dann freu ich mich natürlich ganz genauso.«
Er ging raus, drehte sich noch einmal um. »Ich hab noch was im Auto liegengelassen. Bin gleich wieder da.«
Lucy kam in die Küche, mit dem betont harmlosen Blick, den sie immer dann parat hatte, wenn sie etwas absolut nicht Harmloses vorhatte. »Mamiii?« Sie drückte sich an den mütterlichen Rücken. »Hat Marlon schon was gesagt?«
»Was soll er denn gesagt haben?«
»Ob er was vermißt oder so.«
»Frag ihn doch selber.«

Lucy schlurfte hinaus, Anna saß am Küchentisch und dachte nach. Woran es wohl lag, daß Marlon mit keinem ihrer Freunde klarkam? Gerd war eifersüchtig – Alexa etwa auch? Oder ob es daran lag, daß Alexa lesbisch war und mit Männern einfach nichts anfangen konnte?

Aber Anna mußte zugeben, daß auch Marlon von Anfang an unzugänglich und verbiestert gewesen war, ganz im Gegensatz zu Klaus, der die teils sehr aggressiven Frotzeleien ihrer Freundin immer an sich hatte abprallen lassen. »Du bist ein so dickfelliger Sturkopf – daß deine Frau dich betrügt, würdest du erst merken, wenn du dich im Ehebett auf einen fremden Mann legst«, hatte sie ihn einmal angeschrien, und er hatte nur schallend gelacht und gesagt: »Stimmt, mein Zuckerschnäuzchen, aber immer noch besser, als wenn ich dort eine Frau wie dich antreffen würde.«

Marlon war da ganz anders, sensibler, aber auch verkniffener. Und dann dachte Anna an Gerd, und das Herz wurde ihr schwer. Seit jener Aussprache, in der er ihr das Ultimatum »Marlon oder ich« gestellt hatte, war ihr Kontakt aufs Nötigste beschränkt. Ab und zu schickte sie die Kinder zu ihm, die dann erst Stunden später mit schokoladenverschmierten Mündern und strahlenden Gesichtern wieder auftauchten. Ein paarmal waren sie sich im Hausflur begegnet.

»Hallo, Gerd, wie geht's?« hatte sie hoffnungsfroh gefragt. »Hast du mal wieder Lust auf einen Kaffee?«

»Danke, aber zuviel Koffein übersäuert mir die Magenschleimhaut. Ein anderes Mal«, hatte er kühl geantwortet und war davongerollt. Einmal hatte sie ihn beim Fensterputzen in Begleitung einer jungen, sehr hübschen Frau in sein Auto einsteigen sehen. Er hatte die Beifahrertür geöffnet und sich dann schnell und geübt auf den Fahrersitz gehangelt, mit einer Hand den Rollstuhl zusammengeklappt und ihn auf die Rückbank geworfen. Da das Verdeck seines behindertengerecht umgebauten Mercedes offen war, konnte sie sehen, daß die Frau ihren Kopf auf seine Schulter gelegt hatte. Das hatte ihr einen unerwarteten Stich versetzt. Eifersucht? Es fühlte sich genauso an.

»Kann ich einen Espresso haben, Liebling?« Sie zuckte zusammen, als sie Marlons Stimme hörte.

»Na klar«, sagte sie und stellte die Espressomaschine an.

Marlon saß am Küchentisch und knackte mit den Fingern. Ein Geräusch, das ihr unter die Haut ging wie ein brüchiger Schülerfingernagel, der über eine Wandtafel fuhr.

»Ich vermisse ein paar alte Zeitschriften, die ich hinten im Kofferraum in einer Tüte hatte«, sagte Marlon. »Hast du zufällig deinem Ordnungsfimmel nachgegeben und sie weggeschmissen?«

Anna schüttelte den Kopf. »Das würde ich doch nie wagen«, sagte sie. »Ich weiß doch, daß dir dein Auto heilig ist. Sind es wichtige Zeitschriften?«

»Sehr wichtig«, sagte er. »Ich brauch sie für meinen Unterricht. Hat Alexa was gesagt?«

»Warum sollte sie das tun?« fragte Anna erstaunt. »Außerdem kannst du sie ja fragen, wenn sie später vorbeikommt.«

Marlon stand auf. »Das mach ich«, sagte er und verließ die Küche.

Verdammt, dachte er, verdammt, verdammt, verdammt.

»Papa, bist du böse?« Leander war ihm in den Flur gefolgt und schaute ihn besorgt an. Marlon ging vor ihm in die Knie, damit sie die gleiche Augenhöhe hatten. Flüchtig dachte er an den kleinen Jungen, der bei seinem Anblick so fürchterlich geschrien hatte. »Papa hat nur ein bißchen Bauchweh«, sagte er.

20

Alexa verließ das Haus, lehnte sich gegen die Wand und schloß die Augen.

»Ich hab Sie vorhin angelogen. Aber ich hatte Angst, daß Sie mich für verrückt halten oder für pervers …«

Der Mercedes war um die Ecke in einer Seitenstraße geparkt. Gelb lackiert, mit einem roten und einem grünen hinteren Kotflügel. Das hatte Alexa verbrochen, eines Nachmittags mit Lealu und zwei Sprühdosen. Sie schloß das Auto auf.

»Die Uhr, also diese Uhr, sie gehört mir eigentlich gar nicht. Der Mann hat sie getragen, als er mich vergewaltigt hat. Ich hab sie ihm abgerissen und wollte sie eigentlich der Polizei geben, aber die haben mich behandelt wie eine Nutte, also hab ich die Uhr behalten …«

Die tiefe, leicht heisere, sehr erotische Stimme. Seine Angewohnheit, nach dem Abendessen zu joggen und erst nach ein paar Stunden wiederzukommen. Und dann besonders zärtlich zu sein.

»Außerdem bin ich abergläubisch, und ich hab mir gedacht, wenn diese Uhr, die ihm gehört, direkt neben mir liegt, dann kann er mir nichts mehr tun. Dann hab ich sozusagen die Kontrolle über ihn. Verstehen Sie mich?«

Das Auto war ihrer Meinung das sicherste Versteck. Und das am leichtesten zugängliche. Die Wohnung oder der Keller waren viel zu riskant. Der Kofferraum ist Männerdomäne …

Sie öffnete die Haube. Das übliche Familiengewühl. Rollerblades von Lucy, Dreirad von Leander, eine Reiseapotheke, ein Warndreieck. Sie nahm den Wagenheber heraus und legte ihn auf die Straße. Nervös schaute sie sich um, doch bis auf eine alte Frau, die sich mühsam im Gehwagen fortbewegte, war die Straße leer. Alexa tauchte ins Wageninnere. Ganz hinten lagen drei Plastiktüten. In der ersten Tüte waren alte Zeitschriften, in der zweiten Schraubenzieher, Antirostmittel, ein kaputter Scheibenwischer. Ich hab mich geirrt, dachte Alexa erleichtert,

Marlon hat mit der Sache nichts zu tun. Dann schaute sie in die dritte Tüte. Sechs Gegenstände lagen darin: vier Seile, eine Brechstange, eine halbleere Flasche Chloroform. »O Gott«, flüsterte Alexa. Eine plötzliche Todesangst überfiel sie, so als säße der Maskenmann selbst auf ihrem Bett. Er ist es! Doch wo war die Maske?

»Suchst du etwas Bestimmtes?« Die Stimme, tief, heiser, sehr erotisch, ließ Alexa zusammenzucken. Marlon stand hinter ihr, sah sie leicht belustigt an. »Ich ... ich ... ich such nur den Wagenheber«, stammelte sie.

»Der liegt genau hinter dir auf der Straße.« Marlon hob ihn auf und reichte ihn ihr mit einer spöttischen Verbeugung. Sie ergriff ihn so hastig, daß sie fast gestolpert wäre. »Danke, Marlon.«

Sie beobachtete, wie er aus den Augenwinkeln den Inhalt des Kofferraums prüfte. »Ist noch etwas?« fragte er dann und musterte sie. »Du wirkst irgendwie etwas aufgelöst. Willst du noch mit hoch kommen?«

Weg, nur weg, dachte sie, ich muß meine Gedanken sammeln, mir einen Schlachtplan überlegen. Sie schloß eilig den Kofferraum. »Nein, keine Zeit. Seh ich dich heute abend?«

»Legst du denn Wert auf meine Gegenwart?« Es klang spöttisch, leicht amüsiert. »Das wäre ja mal was ganz Neues.«

Sie gab ihm die Autoschlüssel zurück. Dann verschwand sie um die nächste Ecke.

Er sah ihr nach, sein Herz verkrampfte sich. Sie hat die Tüte mit den Sachen gefunden. Sie weiß Bescheid. Verdammt.

Alexa drehte die Musik in ihrem Auto laut, daß ihre Trommelfelle schmerzten. Dann griff sie zum Handy.

»Hallo, Gerdie, wie geht's, mein Süßer?«

»Es geht.«

»Dehnt sich dein Groll auf Anna auch auf mich aus?«

»Natürlich nicht, aber ich hab Besuch.«

»Männlich oder weiblich?«
»Geht dich nichts an. Weiblich.«
»Ich mach mir Sorgen um Anna.«
»Anna ist glücklich verheiratet, soviel ich weiß.«
»Immer noch sauer?«
»Es geht mich nichts mehr an.«
»Sollte es aber. Anna ist sehr unglücklich über dein Verhalten.«
»Ihr Problem.«
»Hör mal, Gerdie, ohne Scheiß jetzt. Ich hab einfach das Gefühl, daß da etwas im Busch ist.«
»Du kannst gern noch ein bißchen unpräziser werden.«
»Im Klartext, aber nur unter uns –«
»Nun sag schon.«
»Es wird Anna demnächst ziemlich beschissen gehen, und ich möchte, daß du dann für sie da bist. Capito?«
»Geht er fremd, das Arschloch?«
»Ich kann dir nicht mehr sagen, wirklich nicht.«
»Ich verspreche es. Und jetzt möchte ich mich meinem Besuch widmen, wenn du nichts dagegen hast.«
»Ich danke dir.«
»Da nich für, wie der Hamburger sagt.«

21

»Hat jemand von euch in meinen Sachen gewühlt?« fragte Marlon beiläufig, während er mit geübten Händen das Ins-Bett-geh-Chaos von Lealu ordnete. Beide Kinder waren frisch gebadet, Leander wurde wieder nachtgewindelt, nachdem es, obwohl er tagsüber trocken war, nachts ein paarmal zu Malheuren gekommen war.
Anna wollte in Ruhe essen, hatte deshalb die Kinder vorher abgefertigt.
Lucy sah ihre Stunde kommen. Endlich fragte er. »Wieso?« Sie machte ein harmloses Gesicht. »Fehlt dir denn was, Papa?«

Marlon lächelte. »Warst du bei meinen Joggingsachen?« Er versuchte, die in ihm aufsteigende Unruhe zu bekämpfen. Seine Skimaske fehlte. Ob Alexa sie gefunden hatte?
»Nee, wieso denn?« Lucys braune Augen leuchteten. Sie liebte dieses Spiel. »Fehlt da was?«
Scheißkinder, dachte Marlon, während ihm das Adrenalin durch den Körper peitschte. »Warst du nun bei meinen Sachen oder nicht?« brüllte er los. »Himmelherrgottdonnerwetter, ich hab dir doch ausdrücklich verboten, an meine Sachen zu gehen!«
Lucy machte sich ganz klein, fing an zu weinen. Papi sieht so böse aus, dachte sie, sicher schlägt er mich, wenn ich ihm sage, daß ich die Mütze genommen habe. »Ich hab doch nichts getan«, schrie sie aufgelöst. »Ich hab überhaupt nichts getan.«
Ich bin ein Schwein, dachte Marlon erschöpft, als Lucy einen Moment später an seiner Brust lag und ihre Tränen auf sein Hemd tropften. Warum laß ich meine Angst an den Kindern aus? Die können doch nun wirklich gar nichts dafür. »Sorry, Mäuschen«, flüsterte er, »tut mir leid, ich weiß doch, daß du nicht in meinen Sachen wühlst. Tut mir leid.«
Jetzt kann ich es ihm erst recht nicht sagen, dachte Lucy mit schlechtem Gewissen und schmiegte sich an ihn.
»Ssichte«, forderte Leander, der den Zwist mit großen Augen beobachtet hatte. »Papa Löwensichte.« Sie hatten vor drei Tagen gemeinsam den *König der Löwen* gesehen, seitdem redete Leander von nichts anderem mehr als tleine Babylöwe (Simba), böse Löwe (Scar), puttemachte Löwe (Mufasa).
»Ich erzähl dir eine, aber erst, wenn du im Bett bist«, versprach Marlon und trank einen großen Schluck Whisky aus dem Zahnputzglas. Anna mußte ja nicht alles wissen. Seine nervöse Unruhe wurde immer größer, er fühlte sich wie ein Tier in der Falle.
Was wußte Alexa? Wo waren seine Sachen? Würde sie ihn am

Abendbrottisch verhaften, in Handschellen abführen lassen, vorbei an den Nachbarn, wie einen gemeinen Dieb? Waren Fingerabdrücke von ihm oder von den Frauen an der Maske, die ihn verraten würden?

Und plötzlich fiel ihm seine Mutter wieder ein, an die er seit seiner Heirat keinen Gedanken mehr verschwendet hatte. Er war sich ganz sicher, daß kein Verdacht auf ihn fiel, denn nach diesem lästigen Anruf vom Bestattungsunternehmer hatte er nie wieder etwas gehört. Die Rechnung für Sarg und Beerdigung hatte er sofort bezahlt. Bar. Er hatte auch die letzten Spuren beseitigen wollen, auch auf seinem Konto. Er hatte nichts mehr mit ihr zu tun. Schließlich war sie herzkrank gewesen, schwer herzkrank. Im Grunde also ein Gnadentod. Trotzdem – es machte ihn schier verrückt, daß er jetzt nicht davonlaufen und sich irgendwo, mit irgendeiner Frau auf seine Weise abreagieren konnte. Statt dessen wurde er familiär zwangsverpflichtet, mußte den besorgten Familienpapi spielen, schwankend zwischen schlechtem Gewissen und verzweifelter Aggression. Er trank noch einen Schluck. Und noch einen. Er liebte und haßte seine Familie mit gleicher Intensität. Manchmal, wenn er mit ihnen am Küchentisch saß, seine Frau beobachtete, wie sie fröhlich den Tisch deckte, die Kinder versorgte, eine Geschichte aus dem Klassenzimmer erzählte, dann mußte er mühsam den Wunsch unterdrücken, aufzuspringen und ihre ganze verdammte Ahnungslosigkeit aus ihr herauszuschütteln. »Du siehst blaß aus, Liebling«, hatte sie in solchen Momenten liebevoll gefragt. »Willst du dich ein bißchen hinlegen?« Und er war aufgesprungen und aus dem Haus gelaufen, weil er es einfach nicht mehr aushielt.

Die Ehe mit Anna, das Leben mit den Kindern hatten seine Triebe nicht gemindert, im Gegenteil, sie forderten eher noch nachdrücklicher ihr Recht. Je mehr er seine Familie liebte, um so mehr brauchte er das nächtliche Gegengift.

»Leander Beddie«, krähte der Kleine fröhlich aus seinem Gitterbett, in das er längst allein klettern konnte. »Papa lesen.«
Marlon setzte sich ans Bett. Lucy krabbelte auf seinen Schoß, also mußte er die Arme zum Vorlesen lang machen, was etwas unbequem war. Aber er hatte sich so an diesen Körperkontakt gewöhnt, daß es ihm nicht weiter auffiel. Ich hab euch trotz allem so lieb, dachte er und hätte fast geheult. Was würden die Kinder denken, wenn er in Handschellen abgeführt werden würde? Nicht auszudenken.
»Die Sonne war über der afrikanischen Steppe aufgegangen, heiß und blendend, wie seit Anbeginn der Zeit«, las er in die gespannte Aufmerksamkeit von vier Kinderaugen hinein. »Heute fielen die ersten Strahlen der Morgensonne auf ein erstaunliches Bild. Über die ausgedehnten Pride Lands bewegten sich die Tiere in großen Herden auf ein einziges Ziel zu. Elefanten trotteten dahin. Antilopen sprangen durch das Gras. Giraffen trabten, Geparden rasten. Ameisen marschierten in einer Reihe, und große Flamingoherden flogen am Himmel. Alle waren auf dem Weg zum Pride Rock, um die Geburt von König Mufasas Sohn zu feiern.«
Alexa stand im Türrahmen und betrachtete das friedliche Bild. Alles, alles hätte sie getan – sich eine Glatze geschnitten, nie wieder mit einer Frau geschlafen –, wenn sie die Chloroformflasche und die Seile dafür in einem anderen Auto hätte finden können.
Ich bin im Begriff, diese Familie zu zerstören, dachte sie untröstlich. Die Kinder werden zum zweitenmal ihren Vater verlieren und Anna den Ehemann, noch viel schrecklicher und demütigender als beim erstenmal. Wenn sie irgendwann einmal erfährt, was ich ihr jetzt antun werde, antun muß, sie wird es mir niemals verzeihen. Trotzdem kann ich nicht anders.
»Hallo, ihr drei«, sagte sie.
Beim Klang ihrer Stimme zuckte Marlon zusammen, während

Lucy von seinem Schoß sprang, Leander über die Gitterstäbe kletterte und beide an Alexa hochsprangen wie die Äffchen. »Hast du uns was mitgebracht?« Der immer gleiche Chor. Automatisch griff sie in die Tasche und holte zwei Tüten Gummibärchen hervor.
»Hallo, Alexa«, sagte Marlon. Ihre Augen waren unergründlich, verrieten nichts.
»Hallo, Marlon«, sagte sie. »Ich hab den Wagenheber in den Flur gelegt.«
Die Kinder waren inzwischen aus dem Bett gekrabbelt und in die Küche gelaufen, um die Bärchentüten aufzuschneiden.
»Vielen Dank, Alexa.« Zu seinem größten Unwillen merkte er, wie seine Stimme leicht zitterte.
»Ich hab da übrigens noch etwas anderes gefunden.« Ihre Stimme klang fest, ihre Augen waren hart geworden, zwei rabenschwarze Murmeln.
»Ich weiß«, sagte er nur. Was blieb ihm übrig?
»Über diesen seltsamen Fund würde ich gern mit dir sprechen«, meinte sie. »Unter vier Augen. Anna hat bei unserem Gespräch nichts zu suchen. Es sei denn, du hättest sie gern dabei.« Sie musterte ihn, lauernd, leicht angeekelt, sehr um Sachlichkeit bemüht.
»Nicht unbedingt«, sagte er und sah an ihr vorbei zur Tür, in der Anna gerade erschien. »Was habt ihr beide denn da zu tuscheln?« Es freute sie, daß sich Mann und Freundin offensichtlich etwas zu sagen hatten. »Beeilt euch, mein Kartoffelauflauf wird kalt.«

Zwei Stunden später.
»Seid ihr etwa beide auf Diät?« Leicht frustriert räumte Anna die halbvollen Schüsseln wieder ab. »Ihr habt ja kaum was gegessen!«
Keiner sagte etwas.

Anna hob die Hand ans Ohr.
»Ein Kind schreit«, sagte sie und verschwand.
»Wir treffen uns im Eppendorfer Park«, flüsterte Alexa, »um halb elf. Ich geh in zehn Minuten vor und warte auf dem Spielplatz auf dich.«
Er fühlte sich wie vor seiner Hinrichtung. »Ich werde dasein«, versprach er. Anna kam mit einer Flasche Wein wieder. »Ein Barolo«, lächelte sie. »Oder seid ihr auch abstinent geworden?«
Alexa war aufgestanden. »Mich ruft die Pflicht«, sagte sie bedauernd. »Trink ihn mit Marlon.«
Anna sah ihr nach. »Sie hat was«, murmelte sie. »Hat sie dir vielleicht was gesagt?«
»Mir?« Marlons Erstaunen klang echt. »Ausgerechnet. Du kennst doch unser eisgekühltes Verhältnis. Mach die Flasche auf, Liebling, ein Glas will ich mir vor dem Joggen noch genehmigen.«
Sie seufzte. »Kannst du nicht einen Abend mal zu Hause bleiben? Mir ist grad so kuschelig.«
Er schaute in ihre arglosen, vertrauensvollen Augen. Ich werde dich zerstören, dachte er, und ich kann nichts dagegen tun. »Ich liebe dich«, sagte er. Zum erstenmal in seinem Leben meinte er diesen Satz ernst.
»Ich liebe dich auch«, sagte sie und schenkte ihm das Glas voll. »Prost.« Sie lächelte ihn an. »Auf eine glückliche Zukunft.«

22

Der Park lag fünf Minuten entfernt und war um diese Zeit bereits längst menschenleer. Sie saß auf der Schaukel und rauchte, ein schwach glimmendes Glühwürmchen. Er setzte sich auf die Schaukel daneben und schaute in den nachtklaren, sternenübersäten Himmel.
»Du hast die Tüte gefunden«, sagte er und fühlte sich eine Sekunde lang fast befreit. Kein Doppelspiel mehr, keine Lügen.

»Ja.« Mehr nicht.
»Warum bist du dann nicht sofort zur Polizei gegangen?«
Sie lachte freudlos. »Bin ich doch. Ich hab dich bei mir angezeigt.«
Er verstand kein Wort. »Und warum bin ich dann nicht längst verhaftet?«
Sie zog scharf die Luft ein, das Glühwürmchen leuchtete auf. Sie warf die Zigarette zu Boden, trat sie wütend aus. »Weil du Annas Mann und Lealus Vater bist.«
»Was hast du mit mir vor?« fragte er.
Sie drehte sich um, schaute ihn an. Ihre Augen glühten wie zwei Kohlen.
»Warum hast du das gemacht?« fragte sie, und in ihrer Stimme klang kein Vorwurf, nur Interesse und eine Prise Verachtung. »Warum hast du dir keinen Psychiater gesucht, als du gemerkt hast, was mit dir los ist?«
Er schwieg. »Ich hatte Angst«, sagte er einfach, »Angst vor den Konsequenzen.«
»Und da hast du lieber Frauen angst gemacht.« Keine Frage, eine Feststellung. »Das war einfacher für dich.«
»Was hast du mit mir vor?« wiederholte er.
Mit den Füßen gab sie Schwung, ihre Schaukel flog hoch in die Luft. Plötzlich stoppte sie, stand abrupt auf, stellte sich direkt vor ihn, so daß er nicht ausweichen konnte.
»Annas, nicht deinetwegen riskiere ich Kopf und Kragen. Was ich dir jetzt sage, bleibt unter uns, in unser beider Interesse.« Alexas Stimme klang hart. »Du wirst mit Anna Schluß machen. Ich will dich nie wieder in ihrer Wohnung sehen. Hast du mich verstanden?«
Sein Herz fing an, wie rasend zu schlagen. »Das kann ich nicht«, flehte er. »Was soll ich ihr denn sagen? Und die Kinder, die sind doch völlig unschuldig. Ich mach alles, was du willst, aber das verlang nicht von mir.«

Jetzt waren die Tränen da, heiße, wütende Tränen, voller Angst.
»Sag ihr, daß dir die Ehe nicht zusagt, daß dich der Familientrott einengt, denk dir was Plausibles aus.« Alexa klang ungerührt, obwohl ihr das Mitleid mit Anna die Brust zuschnürte. »Ich will, daß du sie nie wiedersiehst, das ist meine Bedingung. Die Fahndung nach dir läuft natürlich weiter.«
Marlon saß auf der Schaukel, in sich zusammengesunken, wie ohne Knochen. Als er den Kopf hob, sah Alexa, daß sein Gesicht voller Tränen war. »Ich würde Anna nie etwas tun«, flehte er. »Sie hat mit diesen anderen Frauen nichts zu tun. Glaubst du mir das?«
»Wenn ich auch nur den geringsten Zweifel daran hätte, dürftest du dich nicht mehr von ihr verabschieden«, sagte Alexa. »Und jetzt – Vorhang auf zur letzten Vorstellung. Viel Glück.«
Sie war verschwunden, ehe er seine Tränen abgewischt hatte.

23

Anna war noch wach, als Marlon das Schlafzimmer betrat. Sie las einen amerikanischen Kitschroman, weil sie sich einbildete, damit ihre Sprachkenntnisse zu erweitern. »Daß ›Dir gehört mein ganzes Herz‹ auf englisch *My heart belongs to you* heißt, weißt du doch auch so«, hatte Alexa vor kurzem amüsiert bemerkt und mit spitzen Fingern einen goldenen Einband hochgehoben, auf dem eingestanzte Rosen und der Titel *Passion of the Heart* prangten.
»Davon verstehst du nichts«, hatte Anna nur gelächelt. »Auf englisch klingt alles viel schöner.«
Als Marlon die Tür zum Schlafzimmer öffnete, reckte sie sich und gähnte: »Das ging ja ziemlich schnell. Nicht in Form heute?« Sie stand auf, schmiegte sich an ihn. »Du riechst ja gar

nicht verschwitzt«, sagte sie und küßte ihn. Er sah ihr nach. Ihm tat das Herz weh.
Sie ging ins Badezimmer, Wasser rauschte, die elektrische Zahnbürste summte. Er stand still vor dem Ehebett und beschaute es so intensiv, als wolle er sich jede Einzelheit ins Gedächtnis stanzen. Die blauweißgestreiften Bettbezüge, die schwarzlackierten Nachttischlampen, die Zeitschriften, die das Fußende des Bettes garnierten. Die Prinzessin-Fingerpuppe, die er Lucy geschenkt hatte. Seine zusammengeknüllten Socken. Nie wieder, dachte er. So muß sich einer am Galgen fühlen, der zum letztenmal in den Himmel schaut, bevor er gehenkt wird. Nie wieder.
Die beiden Worte schwollen zu einem Riesenstein, der sich auf sein Herz legte, ihm das Atmen schwermachte. Nie wieder werde ich das Bad betreten, und sie wird sich mit diesem Grimassengesicht in die Augen greifen, um ihre Kontaktlinsen herauszunehmen. Nie wieder wird sie kreischen: »Mir ist eine Linse ins Waschbecken gerutscht, komm ganz schnell!« Nie wieder wird er die Batterie von Cremedosen sehen, in die sie die Kuppe ihres rechten Mittelfingers tauchte, um sie danach auf ihren sogenannten Problemzonen zu verstreichen. »Dein Gesicht ist perfekt, du hast noch keine Problemzonen«, hatte er kürzlich gesagt und sie auf die angebliche Stirnfurche zwischen ihren Augen geküßt. »Noch, du sagst es«, hatte sie ernsthaft geantwortet. »Und dabei soll es auch möglichst lange bleiben.«
All das, was ihn in den letzten Wochen teilweise so eingeschnürt und eingeengt hatte, schien ihm plötzlich wie ein kostbarer Schatz, den er sich aus der Seele reißen mußte. Nie wieder. Die allerschlimmsten Worte.
Er ging ins Kinderzimmer, um Abschied zu nehmen. Lucy lag auf einer Matratze unter ihrem Hochbett, weil sie es dort gemütlicher fand. Zehn Barbies, zwei davon multikulturell,

und ein Ken schlummerten einträchtig nebeneinander zu ihren Füßen. Lucys Mund war geöffnet, sie schnarchte leicht. Vor einer Woche war Marlon mit ihr beim Hals-Nasen-Ohren-Arzt gewesen und hatte sich über eine Polypen-Operation informiert. Er ging in die Knie, deckte sie zu, küßte sie auf die warme Stirn. »Auf Wiedersehen, mein Schatz, ich werd euch vermissen«, flüsterte er und trat an Leanders Gitterbett, in dem der kleine Rabauke selig schlummerte. Eine halbleere Saftflasche hing ihm lässig aus dem Mundwinkel. Marlon hatte sich als Flaschengegner gegen Anna nicht durchsetzen können. Das war doch immer bloß Multivitaminsaft ohne Zucker, hatte sie protestiert, als er die nächtliche Flasche zur Probe einmal nur mit Wasser gefüllt hatte und diese prompt von Leander unter Wutgeheul aus dem Bett geschleudert wurde. Sie einigten sich auf einen Kompromiß, verdünnten den Saft jede Nacht ein bißchen mehr. Nie wieder, dachte Marlon, als er die Flasche aufhob und Leander über das schweißnasse Haar strich. Er schwitzte immer, ein kleiner Dampfkessel. Plötzlich schlug er die Augen auf.

»Papa«, nuschelte er schlaftrunken. »Iss träume.« Und schlief weiter.

»Kommst du ins Bett?« Anna stand im Türrahmen, unter dem dünnen Nachthemd waren die Konturen ihres Körpers zu erkennen. Nie wieder, dachte er, wie besessen, nie wieder.

Als er die Bettdecke zurückschlug, sah er mit sinkendem Herzen, daß sie ihr Nachthemd ausgezogen hatte. Ich kann jetzt nicht, dachte er verzweifelt.

Sie rutschte rüber, schmiegte ihren bettwarmen Körper an ihn. »Da du ja offensichtlich noch nicht völlig ausgepowert bist«, flüsterte sie verheißungsvoll und rutschte unter die Bettdecke. Stocksteif lag er da, als sie, langsam und lustvoll, seine Zehen einzeln in den Mund nahm, an ihnen saugte und lutschte wie an einem Schnuller, sich dann langsam mit der Zunge an seinen Beinen hocharbeitete. Nie hatte ihn etwas mehr gefoltert als das bittersüße Gefühl ihrer feuchten Zunge, die jetzt um seinen Bauchnabel kreiste, sich dann zu den Brustwarzen hochtastete, schließlich an seiner Unterlippe landete und diese zärtliche benagte. »Ich hab ihn mir noch ausgespart«, flüsterte sie, »das Beste zuletzt.«

Als das Telefon klingelte, griff sie zuerst danach. Seit dem Tod von Klaus hatte sie den Anrufbeantworter nachts ausgestellt.

»Anna Blumenberg-Stephan.«

Pause. Sie lauschte, stirnrunzelnd.

»Was ist los? Weißt du eigentlich, wie spät es ist? – Nein, wir liegen beide im Bett. Ja, du störst. Sogar ganz gewaltig.« Klick.

Sie legte den Hörer auf die Gabel. »Alexa« sagte sie. »Wollte nur mal hören, wie es uns beiden geht, sagte sie. Und das um halb eins.«

Sie sah Marlon an, der bewegungslos auf dem Rücken lag und die Zimmerdecke betrachtete. »Was ist los mit dir, woran denkst du?«

Das allerletzte Mal, dachte er, diese Nacht ist die letzte.

»An gar nichts«, sagte er, schlug die Bettdecke zurück und warf sich wie ein Ertrinkender auf sie, verschlang sie mit Küssen, mit Streicheln, sog sie in sich auf.

»He, hallo, wo kommt das denn jetzt her?« murmelte sie, bevor er ihren Mund mit einem Kuß verschloß. Und dann sagte sie lange gar nichts mehr, weil der Taumel, in den Marlon sie mitriß, größer, heißer, leidenschaftlicher und süßer war als alles, was sie jemals mit einem Mann erlebt hatte. Sie glaubte in ihrer Lust zu ertrinken.

Als er nach Stunden von ihr abließ, fiel sie aufseufzend in ihre Kissen zurück.

Im Dunkeln lächelte sie. Ich kenne diesen Mann überhaupt nicht, dachte sie glücklich, diese Leidenschaft, diesen Wahnsinn hätte ich nie in ihm vermutet.

»Ich liebe dich«, sagte sie, zum zweitenmal an diesem Abend. »Ich bin so froh, daß du mein Mann bist.«
»Ich liebe dich auch«, antwortete er traurig, aber sie war schon eingeschlafen.
Er beugte sich über sie, betrachtete ihr ruhiges Schlafgesicht. Auf Wiedersehen, mein Liebling, flüsterte er in Gedanken, und was immer in der nächsten Zeit passiert, es hat nichts mit dir zu tun. Bitte, glaub mir das. Dann ging er in die Küche und schrieb den Brief.

»Er schiebt tatsächlich noch eine Abschiedsnummer mit ihr«, schnaubte Alexa, als sie den Hörer auf die Gabel schmiß. »Wie primitiv kann ein Mann bloß sein?«
Gretha, die hinter ihr auf dem Sofa saß und Alexa eine ihrer berühmten Kopfmassagen gab, preßte die Daumen an ihre Schläfen. »Nun spiel dich bloß nicht als moralische Instanz auf, mein Engel. Die Rolle steht dir überhaupt nicht. Vielleicht sagt er es ihr im Bett.«
»Genau.« Alexa stand auf, ging im Wohnzimmer auf und ab. »Direkt vor dem Orgasmus. ›Liebling, da ist noch 'ne Kleinigkeit, die ich dir schon immer sagen wollte. Ab und zu steige ich bei Frauen ein und vergewaltige sie. Stört dich doch nicht, Liebling, oder? So, und jetzt können wir schön weitermachen.‹ Bist du wirklich ganz sicher, daß er Anna nichts tut? Er ist so nervös, vielleicht dreht er durch, tut ihr was an?«
Gretha fuhr sich mit den Fingern durchs Haar. »Ich bin ganz sicher«, versuchte sie Alexa zu beruhigen. »Männer von Marlons Veranlagung unterscheiden genau zwischen der Frau, mit der sie ihr Leben teilen, und den Objekten ihrer dunklen Begierden. Sie sind Tag-Nacht-Menschen, diese beiden Ebenen überschneiden sich nicht. Anna ist seine Tagfrau, er wird im Ehebett mit ihr nie das machen können, was er mit den anderen Frauen gemacht hat. Auch im Spiel nicht. Ich bin sicher, daß

wir nichts mehr von ihm hören. Wenn er schlau ist, verläßt er die Stadt.«

Tapfere Gretha, dachte Alexa voller Mitgefühl und Bewunderung, sie hat ihr Erlebnis erstaunlich gut verkraftet. Gleich am nächsten Tag hatte Gretha sich zur Therapie bei einer Kollegin angemeldet und ihre Wohnung zum Verkauf gegeben.

»Vielleicht ist Marlon ja therapiefähig«, meinte Alexa zweifelnd. »Dann könnte er sogar zu Anna und den Kindern zurück.«

»*Wenn* er eine Therapie macht«, wiegelte Gretha ab. Sie holte ein schmales Buch im lila Umschlag vom Couchtisch und schlug es auf: »Ein schönes Gedicht aus dem Buch *Mutterrecht der Sterne*«, sagte sie und las:

»Deine Hände. Deine Haut. Dein Gesicht.
Dein Schoß. Frau.
Und die Sprache deines Körpers.
Waren mir Heilung.
Sie Selbst finde ich in dir.
Eins mit dir im Kern, tief innen, weit außen.
Heimat.
Du und ich. Frau. Gleiche.
Wenn ich von dir besessen bin, komme ich zu mir.
Wenn ich nach dir suche.
Finde ich dich. Mich.«

Gretha schlug das Buch zu, sprang auf, als sie sah, wie Alexa heimlich in ihrer Handtasche kramte. »Hier ist absolute Nichtraucherzone, meine Liebste. Rauch auf dem Balkon, wenn du dich nicht beherrschen kannst.«

Alexa klappte die Tasche zu und stand auf. »Ich geh nach Hause«, sagte sie. »Wenn Anna anruft, muß ich erreichbar sein.«

24 Anna fühlte sich wie Scarlett nach der leidenschaftlichen Nacht mit Rhett Butler, als beide betrunken waren und er sie die dunkle, rote Treppe hoch ins Schlafzimmer trug.
Herrlich, dachte sie, die Kinder schlafen noch, ein Tagesanfang ohne Kindergeschrei. Marlon war offensichtlich auch schon auf, wahrscheinlich Brötchen holen.
Ich bin glücklich, dachte sie, zum erstenmal seit dem Tod von Klaus geht es mir wieder richtig gut.
Sie sah den Brief sofort, als sie die Küche betrat. Ein Liebesbrief, dachte sie zärtlich und voller Erwartung, als sie die Kaffeemaschine anstellte, sich an den Tisch setzte und den Brief hochnahm. Marlons steile, sorgfältige Handschrift bedeckte eine Seite:

> Liebste Anna,
>
> es fällt mir wahnsinnig schwer, Dir diesen Brief zu schreiben. Besonders nach der letzten Nacht, die, bitte glaube mir, für mich genauso schön war wie für Dich.
> Aber ich kann einfach nicht länger bleiben, das Familienleben mit Dir und den Kindern erstickt mich. Ich bin für den Ehealltag nicht geschaffen, das habe ich in den letzten Wochen immer deutlicher gespürt. Es hat nichts, aber auch gar nichts mit Dir und Deinen beiden Kindern zu tun. Ihr seid die besten Menschen, die ich in meinem Leben getroffen habe. Ich bin es, ich ganz allein. Ein Einsiedler, ein Wandergesell, jedenfalls einer, der Euch auf Dauer unglücklich machen würde.
> Das will ich Euch nicht antun, deshalb verschwinde ich. Kurz und schmerzlos, wie ich hoffe.

Sag Lucy und Leander, daß ich sie sehr lieb habe. Wenn Du die Scheidung einreichen willst, bin ich natürlich einverstanden.

Dein Marlon, der Dich mehr liebt, als Du Dir im Augenblick vorstellen kannst.

Wie benommen legte Anna den Brief auf den Tisch zurück. Sie begriff gar nichts. Ein schlechter Scherz, dachte sie, er hat schon immer einen Sinn fürs Makabre gehabt. Gleich würde er mit der Brötchentüte in der Hand in der Tür stehen und sich kaputtlachen.
Es klingelte an der Haustür. Marlon, dachte sie mit klopfendem Herzen, er hat den Haustürschlüssel vergessen. Sie lief über den Flur, riß die Tür auf.
»Frühstücksbrötchen«, strahlte Gerd und reichte ihr die noch warme Tüte. »Ohne Chemikalien. Zumindest schmeckt man sie nicht. Oder komm ich ungelegen?«
»Komm rein«, sagte sie mechanisch und trat zurück. »Ich wollte sowieso grade Frühstück machen.« Sie ging vor ihm in die Küche, holte Marmelade, Käse, Wurst, Cornflakes, stellte alles auf den Tisch. »Ich muß die Kinder wecken«, sagte sie dann mit dieser merkwürdigen, monotonen Stimme, die ihn an die Zeit nach dem Tod von Klaus erinnerte. »Kaffee ist in der Maschine, wenn du lieber Tee willst, weißt du ja, wo alles ist.« Sie verschwand, kurz darauf hörte er die schläfrige Stimme von Lucy, die laut krakeelende von Leander. »Wo ist Papa, Mama? Papa soll miss holen. Will Löwenkönig spielen.«
Wo war eigentlich Marlon? Ob er neuerdings auch morgens joggte? Manchmal, wenn er abends am Fenster stand und hinausschaute, sah Gerd ihn, wie er die Straße überquerte, mit großen, sicheren Schritten, und im nahe gelegenen Park verschwand. Ab und zu fuhr er auch in seinem Auto weg, was

Gerd verwunderte, denn sie wohnten drei Minuten vom Stadtpark entfernt. Wo fuhr er hin? Gerd hatte nicht weiter darüber nachgedacht, zu intensiv waren seine Gefühle von Neid und Abneigung. Er hat mir die Frau gestohlen, dachte er und wußte, wie absurd diese Gefühle waren. Sie hat ihn mir vorgezogen, korrigierte er sich, und das tat noch mehr weh. Mehr als der Anblick von Marlons langen, gesunden Beinen, die so mühelos davonliefen, die wieder zurückkamen, sich unter Annas Küchentisch klemmten, nachts neben ihr lagen oder über oder unter ihr.

Hör auf damit, du Idiot.

Lealu platzten herein, beide noch in Nachthemden, schlafduftend. »Gerd, Gerd«, riefen sie begeistert, sprangen am Rollstuhl hoch, wälzten sich auf seinen Schoß und bedeckten ihn mit feuchten, klebrigen Küssen.

»Ab in die Dusche, beide zusammen, sonst wird's zu spät.« Anna war aufgetaucht, sie hatte sich inzwischen angezogen. »Ruft mich, wenn ihr fertig seid.«

»Wo ist dein Mann?« Gerd reichte ihr eine Schale Kaffee mit Milch und einer Tablette Süßstoff, er hatte dieses Detail nicht vergessen, genausowenig wie ihre nervöse Art, sich die Haare hinter die Ohren zu streichen, bei intensivem Nachdenken am Zeigefinger zu lutschen, die rechte Augenbraue zu heben, wenn sie erstaunt oder amüsiert war. Doch jetzt war Annas Mimik starr, die Augen glanzlos und müde. Sie war wie ausgelöscht.

»Marlon hat uns verlassen«, sagte sie, »es ist ihm zu langweilig geworden bei uns. Kannst du es den Kindern sagen? Mir fehlen irgendwie die Worte.«

Die Nachricht hätte ihn freuen sollen, aber sie sah so trostbedürftig und ratlos aus, so ganz und gar zerbrochen, daß ihn sein leichter Sieg eher beschämte. Und war es wirklich ein Sieg? Ich habe mir etwas glühend gewünscht, das sie jetzt zerstört, dachte er und fühlte sich beschissen. So, als hätte er seinen Gegner selbst vernichtet.

»Warum?« fragte er. »Hattet ihr Streit?«

»Streit?« Ihr Lachen klang bitter. »Ganz im Gegenteil. Wir haben uns so gut verstanden wie nie. Er war traumhaft mit den Kindern, die Anfangsschwierigkeiten waren behoben, zumindest hab ich das geglaubt.«

»Dann versteh ich wirklich überhaupt nichts mehr auf dieser Welt«, meinte er ratlos. »Vielleicht ist er ein verkappter Schwuler, der sich immer eine Familie gewünscht und erst jetzt gemerkt hat, daß er seine Neigung doch nicht unterdrücken kann.«

»Schwul? Gestern nacht haben wir uns drei Stunden lang geliebt. Wenn das schwul ist, dann war er's wohl.« Sie knallte ihre Kaffeeschale auf den Tisch und legte den Brief vor ihn auf den Tisch. »Lies mal, vielleicht hast du 'ne Erleuchtung.«

Während sie die Kinder abtrocknete, kam Annika im Morgenmantel ins Bad.

»Anna?« fragte sie vorsichtig.

Anna blickte auf, irritiert über Annikas Ton. Jetzt bitte nicht auch hier noch Probleme, dachte sie angespannt. »Was ist denn?« fragte sie sehr ungeduldig.

»Ich möchte bitte wieder nach Hause gehen«, sagte Annika leise und senkte die Augen.

»Gehen. Jetzt? Das kommt gar nicht in Frage. Warum denn das?« Annas Stimme war laut geworden.

»Ich kann's hier nicht mehr aushalten.« Annikas Stimme war nur noch ein Flüstern, tränennah.

Anna setzte die Kinder ab und nahm Annika in den Arm. »Hast du Heimweh nach deiner Familie?« Kopfschütteln. »Liebeskummer?« Kopfschütteln. »Stört dich was bei uns?«

»Es ist dein Mann«, flüsterte Annika, »er spioniert mir nach.«

Fast hätte Anna gelacht. Hysterisch gelacht. Ach, das ist es nur, dieses Problem hat sich von selbst erledigt. »Marlon ist ausgezogen«, sagte sie statt dessen. »Bleibst du bitte hier und cremst die Kinder ein?«

Annika nickte. »Tut mir leid«, sagte sie.

»Du hast mir doch nichts getan«, antwortete Anna. Es interessierte sie nicht, genauer nachzufragen, wie und warum Marlon spioniert hatte. Sie hatte wahrlich andere Sorgen.

Inzwischen las Gerd den Brief, kopfschüttelnd. Was war bloß in Marlon gefahren? Ob ihn eine andere Frau unter Druck setzte? Weil sie vielleicht ein Kind von ihm erwartete? Ob er Spielschulden hatte? Er zermarterte sein Hirn, nichts fiel ihm ein.

»Na, bist du jetzt zufrieden?« Anna stand vor ihm, die frischgeduschten Kinder unterm Arm. »Er ist weg, wir sind wieder allein. Glücklich?«

Er sah ihrem steifen Rücken nach, voller Mitleid und Unruhe. Irgend etwas stimmte nicht, ein Unheil schwebte über ihnen, das mit Händen und Gedanken nicht zu greifen war.

»Gehst du denn heute zur Schule?« fragte er, um ihrem Gespräch vor den Kindern den Anschein von Normalität zu geben.

»Ich werde mich krankmelden«, sagte sie müde. »Ich kann jetzt nicht zum Unterricht.« Sie kniete vor ihrer Tochter, merkte nicht, daß sie ihr einen roten und einen blauen Socken anzog.

»Wo ist denn eigentlich mein Stiefvater?« fragte Lucy, die dieses Wort erst kürzlich gelernt hatte und sehr stolz darauf war. »Läuft mein Stiefvater im Park herum?«

»Papa mußte ganz plötzlich verreisen«, sagte Anna und sah Gerd fest in die Augen. »Er wird lange wegbleiben. In der Zwischenzeit kann Gerdie mit euch spielen, was meint ihr?«

Die Kinder schauten sich verwundert an. »Kannst du denn auch im Rollstuhl mit uns zum Schwimmen gehen?« fragte Lucy, die sich, wie alle Kinder, lieber auf die schöne Gegenwart als auf die traurige Vergangenheit oder gar eine vage Zukunft konzentrierte.

»Natürlich kann ich mit euch schwimmen gehen«, versprach Gerd sofort, um die gute Stimmung nicht wieder absacken zu lassen. »Ich hab einen Spezialschwimmreifen, der hält mich über Wasser.«

»Darf ich da auch mal drauf?« fragte Lucy.

»Leander auch dauf, Leander auch dauf«, krähte ihr Bruder sofort.

»Aber klar, ihr Räuber«, sagte Gerd, »und jetzt ab in die Klamotten, ich fahr euch heute morgen zum Kindergarten und in die Vorschule.«

Er drehte sich zu Anna um, die bewegungslos im Türrahmen stand. »Und du heul dich in Ruhe aus. In zwanzig Minuten bin ich wieder da und halt dein Händchen.«

Wider Erwarten mußte Anna lächeln. »Weißt du, was Alexa zu meiner Situation sagen würde? Dreck gibst du weg, Scheiße kriegst du wieder.«

»Bin ich jetzt der Dreck oder die Scheiße?« fragte er nur, um sie wieder lächeln zu sehen.

Sie tat ihm den Gefallen.

»Du bist die Scheiße«, sagte sie, »denn dich krieg ich ja wieder.« Dabei lächelte sie das traurigste Lächeln, das er je gesehen hatte.

25

Er saß auf einer Parkbank, irgendwo Endstation. Wuttke war sehr ungehalten gewesen, als er ihm mitgeteilt hatte, daß er ein paar Wochen fehlen werde. Das Attest reiche er nach, hatte er gesagt und das Schulgebäude verlassen.

Müde lehnte er sich zurück und schloß die Augen. Lang verschüttete Bilder tauchten auf. Wie hatte es angefangen?

Seine Mutter und er in der Badewanne. Er war schon zehn, fühlte sich deshalb ein bißchen unwohl. Mein kleiner Prinz nannte sie ihn, seit Papis Tod bist du doch alles, was ich habe. Nach dem Baden trocknete sie ihn ab, cremte ihn ein, und er wehrte sich gegen das Gefühl des Behagens, weil er genau wußte, daß seine Freunde ihn dafür ausgelacht hätten. Kurz darauf hatte er seine erste bewußte Erektion, und da er gerade auf ihrem Schoß saß, schob sie ihn schnell wieder runter: »Das schickt sich jetzt nicht mehr, mein Junge.« Dann die erste Ejakulation. Der panische Versuch, den großen Fleck aus dem Bettlaken zu entfernen. Sie war eine sehr saubere Frau gewesen, die Wohnung immer picobello, in jedem Sofakissen ein Knick. Als sie den Fleck gesehen hatte, hatte sie ihm eine Gummiunterlage gekauft. Ohne ein Wort.
Das Schwimmbad. Er war mit seinen Freunden da. Sie waren noch in dem Alter, wo man Mädchen eigentlich blöd fand. Beim Umziehen in der Gemeinschaftskabine hatte ihn sein bester Freund Wilhelm zur Seite genommen. »Willste mal 'ne nackte Frau sehen?« Aufgeregtes Flüstern. Natürlich wollte er. Obwohl er wußte, wie eine nackte Frau aussieht. Seine Mutter zeigte sich ungeniert vor ihm, manchmal rief sie ihn herein, wenn sie in der Badewanne saß, und ließ sich von ihm den Rücken schrubben. Sie kletterten kichernd über die Trennwände der Einzelkabinen für Frauen. Vorsichtig, der Bademeister war ein kräftiger Mann, dem schnell die Hand ausrutschte. In einer Kabine blieben sie schwer atmend stehen. »Hier«, flüsterte Wilhelm und zeigte auf ein daumengroßes Loch in der Trennwand. Marlon plierte durch. Nur diffuse Schatten. »Ich seh nix«, sagte er enttäuscht.
»Warte ab«, versprach Wilhelm, »bis sie sich umdreht.« Und tatsächlich, das Mädchen drehte sich um und war splitternackt. Er erinnerte sich genau an dieses erste Gefühl. Wie ihm das Herz klopfte und die Zunge trocken wurde. Wilhelm wurde

ungeduldig. »Laß mich jetzt mal«, zischte er und drängte sich ans Guckloch. So fing es an.
Jenny, seine erste Freundin. Er war fünfzehn, sie zwei Jahre älter. Das erste Mal war eine absolute Katastrophe. Er war so aufgeregt, daß gar nichts klappte. Das da unten, so schleimig und unübersichtlich, und er hatte keine Ahnung, wo und wie er sich diesem Geheimnis nähern sollte. Sein Penis erschien ihm dagegen wie eine klare, überschaubare Angelegenheit. »Du stocherst in mir herum wie ein Blinder mit dem Krückstock«, hatte sie nach einiger Zeit gesagt und war gelangweilt aufgestanden. »Üb lieber noch ein bißchen, bevor du es noch mal mit mir probierst.« Er war nach Hause gegangen, tief gedemütigt.
Dann bei der Bundeswehr. Mit sieben Mann auf der Bude, keiner wäscht sich richtig, es stinkt wie im Pumakäfig, keine Sekunde allein. Am ersten Heimatwochenende passierte es. Im Nachbarhaus war eine junge Frau eingezogen, mit der sich seine Mutter angefreundet hatte. Sie wohnte im Parterre, hatte noch keine Gardinen vor dem Fenster. Jeden Abend versteckte er sich in seinem Garten und beobachtete sie. Bald kannte er alle ihre Gewohnheiten. Er wußte, daß sie abends duschte, morgens nur Katzenwäsche machte. Daß sie eine Vorliebe für hellblaue Unterwäsche hatte und gern Kitschromane von Marie Louise Fischer aus der Leihbücherei las. Sein großes Glück war, daß sie keinen Freund hatte, der seine Phantasien gestört hätte.
An diesem ersten Wochenende stand er vor ihrem Schlafzimmerfenster und wartete, bis sie eingeschlafen war. Es ging ganz leicht, sie hatte ein großes Kippfenster, das halb offenstand, in zwei Minuten saß er an ihrem Bett. In jener Nacht passierte nichts. Er streichelte ihr Gesicht, sah sie nur an. Sie merkte nichts, lächelte leicht. Dann schlich er leise wieder aus der Wohnung.

Dieses absolute Glücksgefühl. Er hatte es geschafft, er hatte nicht versagt. Zwischen dem ersten und dem zweiten Mal lagen sechs Wochen. Danach wurden, wie bei jedem Rauschgiftsüchtigen, die Abstände immer kürzer. Die junge Nachbarin besuchte seine Mutter, ahnungslos, von ausgesuchter Höflichkeit. Sie saßen am Eßzimmertisch, helle Kirsche, steifes Leinentischtuch, aßen Kuchen, tranken Kaffee, und er fühlte sich wie ein glückliches Rumpelstilzchen – ach, wie gut, daß niemand weiß!

Er besuchte sie von da an bei jedem Heimaturlaub. Sie hatte einen tiefen, sehr festen Schlaf, deshalb traute er sich jedesmal ein bißchen mehr. Er schob die Decke zurück, dann ihr Nachthemd, dann streichelte er sie überall. Sie merkte nichts – oder wollte sie nichts merken? Wußte sie längst, daß er es war, und genoß dieses geheime, lustvolle Spiel genauso sehr wie er? Sah sie ihn nicht wissend an, wenn er ihr bei seiner Mutter ein zweites Stück Schwarzwälder Kirschtorte anbot? Zwinkerte sie ihm nicht unmerklich zu, wenn er danach eine Flasche Eierlikör und drei Gläser aus dem Büfett holte? Doch eines Nachts wachte sie auf, und da sie die dunkle Gestalt, die auf ihrem Bett saß, nicht erkennen konnte, schrie sie und schrie, so laut, daß in den umliegenden Häusern die Lichter angingen, Fenster und Türen geöffnet wurden, die Leute auf die Straße traten. Er war bereits beim ersten Schrei aufgesprungen und hinausgelaufen.

Eine Woche später zog sie in eine andere Stadt. Ohne Abschied, was seine Mutter sehr kränkte.

Noch am gleichen Tag ging er los, kaufte sich eine Skimaske und klaute eine Flasche Chloroform aus der Krankenstation der Kaserne. Er wußte, daß er den ersten Schritt in einen tiefen Abgrund getan hatte, aber die Dunkelheit darin faszinierte ihn. Er liebte die Nacht.

Ein paar Wochen später stand er vor der offenen Terrassentür,

hinter der die Mutter eines Kumpels wohnte. Sie war verwitwet. Er setzte die Maske auf. Das Fernsehgerät lief laut, sie hörte ihn nicht, als er auf leisen Sohlen eintrat. Da er die Wohnung gut kannte, sein Kumpel hatte ihn ein paarmal zum Kartenspielen eingeladen, stieß er auch im Halbdunkel nirgends an. Er hatte einen Wattebausch mit Chloroform präpariert, den er ihr sofort ins Gesicht drückte. Es ging so schnell, daß sie nicht mehr schreien konnte. Er legte sie aufs Sofa. Nur anschauen wollte er sie, in aller Ruhe. Er träufelte ein bißchen Chloroform nach, damit sie nicht vorzeitig aufwachte.
Sie war ziemlich korpulent, was er ausgesprochen erotisch fand, besonders ihren großen Busen. Er war so erregt, daß es nur fünf Minuten dauerte, bis er sich befriedigt wieder von ihr abrollte. Dann zog er sich an und ging nach Hause.
Er fühlte sich erleichtert, wie von einem großen Druck befreit.

Wie aus einem tiefen Traum aufgewacht, schüttelte er sich und stand auf. Ich hab sie doch glücklich gemacht, dachte er, ich hab doch keiner weh getan. Es war doch alles wie ein schöner Traum.
Er ging, Schritt um Schritt, eingesponnen in Dunkelheit. Vor einem Geschäft blieb er stehen, überlegte eine Sekunde. Dann trat er ein.
»Sie wünschen?« fragte der Verkäufer.
»Eine Skimaske, bitte«, sagte Marlon und lächelte.

26

Sie öffnete die Tür, langsam, vorsichtig, und Alexa erschrak. Um Gottes willen, dachte sie, Anna sieht ja aus wie eine alte Frau. Ihr Gesicht war blaß und eingefallen, tiefe Augenschatten und ein verbitterter Zug um den Mund ließen sie Jahre älter aussehen. Es war drei Uhr nachmittags, und sie war im Bademantel.

»Komm rein«, sagte Anna müde, »lieb, daß du so schnell gekommen bist.«
Alexa setzte sich an den unabgeräumten Frühstückstisch, zündete sich eine verbotene Zigarette an. »Und jetzt erzähl mal«, sagte sie, um Zeit zu gewinnen. Sie fühlte sich hilflos und überfordert. Wenn sie nur an Marlon dachte, stieg die Wut wie eine heiße Wolke in ihr hoch. Alles seinetwegen. Ob sie Anna schon ihren Anteil an dem Drama gestehen sollte?
Das Mitleid mit Anna machte sie fertig. Und dabei wußte sie das Allerschlimmste noch gar nicht. Und wenn sich Alexa doch irrte? Den Inhalt der Tüte würde jeder gute Anwalt vor Gericht in der Luft zerfetzen. Taue, na und? Chloroform – Marlon war Chemielehrer. Wagenheber? Seit wann ist das ein Verbrechen? Und die Uhr?
Noch nie hatten Herz und Verstand so gnadenlos in Alexa gekämpft wie jetzt. Sie mußte diesen Mann unschädlich machen, aber wie? Würde er verschwinden und in einer anderen Stadt eine Therapie machen? Sehr unwahrscheinlich. Er würde weiter vergewaltigen, und sie wäre schuld daran.
Alexa betrachtete den Scherbenhaufen, den sie angerichtet hatte, und fühlte sich lausig. Eine Ehefrau, die sich jetzt mit dem hundertsten Kaffee des Tages die Magenschleimhaut restlos übersäuerte, zwei kleine Kinder, die ziemlich ratlos in ihren Zimmern saßen und »Papa Marlon, wo biss du?« fragten. Und sie, eine im Dienst fast ergraute, bis dato sehr anerkannte Kriminalbeamtin, die jetzt vor jedem Telefonklingeln Angst hatte.
»Er ist einfach abgehauen«, sagte Anna unvermittelt und schaute mit leeren Augen durch die Freundin hindurch. »Einfach so, ohne Streit, ohne Grund.«
Alexa zwang sich, den Kopf zu heben und Anna anzusehen. Sie fühlte ihr schlechtes Gewissen wie einen großen, schweren Stein auf dem Magen.

Es war die allererste Lüge zwischen ihnen. Anna würde ihr nie verzeihen, das ahnte sie. So oder so würde die Wahrheit sie zerstören.
»Du hast von einem Brief erzählt«, sagte Alexa. Anna schob ihr einen Zettel hin.
Sie las stumm und dachte: Geschickt gemacht, du Drecksau.
»Diese Drecksau«, sagte sie laut, »an dem hast du nichts verloren. Vergiß ihn.«
»Ich wußte, daß du genau das sagen würdest.« Annas Stimme klang brüchig. »Aber das hilft mir wenig. Marlon ist immerhin mein Mann.«
»Dein Mann, dein Mann. Als wenn du selbst nichts wärest! Du bist eine starke, kluge, selbstbewußte Frau, du packst dein Leben auch allein. Du hast Gerd, du hast mich! Vergiß diesen Idioten. Ich konnte ihn noch nie leiden, und jetzt weiß ich auch, warum.«
»Und der Stiefvater von Leander und Lucy«, fuhr Anna fort, als habe sie nicht zugehört. »Zwei kleine, unschuldige Kinder, die vor einem Jahr ihren Vater verloren haben und jetzt den Stiefvater und die völlig bedröppelt in ihren Kinderzimmern sitzen, weil ihre Mutter sich die Augen ausweint und ihnen nicht erklären kann, warum ihr Daddy nicht wiederkommt.« Sie schaute hoch, ihre Augen blitzten wild: »Das ist meine Strafe, weil ich nach dem Tod von Klaus so schnell wieder geheiratet habe! Ich war zu liebebedürftig, wahrscheinlich hab ich Marlon damit einfach zu sehr bedrängt, ihm die Luft zum Atmen genommen.« Erschöpft sank sie zusammen.
»Mama?« Zwei zaghafte Stimmchen vom Türrahmen, wo Lealu wie ein Gemälde von Botticelli standen, mit zerrauften Locken und traurigen Augen.
»Können wir denn mal anrufen bei Papa, damit er nicht mehr so böse auf uns ist?« Dicke Tränen tropften über Lucys Wangen, Leander, der zum Glück die Welt noch nicht ganz

verstand, guckte sie mit großen, erstaunten Augen an. »Lucy aua«, sagte er. »Leander wieder heilemachen.«
»Euer Papa mußte leider ganz weit wegfahren«, sagte Alexa und nahm die beiden in die Arme. »Aber ihr könnt ihm natürlich schreiben.«
Anna sah sie vernichtend an. »Warum streust du den Kindern Sand in die Augen?« fragte sie schneidend. »Er ist weg, er bleibt weg, damit müssen wir uns alle abfinden.« Sie trat ans Fenster, sah auf die Dächer der Autos, die eilig hin und her hastenden Menschen, Kinder auf Rädern, das ganz normale Leben eben.
Als sie sich umdrehte, war sie tränenüberströmt. Sie warf sich in Alexas Arme, vergrub das Gesicht an ihrer Schulter: »Es tut so weh«, schluchzte sie, »es tut so verdammt weh.« Als die Kinder ihre Mutter hörten, heulten sie zur Gesellschaft gleich mit. Dreimal Tränen, dachte Alexa, die sich wünschte, ganz weit weg zu sein, und all das wegen eines besonders verunglückten Exemplars vom Stamme Mann. Lieber Gott, der du alle Menschen geschaffen hast, was hast du dir bloß bei Marlon gedacht?
Doch dann gewann ihre praktische Seite die Oberhand. Sie versorgte die Kinder mit Bi-Fis, Milchschnitten und Obstsaft, schickte Anna in die Badewanne, mit dem strengen Befehl, erst heiß, dann eiskalt zu duschen, räumte die Küche auf, lüftete den Rauch und die Traurigkeit aus den Räumen, rief bei Gerd an: »Schwing deinen zauberhaften Knackarsch heute abend noch mal bei Anna vorbei. Sie braucht männlich-harmlosen Trost.«
»Wie schmeichelhaft, daß du dabei an mich denkst«, sagte er nur und legte auf.
Als Anna in die Küche kam, geduscht, in Jeans und weißem T-Shirt, sah sie wie ein trauriges Schulmädchen aus. »Ich muß was für meinen Magen tun«, sagte sie, öffnete ihren Küchen-

schrank und nahm eine Packung Milchreis heraus. »Willst du auch 'ne Portion? Falls ja – mit Zimt und Zucker oder mit Schokoladenstreuseln?«

»Mit Erdbeermarmelade«, grinste Alexa, »ich mag's gern pervers.«

»Das weiß ich«, sagte Anna, ohne zu lächeln, und holte eine Flasche Milch aus dem Kühlschrank.

»Bist du traurig, weil du Marlon vermißt oder weil du dich wieder mal in einem Mann getäuscht hast?« fragte Alexa.

»Beides«, sagte Anna einfach, und in ihren Augen lag so viel tiefer Kummer, daß sich Alexa innerlich ganz klein machte. Ich hab noch nie soviel um einen Menschen gelitten, dachte sie, dieses Gefühl ist mir ganz fremd. Kurzer, knalliger Liebeskummer, okay. Sich besaufen, fluchen, Kissen zerschlitzen oder Autoreifen, und dann Thema beendet, Schluß. Neuer Tag, neues Glück. Nie hatte sie so erloschene Augen gehabt wie Anna, war so saft- und kraftlos gewesen. Es rührte sie, ihre Freundin so zu sehen, gleichzeitig spürte sie eine leichte Irritation.

»Hast du eine Ahnung, warum er wirklich gegangen ist?« Annas verweinte Augen waren auf sie gerichtet. Ahnte sie etwas?

»Ich hab überhaupt keine Ahnung, was in Männern so vor sich geht«, wich Alexa aus. »Von Klaus hab ich ja auch immer gedacht, er sei ein perfekter Ehemann, bis er sich beim Fremdgehen an einem Apfel verschluckt hat.« Sie kicherte nervös, hörte aber sofort auf, als sie den kalten Blick ihrer Freundin wie einen eisigen Strahl spürte. »Du bist geschmacklos«, sagte Anna nur.

»Ich weiß.« Alexa war zerknirscht. »Verzeih mir.«

»Mein Leben fällt auseinander«, sagte Anna völlig ohne Pathos. »Ich hab richtig Angst, daß ich es nicht mehr schaffe.«

»Du bist viel stärker, als du denkst«, meinte Alexa und sprang

an den Herd, auf dem fast der Milchreis übergekocht wäre. »Irgendwann lachst du drüber.«
»Ehrenwort?« fragte Anna kläglich.
»Großes Indianerinnenehrenwort«, versprach Alexa feierlich. Das Handy klingelte.
»Ja?« Sie lauschte und sprang auf. O Gott, dachte sie, und eine Welle von Panik überschwappte sie.
»Was ist los?« fragte Anna teilnahmslos.
»Sie haben Tino Töppler verhaftet«, sagte Alexa atemlos und ging zur Haustür. »Ein anonymer Anrufer hat der Polizei erzählt, daß er der Maskenmann ist.«
»Und das reicht zur Verhaftung?«
»Sie haben eine verdächtige Tüte in seinem Fach im Lehrerzimmer gefunden«, sagte Alexa kurz.
Plötzlich kam ihr eine Idee. Konnte es sein, daß Anna …? Quatsch.
»Verdächtig?« fragte Anna eher uninteressiert. »Was war denn drin? Pornos?«
Alexa stand schon im Flur. »Keine Pornos, sondern Seile, eine Flasche Chloroform und ein Wagenheber. Das Chloroform stammt aus eurem Chemielabor. Wuttke hat's bestätigt.«

27

»Sie haben *was*, Frau Martini?« Die Zornesader auf der Stirn von Polizeipräsident Dr. Peter Landmeyer trat gefährlich deutlich hervor. Alexa saß vor seinem Schreibtisch, die Beine züchtig parallel gestellt, denn vor Dr. Landmeyer, einem schlanken, grauhaarigen Endfünfziger, der vor seiner Aufnahme an die Polizeihochschule Vergleichende Religionswissenschaften studiert hatte, kuschte selbst sie.
»Ich habe Tino Töppler wieder auf freien Fuß gesetzt.« Ihre Stimme klang wesentlich stärker, als sie sich fühlte. »Er ist

nicht unser Maskenmann, Töppler ist ein unbescholtener Lehrer, keine Vorstrafen.«
»Das sehen seine Schülerinnen aber ganz anders.« Dr. Landmeyer zwirbelte einen Bleistift zwischen seinen langen Fingern, und selbst das sah elegant aus. »Die ersten Vernehmungsprotokolle aus der Schule sind haarsträubend. Ein Casanova unangenehmster Sorte. Besonders die Ausländerinnen haben ihn gefürchtet wie der Teufel das Weihwasser.«
»Mag ja sein«, gab Alexa zu. »Nur mit den Vergewaltigungen hat er nichts zu tun.«
»Und wie erklären Sie sich dann die Tüte in seinem Fach?« Seidenweich klang Landmeyers Stimme, so seidenweich wie das Tuch des Henkers. »Mit genau den Tatwerkzeugen, die ein Mann braucht, um bei einer Frau einzusteigen? Mit einem Wagenheber, Seilen und einer Flasche Chloroform, die zufällig aus seiner Schule stammt?«
»Die hat ihm jemand ins Fach gelegt.« Alexa holte tief Luft und schaute ihm tapfer in die Augen. »Es tut mir leid, Dr. Landmeyer, aber der Täter ist noch auf freiem Fuß.«
Seine Faust krachte so gewaltig auf den Schreibtisch, daß Kugelschreiber, Zettel und Disketten ein kleines Tänzchen machten. »Und woher wollen Sie das so genau wissen, Lady Neunmalschlau?« schrie er.
Alexa stand auf, weil so viel Adrenalin und Streß in ihr waren, daß sie glaubte zu platzen. »Ich kenne den Maskenmann«, sagte sie und wunderte sich, wie ruhig ihre Stimme klang. »Er heißt Marlon Stephan und ist ebenfalls Lehrer an der Gewerbeschule.«
Auch Dr. Landmeyer hielt es jetzt nicht mehr auf seinem Stuhl. Er ging zum Fenster, öffnete es, beugte sich hinaus: »Scheiße«, schrie er in die versmogte Abendluft. »Scheiße, Scheiße, Scheiße.«
Als er sich wieder umdrehte, war seine Gesichtsfarbe wieder

normal: »Das hat gutgetan«, sagte er lächelnd, »und wenn Sie mir jetzt noch sagen können, wie Sie auf Herrn Stephan kommen, dann bin ich restlos glücklich. Ich höre, Frau Martini, ich höre mit großer Spannung.«

Ich verfluche dich, Marlon, dachte Alexa und kämpfte dieses lähmende Gefühl von Wut und Ohnmacht in sich herunter. »Herr Stephan ist der Mann meiner Freundin«, begann sie, »der fast jeden Abend zum Joggen geht. Aber er joggt nicht im Park, sondern zu den Häusern alleinlebender Frauen. Er steigt ein. Bei einer Frau hat er eine seiner Uhren vergessen. Ich habe diese Uhr. Außerdem habe ich genau die bewußte Tüte bei Herrn Stephan im Auto gefunden. Ich bin sicher, daß er sie in Töpplers Fach gelegt hat, um den Verdacht auf ihn zu lenken.«

»Haben Sie etwa Herrn Stephan mit Ihrem Verdacht konfrontiert?« fragte Landmeyer streng. »Und ihm damit Gelegenheit gegeben, das Weite zu suchen?«

»Er ist der Ehemann meiner besten Freundin«, sagte Alexa und senkte den Kopf. »Ich weiß, daß ich mich regelwidrig verhalten habe. Wenn Sie ein Disziplinarverfahren gegen mich einleiten …«

Ärgerlich wischte Dr. Landmeyer den Satz vom Tisch. »Das nützt jetzt ja auch nichts mehr. Laufen alle Maßnahmen auf vollen Touren? Gut, gut. Wie sieht es mit einem Hausdurchsuchungsbefehl aus? Sie müssen den Fall nicht abgeben, aber ziehen Sie bitte bis zur Verhaftung Ihre Fäden im Hintergrund. Ich bin zu weich für diesen Job. Wissen Sie, was Sie jetzt als allerserstes tun?« Sein Lächeln war außerordentlich diabolisch.

»Sie werden es mir gleich sagen.« Kleine Stimme.

»Unten warten die Kollegen von der Presse. Eigentlich wollten wir ihnen unseren Erfolg verkünden. Nun hat sich ja die Lage, dank Ihrer Mithilfe, etwas anders entwickelt. Also – auf in die Höhle des Löwen.«

28

Morgens war es am schlimmsten. Aufwachen in diesem teilmöblierten Zimmer am Stadtrand. Das Bett war schmal, die Matratze durchgelegen, die Möblierung für 550 Mark warm eine Frechheit, aber er hatte auf die schnelle nichts Besseres gefunden. Außerdem war ein Park in der Nähe, mit umliegenden Häusern.

Das war wichtig, trotz allem.

Seine Vermieterin, eine ältliche, verkniffene Frau, hatte ihn beim ersten Gespräch gleich darauf hingewiesen, daß Rauchen sowieso, Damenbesuch aus Prinzip und das Halten von Haustieren sowie der Besuch von kleinen Kindern unerwünscht seien. »Ich habe Asthma«, sagte sie und wies anklagend auf ihre linke Brust. »Rauch rieche ich drei Stockwerke weit. Und dieses Zimmer werd ich immer los. Ihr Vormieter hat 28 Jahre bei mir gewohnt, dann ist er leider ins Pflegeheim gekommen. Es ging einfach nicht mehr.« Ihre Augen fingen an zu glänzen, sie senkte geheimnisvoll die Stimme. »Er machte einfach immer unter sich, verstehen Sie?«

Marlon konnte nur hoffen, daß sie die Matratze zumindest gewendet hatte. Er vermißte die Kinder mehr, als er wahrhaben wollte. Leanders fröhliches »Papa Beddie komm«, mit dem er jeden Morgen unter seine Decke geschlüpft war, seinen heißen Kinderkörper an ihn gepreßt und ihm wie die »Löwenmama« aus dem Film das ganze Gesicht abgeschleckt hatte. Lucys verschlafenes »Mojn«, sie zog Annas Bettseite vor. So lagen sie da, zu viert, verpennt, zufrieden, der Tag konnte anfangen. Dann stand Anna auf, es gab Kakaoflaschen für die Kinder, Tee und Müsli für die Eltern. *Die Eltern*, das Wort kam ihm vor wie eine Blasphemie, wie eine Titelanmaßung. Er war kein Vater, hatte überhaupt kein Recht auf diese Kinder, die ihm trotz allem so fest ans Herz gewachsen waren. Warum wußte er erst jetzt, wie sehr er an ihnen hing?

Noch während er vor dem Waschbecken stand, Katzenwäsche

machte (das Badezimmer durfte er nur nach Voranmeldung benutzen) und sich nach nichts auf dieser Welt mehr sehnte, als unter Annas Dusche zu stehen, mit Leander auf dem Arm, und die warmen Strahlen über ihre schlüpfrigen Körper prasseln zu lassen, wieder eintauchen zu dürfen in diese warmplüschige Alltagsfamilienwelt, spürte er, wie trotz aller Sehnsucht diese bekannte und verhaßte Unruhe wieder in ihm hochstieg. Es war die Sucht des Kettenrauchers, der beinamputiert im Rollstuhl sitzt und gierig an der Kippe lutscht, die Sucht des Heroinabhängigen, der, aidskrank, geschwürbedeckt, nach der tödlichen Spritze lechzt. Es stieg wieder in ihm auf, wie eine Viper, wie ein hämischer Geist, diese dringliche, nicht zu unterdrückende Lust, sich eine unbekannte Frau anzueignen. Sich Befreiung zu verschaffen durch ihre Unterwerfung, Macht gegen Ohnmacht einzutauschen. Es war ihm egal, woher es kam, wer schuld hatte, wer darunter leiden mußte – er spürte einen irrsinnigen Druck, einen wahnsinnig machenden Juckreiz, der weggekratzt werden mußte. Er haßte sich dafür. Es war ihm, als steckten zwei grundverschiedene Menschen gleichzeitig in seiner Haut, die wechselseitig, ohne daß er Einfluß auf sie hätte, agierten. Der Tag- und der Nachtmensch. Beide waren ihm zutiefst vertraut, auf keinen konnte er verzichten. Leben war nur möglich, wenn es sie beide gab. Und bis vor kurzem hatten sie auch beide störungsfrei zusammengelebt. Bis er Anna traf und die Kinder kennenlernte. Und urplötzlich das unheimliche Gleichgewicht der Mächte aus den Fugen geriet. Lucys Gesicht auftauchte, wenn er bei einer Frau auf dem Bett saß. Deren Gesicht ihn später dann verhöhnte, wenn er Leander abends in die Badewanne steckte. Und je mehr er eintauchte in dieses warme, kuschelige Familienleben, desto gewaltiger wurde sein Wunsch, ihm zu entfliehen. Als würde der Nachtmensch protestieren, daß der Tagmensch zu sehr an Bedeutung gewann. Wie tödlich verfeindete Zwillinge.

Es gab keinen Ausweg, das wußte er. Er war wie ein siamesischer Zwilling, Gut und Böse, auf Ewigkeit zusammengewachsen.
Jeden Tag kaufte er alle Tageszeitungen, aber von Tino Töppler stand nichts drin. Es ärgerte ihn, daß er dem Impuls nachgegeben und die Tüte in Tinos Fach versteckt hatte, es war eine panische Reaktion gewesen. Warum hatte er die Spuren nicht einfach vernichtet, in den Fluß geworfen? Und wo war die verdammte Maske?
Gestern hatte er eine Stunde lang vor dem Telefon gesessen, bevor er mit klopfendem Herzen seine alte Nummer wählte. Wie immer war der Anrufbeantworter an, Lucys Stimme: »Hallo, hier ist der Anrufbeantworter« – Kinderkichern – »von Familie Blumenberg. Wir sind nicht da, aber bitte hinterlassen Sie eine – Mama, wie hieß das Wort? – eine Nachricht. Tschühüs.« Vom Anrufbeantworter hatte sie ihn also bereits gelöscht. Er wollte gerade wieder auflegen, als er Leanders aufgeregte Stimme hörte: »Hallo? Leander dan, hallo?« Er sagte nichts, seine Handflächen wurden naß, er saß wie festgewurzelt. Dann hörte er Leanders Protestgeheul und Gerds wütende Stimme: »Falls Sie es sind, Herr Stephan – diese Telefonnummer und diese Familie sind für Sie tabu! Haben wir uns verstanden? Sonst hole ich die Polizei.«
Er hatte auf dem Bett gesessen, aus dessen Matratze ein ganz feiner, leicht süßlicher Uringeruch des Vormieters stieg, und eine Minute lang intensiv mit sich gekämpft.
Dann zog er seinen Jogginganzug an.

29

»Wer war das?« fragte Anna.

»Dirty phone call«, meinte Gerd nur. »Soll ich die Gören ins Bett werfen, während du dir das Elend ein bißchen aus dem Gesicht schminkst? Bestehst du auf Baden, oder darf's Katzenwäsche sein?«

»Ich hab gar keinen Appetit«, sagte Anna. »Ich muß sowieso ein bißchen abnehmen. Sonst krieg ich noch 'ne Käferfigur wie meine Mutter.«

»Du hast sie ja nicht mehr alle.« Gerd war an den Küchentisch herangerollt und lud den Inhalt zweier Plastiktüten ab. »Ich hab meinen Italiener geplündert und ein Vermögen für Antipasti ausgegeben. Dazu ein paar Fläschchen Prosecco. Keine Widerrede, sonst wird Dr. Hoffmann böse.« Geschickt entkorkte er eine Flasche. »Du kennst mich als gnadenlos ehrlichen Mann, also heuchle ich jetzt kein Bedauern. Ich mochte deinen zweiten Mann genausowenig wie deinen ersten, bin deshalb heilfroh, daß er weg ist. Prost.«

Anna trank einen Schluck. »Ich komm mir vor wie Hiob«, sagte sie. »Ein Schicksalsschlag nach dem andern. Zwei Männer in einem Jahr, das ist ein bißchen viel.«

»Vielleicht will dir das Schicksal damit sagen, daß du für die Ehe nicht geschaffen bist«, meinte Gerd weise, während er in Richtung Badezimmer und Kindergeschrei rollte. »Und für den Görenstreß hast du ja mich.«

Anna blieb sitzen, jede Anstrengung war im Augenblick zuviel. Sie lauschte dem Juchzen und Schreien aus dem Badezimmer, hörte Gerds Lachen, wußte, daß er alles wunderbar im Griff hatte, daß zwar das Badezimmer hinterher schwimmen, die Kinder aber blitzsauber, eingecremt und geföhnt am Tisch sitzen würden.

Heile Welt, dachte sie bitter, und eine kaputte Frau, die keinen Mann halten kann.

Wo Marlon wohl jetzt war? Ob er sie genauso vermißte wie sie ihn? Wahrscheinlich lag er längst mit einer anderen Frau im Bett. Ob er wenigstens an die Kinder dachte? Im Bad stand noch sein Rasierwasser. Das Kissen im Bett roch noch nach ihm. Auf dem Laken waren noch die Flecken der letzten Nacht mit ihm. Sie schaffte es einfach nicht, das Bett abzuziehen, die Waschmaschine auf 95 Grad zu stellen, die Flecken einfach rauszukochen. Die letzte Erinnerung an ihn. Nachts lag sie wach und dachte an diese letzte Nacht mit ihm. An seinen Körper, seinen Duft, seine zärtlichen Worte. Er war so leidenschaftlich gewesen, so liebevoll – und jetzt war ihr klar, warum. Weil er wußte, daß dies die letzte Nacht werden würde. Während er ihr Liebesseufzer ins Ohr stöhnte und sie in seinen Armen fast verging, hatte er in Gedanken seinen Koffer gepackt. Sollte er alle Hemden mitnehmen, auch das Smokinghemd? Was war mit den Büchern? Als sie dann eingeschlafen war, lustmüde und selig, hatte er sich leise, ganz leise aus dem Bett geschlichen, hatte seinen grünen Samsonite aus der Kammer geholt und ihn vollgepackt. Immer wieder hatte er verstohlene Blicke auf seine arglos schlafende Frau geworfen, Gott sei Dank, sie schlief fest. Dann hatte er den Brief geschrieben, ihn auf den Tisch unter den Salzstreuer gelegt. Ob er sich daran erinnerte, daß er wenige Stunden zuvor Reiskörner hineingetan hatte, damit das Salz nicht so feucht wurde? Dann war er gegangen, hatte die Wohnungstür leise zugedrückt. Ob er sich von ihr verabschiedet hatte? Vor ihrem Bett gestanden, sie betrachtet, ihr vielleicht einen Kuß auf die Stirn gegeben? Sie bezweifelte es. Diebe, die sich in der Nacht davonschleichen, halten sich nicht mit solchen Kleinigkeiten auf. Zu gefährlich.

Feigling, dachte sie plötzlich, so ein mieser Feigling. Fast erleichtert spürte sie, wie endlich die Wut hochkam. So ähnlich hatte sie sich gefühlt, als sie zusah, wie der Sarg mit Klaus' Körper in die ausgehobene Grube des Friedhofs hinuntergelassen wurde. Und sich dabei vorstellte, wie dieser Mann, für den sie jetzt dieses teure, schwarze Kostüm trug, in diesen Sarg gekommen war. Auch ihm wurde der Familienclinch oft zuviel. Stundenweise Kinderwärme, gern. Aber dann der flüchtige Kuß, ciao, ihr Süßen, und ab ins kinderlose Männerparadies. Marlon schien so anders, geradezu kinderbesessen. Bitterer Irrtum.

»Möchtest du einen Gutenachtkuß von jeweils einer blankgeschrubbten Eisprinzessin und einem blitzsauberen Piraten?« Beide Kinder saßen strahlend auf dem Rollstuhl, den Gerd, leicht keuchend, in die Küche dirigierte. Sie sprangen herunter, auf Annas Schoß, sie schloß die Augen und gab sich einem sekundenlangen, intensiven Wohlgefühl hin, bis Lealu anfingen zu quengeln, sich wegzuschubsen, zu kneifen und die Sache ungemütlich wurde.

»Ab ins Bett«, befahl Gerd, und, o Wunder, ihm gehorchten sie aufs erste Wort. »In fünf Minuten komme ich und will zwei Kinder unter ihren Bettdecken sehen. Dann und nur dann erzähle ich euch, wie es mit dem Drachenkönig Eusebius und seiner schrecklichen Ehefrau Zickonie weiterging.«

Anna fühlte seinen forschenden Blick, mühsam erhob sie sich und packte die Einkäufe aus. Gliederschmerzen, dachte sie, mein Körper trauert um mein Leben, wie ungemein pathetisch. Sie war absolut keine Frau, die gern Nabelschau betrieb, die sich »ein Stück weit« selbst kennenlernen wollte, das sogenannte »innere Kind«, von dem die Psychologen neuerdings so gern sprachen. Das Wort »Beziehungsgespräch« verursachte ihr nervöses Kribbeln in den Kniekehlen, ein tiefes Gefühl des Unbehagens, darin hatte sie sich mit ihren Männern immer prächtig verstanden.

Doch dieses Gefühl, vom Leben überrannt zu werden, keine Chance gegen unerfreuliche Entwicklungen zu haben, ständig gequältes Opfer der Umstände zu sein, ließ sie an die Grenzen ihres sonstigen Pragmatismus stoßen. Wie ein böses Schicksal kamen ihr die letzten Monate vor. Was hatte sie verbrochen, daß Gott sie so bestrafte? Und was hatte Gerd verbrochen? Sie dachte an den Aufkleber, den sie gestern auf einem total ramponierten Fiat gesehen hatte. »Shit happens« – Scheiße passiert einfach. War es so einfach?

Sie schnitt das Brot auf, das Gerd befeuchtet und zum Aufbacken in den Ofen geschoben hatte. Er war wirklich die perfekte Hausfrau. Marlon dagegen hatte die Küche nur zum Essen betreten, und seine schmutzigen Klamotten schmiß er stets vor den Wäschepuff, nie hinein. Von seinen schmutzigen Badezimmerangewohnheiten gar nicht zu reden. Haare in jedem Waschbecken, die sie, wenn gar kein Wasser mehr abfloß, in einem seifigen, glitschigen Klumpen herausfischen durfte, verklebte Bürsten, aber all dies hatte sie nie ernsthaft gestört, also half es wenig, sich jetzt daran zu erinnern. Klaus war auch eine Schlampe gewesen, von Männern erwartete Anna nichts anderes. Doch Gerd war nicht so. Ein männlicher Hygienefreak, der rollende Widerspruch in sich.

»Würdest du bitte die Antipasti in kleine Glasschalen tun?« rief er auch jetzt empört. »Und bitte eine Serviette in den Korb, bevor du das Brot dort reinlegst. Das sieht doch einfach schöner aus.«

Sie gehorchte brav, weil er in diesen Haushaltsfragen einfach immer recht hatte.

»Die Kinder im Bett?« fragte sie, rein rhetorisch, denn wenn Gerd da war, lagen sie natürlich im Bett, nur bei ihr und Alexa sprangen sie noch bis Mitternacht auf den Sofas herum. »Natürlich«, sagte er nur, »schließlich ist es bereits acht, höchste Zeit für kleine Menschen.«

Er schob einen Stuhl vom Tisch weg, rollte sich an die Tischkante. »Eine Kundin hat heute, vor meinen Augen, ihr Porträt mit einem Kartoffelschälmesser zerfetzt«, erzählte er, während er getrocknete Tomaten, eingelegte Bohnen und Vitello tonnato auf seinen Teller drapierte, dazwischen ein Blatt Basilikum legte und das kleine Kunstwerk vor Anna hinstellte, weil er wußte, daß sie selbst sich alles in einem unappetitlichen Brei übereinanderhäufen würde. »Da ich nur mit Vorauskasse arbeite, hat es mich nicht sonderlich gejuckt, nur mein Messer war hin.«

»Was hat ihr denn an dem Bild nicht gefallen?« fragte Anna, dankbar für die Ablenkung.

»Zu realistisch«, meinte er trocken. »Sie ist Mitte achtzig und sieht auf dem Foto nicht aus wie Mitte zwanzig. Das hat sie geärgert.«

»Aber du hast doch extra diesen Kurs im Retuschieren belegt«, rief Anna. »Du bist doch Meister im Wegbügeln von Falten.«

»Dein Vertrauen ehrt mich.« Gerd hatte das zweite kulinarische Kleinkunstwerk fertig und stieß seine Gabel hinein. »Ich hab auch eine Nacht damit verbracht, die tiefen Furchen ihres Gesichtes in nette, kleine Gräben zu verwandeln. War eine Schweinearbeit, besonders Mund- und Augenpartie. Aber es war ihr nicht genug. ›Um Gottes willen, Herr Hoffmann, ich seh ja aus wie eine alte Frau.‹ Was soll man dazu sagen? ›Das sind Sie doch, Gnädigste, sogar 'ne uralte?‹« Er rollte die Augen. »Also hab ich ihr angeboten, ein bißchen nachzuretuschieren. Ohne Aufpreis natürlich. Weißt du, was sie da gekreischt hat?«

»Keine Ahnung«, sagte Anna und stippte ihre Brotkante in die Thunfischmayonnaise. »Aber die Neugier brennt mir unterm Mieder.«

Gerd lachte. »Schade, daß es nur die Neugier ist. Sie sagte also: ›Wollen Sie damit etwa behaupten, daß ich das nötig habe?‹ Ich war fassungslos.«

Zum ersten Mal seit langer Zeit fühlte Anna ihr Herz nicht mehr. Sie saß einfach nur da, eingehüllt in die Düfte von Gerds

Pfeife, von Wein und Essen, gab sich simplen Genüssen und einem völlig unangebrachten Gefühl von Wohligkeit und Entspannung hin. Neben ihr klingelte das Telefon. »Ja, hallo«, sagte sie.

»Hallo«, sagte eine Stimme.

Schlagartig war das Herz wieder da. Wild klopfend. O Gott!

»Marlon?« fragte sie. »Bist du es? Sag doch was!«

»Ich vermisse euch wahnsinnig«, sagte er. »Ich hoffe, euch geht's gut.«

Klick.

Sie legte auf, vorsichtig, fast ängstlich, als würde eine Hand aus dem Hörer greifen.

»Was war?« fragte Gerd.

»Das war Marlon«, sagte sie tonlos. »Er vermißt uns.«

Sie stand auf.

»Geh jetzt bitte«, sagte sie. »Vielleicht ruft er noch mal an.«

Er beugte sich vor, küßte sie ganz sanft auf die Nase. »Ich liebe dich auch«, flüsterte er im Wegrollen, aber sie hörte ihn nicht mehr.

In seiner Wohnung angekommen, rief er sofort Alexa an. »Gerd hier. Was hat Marlon angestellt?« Er lauschte. »Wie bitte? Bist du ganz sicher? O, mein Gott, wie schrecklich! Und wann sagst du es Anna? Nee, mein Engel, das werd ich dir ganz bestimmt nicht abnehmen.«

30

Alexa fand die kleine Seitenstraße erst nach dreimaligem Nachschauen in ihrem zerfledderten Stadtplan. Neuwiedenthaler Höhe – ein Einfamilienhäuschen aus Klinker reihte sich ans andere, alle säuberlich durch Jägerzäune voneinander getrennt. Sie blendete die Nebelscheinwerfer auf, um die Nummer 35 zu suchen. 2, 31, 33. Nummer 35 war weiß gestrichen, mit grünen Fensterläden und einer imposan-

ten Ansammlung von Gartenzwergen, die vom Zaun bis zur Eingangstür ihr deutsches Unwesen trieben. Alexa schüttelte sich. Vor der Tür eine braune Matte mit verblichenem WILLKOMMEN drauf.
Es war fünf Minuten vor Mitternacht, als Alexa mit ihrer Taschenlampe die kleinen Schilder im Eingang inspizierte und die Tür so ruckartig aufgerissen wurde, daß sie fast im Hausflur landete.
»Was machen Sie hier?« Die weibliche Stimme klang schrill.
Alexa richtete sich auf, musterte die kleine Frau im Bademantel und wirren Haaren, die sie ängstlich und abwehrend anstarrte.
»Entschuldigen Sie die Störung«, sagte Alexa höflich, »aber ich wollte eigentlich zu Herrn Stephan. Der wohnt doch hier?«
Die Frau zog ihren Bademantel enger und musterte sie feindselig. Alexa wußte, daß dies zum Teil mit ihrem exotischen Äußeren zu tun hatte. Wilde Locken, kurzer Rock, leicht getönte Hautfarbe, das bedeutete in den Augen des durchschnittlichen Kleinbürgers nur eins – Sex und Laster, beides reichlich.
»Der wohnt nicht mehr hier«, sagte die Frau mit schmalen Lippen. »Der hat sich einfach davongemacht.«
»Hat er denn nicht gesagt, wohin er geht? Keine Adresse hinterlassen?« Alexa wußte, daß diese Frage überflüssig war, wollte nur den Gesprächsfaden noch nicht abreißen lassen. »Darf ich vielleicht ganz kurz sein Zimmer sehen?«
Die Frau zuckte die Schultern. »Von mir aus. Aber es ist nichts mehr von ihm da. Nur ein Foto.«
Alexa sah es sofort, als sie den kleinen, dunklen Raum betrat. Es lag auf dem kleinen Küchentisch, der, zum Schreibtisch umfunktioniert, vor dem Fenster stand. Auf der Plastikunterlage lag ein Farbfoto. Alexa nahm es hoch.
»Ein schöner Mann eigentlich«, meinte die Alte hinter ihr, »aber

ein Mann muß ja nicht häßlich sein, um Schweinereien zu machen.«
»Das ist leider richtig«, sagte Alexa und steckte das Bild ein. Es war ein altes Bild von Marlon, aufgenommen vor ungefähr zehn Jahren in einem Schwimmbad. Er lehnte lässig am Sprungbrett, braun, schlank, schön. Am linken Handgelenk trug er eine Uhr mit einem dicken, schwarzen Armband und einem schwarzen Zifferblatt.

31

Sie war das erste, das Tino Töppler sah, als er an diesem Abend über die Schwelle von *Bertie Fick* stolperte. Sie prangte am Handgelenk eines Mannes im grauen Jogginganzug, der mit dem Rücken zu ihm an einem Ecktisch saß. Sein Herz schlug rasend. Der Schwulenwecker, wie er die Uhr seinerzeit scherzhaft genannt hatte, als er sie zum erstenmal im Lehrerzimmer sah. Seit seiner überraschenden Verhaftung und Wiederfreilassung, alles innerhalb von 48 Stunden, hatte Tino Töppler den hochexplosiven Mix von Depression und heißkalter Wut mit Alkohol in Schach zu halten versucht – und das mit wechselndem Ergebnis. Natürlich hatten sich alle bei ihm entschuldigt – sogar Wuttke quetschte sich ein »Sorry, alter Junge, das war wohl nichts« ab, gefolgt jedoch von einem: »Aber wer sich in Gefahr begibt, kommt darin um.« Töppler fühlte sich wie einer, der zu Unrecht wegen sexuellen Mißbrauchs an kleinen Jungs angeklagt wurde, freigesprochen, gut und schön, aber der Verdacht blieb trotzdem an ihm kleben. Es wird schon was drangewesen sein. Von nichts kommt nichts. »Sex mit Schülerinnen? Ein Lehrer unter Verdacht« stand als fette Schlagzeile in den Morgenzeitungen, und wen scherte es, daß er bereits Stunden später wieder ein freier Mann war. Seine fassungslose Mutter war tränenüberströmt am Telefon, seine Ex-Frau tröpfelte Häme und Gift durch die

Leitung, jeder Gang über den Schulhof war ein Spießrutenlaufen. Der Druck in ihm wuchs und wuchs, und als er jetzt diese protzige Uhr sah und versuchte, den Alkoholnebel aus seinem Kopf zu wischen, war ihm alles egal. Alles.

»Tino, altes Haus, wie geht's?« Bertie Fick sah seinen angetrunkenen Gast ins Lokal torkeln, kam ahnungsvoll hinterm Tresen hervor. »Wie wär's zwischendurch mit einem schönen, starken Kaffee?«

Töppler ignorierte ihn. Mit einem Plumps ließ er sich am Ecktisch nieder. »Ein Bier, Bertie.«

Der Mann gegenüber hatte das Gesicht in den Händen vergraben.

Töppler betrachtete die zusammengesunkene Gestalt, und ganz plötzlich verließ ihn seine Wut. Armes Schwein, dachte er. Ein Spruch seiner Mutter fiel ihm ein: Es gibt Menschen, die müssen nicht mehr bestraft werden, weil sie durch sich selbst bestraft genug sind. Er nahm einen großen Schluck aus dem Glas, das ihm Bertie hingestellt hatte, wischte sich den Schaum von den Lippen und beugte sich vor: »Marlon?« Seine Stimme war leise, fast freundlich. »Bist du es, alter Knabe?«

Der Mann schaute hoch. Sein Gesicht war blaß, fast hager, und die trüben Augen waren eingesunken wie in einem Totenschädel. Als Marlon erkannte, wer ihm gegenübersaß, machte er unwillkürlich eine Fluchtbewegung, wollte den Tisch wegrücken, aber seine Kraft reichte nicht. »Es tut mir leid«, sagte er nur. »Wenn du mich verpfeifen willst, tu's doch. Um die Ecke ist das nächste Polizeirevier.«

Töppler schob ihm sein Bierglas hin. »Ich hab noch nie gepetzt«, flüsterte er, weil er merkte, daß sie von Bertie mit Argusaugen beobachtet wurden. »Und in meinem hohen Alter werd ich bestimmt nicht damit anfangen.«

Marlon blickte auf, eine Sekunde lang verhakten sich die Blicke der beiden Lehrer.

»Mach's gut«, sagte Töppler und ging zum Tresen, wo Bertie betont sorgfältig die Gläser trocknete. »War das nicht…?« fragte der Wirt.
»Ich weiß nicht, was du meinst«, antwortete Töppler und warf ein Geldstück auf den Tresen. »Stimmt so.«
Als er sich umdrehte, war Marlon verschwunden.

32

Die Morgensonne glitzerte über der Stadt, als Alexa vor Annas Haus parkte und unentschlossen im Auto sitzen blieb.
»Sollen wir gleich mit hochkommen?« fragte Peter König, der mit zwei weiteren Kollegen den Hausdurchsuchungsbefehl vollziehen würde. Er seufzte. Eines der unangenehmeren Dinge seines Berufes. Für ihn war es fast so etwas wie eine Vergewaltigung der Privatsphäre, auch wenn sie noch so sehr gerechtfertigt sein mochte. Er fühlte sich wie ein – wenngleich legitimierter – Dieb, wenn er Schränke durchwühlte, in Kisten kramte, die Laken von den Betten riß.
»Wie lange brauchst du?« fragte er Alexa. Sie war ungewohnt bleich und stumm heute.
»Gib mir dreißig Minuten«, sagte sie leise. »O Gott, am liebsten möchte ich mich verkriechen. Ein Scheißjob, den wir haben!«
Sie hatte sich tausend Anfangssätze zurechtgelegt und alle wieder vergessen. Draußen fing der Tag an – müde Rentner ließen ihre Hunde vor die Tür, wo sie direkt neben den Autos das Bein hoben und kleine, stinkende Häufchen setzten. Kinder liefen mit baumelnden Brottaschen auf die Straße, schauten die Fenster hoch, wo ihre Mütter standen und winkten, bleiche Familienväter klemmten ihre Tasche unter den Arm und gingen Richtung U-Bahn. Das ganz normale Leben eben, dachte Alexa. Und irgendwo wird ein Kind gezeugt, ein

Mensch stirbt, eine Frau wird zusammengeschlagen, ein Kind mißbraucht, und der Tag geht weiter.
Sie klingelte, und während sie den Finger vom Klingelknopf nahm, fühlte sie ihren Herzschlag so stark, daß sie wie schützend die Hand darauf legte. Lucys kindlich-rauhe Stimme kam durch die Gegensprechanlage: »Hier ist Lucy, und wer bist du?«
Alexa holte so tief Luft, daß ihr schwindelig wurde. »Ich bin's, Alexa, machst du mir auf?« Es summte, sie drückte. Ich hab den totalen Blackout, dachte sie, als sie die Treppen hochging. Die Konferenz mit Dr. Landmeyer war um neun Uhr anberaumt, dann würde die Großfahndung losgehen, Fernsehen, Presse, alle würden informiert werden, bis dahin mußte Anna Bescheid wissen.
Anna stand am Küchentisch und belegte die Frühstücksbrötchen, als Alexa hereinkam.
»Hi«, sagte sie nur, »bitte keine Hiobsbotschaften diesmal. Die hab ich in letzter Zeit genug gehabt.« Als sie sich umdrehte, ihr einen flüchtigen Kuß gab, erschrak Alexa. Anna sah aus wie nach einer langen Krankheit, ein dünner, grauer Schatten.
»Du siehst ja aus wie ausgekotzt«, rutschte es ihr heraus.
»Danke, meine Liebe. Wie aufbauend. Dabei hast du ausnahmsweise mal recht.« Anna schnitt zwei Äpfel in Viertel, steckte sie in eine Tupper-Dose. »Vitamine für Lucy«, sagte sie.
»Was ist, Magenvirus?« fragte Alexa, die von einem Bein aufs andere trat, weil die nervöse Anspannung sie zittrig machte.
»Schön wär's«, sagte Anna.
»Bitte sprich nicht in Rätseln zu mir«, Alexa war kurz vor dem Nervenzusammenbruch. »Was ist los, bist du krank?«
»Ich bin schwanger«, sagte Anna, drehte sich um. Um ihren Mund spielte ein ironisches Lächeln. »Ein letztes Souvenir von Marlon. Weswegen bist du gekommen?«

Annas Schrei war so gellend, daß ihn Gerd durch die Zimmerdecke hörte. Oben angekommen, griff er sich als erstes die verschreckten Kinder, flüsterte ihnen ins Ohr, daß die Mama wahrscheinlich die grüne Hexe mit den silbernen Hörnern gesehen und sich deshalb so erschrocken habe. »Wir schleichen uns jetzt ganz schnell in den Kindergarten, bis dahin hat die Hexe das Weite gesucht.«

Im Treppenhaus kamen ihm drei Männer entgegen, die in ihren betont unauffälligen Mänteln sehr auffällig aussahen. Kriminalbeamte, das wußte Gerd sofort.

»Wollen Sie zu Frau Blumenberg?« fragte er. Die Herren ignorierten ihn und eilten die Treppe rauf.

»Was wollen die denn bei Mama?« fragte Lucy und sah den Männern nach.

»Wahrscheinlich die Gasuhr ablesen«, meinte Gerd nur.

Annas Küche sah aus wie ein Schlachtfeld. Sie hatte das Geschirr vom Tisch gefegt, in rasender Wut und Verzweiflung, die Schränke geöffnet, alles raus, kaputt, genau so, wie mein Leben kaputt ist, dann stand sie vor dem Scherbenhaufen, lachte hysterisch, bevor sie anfing zu heulen.

Alexa ging vorsichtig über den Trümmerhaufen. »Willst du einen Schnaps?« fragte sie leise, jeder laute Ton hätte vermutlich einen neuen Ausbruch von Hysterie zur Folge gehabt. »Ich hab Zitronenlikör aus Capri in der Tasche, der soll gut für die Nerven sein.«

Wie aus tiefem Schlaf erwacht schaute Anna sie an: »Wie viele Frauen soll mein Mann vergewaltigt haben?« Ihre Stimme klang ruhig, als stünde sie unter dem Einfluß von Schlaftabletten.

»Wir wissen es nicht genau«, antwortete Alexa, heilfroh, daß ihre Freundin sich ein bißchen beruhigt hatte. »Aktenkundig sind acht, doch die Dunkelziffer bei diesen Delikten ist erfahrungsgemäß ziemlich hoch.«

»Und wie soll er das gemacht haben?« fragte Anna aggressiv, so als wäre Alexa schuld an ihrem Unglück.
»Er hat die Frauen« – rücksichtsvoll vermied sie das Wort »Opfer« – »manchmal betäubt«, sagte sie, »und Gewalt hat er nur angewendet, wenn sie sich gewehrt haben.«
Warum bin ich so samtpfötig, wunderte sie sich, sie wird die Wahrheit ja sowieso erfahren. Spätestens wenn sie in den nächsten Tagen die Zeitungen aufschlägt und jeder Gang aus dem Haus zum Spießrutenlaufen wird.
»Anna?« Sie ging auf sie zu, schüttelte sie sanft. Keine Reaktion.
»Anna, bitte hör mir zu. Ich muß dich ein bißchen vorbereiten auf die nächste Zeit. Es wird nicht einfach für dich und die Kinder. Soll ich dir einen Kollegen vom Personenschutz geben? Damit du nicht belästigt wirst?«
Anna schaute sie an. »Ich glaube dir kein Wort. Mein Mann geht aus dem Haus und vergewaltigt Frauen, und ich als seine Ehefrau habe keine Ahnung davon? Das ist ja wohl der allergrößte Schwachsinn. Für wie blöd hältst du mich?«
Ihre Hände trommelten auf dem Küchentisch. Alle Nägel waren blutig gebissen.

33

»Allerhöchste Alarmstufe«, sagte Landmeyer zu den sechs Kollegen, die vorige Nacht die Soko »Maske« gebildet hatten, eine Kommission, die nur für die Ergreifung des Täters Marlon Stephan zuständig war. Die Soko, sechs Männer und zwei Frauen, hingen seit Stunden an den Telefonen, verfolgten jede nur denkbare Spur.
Die Tageszeitungen hatten bereits ein Foto (keiner wußte, woher), denn Landmeyer hatte strikte Nachrichtensperre verhängt.
»Wer geht zur Ehefrau?« fragte er jetzt, und wie bei einer

schwierigen Matheaufgabe in der Schule senkten alle die Köpfe. Das Befragen von Familienangehörigen war in solchen Fällen äußerst heikel, es flossen Tränen, es flogen Fäuste, es war immer emotionsgeladen und anstrengend, keiner hatte Lust darauf.

»Hilke, wie wär's mit dir?« fragte Landmeyer, und die circa fünfzigjährige, freundlich ergraute Kriminalmeisterin Hilke Mertens nickte ergeben. Sie stand auf, drehte sich zu den Kollegen um und sagte gelassen: »Geschickt gemacht, Kollegen. Erst die Hausdurchsuchung, dann die Befragung. Da kommt richtig gute Stimmung auf. Ein Weiterbildungskurs in Psychologie wäre hier angebracht.« Sie zog ihren Mantel an, verließ den Konferenzraum.

Landmeyer klatschte in die Hände: »Aufgewacht, Kollegen. Was ist mit seiner Zimmerwirtin? Waren unsere Spurenleute da? Sie hat schon saubergemacht? Scheiße! Dicht vorbei ist auch daneben. Kollegen befragt? Was ist mit seiner Mutter, lebt die noch? Andere Frauen, nicht vergewaltigte, ich will alles, meine Lieben, und noch mehr. Sie kennen ja meine Devise – Erfolg haben, nicht den Mißerfolg erklären.«

Hilke Mertens rauchte mit vibrierenden Lungenflügeln, während sie ihr Auto mit einer Hand am Steuer routiniert im Halteverbot parkte. Sie legte ihre Polizeiplakette hinter die Windschutzscheibe, die sie auch privat benutzte – einmal hatte Dr. Landmeyer sie erwischt und halbherzig gerügt –, und machte bedauernd die Zigarette aus. Sie war eine leidenschaftliche Genußraucherin, morgens griff sie blind zur Schachtel, erst nach dem ersten Zug öffnete sie die Augen, eine Stunde ohne Nikotin war in ihren Augen eine vergeudete Stunde. Da der Nichtraucherwahn zu ihrem größten Bedauern immer mehr um sich griff und sie Opfern, Zeugen und Tätern schließlich nicht den Rauch ins Gesicht blasen konnte, mußte

sie immer öfter Zwangspausen einlegen. Sie wurde dann unruhig und zitterig, verlor die Konzentration, wollte so schnell wie möglich wieder an die Schachtel. Ein Problem, das wußte sie, aber keins, das sie lösen wollte.
Als ihr Anna die Tür öffnete, umwehte sie eine Wolke aus Nikotin und Alkohol, und Hilke Mertens dachte: Gott sei Dank, ich kann rauchen. Die Wohnung sah aus wie ein Schlachtfeld, offensichtlich waren die Kollegen mit dem Durchsuchungsbefehl schon dagewesen.
»Ich bin Hilke Mertens von der Soko 69. Es geht um Ihren Mann«, sagte sie, den Zustand der Wohnung ignorierend. »Haben Sie einen Augenblick Zeit für mich?«
Sie folgte Anna in die Küche, beim Anblick eines überquellenden Aschenbechers fragte sie: »Darf ich rauchen?«
Anna nickte. »Tut mir leid, wie es hier aussieht«, entschuldigte sie sich, »aber der Tag heute, ich bin einfach fertig.« Sie holte eine Flasche Wein aus dem Kühlschrank, entkorkte sie, schenkte ihr Glas nach. »Trinken Sie im Dienst?« fragte sie unverblümt.
Hilke Mertens errötete und dachte: Woher weiß sie das? Denn sie hatte in der Tat ein kleines Alkoholproblem.
»Im Prinzip nicht«, sagte sie, »aber wenn Sie nichts dagegen haben, trinke ich einen Schluck zur Gesellschaft mit.«
Die beiden Frauen musterten sich stumm, während sie Ringe in die Luft bliesen und Wein tranken. Sie ist auch vom Leben gebeutelt, dachte Anna, genau wie ich. Und damit lag sie richtig. Hilke Mertens hatte ein Leben lang Pech mit Männern gehabt. »Die permanente Scheiße« so nannte sie ihr Lebensmotto. Zweimal geschieden, jedesmal verprügelt, jedesmal finanziell ausgeblutet, hatte sie sich in einen jungen Bosnier namens Rados verliebt, der auf seinen Asylbescheid wartete. Nach zwei Wochen auf deutschem Boden hatte er bereits einen florierenden Hehlerring aufgezogen, unbemerkt von Hilke, die

Rados abgöttisch liebte. Inzwischen saß er im Knast, wo sie ihn regelmäßig besuchte.
»Haben Sie Marlon Stephan geliebt?« Keine Polizeifrage. Von Frau zu Frau.
»Was geht Sie das an?« rief Anna gereizt. »Außerdem – im Zweifel für den Angeklagten. Und daß mein Mann abends gern zum Joggen geht, macht ihn ja noch nicht zum Kriminellen, oder? Außerdem bin ich schwanger.«
»Um Gottes willen«, rief Hilke Mertens. »Haben Sie einen guten Arzt? Sonst hab ich einen, der macht's sogar auf Krankenschein.«
Anna schaute sie ungläubig an. »Sie raten mir zur Abtreibung?«
»Sie wollen dieses Kind doch nicht etwa behalten?« Hilke war entsetzt. »In Ihrer Situation?«
Annas Gesicht wurde verschlossen. »Was kann mein ungeborenes Kind für das komplizierte Leben seiner Eltern? Im übrigen ist meine Schwangerschaft ja nicht Grund Ihres Besuches. Was kann ich sonst noch für Sie tun?«
Sie wird es mir schwermachen, dachte Hilke, als sie das energisch vorgestreckte Kinn, die schmalen Augen ihres Gegenübers betrachtete. Freiwillig wird sie mir nichts sagen. Was ich in ihrer Lage auch nicht tun würde. Und vielleicht weiß sie ja auch wirklich nichts.
»Ich würde in Ihrer Lage auch nichts sagen«, wiederholte sie ihre Gedanken, »schließlich sind Sie noch verheiratet, die schlimme Wahrheit ist relativ neu für Sie. Aber wir müssen Ihren Mann finden und verhaften, verstehen Sie? Sonst sind andere Frauen in Gefahr.«
Anna seufzte tief. »Ich weigere mich einfach, Ihnen zu glauben. Der Mann, mit dem ich sechs Monate lang das Bett geteilt habe, soll vorher zu anderen Frauen in die Wohnung gestiegen sein und sie vergewaltigt haben? Was soll er da gesucht haben,

was er bei mir nicht gefunden hat? Wirke ich auf Sie wie eine Frau, die so unattraktiv ist, daß ein Mann zu drastischen Maßnahmen greifen muß, damit er seine sexuelle Befriedigung findet?«
Hilke Mertens seufzte und inhalierte tief. Mea culpa, mea maxima culpa. Diese typische Frauensünde. Ich war schuld, sonst wäre er nicht so. Ich hab ihn dahin getrieben. Ich bin nicht gut, nicht schön, nicht sexy genug für ihn. Dachten Männer jemals so?
Sie kannte keinen einzigen.
»Zu mir war er nie aggressiv«, sagte Anna jetzt, »im Gegenteil. Er war ausgesprochen zärtlich, auch zu den Kindern.«
Wortlos kippte Hilke Mertens den übervollen Aschenbecher in die Mülltonne. »Dr. Jekyll und Mr. Hyde«, meinte sie. »Bei sexuell devianten Tätern bleibt die Intimpartnerin meistens verschont, sie ist ja Bestandteil seines Lebens, nicht seiner Phantasie. Aber das hilft Ihnen auch nicht weiter.«
»Ich weiß gar nichts«, sagte Anna erschöpft. »Mir ist nichts aufgefallen, außerdem hat er mich vor drei Wochen verlassen, Sie können seinen Abschiedsbrief gern lesen.«
»Was, er hat sich überhaupt nicht mehr bei Ihnen gemeldet?« fragte Mertens. »Kein Brief, kein Anruf, kein gar nichts?«
Was weiß sie? dachte Anna. Hat Alexa etwa geplaudert? Unwahrscheinlich. »Kein gar nichts mehr«, sagte sie. »Für die Kinder ist es besonders schlimm. Sie fragen ständig nach ihm. Papa ist auf einer weiten Reise, hab ich gesagt. Wann kommt Papa denn wieder? Bringt er uns was mit? Ganz bestimmt, sage ich.«
Mertens nahm ihre Hand, drückte sie fest. »Ganz schön beschissen«, sagte sie ehrlich, »als mein dritter Ehemann oft so betrunken war, daß er nachts ins Bett machte, fragte mich meine damals vierjährige Tochter: ›Braucht der Papa auch ’ne

Windel?‹ Das war auch so ein Moment, wo ich einfach keine Antwort wußte. Zum Glück hat er uns kurz darauf verlassen.«

Sie sagten gar nichts mehr, versanken in trübe Gedanken.

Bis auf dem Flur das quietschende Geräusch bremsender Reifen zu hören war.

Gerd, dachte Anna erleichtert.

Er hielt seinen Kopf um die Ecke, lachte die Frauen an. »Du hast Besuch«, sagte er, »und ich hab Spaghetti auf dem Schoß. Ist verdammt heiß. Soll ich später wiederkommen?«

»Bleib ruhig«, rief Anna, wandte sich an die Beamtin, die gerade eine neue Schachtel öffnete und eine Zigarette herausklopfte. »Essen Sie einen Happen mit? Gerds Spaghetti Puttanesca sind vorzüglich!«

Es roch verführerisch aus der Schüssel, die Gerd jetzt auf den Küchentisch stellte, aber Hilke Mertens stand energisch auf.

»Die Pflicht ruft, und ich hab Übergewicht«, sagte sie bedauernd. »Wenn Sie irgend etwas hören, bitte rufen Sie mich an. Hier ist meine Karte, ich bin Tag und Nacht erreichbar.«

Sie entschwand, Gerd hob naserümpfend den Aschenbecher hoch, in dem eine Abschiedskippe glimmte. »Es gibt nichts Widerlicheres als eine rauchende Frau«, sagte er. »Ich hoffe, du hörst auch bald wieder auf. Deine Haut riecht schon danach.«

»Is ja gut«, sagte Anna.

Das Telefon klingelte.

»Ich geh ran«, sagte Gerd schnell und nahm den Hörer ab. »Bei Blumenberg.«

»Ist Anna da?« Die Männerstimme klang verstellt.

»Für dich ist Anna nicht zu sprechen«, sagte Gerd energisch und legte auf.

Anna stand mit großen Augen in der Tür.

»Marlon?« fragte sie.

Er nickte.
»Was wollte er?«
»Dich sprechen.«
Sie setzte sich. »Was will er bloß noch von mir?« fragte sie ratlos. »Warum läßt er mich nicht endlich in Frieden?«
Gerd füllte ihr den Teller, drückte ihr eine Gabel in die Hand. »Dein Mann ist krank«, meinte er, »und braucht dringend Hilfe. Aber die kannst du ihm nicht geben. Vergiß ihn, wenn du kannst.«
Er beugte sich vor und küßte sie. Mit seinem überraschend starken Arm zog er ihren Kopf an sich heran, sah zufrieden, daß sie ihre Augen geschlossen hatte.
Ihre Lippen waren so weich, daß er seine fast widerstrebend öffnete. Zu schön war dieses Gefühl. Doch dann war es, als hätte er nie eine andere Frau geküßt, als wäre er einzig für diesen Moment auf der Welt, dieser Kuß mußte sein, der liebe Gott hatte ihn so gewollt. Ihr schien es genauso zu gehen, denn sie hielt die Augen geschlossen, als sich ihre Lippen längst voneinander gelöst hatten.
»Wow«, sagte sie dann leise. »Ich wußte gar nicht, daß du so phantastisch küssen kannst.«
»Nur meine Beine sind gelähmt«, sagte er, »alles andere ist intakt.«
Vorsichtig rückte sie von ihm ab. »Es geht nicht, Gerd, ich kann Marlon jetzt nicht im Stich lassen. Er braucht mich.«
»Im Stich lassen?« schrie er aufgebracht. »Wer hat denn wen im Stich gelassen? Vergiß diesen Mann, Anna, vergiß ihn endlich.«
Und obwohl er mit sinkendem Herzen die Entschlossenheit in ihren Augen sah, war er doch ehrlich genug, sich einzugestehen, daß es ja gerade diese bedingungslose Loyalität, diese grenzenlose Liebesfähigkeit von ihr war, in die er sich als erstes verliebt hatte. Nur daß sie leider nie ihm galt.

»Du glaubst nicht, daß er es war.« Eine Feststellung, keine Frage mehr.
Das Telefon klingelte wieder, aber keiner ging ran.
»Nein«, sagte sie fest. »Ich glaube nicht, daß Marlon ein Vergewaltiger ist. Das hätte ich doch merken müssen. Ich hab ihn doch geliebt.«

34

Der Kindergarten *Allerleirauh*, ein schmucker Backsteinbau mit großem Garten, hatte auch dann seinen Namen nicht geändert, als die Vorsitzende der Frauengruppe Hamburg-Nord darauf hinwies, daß es sich bei diesem Märchen um eine inzestuöse Vater-Tochter-Beziehung handele, und eine Umbenennung in *Die kleine Drachin* forderte. Die Kindergärtnerinnen jedoch fanden den Namen lustig und meinten, außer der hochlöblichen Vorsitzenden wisse sowieso kein Mensch, worum es bei *Allerleirauh* überhaupt ginge, und alle Märchen seien brutal. Es gab eine hitzige Elternversammlung, auf der die – nur spärlich anwesenden – Männer bloß den Kopf schüttelten, die Mütter etwas ratlos waren, aber kaum jemand dem Aufruf der Frauengruppe nach Entfernung der Kinder aus einem so skandalös benannten Hort Folge leistete.
Anna hatte seinerzeit zu den Kopfschüttlern gehört, zumal Lealu ausgesprochen gern in diesen Kindergarten gingen. Die Räume waren, obwohl öffentlich, groß und sonnig, der Garten hatte eine Riesensandkiste, der Ausländeranteil war erfreulich hoch, zumal es sich in dieser Wohngegend ausnahmslos um sogenannte »Vorzeigeausländer«, also Kinder von Diplomaten, Geschäftsleuten oder Schauspielern handelte.
Gerd hielt direkt vor der rotlackierten Eingangstür und ließ die beiden Kinder auf den Bürgersteig. »Ab mit euch! Brottaschen dabei? Um 13 Uhr hol ich euch ab. Dann steht ihr wieder an

dieser Stelle. Schuhe sind zugebunden, Mäntel zugeknöpft, verstanden?« Lealu nickten und liefen auf die Tür zu.

»Da kommen sie«, sagte Lisa Pfefferkorn, die Hortleiterin, besorgt. »Legt bitte die Zeitungen weg. Und verhaltet euch ganz normal. Die Mutter hat mir gesagt, sie wissen von nichts.« Die Kindergärtnerinnen nickten. Sie alle hatten die Morgenzeitungen gelesen, sich bereits genüßlich die Mäuler zerfetzt. Die Geschichte war einfach zu gruselig, als daß man sich nicht an ihr ergötzen konnte. »Wenn ich daran denke, wie oft er die Kinder hergebracht und abgeholt hat«, flüsterte die Praktikantin Sabine Rosenschön erschaudernd. »Er war so liebevoll und sah dabei so toll aus. Ein richtiges Prachtstück.«
Dann schwappte die Woge der Kinder herein. Sie hängten wie jeden Morgen ihre Brottaschen an die Haken vor ihren Spielzimmern, stritten, lachten, rauften – und der Alltag ging weiter.
Als die Kinder nach dem Frühstück im Garten spielten, suchte Max Siefert Lucy. Er war der älteste und schwierigste, jüngstes Kind einer Alkoholikerfamilie, viel geschlagen, wenig gestreichelt, ein durch falsche Ernährung aufgeblähter, unfröhlicher, stets kampfbereiter Junge, um den die anderen Kinder einen Bogen machten, was seine Aggressionen nur verschlimmerte. Lucy war sein Lieblingsopfer. Erst gestern hatte er ihr die Augen verbunden und sie in den Geräteschuppen gesperrt. Sie hatte vor Angst in die Hosen gemacht.
»Lucy, Lucy«, rief er jetzt durch den Garten. Sie überhörte ihn geflissentlich, baute weiter mit ihrer Freundin Isabelle an einer großen Sandburg, die sie liebevoll mit Muscheln verziert hatten. »Na, ihr Beknackten!« Er war näher gekommen.
Lucy sah seinen begehrlichen, auf die Sandburg gerichteten Blick und schrie: »Hau ab, du Blödmann, laß unsere Burg zufrieden!«

Er sah sie lauernd an. »Weißt du, was dein Papa ist?« fragte er.
»Mein Papa ist mein Papa, und jetzt geh weg«, antwortete sie unwirsch und legte eine Muschel auf die Turmzinne. »Laß uns in Frieden.«
Max sprang aufgeregt auf und ab. »Dein Papa ist ein Gewaltiger, dein Papa ist ein Gewaltiger«, sang er. »Das hat meine Mutter heute morgen in der Zeitung gelesen.« Mit diesen Worten schubste er sie mitten in die Sandburg und lief kichernd davon.
»Was ist denn, mein Schatz?« Frau Pfefferkorn hatte die Kinder durch ihr Bürofenster beobachtet. »Hat dich der Max wieder geärgert?«
Lucy war außer sich. »Meine Burg ist kaputt, und alle Muscheln sind geplatzt.« Sie schluchzte herzerweichend. Die Leiterin war erleichtert, offensichtlich war nichts Schlimmeres passiert.
»Und dann hat er noch gesagt, mein Papa ist ein Gewaltiger«, fuhr das Mädchen fort. »Was ist das, Pfeffi, ein Gewaltiger?«

35

»Mama, was ist ein Gewaltiger?« Lucys Stimme klang fröhlich. Mama nähte gerade ein Schneewittchenkostüm für sie, und Gerd war da und würde hinterher mit ihr die *Pongo-und-Perdita*-Kassette anschauen.
»Ein Gewaltiger?« fragte Anna und schaute Gerd fragend an, der die Schultern zuckte und mit seiner tänzelnden Zungenspitze zwischen den Lippen die Stoffstücke zurechtschnitt.
»Walliger, walliger«, krähte Leander dazwischen. Seine kleine Bastelecke sah aus wie eine Großstadtverkehrskreuzung, auf der es zu einer Massenkarambolage gekommen war.
»Das hat der blöde Max heute im Kindergarten gesagt.« Lucy schob sich einen Schokoriegel in den Mund, verschluckte sich. »Das steht auch in der Zeitung, hat er gesagt. Also, was ist das, ein Gewaltiger?«

Anna holte tief Luft, blies kräftig über den Tisch. Der Schneewittchenkragen und die Spitzenärmel blähten sich auf.
»Gerd, hast du eine Ahnung, was das ist?« fragte sie feige, um Zeit zu gewinnen.
Der sah sie durchdringend an, amüsiert, ironisch. Und es lag noch etwas anderes in seinen Augen, vor dem sie sich abwenden mußte, um einen imaginären Krümel vom Tisch zu wischen.
»Gewaltig heißt riesig«, antwortete Gerd schnell. »Aber wahrscheinlich hat Max das Ganze verwechselt. Wahrscheinlich meint er den gewaltigen Sturm, den wir gestern hatten. Komm mal her, damit ich sehen kann, ob der Kragen groß genug ist.«
»Aber Max hat gesagt, daß das was ganz Schlimmes ist.« Lucy war nicht bereit, jetzt schon aufzugeben. »Was hat denn Papa Schlimmes gemacht, Mama?«
Noch nie in ihrem Leben hatte sich Anna so ratlos gefühlt wie in diesem Moment am Küchentisch, wo vier runde Kinderaugen vertrauensvoll-neugierig auf ihr ruhten. Sie sah Gerd an, spürte, daß er, der Treue, sich ebenfalls das Hirn zermarterte, aber auch nicht weiterwußte.
»Die Polizei sagt, daß Papa Frauen erschreckt hat«, fing sie langsam an, während es fieberhaft in ihr weiterarbeitete. »Er ist in ihr Haus eingestiegen und hat Buh gemacht.«
Lucy kicherte. »Wie ist er denn da reingekommen?«
Das wüßte ich auch gern, dachte Anna. »Er hat sich wohl durch den Fensterspalt gequetscht«, antwortete sie dann. »Manchmal haben die Frauen auch vergessen, ihre Türen abzuschließen. Aber das sagt die Polizei, das muß nicht stimmen.«
Lucy verdaute diese Mitteilung erst einmal. Leander, der zum Glück noch gar nichts begriff, war unter den Tisch gekrochen und spielte Hündchen. »Wuff, wuff«, machte er und wollte gestreichelt werden.
»Aber wenn er es doch war? Warum hat er das denn gemacht,

wenn die Frauen so dolle Angst hatten?« Lucy war ein logisches Kind. »Hat er das denn nicht gewußt?«
»Weißt du noch, wie du Leander in der Badewanne unter Wasser getaucht hast?« fragte Gerd. »Du wußtest genau, daß er Angst hat und Wasser in die Nase kriegt, aber du hast es trotzdem gemacht. Genauso war es bei Marlon.«
»Aber Papa ist doch kein kleines Kind mehr!« Lucy war aufgestanden und hatte sich auf Gerds Schoß gerollt, wie schutzbedürftig. »Solchen Quatsch machen doch nur kleine Kinder, keine großen Leute.«
»Manchmal benehmen sich auch große Leute wie kleine Kinder.« Gerd strich über ihr dunkelbraunes, entenflaumiges Kinderhaar. »Du bist ja auch manchmal so vernünftig wie eine Erwachsene, oder?«
Lucy nickte, Gerds Erklärung leuchtete ihr ein. »Kommt Papa jetzt ins Gefängnis?« Sie war ein neugieriges Kind, Betroffenheit ihr noch fremd.
»Vielleicht«, sagte Anna, die sich entschlossen hatte, so ehrlich wie möglich zu sein. »Das muß die Polizei entscheiden.«
Lucy kaute schweigend. Sie überlegte. Konzentriert. »Wenn Papa im Gefängnis ist, kannst du dann nicht inzwischen Gerd heiraten? Den find ich nämlich auch gut.«
Gerd beschloß, den Stier bei den Hörnern zu packen, auf Annas Unentschlossenheit keine Rücksicht mehr zu nehmen. »Ich würde deine Mama gern heiraten«, sagte er unverblümt, »aber sie will mich ja nicht.«
»Lieber Gerd«, sagte Anna, »ich bin kaum in der richtigen Situation für einen Heiratsantrag. Das sollte selbst einem so hirneingeschränkten Menschen wie dir einleuchten. Komm in hundert Jahren noch mal vorbei.«
»In hundert Jahren heirate ich Lucy«, sagte er. »Oder«, er sah Lucy nach, die von seinem Schoß gehüpft war und jetzt ins Badezimmer lief, »dein neues Kind, falls es eine Tochter wird.«

Sie war sprachlos. »Woher weißt du das?«
Er lächelte. »Du hast einen offenen Schwangerschaftstest im Badezimmer stehen. Sehr unpädagogisch, meine Liebe. Außerdem kotzt du ständig und hast genau denselben kuhäugigen Schwangerschaftsblick wie bei deinen anderen Kindern.«
Sie fühlte, wie ihr ein Riesenstein vom Herzen fiel. Er wußte Bescheid, er verdammte sie nicht, er riet ihr nicht, es wegmachen zu lassen, er war einfach da. Wie immer, wenn es ihr schlechtging.
»Du weißt, daß ich alle deine Gören liebe«, sagte er, während er den Tisch abdeckte und die Geschirrspülmaschine vollräumte, »aber warum hast du nicht auf mich gewartet?« In seinen Augen lag Wehmut, überlagert von seinem üblichen Spott. »Und wo drei satt werden, paßt ja zu gegebener Zeit auch ein viertes hin.«
Trotz allem mußte sie lachen. »Du hast sie ja wohl nicht mehr alle«, rief sie und wollte an ihm vorbei ins Badezimmer, wo sie dem lauten Rauschen des Wasserhahnes entnahm, daß dort eine größere Überschwemmung entstand. Doch mit einem Griff zog er sie auf seinen Schoß, hielt sie fest, bog ihren Kopf nach hinten und küßte sie, weich und zärtlich und leidenschaftlich. Ihre Lippen paßten zusammen wie Puzzlestücke.
Es klingelte. Sie riß die Tür auf. Ein junger Mann stand vor ihr und richtete seine Videokamera auf sie. »Sind Sie Anna Blumenberg?« fragte er höflich.
»Ja«, sagte sie. »Was kann ich für Sie tun?« Sie spürte, daß sich die Kinder rechts und links an sie geschmiegt hatten.
»Was sagen Sie dazu, daß Sie einen Mann geheiratet haben, der Frauen vergewaltigt? Werden Sie sich trennen, oder stehen Sie zu ihm?«
»Lassen Sie mich in Ruhe«, schrie Anna und schlug die Haustür zu. Zitternd stand sie im Flur, ihre Beine knickten weg.
»Mama, war das?« fragte Leander erschrocken.

»Das war ein Mann, der Mama geärgert hat«, sagte Anna schnell. »Ist nicht so schlimm!«
Lucy hatte nichts gesagt, war nur still in ihr Zimmer gegangen. Als Anna zu ihr ging, saß sie auf ihrem Bett und weinte leise.

»Komm mal her, mein Schnözi«, sagte Anna und wollte sie in den Arm nehmen, doch Lucy schob sie weg. »Laß mich in Frieden«, fauchte sie, »ich will allein sein.«
In der Küche saß Gerd. Mein Fels in der Brandung, dachte Anna dankbar.
Das Telefon klingelte. »Laß, ich gehe dran«, sagte Gerd. »Bei Blumenberg. – Ach, du. Wo steckst du denn? In den Armen einer schönen Frau? Ach so. Fortschritte?« Er warf einen Blick auf Anna, die aufmerksam zuhörte, formulierte deshalb vorsichtig. »Aha. Interessant. Im Prinzip erfreulich. Ich verstehe. Bis die Tage.«
O mein Gott, dachte er, sie sind ihm auf der Spur. Warum ist er nicht ausgewandert, das dumme Schwein? Vielleicht kann er Anna trotz allem nicht verlassen. Jedenfalls nicht endgültig.
»Was sagt Alexa?« fragte Anna.
»Viel Arbeit, sie schafft es heute nicht«, antwortete er. »Viele Grüße.«
»Gibt's was Neues … von ihm?« Sie brachte seinen Namen nicht über die Lippen.
»Gar nichts«, log er. »Alexa hat sich frisch verliebt.«

36

»Wenn du auch nur einen Ton von dir gibst, hast du keine Eier mehr.« Alexa und ihr Kollege Peter König saßen in einem unbeleuchteten Tarnungswagen und beobachteten die dunkle Gestalt, die, nur 200 Meter von ihnen entfernt, im Gebüsch vor einem Haus kauerte. Sie blieb reglos, auch als

die Haustür geöffnet wurde und eine Gruppe Menschen direkt an ihr vorbei lachend durch den Vorgarten ging.
Der Polizeiwagen hatte sich so lautlos wie möglich genähert, alle Scheinwerfer ausgeschaltet. Leise hatte König das Fenster an seiner Seite geöffnet, eine Ultrarotlichtspezialkamera herausgehalten und die kauernde Gestalt fotografiert.
So war später vor Gericht jeder Zweifel ausgeschlossen. Falls das Foto als Beweismittel zugelassen wurde.
Für Alexa war die Sache jetzt schon klar – sie hatte Marlon erkannt, aber es war zu früh, um aus dem Auto zu steigen und ihn zu verhaften. Was hatte er Böses getan? Im Gebüsch gekauert? Seit wann war das in einem freien Land verboten? Vielleicht machte er Pipi, der Ärmste. Im Sitzen? Na, dann vielleicht sonst was. Ich bitte Sie, hohes Gericht, soll der Steuerzahler wirklich mit derart überflüssigen Prozessen belastet werden? Sie mußten ihn also in flagranti erwischen, auf der Frau sozusagen. Riskant, besonders für die Frau, aber anders ging's nicht. Die Beweislage war zu dürftig. Was hatten sie? Nichts. Er hatte jedesmal eine Maske getragen und offensichtlich Handschuhe, denn es gab keine Fingerabdrücke. Ein Fest für jeden Spitzenanwalt. Maske, Chloroform – auch da würde ihm was einfallen. Zumal die Maske offensichtlich verschwunden war. Der Mandant war Skifahrer, das Chloroform brauchte er für seine Experimente im Unterricht. Zumal nicht bewiesen werden konnte, daß ihm die fragliche Plastiktüte gehörte. An der es ebenfalls keine Fingerabdrücke gab.
Noch nie in ihrer langen Polizeikarriere hatte Alexa sich so in einen Fall verbissen, hatte sie das absolute Gefühl, daß sie ihren Beruf aufgeben würde, wenn dieser Täter nicht hinter Gitter käme. Sie haßte Marlon bis auf den Grund ihrer Seele, haßte, was er Anna und den Kindern angetan hatte. In ihrem ganz persönlichen Moralkodex stand er an unterster Stufe, kurz vor einem Kinderschänder. Sie hatte, trotz ihres Berufes,

ein weites Herz, brachte für vieles Verständnis auf. Für Bankräuber zum Beispiel; die Cleveren bewunderte sie sogar. Die Frau, die kürzlich mit einer umwickelten Zitrone in eine Haspa-Filiale gestürmt war, diese mit den Worten: »Das hier ist eine Bombe, keine falsche Bewegung« in den Raum geschmissen und danach in aller Ruhe den Safe leergeräumt hatte, die bewunderte sie insgeheim von ganzem Herzen. »Die würde ich gern mal kennenlernen«, hatte sie abends zu Gretha gesagt, »meine erotische Duftmarke. Die Frau hat Witz, Verstand und Tollkühnheit.«
Was Marlon dagegen getan hatte, erfüllte sie mit tiefem Abscheu. Dieses Heimliche, Verschwitzte, Feige – die Seile, das Chloroform – wenn sie daran dachte, schüttelte sie sich vor Ekel. Daß dieser Wurm bei ihrer besten Freundin im Bett gelegen, sogar ein Kind mit ihr gezeugt hatte, ließ den Haß in ihr anschwellen wie eine Sturmflut. Hoffentlich wird's ein Mädchen, dachte sie, wenn's ein Junge wird, der seinem Vater womöglich ähnlich sieht, könnte ich es nicht ertragen.
»Wie lange wollen wir hier noch rumlungern?« Peter König wickelte einen lauwarmen Hamburger aus, biß herzhaft hinein, gähnte. »Das kann doch noch Stunden dauern, wer weiß, ob überhaupt was passiert. Außerdem ist dafür die Nachtschicht zuständig, und du sollst dich im Hintergrund halten, wenn ich bescheiden daran erinnern darf.«
Alexa warf ihm einen wütenden Blick zu. »Wenn dein Bettzipfel winkt, dann folge ihm. Ich bleibe hier, wenn's sein muß, die ganze Nacht. In diesem Haus liegt eine ahnungslose Frau, die vergewaltigt werden soll. Und nur wir können es verhindern.«
Resigniert packte König seine Burgerreste ein. »Du hast ja recht, aber warum funkst du nicht die Kollegen an? Bist du so geil auf Überstunden?«
»Weil die Typen von Landmeyer so scharf gemacht worden

sind, daß sie ihn womöglich hier im Gebüsch hochgehen lassen, und dann holt er sich einen Topanwalt, und der paukt ihn frei, denn wie du weißt, ist die Beweislage dünn. Marlon verläßt den Gerichtssaal, zieht in eine andere Stadt, vergewaltigt weiter. Oder Anna verzeiht ihm, was noch schlimmer wäre.«

Sie schwiegen, leise plätscherte der *Valse triste* von Sibelius aus den Lautsprechern. In den Fenstern ging nach und nach das Licht aus.

»Jetzt«, zischte Alexa, »er bewegt sich. Wo ist die Kamera?«

Im matten Licht der Straßenlaterne sahen sie, wie Marlon sich erhob, in seine Tasche griff, etwas Dunkles (aus Stoff?) herausholte, es sich über das Gesicht zog.

»Die Maske, er zieht die Maske an. Hast du das?«

»Ja doch, mach mich nicht nervös, ich tu ja, was ich kann.«

»Nun mach doch schon, drück drauf. Er hat sie jetzt auf, eben hat er sich umgedreht, was ist denn los?«

»Scheiße, das blöde Ding klemmt, der Apparat transportiert nicht.«

»Das gibt's doch nicht! Hast du keine Ersatzkamera?«

»Sei doch mal einen Moment ruhig.«

In diesem Moment ging hinter einem Fenster ein Licht an. Eine Gestalt im Bademantel beugte sich heraus und rief: »Ist da draußen jemand? Ich rufe die Polizei!«

»Die ist schon da«, sagte Peter König grimmig. »Welch eine glückliche Fügung!«

Als sie aus dem Auto stiegen, war Marlon verschwunden.

37 Er wartete, bis das Auto an ihm vorbeigefahren war, dann zog er die neue Maske ab, steckte sie ein. Die keifende Frauenstimme aus dem zweiten Stock hatte seine Lust getötet. Es war kalt draußen, sein Jogginganzug wärmte nur notdürftig. Die Straße, in der er stand, war eine typische Vorstadtstraße der Mittelklasse. Vor den Einfamilienhäusern standen Kinderfahrräder und Babykarren, in den Gärten Schaukeln und Sandkisten. Er fror, innen und außen. Sein Rausch von vorhin, als er die junge Frau beim Duschen beobachtet und sich vorgestellt hatte, wie sie sich wohl anfühlen würde, so naß und überrascht, war verflogen – jetzt war er leer, wie ausgebrannt. Als er vor drei Stunden aus dem Stundenhotel losgelaufen war, in dem er jetzt ein kleines Zimmer im Keller bewohnte – der Rest war von Nutten, Drogendealern und kleinen Strichern belegt –, hatte er vergessen, Geld einzustecken. Kneipe fiel also flach. Er tastete seine Innentaschen nach einer vergessenen Münze ab, spürte etwas Flaches. Die Telefonkarte.

Er holte sie raus, sah an der Ecke ein Telefonhäuschen. Wie magisch angezogen lief er hin, wählte die vertraute Nummer, ließ es klingeln.

»Hallo?« Endlich sie. Eine kurze Sekunde lang fühlte er sich wie zu Hause.

»Bist du allein?« fragte er vorsichtig.

»Ja.« Ihre Stimme klang kühl, abwartend. Nicht ängstlich.

»Wie geht es dir?«

»Den Umständen entsprechend. Wo steckst du?«

»Es ist besser, wenn du es nicht weißt.«

»Die Polizei sucht dich.«

»Ich weiß. Stand heute morgen in der Zeitung. Mit einem Bild von mir.«

»Mit einem Bild von *uns*. Unserem Hochzeitsfoto.«

»Es tut mir alles so leid.«

»Mir auch. Den Kindern ganz besonders.«
»Ich vermiß die beiden so. Grüß sie von mir.«
»Bestimmt nicht.«
»Ich liebe dich.«
»Hast du es getan, Marlon? Bist du der Maskenmann?«
»Was glaubst du, Anna?«
»Ich weiß überhaupt nicht, was ich glauben soll. Ich will es von dir wissen.«
Warum eigentlich nicht, dachte er.
»Ich hab die Frauen nicht vergewaltigt. Ich hab sie beobachtet, das stimmt, aber ich hab ihnen nichts getan. Bitte glaub mir das.« Es ging leichter, als er dachte.
Sie atmete schwer. »Schwör's bei allem, was dir heilig ist.«
Mir ist nichts heilig, dachte er. »Ich schwör's, Anna, bei allem, was mir heilig ist.«

38

Charlotte Pipp seufzte – was nur bedingt mit dieser hartnäckigen Kommissarin zu tun hatte, die sie schon wieder behelligte. Sie fastete nämlich seit drei Tagen und wußte selbst, daß sie unausstehlich war.
»Ich kann da überhaupt nichts mehr machen, Frau Martini«, sagte sie und zerkaute möglichst lautlos ein scharfes Pfefferminz, wenigstens das war erlaubt. »Frau Pfeiffer wird ambulant behandelt, und wenn die Ärzte sie gesundschreiben, lebt Alex wieder bei ihr. Bis sie rückfällig wird, sind uns die Hände gebunden, leider.«
Alexa sprang auf, lief unruhig hin und her. »Wissen Sie denn, wie der Kleine jetzt wohnt? Im Stundenhotel? Oder hat ihn einer der Zuhälter zu sich genommen? Er ist fünfeinhalb, verdammt noch mal. Er hat das Recht auf eine Kindheit.«
Charlotte Pipp schob das halb zerlutschte Bonbon in die andere Mundhälfte. Dafür, daß diese Martini im Dezernat für Sexual-

delikte tätig war, zeigte sie einen erstaunlichen Hang zur Sozialromantik. Recht auf glückliche Kindheit? Theoretisch klang das wunderbar, nur die Praxis sah leider ganz anders aus. Gerade gestern erst hatten sie ein dreijähriges Mädchen von einem Dachboden befreit, wo ihr betrunkener Vater sie versteckt hatte. Er schämte sich, weil sie eine Hasenscharte hatte. Alex wurde wenigstens körperlich nicht mißhandelt. »Er spricht übrigens wieder«, sagte Frau Pipp und lächelte Alexa aufmunternd zu. »Die ungewollte Schocktherapie Ihres letzten Ausflugs mit ihm hat ganz offensichtlich seine Sprachhemmung gelöst.«

»Wo wohnt denn Angela Pfeiffer jetzt?«

Es war einen Versuch wert, aber Charlotte Pipp durchschaute sie. »Von mir erfahren Sie nichts«, sagte sie nur. »Für Schnüffeleien haben Sie ja Ihre eigenen Computer.«

Alexa ging zur Tür. »Vielen Dank für Ihre Hilfe«, murmelte sie, den Türgriff in der Hand. »Eine Frage noch …« Sie drehte sich um, und in ihren Augen lag ein undefinierbarer Ausdruck. »Glauben Sie, daß ich eine gute Mutter wäre?«

Das Bonbon war jetzt so klein gelutscht, daß Charlotte Pipp es herunterschluckte. »Sie wären sogar eine ausgezeichnete Mutter«, sagte sie und lächelte freundlich. »Probieren Sie es doch einfach mal auf die natürliche Weise. Jung genug sind Sie doch noch.«

»Vielen Dank für den Tip«, sagte Alexa. »Leider fehlt mir der Mann dazu.«

39

»Das kannst du nicht von mir verlangen. Nie im Leben mach ich das.«

»Ich weiß, daß du eine ehrliche Haut bist. Trotzdem – überschlaf die Sache. Ich ruf dich morgen früh wieder an.«

Anna legte den Hörer auf. Ihr Herz klopfte. Sie drehte sich zu

Gerd um, der gerade Leander die kleinen Zehennägel schnitt. Er hatte den Jungen quer über seinen Rollstuhl gelegt, hielt ihn eisern fest. »Alexa will eine Fangschaltung bei mir einbauen«, fing sie an, doch als ihr bewußt wurde, daß das Kind mithörte, wechselte sie sofort das Thema. »Heute abend kein Video. Nein, auch den *Löwenkönig* nicht. Zähneputzen, dann ab.«

Leander maulte, Lucy übernachtete bei einer Freundin, er langweilte sich. Gerd hob ihn hoch, gab ihm einen Klaps auf den Po. »Ab jetzt, junger Mann.« Unwillig schob sich der Kleine in Richtung Kinderzimmer.

»Bei dir pariert er aufs Wort«, stellte Anna neidisch fest. Ihre Stimme mußte sich oft bis zum schrillen Fortissimo steigern, bevor eines ihrer Kinder, wenn überhaupt, reagierte.

»Mein pädagogisches Talent. Man hat es oder nicht«, erwiderte Gerd schlicht. »Was hast du eben gesagt? Fangschaltung?« Auf alles, was Marlon betraf, reagierte er mit Ablehnung. »Du sollst ihn also so lange festhalten, bis sie wissen, wo er ist? Aber woher weißt du, wann er anruft? Oder soll Alexa mit ihrem Team hier einziehen?«

»Ich soll bei seinem nächsten Anruf ein Treffen mit ihm vereinbaren. Und da mit einem versteckten Kassettenrecorder erscheinen. Alexa sagt, sie braucht soviel Beweise wie möglich. Falls sie ihn nicht in flagranti erwischt, will sie wenigstens ein belastendes Tonband haben, wenn er verhaftet wird.«

»Du sollst also deinen eigenen Mann in die Falle locken?« Bei aller Aversion gegen Marlon war Gerd jetzt doch schockiert. »Was denkst du darüber?«

»Ich krieg die beiden Marlons einfach nicht zusammen«, sagte Anna traurig. »Wenn er mich anruft und ich seine Stimme höre, dann möchte ich am liebsten durch den Hörer greifen und ihn streicheln.« Sie sah Gerds Gesichtsausdruck, verbesserte sich rasch: »Als Mensch, verstehst du? Er hat mir schließlich nichts

getan! Mich hat er nie vergewaltigt. Ich kann mir einfach nicht vorstellen, daß er zu so etwas fähig ist.« Ganz kurz war sie versucht, ihm von ihrem Telefonat mit Marlon zu erzählen, aber sie ließ es.
»Zwei Seelen schlummern, ach, in seiner Brust«, murmelte Gerd sarkastisch. »Die meisten Gewaltverbrecher sind irgendwo auch lieb und zärtlich, das nützt ihren Opfern bloß wenig. Hitler hatte einen Schäferhund namens Blondie, den hat er immer mit gebratenen Filetspitzen gefüttert.«
»Hör auf, das weiß ich doch selbst«, rief Anna verzweifelt. »Soll ich meinen eigenen Ehemann ans Messer liefern, weil die Polizei Beweise braucht?«
»Ja«, sagte Gerd bestimmt, »genau das sollst du. Weil dein Mann anderen Frauen Gewalt antut. Und jetzt laß ich dich allein, damit du nachdenken kannst.«
Er rollte über den Flur, rief Leander ein »Gute Nacht, morgen schneiden wir den anderen Fuß« zu und war verschwunden.

Anna lag im Bett und konnte nicht einschlafen. Sie wußte, daß sich Marlon bald wieder melden würde. Was sollte sie tun?
Das Klingeln des Telefons ließ sie zusammenfahren. »Ja?«
Er war es. »Ich bin in einer Minute bei dir«, sagte er. »Darf ich hochkommen?«
Sie stand auf, zog sich einen Morgenmantel über, ging in den Flur, lauschte in Richtung Kinderzimmer. Aus Leanders Zimmer war leises Schnarchen zu hören. Sie schloß die Tür, die sie aus Vorsicht immer offenließ, drückte auf die Gegensprechanlage.
»Marlon?«
»Ich bin hier«, sagte er.
Sie drückte.

Während sie auf ihn wartete, griff sie schnell in ihre Handtasche und zog sich die Lippen nach. Dumme Kuh, schalt sie sich, aber sie konnte nicht anders.
Sie stand im Flur, als er vorsichtig seinen Kopf zur Tür hereinschob.
»Darf ich reinkommen?« Er zögerte.
»Hätte ich sonst auf den Knopf gedrückt?« sagte sie. »Oder willst du mich vergewaltigen?« Die Worte waren ihr herausgerutscht, ohne Überlegung.
Er trat ein, sie musterte ihn kritisch und dachte: Er sieht schöner aus denn je. Marlon Kimble auf der Flucht.
»Willst du ein Bier?« fragte sie, trat zurück, um ihre verwirrten Gefühle in den Griff zu kriegen. Dieser Mann ist gefährlich, sagte sie sich, während sie den Kühlschrank öffnete, zwei Flaschen Bier herausholte, sie mit den Zähnen (das hatte sie bei den Pfadfindern gelernt) öffnete und eine vor ihn hinstellte.
»Paß auf deine Zähne auf«, sagte er, wie jedesmal. Er lächelte, aber dieses Lächeln war so unendlich traurig, daß sie wieder dieses enge, beklemmende Gefühl bekam, wie damals, als die muskulösen Sargträger in die Kapelle schritten, den Sarg hochhievten und wegtrugen und sie wußte: Ich werde Klaus nie wiedersehen. In den ersten Wochen nach seinem Begräbnis hatte sie oft den irrwitzigen Wunsch gehabt, ihn wieder auszugraben, ihn noch einmal, ein einziges Mal noch, anzufassen und zu betrachten. Egal, wie er aussah. Dieses Es-ist-endgültig-vorbei-Gefühl hatte sie jetzt auch bei Marlon, als sie ihn beobachtete, wie er die Flasche an den Mund setzte, das Bier seinen Hals heruntergurgelte, er die Flasche absetzte, sich den Schaum von den Lippen wischte. Komisch, dachte sie, das Leben kann völlig aus den Fugen geraten, aber diese alten Männerrituale bleiben.
»Wie geht's?« fragte sie und kam sich absurd vor.

»Den Umständen entsprechend«, erwiderte er und sah sie aufmerksam an. »Erwartest du Besuch? Alexa vielleicht?«
»Wenn ich Alexa anrufen würde, wäre sie in fünf Minuten hier«, sagte sie. »Dir ist klar, daß du eine prominente Position auf ihrer Fahndungsliste einnimmst?«
»Das ist mir klar«, sagte Marlon. »Wirst du mich verpfeifen?«
»Ich überlege noch. Ich hab eigentlich keinen besonderen Grund, dich zu schonen.«
»Den hast du nicht«, sagte er und lächelte sie liebevoll an. »Würde es etwas ändern, wenn ich dir sage, daß ich dich wirklich von ganzem Herzen liebe? Daß die anderen Frauen nichts, aber auch gar nichts mit meinem Gefühl für dich zu tun haben? Daß ich sie nur beobachtet, ihnen aber niemals Gewalt angetan habe?«
Sie sah ihn an, tauchte kurz ein in seine tiefbraunen Augen. Was nützt mir deine verdammte Liebe, dachte sie, wenn sie mich nur unglücklich macht? Ein Jugendfreund fiel ihr ein, der seine einjährige Weltreise mit den Abschiedsworten »Ich liebe dich, wo auch immer ich bin. Nur das zählt«, angetreten hatte. Sechs Monate hatte sie treu auf ihn gewartet, bis er ihr eine Heiratsanzeige aus Tahiti schickte. Doch dies hier war viel schlimmer.
»Was ist eigentlich der Kick für dich?« fragte sie. »Wie ein Dieb in der Nacht herumzulungern … war ich nicht genug für dich?«
Er schien zu überlegen. »Es ist ein Gefühl, das ich nicht steuern kann«, sagte er dann. »Es kommt über mich. Wie ein wahnsinniger Juckreiz, wie ein Virus aus Mauretanien oder Timbuktu, ich muß dann einfach los.«
»Wenn du andere Frauen brauchst, warum holst du dir keine aus der Kneipe? Attraktiv genug bist du doch.« Die Wut kam in ihr hoch, Anna konnte es nicht verhindern. Erschlagen hätte sie ihn können, zerstückeln.

»Weil es nicht um normalen Sex geht«, sagte er leise. »Ich will die Frauen ja nicht einfach nur nackt sehen, ich will eintauchen in ihre Aura, ihre Privatsphäre. Und es muß heimlich sein. Ich muß nah dran sein, aber unentdeckt. Das ist der Thrill. Ungesehen anwesend.«

»Wenn's nur darum geht, warum gehst du dann nicht zum Striptease? Warum diese Umstände?« Sie versuchte ja, ihn zu verstehen, o Gott, sie versuchte es wirklich.

»Weil ich einfach nicht widerstehen konnte. Der Drang ist übermächtig.« Er sah sie bittend an. »Wie geht's den Kindern, vermissen sie mich?«

»Die Kinder?« wiederholte Anna, und plötzlich schien etwas in ihr zu explodieren. »Die Kinder wollen wissen, was ein Gewaltiger ist, denn Lucy ist kürzlich im Kindergarten mit genau diesem Wort angepöbelt worden. Kannst du dir vorstellen, was in einer Mutter vor sich geht, die ihren kleinen Kindern erklären darf, warum ihr Stiefvater ein Gewaltiger ist?«

Sie trat auf ihn zu, hämmerte mit kleinen Faustschlägen auf seine Brust ein. »Du blödes Miststück!« Sie dämpfte ihre Stimme sofort, bloß die Kinder nicht aufwecken. »Ist dir klar, was du angerichtet hast in unserem Leben? Warum hast du mich bloß geheiratet, was will ein Perverser wie du mit einer Ehefrau und zwei Kindern?«

Er hielt ihre Hände fest, drückte sie langsam nach unten, zog Anna an sich. Sofort machte sie sich frei. Sie konnte seinen Geruch, seine Berührungen nicht mehr ertragen. Dazu trugen auch Gerds Küsse bei, aber das gestand sie sich nur ganz am Rande ein. Dies war ein anderer Kriegsschauplatz.

»Ich wollte es einfach mal versuchen«, sagte er ruhig, »ein ganz normales Leben, kein abgespaltenes. Aufwachen mit derselben Frau, Frühstück, die Kinder zur Schule, all das, was ich nie gehabt habe, nie mehr haben werde. Ich will mich nicht reinwaschen vor dir, aber wenn ich meine Vergangenheit auslöschen und noch einmal neu anfangen könnte, ich würde mir vermutlich die Augen ausreißen für dich.«

Wie pathetisch, dachte sie und sah ihn an, den Mann, den sie erst vor sechs Monaten geheiratet hatte und dessen Kind sie unter dem Herzen trug. Sie wünschte sich, den Mut zu haben, ihn entweder rauszuschmeißen, anzuzeigen oder wenigstens zu erschießen. Doch sie hatte diesen Mut nicht, sie saß nur da, fühlte diese diffuse Mischung aus Mitleid, Abwehr, Zärtlichkeit. Ich bin einfach zu schwach, dachte sie verzagt, ich versuche immer, alles zu verstehen. (»Du bist nicht schwach, du hast dir nur leider die Rolle des Fußabtreters für Männer ausgesucht«, hatte Alexa sie mal angefaucht, nach einem von Klaus' Seitensprüngen, »laß dir doch nicht immer alles gefallen!«)

»Hast du Lust empfunden, als du diese Frauen betrachtet hast? Mehr Lust als bei mir?« Diese Frage hatte in ihr gebrannt, seit Alexa sie über Marlons Treiben aufgeklärt hatte.

Er zuckte zusammen. »Nicht im üblichen Sinne«, wich er aus.

»In welchem dann?« fragte sie. »Im unüblichen?«

»Es ist eine Lust, die mich mit tiefer Scham erfüllt«, sagte Marlon, »aber gegen die ich mich nicht wehren kann. Sie ist immer da, sie zwingt mich, Dinge zu tun, für die ich mich beschissen fühle, aber auf die ich trotzdem nicht verzichten kann. Verstehst du das?« Er sah sie bittend an.

»Nein«, sagte sie traurig. »Du tust mir leid, aber die Frauen, die du zu Tode geängstigt hast, tun mir noch mehr leid. Sag mir eins: Was hast du eigentlich danach bei mir empfunden? War ich nicht vergleichsweise langweilig für dich?«

Er überlegte, und dieses Zögern tat ihr mehr weh als alles andere. »Du warst ganz anders«, antwortete er und merkte selbst, wie lahm es klang, wie wenig überzeugend. »Man kann das einfach nicht vergleichen. Dich hab ich schließlich geliebt.«

»Danke, ich bin begeistert«, sagte Anna kühl. »Besonders über das Perfekt.«

Er seufzte. »Bist du mir böse?«

Böse, dachte Anna, was für ein albernes Wort. Völlig unzutreffend. Ich bin zerschmettert, ich bin rasend wütend, todtraurig, ich liege im Matsch. Böse bin ich zusätzlich.

»Ich möchte, daß du jetzt gehst«, sagte sie, »bevor die Kinder aufwachen.«

»Darf ich sie noch einmal sehen?« bat er. »Ich bin auch ganz leise.«

Ohne ihre Antwort abzuwarten, ging er auf Zehenspitzen ins Kinderzimmer, stand minutenlang vor den Betten und nahm Abschied.

Von zwei schlafwarmen Körpern und losgestrampelten Bettdecken, von verschwitzten Kinderlocken, von zwei Barbies, einem Ken und einem rosa Plüschhasen. Als er sich umdrehte, war sein Gesicht heiß.

»Gott, wie ich sie vermisse«, sagte er.

»Das ist wirklich ganz allein deine Schuld«, erwiderte Anna kühl und hielt die Wohnungstür auf. »Eine einzige Frage noch.«

Er drehte sich um, sah sie hoffnungsvoll an. »Welche?« fragte er.

»Wenn du die Wahl hättest zwischen uns, den Kindern und mir, und deinem anderen Leben, welches würdest du nehmen?«

Er zögerte nicht eine Sekunde. »Ich hab leider keine Wahl«, sagte er tief traurig.

»Das andere Leben also?« fragte sie nach. Sie wollte es ganz deutlich hören.

»Ja«, flüsterte er. Und ging.

40

Eine Woche später.
»Sei mir nicht böse.« Alexa rollte weg und erhob sich. »Ich hab einfach keine Ruhe. Ich muß noch mal los.«
Marlene reckte sich und griff zur Zigarettenschachtel. »Du bist wirklich besessen«, sagte sie nur, »viel Glück.« Sie inhalierte tief. »Daß du dich eines Mannes wegen so echauffierst. Der rennt von selbst in sein Unglück. Auch ohne deine Hilfe.«
Alexa musterte die propere Mathematiklehrerin Marlene Muller (auf die fehlenden Pünktchen über dem u legte sie großen Wert), die sie vor zwei Wochen bei der Veranstaltung »Femme und KV« kennengelernt hatte, die im Rahmen der alljährlichen Frauenwoche im *Café Endlich* stattfand. KV hieß Kesser Vater, und da sich Alexa nicht entscheiden konnte, ob sie Femme oder KV war, hatte sie das Thema interessiert. Außerdem war ihr Leben im Augenblick so anstrengend und Anna behandelte sie so kühl, daß sie sich bei ihr im Augenblick nicht mehr wohl fühlte. Ablenkung war deshalb angesagt. Als sie das Café betrat, hatten sie aller Frauen Augen geradezu lüstern verschlungen – sie war eben optisch eine Ausnahme in der Lesbenszene, was sie natürlich weidlich ausnützte. Am allerliebsten knackte sie zwar Heteras, gern auch verheiratet, aber die liefen einer leicht erregbaren Lesbe ja auch nicht jeden Tag über den Weg.
Aus den Augenwinkeln heraus hatte sie den Frauenbestand auf mögliche Abschlepptauglichkeit geprüft. Hartgesottene KVs waren noch nie ihre Duftmarke gewesen, schließlich war sie lesbisch, weil sie Frauen mochte, keine verkappten Männer. Der Trend der Hardcore-Feministinnen in den Siebzigern und frühen Achtzigern, sich so unattraktiv wie möglich zu stylen – kein BH, egal wie groß und weich der Busen, kein Make-up, raspelkurze Elke-Heidenreich-Haare – war zwar zum Glück passé, trotzdem gab es für ihren Geschmack immer noch viel zu viele Frauen, die sich besonders als Lesbe fühlten, wenn sie

besonders wenig aus sich machten, damit auch der geilste Bauarbeiter nicht aus seiner Grube linste, wenn sie in weiten grauen Gewändern oder verfärbten lila Latzhosen und ungeschminkten Gesichtern an ihm vorbeitrampelten. Marlene war ihr sofort aufgefallen, sie saß im kecken schwarzen Minimini an der Bar, die Lippen feuerrot geschminkt. Lust auf den ersten Blick.

»Bleibst du lange weg?« fragte Marlene jetzt, als Alexa angezogen aus dem Bad zurückkam. »Dann wärm ich lieber mein eigenes Bett.«

»Ist wohl besser«, erwiderte Alexa resigniert und küßte sie. »Tut mir leid, ich kann nicht anders.«

Draußen holte sie tief Luft und überlegte. Wo würde er jetzt sein? Es war ein Uhr nachts, sie war sicher, daß er jetzt nicht auf seiner durchgelegenen, nach Sperma und Urin stinkenden Matratze im Keller lag und den Schlaf des Ungerechten schlief. Ein befreundeter Lude hatte ihr Marlons neuen Wohnsitz verraten, er wohnte jetzt in einem Hotel auf dem Kiez. Sie hatte ihm dafür den dezenten Tip gegeben, daß es in einem seiner Puffs demnächst eine Hausdurchsuchung wegen Verdachtes auf Drogenhandel geben würde. Aus langjähriger Erfahrung wußte sie, daß Sexualstraftäter fast immer Nachtmenschen waren, die Dunkelheit der Nacht paßte besser zu ihren finsteren Trieben als das helle Tageslicht. Laienpsychologie, aber sie glaubte daran.

Sie setzte sich ins Auto, fuhr los, stellte Klassikradio an. *Gesang der Parzen* von Brahms. Sie wußte, daß Marlon, wie jeder »Einsteiger«, seinem Spannungsgebiet immer so lange treu blieb, bis er sein Ziel erreicht hatte. Erst dann würde er den Tatort wechseln. Es war wie ein innerer Zwang, den er nicht mehr beherrschen konnte, ein Umstand, der ihr jetzt zugute kam. Und da sie ihn gestern nacht in der Vitzelinstraße, kurz vor dem Hagenbecker Tierpark, gesehen hatte, war sie ziemlich

sicher, daß sie ihn in dieser Gegend wieder treffen würde. Die Straßen waren nachtleer, ein paar Taxis, ein wild fahrender Golf, dessen Fahrer offensichtlich betrunken war.
Sie griff zu ihrem Handy, tippte eine Nummer: »Kalli, so spät noch auf den Beinen? Was sagt Frauchen dazu? Ach so. Sag mal, ich bin hier Nähe Niendorfer Markt. Ein Fahrzeug mit dem Kennzeichen HH-WL-429 fährt Richtung Eppendorf, Fahrer sichtlich daneben. Greift ihr euch den mal? Danke.«
Alex fiel ihr plötzlich ein. Er war nie weit weg in ihren Gedanken. Wie ein vorwitziger Kasper tauchte er immer dann auf, wenn sie Ablenkung überhaupt nicht gebrauchen konnte. Seit jenem verunglückten Wochenende hatte sie ihn nicht wiedergesehen. Die Heimleiterin, offensichtlich von Charlotte Pipp informiert, wehrte jeden Telefonversuch höflich, aber bestimmt mit den Worten »Tut mir leid, die Kinder sind unterwegs« ab. Doch Alex' riesengroße, angstverzerrte Augen verfolgten sie. Ich bin ja auch nur ein weiterer Mensch, der ihn verlassen hat, dachte sie traurig und wütend. Wie eine liebeskranke Tussi hatte sie vor einer Woche in ihrem Privatwagen vor dem Heim auf ihn gewartet, einen ganzen Nachmittag lang. Aber er kam nicht. Das Paket mit der Dinosauriersammlung, die sie ihm geschickt hatte, kam ungeöffnet zurück. Wie es ihm wohl ergehen würde bei seiner Mutter? Sie fühlte ganz deutlich, wie sehr er sie, Alexa, brauchte. Aber sie war hilflos.
Sie bog in die Vitzelinstraße ein, die menschenleer und trüb beleuchtet vor sich hinschlummerte. Aus purer Vorsicht parkte sie ihr Auto auf einer Tankstelle, ging zu Fuß weiter.
In der Nähe schlug plötzlich ein Hund an, sofort verlangsamte sie ihren Schritt und lauschte. Und konnte ihr Glück kaum glauben – circa hundert Meter entfernt stand Marlon, eine verlorene Gestalt zwischen Tag und Nacht. Genau da, wo sie

ihn haben wollte. Es war ihr unbegreiflich, warum er nicht längst untergetaucht war. Ans Ende der Welt. Vielleicht lag es an Anna. Oder er war völlig wahnsinnig.

Sie holte ihr Fernglas aus der Tasche, stellte scharf. Im erleuchteten Fenster, das er offensichtlich auch im Visier hatte, zog sich gerade eine Frau aus: Alexas Kollegin Gerda Schönfeld, die sich als sogenannte »decoy«, als V-Frau, diese leere Wohnung gemietet hatte.

Alexa hatte diesen Versuch gegen Landmeyers hartnäckiges Kopfschütteln durchgesetzt. »Haben wir denn solche Mätzchen nötig?« fragte er ungeduldig, als sie ihm den Vorschlag gemacht hatte, denn er war mit den Nerven am Ende. Die täglichen Schlagzeilen – SEXMONSTER NOCH IMMER NICHT GEFASST: HAMBURGS FRAUEN HABEN ANGST – verfolgten ihn – bis zum Frühstückstisch, wo seine Ehefrau Dr. Jutta Landmeyer, eine sehr selbstbewußte Urologin, ihm bittere Vorwürfe machte. »Euer Image wird immer ramponierter«, hatte sie kürzlich spitz formuliert. »So viele starke Männer im Einsatz, und ein mieser Vergewaltiger läuft immer noch frei herum. Peinlich, peinlich!«

»Warum verhaften wir den Mann nicht endlich?« schrie er deshalb Alexa an. »Wir haben die Tatwerkzeuge, wir haben Zeuginnen, die offensichtlich seine Stimme erkannt haben, was wollen wir noch mehr?«

»Wir haben gar nix«, antwortete Alexa unverblümt. »Das wissen Sie genausogut wie ich. Wir brauchen den Mann in flagranti. Wir brauchen Gerda.«

»Dann in Gottes Namen«, hatte Landmeyer geseufzt und zu seinen Beruhigungsdragees gegriffen.

Alexa ließ das Fernglas sinken. Marlon blickte sich um. Sie drückte sich in den Schatten der Straßenlampe. Jetzt bloß keinen Fehler machen. Er griff in die Jackentasche, stülpte sich seine Maske auf, sprang über den kniehohen Jägerzaun.

Alexa holte ihr Handy raus, wählte eine Nummer: »Komm sofort in die Vitzelinstraße Nr. 15.«
Du bist wirklich vom Teufel besessen, mein Junge, dachte sie. Aber ich bin es leider auch.

»Er ist in der Wohnung«, sagte Alexa, als Anna aus dem Auto stieg. »Du kannst ihn in flagranti erwischen.«
»Warum tust du mir das an?« fragte Anna. »Was bezweckst du damit? Bin ich nicht deine Freundin?«
»Gerade weil du meine Freundin bist, tue ich dir das an«, antwortete Alexa härter, als ihr zumute war. »Du glaubst mir ja nicht, denkst in deinem kleinen romantischen Herzen ja immer noch, daß wir deinem Schatz ganz großes Unrecht tun. Du bist hier, um ein für allemal zu sehen, was für einen Mann du geheiratet hast.« Sie legte den Arm um Annas Schulter, wurde aber hart und hastig abgeschüttelt.
Anna starrte reglos zu dem erleuchteten Fenster herauf, das gekippt war. »Wie soll er denn da reingekommen sein?« fragte sie mit einer Stimme, die ihr kaum gehorchen wollte. »Durch den Fensterspalt?«
Alexa lachte. Ein böses Lachen. »Der Herr hatte es diesmal ganz besonders bequem. Die Haustür war offen. Und für die Wohnungstür reichte ein einfacher Dietrich.« Daß sie höchstpersönlich das doppelte Sicherheitsschloß abmontiert und durch ein einfaches Schloß ersetzt hatte, verschwieg sie Anna lieber.
Die Falle war zugeschnappt. Wäre nicht Annas trauriges Gesicht gewesen, Alexa hätte vor Freude am liebsten gejuchzt.
Von hinten näherte sich ein Auto mit abgeblendeten Scheinwerfern. »Die Kollegen sind da«, sagte sie nur. »Willst du mit rein?«
Sie war bewußt so brutal. Ich bin im Grunde wie Marlon,

durchzuckte es sie. Getrieben von Dämonen. Jenseits aller Rücksicht, aller Vernunft, aller Dienstvorschriften. Egal. Annas Schwangerschaft, ihre seelische Befindlichkeit, all das mußte zurückstehen vor Alexas übermächtigem Wunsch, Marlon endlich unschädlich zu machen. Sie war gnadenlos, sie mußte es sein.

Die Wagentür öffnete sich leise, Peter König ging auf sie zu. »Dein Triumph, Kollegin«, sagte er anerkennend. »Es sei denn, er hat sein Briefmarkenalbum mitgebracht und zeigt ihr gerade seine blaue Mauritius.«

»Auf in den Kampf, Freunde!« Alexas Stimme klang so erregt, so verbissen, daß Anna ihre beste Freundin nicht wiedererkannte. Diese Frau, die da mit den leuchtenden Augen einer Jägerin vor ihr stand, war ihr gänzlich fremd. Eine Frau, die über Leichen geht, dachte sie, wie gut, daß ich ihre Freundin bin. Sie fröstelte. Lieber Gott, gib mir doch endlich mein Leben wieder, betete sie stumm.

»Ich komme mit«, sagte sie, plötzlich entschlossen, und folgte ihrer Freundin ins Haus. In der Tür drehte sich Alexa um. »Schick deine Jungs an die hinteren und vorderen Fenster«, sagte sie.

»Wie gut, daß wir dich haben«, meinte König nur ironisch. »Auf so was wie einen flüchtigen Täter wären wir niemals gekommen.«

Im Treppenhaus drückte Alexa die zitternde Anna kurz an sich. »Ich weiß, daß du mich jetzt haßt, aber es muß sein«, flüsterte sie. »Marlon ist wie eine Eiterblase, und die muß aufgestochen werden.«

Sie standen jetzt vor der dunkelblau lackierten Wohnungstür. »Schönfeld« verkündete ein kleines Messingschild. Annas Herz hämmerte. Alexa drückte auf den Klingelknopf. Keine Antwort. »Mein Gott, was macht das Schwein mit ihr«, zischte sie. Gerda war eine durchtrainierte, junge Polizistin, aber trotz-

dem, diese Stille klang nicht gut. Alexa klingelte noch einmal, laut, anhaltend. Nichts.
Und dann trat sie die Tür ein. Anna sah ihr dabei zu, fühlte sich wie im Traum, wie auf einer völlig falschen Bühne. Gleich würde sie aufwachen. Sie fühlte gar nichts mehr. Ihr Leben war nichts anderes als ein ganz schlechter Film. Ein billiges B-Picture.
Sie betraten den Wohnungsflur, blickten sich suchend um.
»Ich weiß, daß du hier drin bist, du Arschloch.« Alexa vergaß jede Vorsicht, all ihre aufgestaute Wut brach aus ihr heraus. »Es ist aus und vorbei, du Pisser.« Sie zückte ihre Neun-Millimeter-Heckler-und-Koch-Pistole. Klick. Anna stand im Flur, bewegungslos.
Und dann hörten sie ein leises, amüsiertes Kichern.
»Komm rein, Schwester«, sagte Gerda. »Wir sind im Schlafzimmer. Die erste Tür rechts.«
Vorsichtig gingen sie hinein. Das Zimmer war dunkel bis auf den Schein einer kleinen Nachttischlampe. Gerda saß auf der Bettkante eines Kingsize-Wasserbettes. Sie rauchte und zeigte auf ein bewegungsloses Bündel am anderen Ende des Bettes.
»Hier ist unser Schatz«, sagte sie sanft. »Leider noch ein bißchen bewußtlos. Er wollte es nicht anders. Deshalb mußte ich ihn fesseln. Zum Glück hatte er ja alles dabei.«
Ungläubig trat Anna an das Bett. Marlon lag da mit geschlossenen Augen. Hände und Füße waren gefesselt. Er sah so friedlich aus wie ein Baby. Nur die Maske störte, die ihm aufs Kinn gerutscht war.
»Hast du wirklich alles drauf?« fragte Alexa ungeduldig und zeigte auf die Videokamera, die an der Deckenlampe angebracht war.
Gerda lächelte. »Alles. Den schönsten Pornofilm. Könnten wir richtig Geld mit machen.«

»Nur über meine Leiche«, sagte Alexa und schaute sich um. »Wo ist Anna?«
»Gegangen«, meinte Gerda ungerührt, als die Wohnungstür ins Schloß fiel. »Ist ja auch kein schöner Anblick für eine Ehefrau.«

41

Anna stand vor der Haustür, als sie das Blitzlichtgewitter der Kameras traf. Instinktiv hielt sie ihre Hände vors Gesicht, aber es war zu spät. Ihr blasses, erschrockenes Gesicht würde am nächsten Tag auf den ersten Seiten aller Hamburger Tageszeitungen prangen: *»Die Frau des Maskenmannes – Sie liebt ihn noch immer!«*
Panisch drängte sie sich durch die Reportermassen, allesamt angelockt durch illegal installierten Polizeifunk, ohne den ein Polizeireporter heutzutage nicht mehr existieren konnte. »Frau Blumenberg, was sagen Sie zu Ihrem Mann? Stehen Sie zu ihm? Haben Sie Mitleid mit den Frauen?«
Endlich hatte sie ihren Wagen erreicht. Umringt von Mikrofonen und Kameras, steckte sie mit zitternden Händen den Schlüssel ins Schloß. »Geben Sie sich keine Mühe, ich sage gar nichts!« schrie sie – und auch dieses Foto, wie sie furienhaft vor ihrem Auto stand, würde auf allen Morgenzeitungen prangen. Mit der passenden Überschrift: »DIE WUT DER MONSTER-EHEFRAU«.
Sie knallte die Autotür zu und fuhr los. Blind und taub, nur los. Nach einer Weile merkte sie an den großen Elefantenköpfen, daß sie vor dem Eingang zu Hagenbecks Tierpark gelandet war. Da wollte ich mit Marlon und den Kindern doch immer schon mal hin, fiel ihr plötzlich ein, und sie brach in hysterisches Lachen aus.

Als sie später die Wohnungstür aufschloß, guckte sie sich vorsichtig um, als erwarte sie, daß sich in ihrer kurzen Abwe-

senheit alles aufs schlimmste verändert hätte. Die Polster aufgeschlitzt, alles pechschwarz angestrichen. Doch die Wohnung wartete auf sie wie immer. Friedlich und gemütlich. Sie ging auf das Sofa zu, drückte in jedes der vier Kissen einen resoluten Knick. Wenigstens hier bin ich Chefin, fuhr ihr flüchtig durch den Kopf, wenn schon nicht in meinem Leben. Leander und Lucy lagen laut schnarchend in den Betten. Sie deckte die wie immer freigewühlten Kinder wieder zu, hauchte leise Küsse auf ihre Wangen. Es tat ihr unendlich gut, zwei Wesen zu betrachten, die zwar menschlich waren, sie aber nicht enttäuscht und verraten hatten, sondern statt dessen bedingungslos liebten. Wie Gerd, dachte sie plötzlich, verdrängte den Gedanken aber sofort wieder. Zwei Menschen hatte sie verloren, völlig schuldlos, aber trotzdem war das Schicksal unerbittlich gewesen. Sie fühlte sich wie Hiob, dem Gott, weil er seine Liebe zu ihm testen wollte, alles wegnahm, woran sein Herz hing. Ich bin aber nicht Hiob, flüsterte sie wütend in die Nacht, ich bin eine ganz normale Frau, ich will einfach kein Schicksal mehr. Nur noch ganz friedliches Leben. Gern ein bißchen langweilig. Und jetzt sofort einen Cognac, oder ich dreh durch.
Wie friedlich Marlon ausgesehen hatte, dort auf dem Boden. Er hatte ihr fast leid getan, so gefesselt und bewußtlos. Und der böse Verdacht hatte sie beschlichen, daß Alexa ihn in ihrem blinden Übereifer und Haß womöglich in eine Falle gelockt hatte. Er gab ja zu, daß er bei den Frauen eingestiegen war, nur Gewalt habe er ihnen nicht angetan. Anna glaubte ihm immer noch, weil sie sonst an ihrer eigenen Urteilsfähigkeit verzweifelt wäre. Nicht zu merken, wie abartig und gewalttätig die Gelüste sind, die der eigene Mann hat, mit dem man freiwillig das Leben teilt, überstieg ihre Vorstellungskraft. Sie war immer stolz gewesen auf ihre genaue Beobachtungsgabe und Urteilsfähigkeit – sollten diese sie ausgerechnet bei ihrem

eigenen Ehemann so vollständig verlassen haben? Okay, er hatte Frauen bespannt, war sogar bei ihnen eingestiegen. Das war schlimm und irgendwie klebrig, aber es war kein Gewaltverbrechen. Schließlich hatte er es nachts getan, weil er damit rechnete, daß sie dann schliefen. Sie glaubte ihm, auch wenn sie die einzige war.

Anna trat auf den Balkon, weil sie frische Luft brauchte und eine weite Sicht über die Häuser. Die Wände ihrer Wohnung beengten sie, schnürten sie ein wie ein unbarmherziges Korsett.

Sie überlegte, ob und wie sie ihre Kinder auf die kommenden Wochen und Monate vorbereiten sollte. Sie würde mit den Kindergärtnerinnen sprechen müssen, denn die Hänseleien würden natürlich zunehmen. Es schnürte ihr das Herz zu, wenn sie sich vorstellte, wie ihr kleiner Leander, der doch noch ein halbes Baby war, von den anderen Kindern in der Sandkiste mit Spott überhäuft werden würde, einem Spott, den er noch gar nicht begreifen konnte. Sie trat an sein Bett, nahm ihm vorsichtig die Nuckelflasche weg, die er unter sein Kopfkissen gestopft hatte, und deckte ihn zu. Lucy schlief wie immer mit weit geöffnetem Mund. Meine beiden Zuckerschnäuzchen, flüsterte Anna, ich hätte euch das gern alles erspart. Was Klaus wohl zu allem gesagt hätte? Warum fiel ihr das jetzt ein? Er konnte ihr nichts mehr vorwerfen, er war schließlich einfach von ihr weggestorben.

Flüchtig dachte sie an jene Frau, die sie damals so kurz und unerfreulich kennengelernt hatte. Die sich eine heiße Nummer versprochen hatte oder auch mehr und die auf einmal einen toten Mann im Bett hatte. Sicher ein Schock fürs Leben. Plötzlich kicherte sie. Noch ein Cognac. Es war alles zuviel. Sie war zu schlicht gestrickt für so viel Drama. Immer noch besser als heulen. Geheult hatte sie genug in letzter Zeit. Plötzlich stand Leander auf dem Balkon. »Mama, du da?«

flüsterte er schlaftrunken, rieb sich die Augen. Sie trug ihn ins Bett zurück. Am liebsten wäre sie dazugekrochen. Decke über den Kopf und schlafen, bis alles vorbei ist. Sie brauchte jetzt Körperwärme, Streicheleinheiten. Automatisch griff sie zum Telefon.
Gerds Stimme klang schlaftrunken.
»Kann ich kurz zu dir ins Bett schlüpfen?« fragte sie.
Drei Minuten später lag sie in seinem Bett und heulte.
»Hast du das Babyphone mitgebracht?« Gerd war gnadenlos praktisch, auch beim Weltuntergang.
»Du liegst drauf«, sagte sie und schmiegte sich an ihn. Er machte sich ein bißchen steif, weil ihn sonst seine Gefühle überwältigt hätten.
Plötzlich fuhr sie hoch. »Wo bringen sie ihn jetzt hin? Ist er schon in Untersuchungshaft?«
»Davon geh ich aus«, sagte er, während er unter der Decke nach dem Babyphone tastete. »Du willst ihn da doch nicht besuchen? Du kannst sicher sein, daß das Gefängnis umlagert ist von Fernseh- und Pressegeiern.«
»Du hast recht«, murmelte sie, »aber er tut mir trotzdem leid. Und wie er dalag, zusammengeschnürt wie ein Paket, richtig erbärmlich.«
»Tut er dir wirklich immer noch leid?« fragte Gerd fassungslos.
»Weißt du nicht, was dir noch bevorsteht, bis du diese ganze Scheiße endlich vergessen kannst?«
Er biß sich auf die Lippen vor Wut. Mußte er sie noch mehr aufregen? Warum konnte er nicht die Klappe halten? Es regte ihn nur so maßlos auf, daß sie diesen Mann nicht hassen konnte, daß sie trotz allem noch Verständnis für ihn aufbrachte. Wenn es nach ihm gegangen wäre, hätte er sich einen Revolver genommen und mit Marlon kurzen Prozeß gemacht. Einen Krüppel würden sie nicht lebenslänglich einsperren, er war schließlich der verkörperte mildernde Umstand.

»Schlaf jetzt ein«, sagte er, »morgen früh hol ich Brötchen und bring die Kinder weg. Es ist sicher besser, wenn du dich in den nächsten Tagen nicht auf der Straße blicken läßt. Ich ruf dann Wuttke an.«
Das Schrillen des Telefons ließ sie zusammenzucken.
»Keiner da«, sagte Gerd und legte auf.
Dann zog er den Stecker raus.

42

»Mist!« fluchte Alexa auf dem trüb beleuchteten Gang des Hamburger Untersuchungsgefängnisses im Holstenglacis, wo Marlon in der Zeit bis zu seinem Prozeß eine Zelle bewohnen würde, und klappte ihr Handy wieder zusammen. Sie hatte ein intensiv mulmiges Gefühl, wenn sie an Anna dachte, eine quälende, pochende Mischung aus Schuldgefühl, Mitleid, Angst. Hatte sie sich richtig verhalten? Oder war ihr Bedürfnis nach Rache, nach Erlegen der Beute, nach Triumph über die männliche Bestie so intensiv gewesen, daß sie die Gefühle ihrer besten Freundin rücksichtslos beiseite gedrängt und ihr eine Situation zugemutet hatte, die sie nie würde verkraften können? Und im nachhinein hätte es ja auch so geklappt, Gerda hatte phantastische Arbeit geleistet.
Sie ging in den Trakt, wo sich Marlons Zelle befand. Es war inzwischen vier Uhr morgens, die meisten Inhaftierten schliefen. Da im Falle Marlon Stephans akute Selbstmordgefahr bestand, war in seiner Zelle noch das Licht an, ein unangenehmer Neonstreifen an der Decke. Sie spähte durch das Guckloch. Er lag auf der Pritsche, eingehüllt in eine graue Anstaltsdecke. Sein Gesicht war der Wand zugedreht.
»Ich möchte kurz zu ihm rein«, sagte sie zu dem graugesichtigen Vollzugsbeamten, der auf einem Klappstuhl vor der Zelle saß, und zeigte kurz ihren Dienstausweis. »Fünf Minuten.«
Marlon blickte nicht hoch, als sie die Zelle betrat.

»Hallo, Marlon«, sagte Alexa ruhig. »Ich bin's, Alexa. Wie geht es dir?«
Er drehte sich um, blieb auf dem Rücken liegen. Seine Augen waren ohne Ausdruck. »Und wie geht es dir?« fragte er zurück. Auch seine Stimme war seltsam klanglos. »Bist du nun zufrieden? Das Raubtier ist erlegt, die Jägerin kann sich die Trophäe ans Jackett heften.«
Sie musterte ihn aus schmalen Augen. Alles hätte sie erwartet – Wut, Tränen, Selbstanklage, nur nicht diese beinahe widernatürliche Gelassenheit. War er insgeheim erleichtert, daß er endlich in Sicherheit war, auch vor sich selbst?
»Ich bin sehr zufrieden«, sagte sie endlich und schaute ihn fest an, »und ich hoffe sehr, daß du für längere Zeit aus dem Verkehr gezogen wirst. Wenn du Glück hast, bezahlt der Steuerzahler eine Therapie für dich. Mach's gut.«
Marlon begann, in der Zelle auf und ab zu gehen. »Ich hab die Frauen nicht vergewaltigt«, sagte er und sah sie an. »Ich hab nur bei ihnen auf dem Bett gesessen. Ich könnte nie einer Frau Gewalt antun.«
Alexa empfand die Welle von Haß, die sie durchströmte, fast wie einen körperlichen Schmerz. Sie stellte sich direkt vor ihn. Auge in Auge.
»Diesen Bullshit kannst du dir für deinen Anwalt aufsparen«, bluffte sie. »Wir haben Zeuginnen, und zwar mehrere.«
Zeuginnen, dachte er und hätte beinahe laut gelacht, wo ich die ganze Zeit meine Maske getragen habe? Nur ein einziges Mal war sie ihm heruntergerutscht, aber die Frau war offensichtlich schlau genug gewesen, ihn nicht anzuzeigen. Eine Nutte, ziemlich riskant für ihn, aber es hatte ihn gereizt, und er hatte abgewartet, bis alle Freier weg waren und sie tief und fest eingeschlafen war. Glaubte er zumindest. Bis sie leider doch aufwachte und ein Mordsgeschrei machte. Die Maske von damals existierte gar nicht mehr; wahrscheinlich vermoderte

sie irgendwo im Wald, in Annas Wohnung war sie jedenfalls nicht mehr, er hatte alles durchsucht. Ob wenigstens Anna ihm glaubte? Er hoffte es. Die Zelle hier machte ihn jedenfalls wahnsinnig.
»Ich weiß, daß du mir kein Wort glaubst«, sagte er jetzt zu Alexa, »aber das ist mir auch nicht wichtig. Hauptsache, meine Frau hält zu mir.«
Sie sah so wütend aus, daß er vorsichtshalber einen Schritt zurücktrat. »Ich werde alles tun, damit sich das ändert«, zischte sie, ein leichter Sprühregen benetzte sein Gesicht, aber er wich nicht zurück. »Es wird dich erwischen, mein Lieber. Darauf kannst du dich verlassen. Schlafen Sie gut, Herr Stephan.« Sie winkte ihm spöttisch zu und verließ die Zelle.
Im Vorraum atmete sie tief durch, denn eine Welle von Übelkeit und Schwäche durchfuhr sie plötzlich.
»Kann ich was für Sie tun?« Besorgt blickte der Beamte von seinem Perry-Rhodan-Heft hoch.
»Paß gefälligst auf, daß sich dieses Schwein nichts antut«, lag ihr auf der Zunge, doch dann überlegte sie es sich. Selbstmord in der Zelle wäre eigentlich die beste Lösung für alle Beteiligten. »Danke, alles in Ordnung«, sagte sie statt dessen und zündete sich, trotz der strengen Hinweisschilder, genüßlich eine Zigarette an.
Sie fühlte sich seltsam unbefriedigt.

Teil 3

1

Ein Jahr später

Die Medien hatten so erbarmungslos getrommelt, daß sich am ersten Tag des Prozesses bereits morgens um fünf eine lange Schlange vor dem Gerichtssaal 101 bildete. Das übliche Prozeßpublikum, Rentner mit flachgesessenem Kissen und einer Thermoskanne Kaffee, Arbeitslose, die in den Pausen lustlos die Jobanzeigen durchlasen, ein paar ganz normale Sensationslustige und jede Menge Presse.

Unter dem Titel »Lehrer S., der Mann mit der Maske« war Marlons Story seit seiner Verhaftung vor einem Jahr durch die gesamte bundesdeutsche Presse gegeistert, denn als Stoff für Boulevardblätter war sie ein Traum. Dr. Jekyll and Mr. Hyde. Ein biederer Lehrer, verheiratet, zwei Kinder, der sich nachts aus dem Haus schleicht und Frauen brutal vergewaltigt. Anna hätte sich eine goldene Nase mit Exklusivinterviews – Typ: »Die Bestie privat« – verdienen können, aber sie schwieg eisern. Auch Marlon Stephan hatte bis jetzt jede Aussage verweigert.

Obwohl Marlons Anwalt Dr. Christian Gappmann beinahe auf den Knien vor ihr gelegen hatte, um sie zu einer Zeugenaussage zugunsten des Angeklagten zu überreden, hatte sie abgelehnt. Sie empfand seine drängenden Bitten auf ihrem Anrufbeantworter als Zumutung, löschte die Nachricht sofort, wenn sie seine Stimme erkannte. Marlon selbst hatte sich nie wieder bei ihr gemeldet. Weder mündlich noch schriftlich. Auch um die Scheidung hatte er sie nicht gebeten. Sie wußte nicht, ob sie erleichtert oder enttäuscht darüber war, merkte nur an tausend Kleinigkeiten, daß dieses Kapitel für sie noch nicht abgeschlossen war. Sie hatte seine Sachen längst auf den Sperrmüll gegeben, restlos alles, auch seine Bücher. Schriftstücke und Fotos hatte sie verbrannt, zu groß war ihre Angst, sie könnten der Presse in die Hände fallen. Leander und Lucy hatten sich mit der Erklärung, Marlon sei auf einer langen Reise, vorerst zufriedengegeben, und da Gerd jetzt fester Bestandteil ihres Lebens war, vermißten sie ihn nicht. Und Anna hoffte, es endlich geschafft zu haben, sich klarzumachen, daß es nicht ihr Zuwenig an Attraktivität gewesen war, das ihn in die Schlafzimmer anderer Frauen trieb, sondern ganz allein seine kaputte Seele. Die *sie*, Anna, nicht kaputtgemacht hatte.

»Weißt du, was ich mir zum erstenmal in meinem Leben wünsche?« sagte sie am Prozeßmorgen zu Gerd, der gerade über die labbrigen Frühstücksbrötchen fluchte. »Ein Leben, in dem nichts mehr passiert. Keine Aufregung, keine Höhepunkte. Nur ganz normaler Alltag. Jeden Tag dasselbe.«

»Das wäre dir sehr schnell langweilig«, erwiderte Gerd kauend.

»Du weißt schon, was ich meine«, sagte sie und schaute auf die Babyschaukel, in der die fünf Monate alte Johanna friedlich vor sich hinschnurzelte. »Findest du, daß sie ihrem Vater ähnlich sieht?« fragte sie zum tausendsten Mal und musterte ängstlich das winzige Babygesicht.

»Allerdings«, sagte Gerd fest. »Jo ist mir wie aus dem Gesicht geschnitten.«

»Stimmt«, lächelte Anna, »sie hat dieselben frechen Augen wie du.« Vier Monate vor der Geburt hatte ihr Gerd ein Angebot gemacht. Sie war damals so diskret schwanger gewesen, daß die vor ihrer Wohnung lauernde Presse noch nicht gemerkt hatte, daß sie »ein Kind der Bestie unter dem Herzen trug«.

»Und das soll so bleiben«, hatte Gerd gesagt, »wenn's soweit

ist, sagen wir einfach, das Kind sei von mir. Wäre ja theoretisch auch möglich«, grinste er, als er ihr fassungsloses Gesicht sah. »Bei der Wahl seines Erzeugers hat dein Kind die Wahl zwischen Pest und Cholera. Krüppel oder Sexmonster. Gib beim Standesamt entweder meinen Namen an oder unbekannt.«
Sie war ihm vor Erleichterung um den Hals gefallen. Lealu hatten sich über die Familienerweiterung riesig gefreut, besonders, als sie noch in Mamas Bauch steckte. Während Lucy nach der Geburt von Johanna bislang unentdeckte weibliche Instinkte an ihrer Schwester austobte, sie einmal so begeistert badete, daß sie fast ertrunken wäre, durchlebte Leander ein paar Wochen intensiver Eifersucht. In jeder unbeobachteten Sekunde piesackte er den ahnungslosen Säugling. Wenn Anna, durch Johannas schrilles Schreien aufgestört, herbeirannte, stand er unschuldig neben der Kinderwiege: »Ich hab nichts gemacht, Mama.« Anna glaubte ihm, bis sie ein Streichholz aus der Babyohrmuschel klaubte, das fast das babyzarte Trommelfell durchbohrt hätte.
»Nutze ich dich eigentlich aus?« hatte Anna Gerd einmal gefragt, als sie nach einem langen Tag auf dem Sofa zusammenbrachen. »Du hast doch überhaupt keine Minute mehr für dich.«
Gerd zuckte nur die Schultern. »Laß das meine Sorge sein«, meinte er nur. »Wenn ich keine Lust mehr habe, geh ich einfach in meine Wohnung und verführe die Blondinen, die dort auf mich warten.«
Aber sie wußten beide, daß er das nie tun würde. Es sei denn, sie schickte ihn zurück. Daß er sie, daß er die Kinder liebte, wußte sie. Daß die Kinder ihn widerliebten, war offensichtlich. Blieb nur noch Anna selbst: Liebte sie Gerd? Sie mochte ihn wahnsinnig, das Leben mit ihm war so unkompliziert, so ohne Spannungen und Streit wie ein frisch bezogenes Bett nach einem stressigen Tag. Sie kannte Männer eigentlich nur an-

strengend, kannte nur den ständigen Kreislauf von Zoff und Versöhnung, gab insgeheim Alexa recht, daß Männer und Frauen nicht zusammenpassen. Bei Gerd wurden alle ihre bisherigen Wahrheiten vom Winde verweht. So schön konnte es eigentlich nicht bleiben, irgendwann würde wieder Krieg ausbrechen. Wenn Marlon trotz allem freigesprochen wurde. Eine Vorstellung, die sich sofort wie ein Stein auf ihren Magen legte.

Würde sie ihm verzeihen können? Wollen? Gerd wieder aufgeben?

An diesem Morgen, als bereits die Frühnachrichten den Prozeßbericht ankündigten – »Heute morgen beginnt der Prozeß vor dem Hamburger Landgericht gegen den 39jährigen Lehrer Marlon Stephan. Verhandelt wird wegen des Vorwurfs von insgesamt vierfacher angeblicher Vergewaltigung und sexueller Nötigung. Marlon Stephan hatte seine Opfer im Schlaf überrascht, gefe-« – an diesem Morgen blieb Anna zu Hause. Nach einem Blick auf die Straße, auf der die übliche Korona der Fotografen wartete, drehte sie sich zu den Kindern um, die gerade schlaftrunken in die Küche tapsten: »Heute gibt's 'ne Überraschung. Ausnahmsweise kein Kindergarten und keine Schule. Gerd hat ein tolles Video für euch, das dürft ihr euch nach dem Frühstück ansehen.«

Das Telefon klingelte.

»Alexa?« Anna war erstaunt. »Wieso bist du nicht im Gericht? Dein großer Tag, den wirst du dir doch nicht entgehen lassen.« Ihre Stimme klang bitter, das Verhältnis der Frauen war seit Marlons Verhaftung getrübt. Eine Art Unschuld war zwischen ihnen verlorengegangen, ein blindes, bauchwarmes Urvertrauen, das Alexa schmerzlich vermißte, aber Anna entzog sich ihr nach wie vor, leckte ihre Wunden allein.

»Ich wollte dir nur alles Gute wünschen«, sagte Alexa. »Ist die Meute wieder da?«

»Wie jeden Tag«, antwortete Anna. »Soll ich ihnen Kaffee bringen?«
Alexa lachte. »Das kriegst du fertig«, sagte sie und spürte eine vage Erleichterung. Endlich wieder eine Spur Humor.
»Und wenn er freikommt«, sagte Anna plötzlich, »und sich an mir rächt, weil ich nicht für ihn aussagen will? Oder an den Kindern?«
»Erstens kommt er nicht frei, sondern kriegt maximal fünf Jahre, zweitens, wenn er sich rächt, dann an mir, und das soll er nur probieren.« Alexas Stimme klang finster. »Da warte ich ja nur drauf.«
»Das weiß ich«, sagte Anna ruhig und legte den Hörer auf.
Der Tag lag lang und leer vor ihr. Zehn Autominuten entfernt stand ihr Noch-Ehemann, angeklagt wegen mehrfacher Vergewaltigung. Er hatte auch ihr Leben im letzten Jahr in eine Vorhölle verwandelt. Tuschelnde Nachbarn, verstummende Gespräche, wenn sie einen Laden betrat, dann das betont freundliche »Was darf's denn sein, Frau Stephan?«, bedeutungsschwangere Blicke. Daß es nur die Vorhölle, nicht die Hölle für sie gewesen war, lag ganz allein an Gerd.
Plötzlich tauchten mit unerwünschter Heftigkeit die Bilder ihrer letzten gemeinsamen Nacht mit Marlon wieder auf. Seine Zärtlichkeit, diese innige Leidenschaft, das völlige Verschmelzen, das sie so weder mit Klaus noch mit Gerd erlebt hatte. Und wenn sie ihm Unrecht getan hatte? Wenn er bei diesen Frauen tatsächlich nur eingestiegen war? Aber konnte sie damit leben? Sie schüttelte den Kopf, um die Bilder zu vertreiben. Vergeblich. Es war wie ein Fluch.

2 Der Gerichtssaal 101 war bis auf den letzten Platz gefüllt. Spannung herrschte wie vor einer lang erwarteten Theaterpremiere. Auf der Zuschauerbank zog Erwin Selig energisch sein gesticktes Sitzkissen unter dem Hintern einer korpulenten Frau hervor, die gerade ächzend darauf Platz genommen hatte. »Tschuldigung«, flüsterte er bedauernd, »aber das ist schon immer *mein* Kissen gewesen.«

Die dicke Dame stellte sich taub, packte geräuschvoll ihr eingewickeltes Brötchen aus, biß krachend hinein. Also stand er auf und zog an dem Kissen. Was schwierig war, denn von seinem geliebten Sitzpolster trennten ihn mindestens zwei Zentner Lebendgewicht. »Psst, Ruhe«, zischten die anderen Zuschauer, die erwartungsvoll die Hälse reckten. Die Tür ging auf, Marlon Stephan wurde in Handschellen, flankiert von zwei Polizisten, hereingeführt. Vor seinem Stuhl blieb er stehen, hielt beide Arme hoch, die Handschellen fielen herunter, wurden weggenommen. Auf Anraten seines Anwalts Christian Gappmann hatte er auf einen smarten Anzug verzichtet, sich mit Jeans und weichem T-Shirt bewußt »kuschelig und harmlos« gestylt. Er hatte sich anfänglich dagegen gesträubt, Gappmann sich jedoch durchgesetzt.

Ein Aufseufzer, getragen von einer Mischung aus Grusel und Begeisterung, ging durch die Reihen, als Marlon sich setzte. Er hielt den Blick gesenkt. »Mensch, sieht der super aus«, flüsterte eine Hausfrau ihrer Freundin zu, »viel besser als in der Zeitung. Und der soll vergewaltigt haben? Hat so eine Sahneschnitte doch gar nicht nötig.« Die Freundin stieß sie schmerzhaft in die Rippen: »Haste sie nicht mehr alle, du Doofkopp?« zischte sie. »Der Mann ist ein Verbrecher, kein Kevin Costner!«

Hinter Marlon Stephan betrat die Vorsitzende Richterin Gabriele Weiß mit dem Staatsanwalt Wolfgang Wiesner den Gerichtssaal, flankiert von zwei Schöffen und insgesamt vier

Nebenklagevertreterinnen, den Anwältinnen der Opfer. Die Opfer selbst hatten alle vier darauf verzichtet, im sogenannten »Zeuginnenschutzraum« auf ihren Auftritt zu warten, sondern saßen im Zuschauerraum. Als vor sechs Monaten die Anklage erhoben wurde, waren es noch acht Frauen gewesen, aber vier hatten ihre Anzeige wieder zurückgezogen, aus diversen Gründen – Angst vor der Umwelt, neuer Freund, Umzug in eine andere Stadt. Oder auch dem Irrglauben, daß man etwas leichter vergißt, wenn nicht mehr daran gerührt wird.
Die Richterin, eine große, blondlockige, sehr attraktive Endvierzigerin, erhob sich, mit ihr alle Anwesenden. »Die Sitzung ist eröffnet.« Ihre Stimme klang fest und nach einem übervollen Aschenbecher, obwohl sie seit zehn Jahren nicht mehr rauchte. »Die Staatsanwaltschaft wird jetzt die Anklageschrift verlesen«, sagte sie. »Der Angeklagte möge sich bitte erheben.«
Marlon erhob sich, wie im Traum. Mein großer Auftritt, dachte er ironisch, ob Anna auch da ist? Vorsichtig hob er die Augen. Alexa saß in der dritten Reihe. Ihre Blicke verhakten sich. Sekundenlang. Dann sah er weg.
Wie durch Watte gedämpft drang die knarzige Stimme von Wolfgang Wiesner zu ihm herüber. Ging es wirklich um ihn? »Der Angeklagte wird beschuldigt, vom 4. März bis zum 10. September in vier selbständigen Handlungen mit Gewalt oder durch Drohung mit gegenwärtiger Gefahr für Leib und Leben seine Opfer genötigt zu haben, außereheliche sexuelle Handlungen des Täters an sich zu dulden, beziehungsweise dies versucht zu haben. Ich verlese im folgenden die Namen der durch die Taten Verletzten, das Datum der Straftat …«
Gappmann, ein mittelgroßer, fast affenartig behaarter Mann mit Stirnglatze und großen, immer erstaunt aufgerissenen bambibraunen Augen, reckte sich und versuchte, besonders bambihaft auf die Richterin zu wirken. Er hätte viel darum gegeben, an diesem trüben Morgen zart und blond und trich-

terbrüstig zu sein, ein kleines, kuscheliges Kerlchen. Er wußte, daß seine behaarte Männlichkeit bei manchen Frauen auf Abwehr stieß. Es war aber auch zu blöd, daß ausgerechnet eine Frau diesem Vergewaltigungsprozeß vorstand, fluchte er innerlich, so drohte nämlich mal wieder die von Männern so gefürchtete Kumpanei »aller Schwestern dieser Welt«. Marlon Stephan hätte gut daran getan, sich eine Anwältin zu nehmen, eine möglichst rundliche, trügerisch sanfte Mutti, doch so schlau war er nicht, dieser sonst so gerissene Lehrer, zumal er als begrenzt bemittelter Mandant der Rechtsschutzversicherung keine besonderen Ansprüche stellen konnte. Jedenfalls machte es sich bei einem so krassen Mann-Frau-Prozeß, wo eindeutig nur ein Mann der Täter und nur eine Frau das Opfer sein konnte, ausgesprochen schlecht, wenn der Verteidiger so aussah wie Gappmann. Doch er war froh um das Mandat gewesen; er war erst seit drei Jahren zugelassen, Anwälte gab es wie Sand am Meer, und seine Eigentumswohnung ächzte unter den Hypothekenzinsen. So saß er nun hier und sah die giftigen Augen vieler weiblicher Zuschauer auf sich gerichtet.

»Susanne G., versuchte Vergewaltigung am 2.4., Ina H., Vergewaltigung am 15.4.«

Sein Mandant war wirklich aktiv gewesen, kaum zu glauben, wenn er sich jetzt diese abgemagerte Hülle von Mann betrachtete, tiefe Augenschatten, graue Gesichtsfarbe, in den zwölf Monaten seiner Untersuchungshaft war Stephan um zehn Jahre gealtert.

Trotzdem sah er auf unergründliche Weise eher wie ein Opfer und nicht wie ein Gewalttäter aus. Ein Frauentyp. Ein schwieriger Fall. Alles sprach zu seinen Ungunsten. Zum Beispiel auch die Tatsache, daß er verheiratet und Stiefvater von zwei kleinen Kindern war. Hatte so ein Mann es denn nötig, fragte sich der Volksmund, die Medien tuteten ins selbe Horn, und

natürlich wurde auch ein Richter davon beeinflußt. Der Stadtstreicher mit der schlimmen Kindheit, der als Junge sexuell mißbrauchte Arbeitslose, sie alle hatten es im Grunde leichter vor Gericht. Arme Schweine, dachte man angewidert und mit der Prise Mitleid, die man denjenigen gegenüber verspürt, mit deren Leben man um Himmels willen nicht tauschen möchte. Aber Marlon Stephan war kein armes Schwein, zumindest nicht auf den ersten Blick. Er, Gappmann, würde sich große Mühe geben müssen, so etwas wie Verständnis für seinen Mandanten zu erzeugen. Zumal Stephan eisern darauf beharrte, die Frauen nicht vergewaltigt zu haben. Nur auf der Bettkante von tief schlafenden Frauen habe er gesessen, sich dann heimlich wieder weggeschlichen. Wer's glaubt! Gappmann jedenfalls nicht. Aber da die Maske nicht aufzufinden war, es keine verwertbaren Spermaproben gab und keine der Frauen sein Gesicht gesehen hatte, würde die Anklage trotz Vorverurteilung durch die Presse einen schweren Stand haben, zumal die weiblichen Gerichtsgroupies ihn bereits mit den Augen verschlangen. Dafür hatten Frauengruppen um so gereizter vor dem Gerichtsgebäude mobil gemacht. Seit einer Woche standen sie dort mit Transparenten »Keine Gnade für das Sexmonster – Laßt uns wieder in Ruhe schlafen!« und gaben Interviews an Funk und Fernsehen. Christian Gappmann war froh, daß es in Deutschland kein Geschworenengericht gab wie in Amerika. Biedere Hausfrauen, Friseusen, womöglich ein Pfarrer: Sie fällten dort das Urteil. Und wie unfair das ausgehen konnte, hatte man ja bei O. J. Simpson gesehen. Schrecklich! Obwohl, bei Lichte betrachtet …
Der verkniffene Blick von Frau Weiß, der ihn jetzt wieder traf, war schon schlimm genug. An seine letzte Begegnung mit ihr erinnerte er sich nur gänsehäutig. Als Pflichtverteidiger war ihm ein Mandant in den Schoß gefallen, wie ihn sich die Schmierenpresse nicht schlimmer hätte ausdenken können:

Boxer im Mittelschwergewicht, die Nase bis zur Unkenntlichkeit zertrümmert. Er sah aus wie jemand, bei dessen Anblick jede Frau sofort die Straßenseite wechselt. Ausgerechnet dieser junge, kräftige Mann war im Park von einem Homosexuellen vergewaltigt worden, was nur möglich gewesen war, weil sich zum Tatzeitpunkt mehr als 2,4 Promille Alkohol in seinem Blut befunden hatten. Trotzdem hatte er Anzeige erstattet. Der Täter, ein Amerikaner aus Key West, ebenfalls Boxer, der es im Sex hart und, wie er sich ausdrückte, »ohne Schnörkel« liebte, hatte geglaubt, sein Opfer sei genau wie er ein Freund der schnörkellosen Begegnung. Die Presse hatte sich halb totgelacht. »Homo vergewaltigt Homo – denn sie wissen genau, was sie tun« stand in der Bild-Zeitung. Diesem Prozeß hatte Richterin Weiß vorgestanden, und Gappmann hatte ihr sofort angemerkt, daß sie sich nur mühsam beherrschen konnte. Sie fand die Sache so lächerlich wie er. »Ich hoffe, er ist nicht schwanger geworden«, war ihr einmal herausgerutscht, als er gerade in düsteren Farben ausmalte, welchem »posttraumatischen« Streß (eine erst kürzlich angelesene Vokabel) sein Mandant seit der Tat ausgesetzt sei. Die Zuschauer brachen in dermaßen anhaltendes Gelächter aus, daß die Sitzung vertagt werden mußte.

Gappmann rief sich innerlich zur Ordnung, zwang seine Aufmerksamkeit zur Anklageschrift zurück. Gottchen, wie der Wiesner sich wieder wichtig tat! Ein schmallippiger, ehrgeizzerfressener Mittdreißiger, von Kollegen nur »Mr. Sauerampfer« genannt. Ein Chauviferkel allerersten Ranges, ein schleimiger Radfahrertyp, der seine Frau mit jeder betrog, die nicht schnell genug die Klotür hinter sich schließen konnte, aber im Gerichtssaal konnte er den Moralischen mimen, daß die Schwarte krachte.

Was er auch jetzt mit Gusto tat: »Diese Straftaten sind besonders schwerwiegend, weil sie in den Wohnungen der Angeklagten passierten. Wo soll eine Frau denn sonst noch sicher sein, wenn sie es nicht einmal in ihrer eigenen Wohnung ist. Auf dem Mond?«

Beifälliges Gemurmel. Richterin Weiß legte ihre Unterlagen beiseite. »Wir beginnen mit der Befragung der Nebenklägerinnen. Susanne G. bitte.«

Marlon blickte kurz von seinem Schreibblock hoch, auf dem er die ganze Zeit furios geschrieben hatte. Eine schlanke junge Frau war nach vorn getreten, hatte scheu an ihm vorbeigesehen und befand sich jetzt im Zeugenstand. Sein Blick folgte ihr. Dunkel kam die Erinnerung wieder. Die blasse Krankenschwester, eigentlich nicht sein Typ, aber sie hatte sich so unverfroren, fast schamlos vor ihm ausgezogen, ihn geradezu provoziert, wie er da in ihrem Garten und sie hinter ihrem Fenster stand, daß er nicht widerstehen konnte. Oder hatte sie schon im Bett gelegen? Oder war es eine ganz andere gewesen? Es hatte ihm, so glaubte er, keinen besonderen Spaß gemacht, sie hatte sich gewehrt, also mußte er zurückschlagen; ärgerlich, wenn ihm jemand so das Konzept versaute. Wieso hatte sie ihn auch angezeigt? Es war doch gar nichts passiert! Mit heruntergezogener Hose mußte er sich über den Gartenzaun ins Freie retten, alles zerfetzt. Jedenfalls war alles äußerst lästig gewesen.

»Ich hab ihn gefragt, ob er mich umbringen will«, sagte Susanne gerade. Hinter ihr im Gerichtssaal war es mäuschenstill. »Ich hatte komischerweise überhaupt keine Angst vor einer Vergewaltigung, die konnte ich mir gar nicht richtig vorstellen, aber ich hatte tierischen Schiß vor dem Tod.«

Staatsanwalt Wolfgang Wiesner legte sein Gesicht behutsam in sorgenvolle Falten: »Was geschah dann? Können Sie darüber sprechen?«

Susanne seufzte tief. Es war schwer für sie, alles kam wieder

hoch. »Dann hat er mich gefesselt. Ich hab plötzlich Chloroform gerochen und bin absolut panisch geworden.«
»Woher wußten Sie, daß es sich um Chloroform handelt?« Wiesners Stimme klang wie Seide.
»Ich bin Krankenschwester«, antwortete sie mit fester Stimme, »also weiß ich, wie das Zeug funktioniert, wie schnell man damit bewußtlos wird. Der kann ja alles mit dir machen, dachte ich. Also hab ich mich gewehrt, so gut es ging. Getreten, gebissen. Irgendwann fing er an, mich zu schlagen, erst mit der flachen Hand, dann mit der Handkante, das tat tierisch weh.«
Marlon lauschte, wie er früher den Gutenachtgeschichten seiner Mutter gelauscht hatte; weit an ihm vorbei rauschte der Strom einer Erzählung, die ihn langsam in den Schlaf lullte. Er horchte intensiv in sich hinein, ob er sich von den Worten der erschöpften jungen Frau, die jetzt innehielt und sich die Tränen aus den Augen wischte, irgendwie angesprochen fühlte, aber da war nichts. Dieser Mann hatte nichts mit ihm zu tun, er war ganz weit weg. Die Tabletten, die er täglich einnehmen mußte, hatten ihn friedlich und bedürfnislos gemacht. Er war nicht mehr der alte Marlon, der Nachtmensch. Jetzt schien die Sonne in diesen Gerichtssaal, und es war Tag. Er kritzelte weiter, kleine Figuren mit lächelnden Gesichtern, umrahmt von Sonnenblumen.
»Es tat so weh, daß ich im wahrsten Sinne des Wortes Sterne sah«, Susannes Stimme klang fest, ihre Augen waren trocken. »Dann faßte er zwischen meine Beine und sagte: ›Wenn du endlich mal stillhältst, hast du doch auch was davon.‹ Diesen Satz werde ich nie im Leben vergessen. Ich war nur darauf konzentriert, nicht bewußtlos zu werden, deshalb hab ich mich, als er anfing, mich zu würgen, auf den kleinen Glastisch geworfen, der neben meinem Bett stand. Es hat so laut geklirrt, daß er sich erschrocken hat. Ich bin schnell ins Treppenhaus

gelaufen und hab um Hilfe geschrien. Als ich mit meinen Nachbarn wiederkam, war er weg.«

Plötzlich fiel ihm ein Abend mit Anna ein. Er war von einer Frau gekommen, und sein ganzes Gesicht war zerkratzt gewesen, was er im Autorückspiegel nicht bemerkt hatte. Erst zu Hause, Anna und die Kinder schliefen bereits, sah er im grellen Badezimmerlicht sein derangiertes Gesicht und erschrak. Wenn jetzt Anna reinkam! Er durchwühlte alle Schubladen, bis er endlich ihren Abdeckstift fand, mit dem er die Kratzer notdürftig verkleistern konnte. Aber nein, so ging das nicht, er sah aus wie ein Clown. Er beschloß, die Flucht nach vorn anzutreten. Leise ging er ins Schlafzimmer und rüttelte Anna wach. Als sie die Augen öffnete und ihn sah, schrie sie auf: »Marlon, um Himmels willen!« Er nahm sie in die Arme, beruhigte sie. »Ich bin beim Joggen gestolpert und in ein wirklich sehr unwirtliches Gebüsch gefallen, Liebling. Tut mir leid, wenn ich dich erschreckt habe. Haben wir irgendwo ein bißchen Jod?«

Sie war aufgestanden und hatte ihrerseits gewühlt, und er hatte sie dabei, auf der Klobrille sitzend, beobachtet. Wie immer war er blitzschnell von der Nacht- in die Tagesperson geschlüpft und glaubte jetzt tatsächlich, ein verwundeter Jogger zu sein, der von seiner Ehefrau liebevoll verarztet wurde. Anna holte ein paar Q-Tips von Leanders Wickeltisch und betupfte zärtlich seine Verletzungen, zuckte selber zusammen, wenn sie ihm weh tun mußte. »Du bist doch sonst ein so guter Nachtläufer«, wunderte sie sich. »Hier in der Gegend kennst du doch jeden Stein. Wo warst du denn?«

Er zuckte die Schultern, schuldbewußt wie ein kleiner Junge, den seine Mama mit dem Finger im Marmeladentopf erwischt hat.

»Ich bin einem Eichhörnchen ausgewichen«, sagte er und lächelte sie an. »So blöd kann auch nur ich sein.«

Anna hatte daraufhin seine Hand genommen und jede Fingerkuppe einzeln geküßt.
»Wie ist es Ihnen nach dem Überfall ergangen?« fragte Wiesner, innerlich frohlockend. Die Aussage der Zeugin war so stark, daß er sich auf schlichte Fragen beschränken konnte. Demagogische Tricks waren nicht nötig.
»Nach dem Überfall hab ich ein paar Wochen bei meiner Mutter in Wiesbaden gewohnt«, sagte Susanne, »aber dort hab ich es nicht lange ausgehalten. Diese fürchterlichen Bilder quälten mich so.«
»Welche Bilder?«
»Ich wurde einfach die Bilder von dieser Alptraumnacht nicht los.« Jetzt flüsterte sie wieder. »Und in meinen Träumen wurde diese Nacht immer schlimmer. Sein Gesicht verfolgte mich ...«
»Wenn ich hier kurz einhaken dürfte.« Gappmann war behende aufgesprungen, stand jetzt vor der Richterin. »Nur ein paar kurze Fragen an die Zeugin.«
»Sie wissen, daß wir bei Gericht die Kollegen ausreden lassen, Herr Gappmann«, sagte Weiß, »aber ausnahmsweise.«
Gappmann trat vor Susanne und ließ das Bambi sprechen. Erstaunt sah die junge Frau ihn an. »Sie sprachen von seinem Gesicht. Haben Sie denn dieses Gesicht erkannt?« Seine Stimme klang patenonkelhaft.
»Die Maske ist ihm ein paarmal verrutscht«, erwiderte Susanne etwas verunsichert, »da hab ich schon was gesehen.«
»Genug, um meinen Mandanten eindeutig zu identifizieren?« fragte Gappmann eine Spur schärfer.
Susanne hob ihren Blick, zaghaft und ängstlich, und sah Marlon an. »Ich glaube schon«, flüsterte sie. »Wie gesagt, die Maske war nur verrutscht, ich hab das Gesicht nicht ganz genau gesehen.«
»Sie sind also nicht hundertprozentig sicher?« hakte Gappmann nach.

Susanne senkte den Blick, kämpfte mit den Tränen. »Nein.«
»Vielen Dank.« Gappmanns Stimme triumphierte. »Das war alles. Ich darf das hohe Gericht noch darauf hinweisen, daß diese vermeintliche Maske, die mein Mandant bei seinen angeblichen Vergewaltigungen getragen haben soll, nie gefunden wurde.« Er setzte sich.
»Ich möchte doch nur, daß er bestraft wird«, sagte Susanne. »Kann ich jetzt gehen?«
»Sie können gehen«, sagte Richterin Weiß milde. »Und gute Besserung.«
Susanne stand auf, und als sie neben Marlon stand, sah sie ihn plötzlich an. Ihre Augen waren trocken, ihre Stimme fest. »Du alte Drecksau«, sagte sie und verließ den Gerichtssaal.
»Das hat er nicht verdient«, flüsterte die Hausfrau.
»Wenn du nicht sofort mit dem Quatsch aufhörst, kündige ich dir die Freundschaft«, sagte ihre Freundin. »Dieser Mann hat alles verdient.«

3 Wuttke erhob sich ächzend hinter seinem Schreibtisch, als Anna sein Büro betrat. »Na, Mädel, traust du dich endlich mal wieder in die Höhle des Löwen?«
Sie lächelte tapfer. »Irgendwann muß ich ja wieder unter Leute, außerdem fällt mir zu Hause die Decke auf den Kopf.«
Er musterte sie prüfend. »Du siehst aus wie ein Stück Schifferscheiße.«
»Danke«, sagte sie, »genauso fühle ich mich auch.«
Er ging um den Schreibtisch herum, nahm sie in den Arm, eine sehr seltene Geste, die er sich für absolute Notfälle aufbewahrte. »Wie lange noch?« fragte er und drückte sie kurz an sich.
Sie seufzte tief. »Das Urteil wird in circa einer Woche erwartet.«
»Und was glaubst du? Knast oder Freispruch?«
Sie sah ihn an. »Ich hab wirklich keine Ahnung. Auf jeden Fall

ist er wegen Hausfriedensbruch dran. Gut, daß ich nicht entscheiden muß.«
Wuttke ging zu seinem Schreibtisch, holte eine dünne Akte heraus. »Ich hab hier was für dich«, sagte er. »Marlons Personalakte aus Lüneburg. Hab ich angefordert. Die Polizei erstaunlicherweise nicht.«
Anna setzte sich, fing an zu lesen. »Verwarnung ... Androhung eines Disziplinarverfahrens ...« Sie seufzte, legte die Akte auf den Tisch. »Ich hab jetzt nicht den Nerv, alles durchzulesen. Sag mir, was drinsteht.«
Wuttke ging zum Fenster, sprach mit Blick auf den Hof, damit sie unbeobachtet auf seine Worte reagieren konnte. »Offensichtlich hat er seine Schülerinnen beim Umkleiden in der Sporthalle beobachtet. Und eine Referendarin, die neu an der Schule anfing, erkannte in ihm den Mann, der sie angeblich seit einigen Wochen in ihrer Wohnung belauscht hatte. Sie hatte ein Fernrohr, er stand wohl im Vorgarten. Sorry, Anna.«
»Aber er hat den Frauen doch nichts Schlimmes getan?« fragte sie und ging zur Tür.
»In dieser Akte steht nichts weiter drin«, meinte Wuttke. »Willst du jetzt in deine alte Klasse gehen? Töppler macht Vertretung für dich, die Erleichterung wird groß sein, wenn du wiederkommst.«
»Wissen sie Bescheid, oder krieg ich dumme Blicke?« fragte Anna etwas ängstlich, obwohl sie sich inzwischen an Tuschelei, Fingerzeigen, »Guck mal, das ist sie, die Frau von, na, du weißt schon« und mißbilligende Blicke gewöhnt hatte. Ihre Seele hatte Hornhaut bekommen.
Wuttke beruhigte sie. »Das hängt davon ab, wie gut sie die Bild-Zeitung lesen können. Trotzdem sind sie voll auf deiner Seite, der kleine Turam Polat wollte sogar für dich sammeln, wegen der Gerichtskosten. Das macht man in der Türkei so, hat er gesagt.«

Anna schluckte noch am Kloß ihrer Rührung, als sie die Versuchsküche betrat. Ihre Klasse, leider um drei Schüler aus dem Sudan dezimiert, die vor ein paar Tagen in einer Nacht-und-Nebel-Aktion ausgewiesen worden waren, stand bereits in Schürzen an den Herden und drehte sich bei ihrem Erscheinen um. Töppler saß hinten am Eßtisch und las die Zeitung. Als er sie sah, stand er auf und nahm ihre Hand. »Schön, daß du wieder da bist«, sagte er nur. »Du wirst sehnsüchtig erwartet. Besonders vom männlichen Teil der Schülerschaft.« Er zwinkerte ihr zu, sie lächelte dankbar zurück. Er wird immer netter, dachte sie, irgendwann wird noch ein richtiger Mensch aus ihm.
Sie schloß die Tür hinter ihm und wandte sich an ihre Schüler. »Guten Morgen«, sagte sie etwas verlegen. »Ich bin wieder da. Aber ich hab überhaupt nichts vorbereitet. Was soll denn heute gekocht werden?«
Reza, der niedliche Iraner, wies auf die Tüten, Näpfe, Gewürze, die er auf seiner Arbeitsplatte zurechtgelegt hatte. »Heute gibt es arabische Vorspeisenplatte«, sagte er grinsend, »damit du nicht immer an deinen blöden Knacki denken mußt.« Er spuckte verächtlich auf den Boden. »Auf daß Allah ihn viermal töten möge.«
Zu ihrem absoluten Horror spürte Anna, wie ihre Augen feucht wurden. »Danke«, sagte sie, »ihr seid wirklich die Besten.« Und dann fing sie vor ihrer Klasse zu heulen an.

4

»Wir kommen zum ersten Gutachten.« Die Stimme von Richterin Gabriele Weiß klang müde. Der Prozeß dauerte wesentlich länger als angesetzt, die Zeugenaussagen der betroffenen Frauen endeten oft in Tränen, dann mußte vertagt werden. Schlechte Vorbereitung der Nebenklagevertreterinnen, dachte sie dann, aber es war nicht ihre Aufgabe, ihre

Anwaltskolleginnen über geschicktes Zeugenverhalten aufzuklären. Dabei war es so einfach: Das Gericht, Richter und Staatsanwaltschaft, liebt präsentable, vor allem eloquente Zeugen. Wer wie sie jeden Tag den Aussagen von Opfern und Tätern lauschen muß, die zudem des Deutschen oft nur jämmerlich mächtig sind, wer Tränen- und Wutausbrüche über sich ergehen lassen muß, der entwickelt eine berufsbedingte seelische Abgebrühtheit und zieht den gut formulierenden Zeugen dem stammelnden vor, egal ob zu Recht oder zu Unrecht. Stephanie S. gehörte leider zu den Stammlern.
»Nu, nüchtern war ich nich gerade«, hatte sie gesagt, als sie vom Verteidiger gefragt wurde, ob sie zum Tatzeitpunkt nüchtern gewesen sei.
Gappmann, die alte Prozeßnutte, war natürlich sofort aufgesprungen. »Das möchte ich natürlich protokolliert haben, hohes Gericht«, rief er triumphierend in den Saal.
Seufzend hatte sich Richterin Weiß an die Protokollführerin gewandt: »Also gut, protokollieren Sie. Die Zeugin erklärt auf Befragen, ob sie etwas getrunken habe: ›Nüchtern war ich nicht.‹«
Gappmann hatte gegrinst und weitergefragt: »Hat er Ihnen das Nachthemd ausgezogen?«
»Muß ja wohl so gewesen sein.«
»Und die Unterhose auch?«
»Sonst geht es ja wohl nicht«, hatte die Frau gesagt und für einen großen Lacherfolg gesorgt.
Das waren so die Zeugen, wie Gabriele Weiß sie liebte.
Männer, dachte sie manchmal, was habt ihr bloß für Unheil über diese Welt gebracht. Sie war beileibe keine hartgesottene Feministin, sondern glücklich mit einem Musiklehrer verheiratet, der sich mehr um ihre beiden Kinder kümmerte als sie, außerdem wesentlich besser kochen konnte. Doch außerhalb ihrer privaten kleinen Insel, das stellte sie immer wieder fest.

schien der Geschlechterkampf immer verbissener zu werden. Und obwohl sie sich als Richterin um Objektivität und Fairneß bemühte, beruflich ja dazu verpflichtet war, mußte sie feststellen, daß mehr als 95 Prozent aller Gewaltdelikte von Männern begangen wurden, davon ein steigender Prozentsatz an Frauen und Kindern. Die achtjährige Tochter ihrer Nachbarin war erst gestern auf dem Schulweg von einem Mann ins Gebüsch gezerrt worden. Zum Glück hatte ihre gesamte Klasse einen Selbstverteidigungskurs gemacht; die Sportlehrerin, eine energische, bereits dreimal vergewaltigte Frau, hatte sich damals gegen empörte Eltern durchgesetzt und recht behalten. Gabriele Weiß' 13jähriger Neffe war bereits zweimal überfallen und brutal zusammengeschlagen worden, einmal von einer achtköpfigen Türkengang, deren Anführer eine Pistole an seine Schläfe hielt. Sie selbst wechselte wie von selbst die Straßenseite, wenn ihr im Dunkeln ein Mann begegnete. Es war ihr inzwischen in Fleisch und Blut übergegangen, bei Männern automatisch vorsichtig zu reagieren. Ihre eigene Tochter, sieben Jahre alt, war am vorigen Wochenende stolz zum erstenmal allein Brötchen holen gegangen. Sie hatte eine Zeitung mitgebracht, auch zum erstenmal, mit einer dicken Schlagzeile auf der ersten Seite: »Kinderschänder aus Hamburg noch immer frei.« Aufgeregt hatte das kleine Mädchen gefragt: »Mama, darf ich nächste Woche wieder Brötchen und Zeitung holen. Ganz allein? Ich geh auch durch den Park, da sind nicht so viele Autos.«

Dafür aber Männer, die im Gebüsch auf dich lauern, hätte sie da fast gesagt. Ihre tagtägliche Berufserfahrung verstärkte diese pessimistische Weltsicht. Jahraus, jahrein saßen sie vor ihr – Ehemänner, die ihre Frauen schlugen, Väter, die ihre Töchter mißbrauchten, Pastoren, die sich an ihren Chorknaben vergriffen –, und sie wußte, daß die Dunkelziffer bei diesen Delikten noch immer sehr hoch war. Vor zwei Wochen hatte

sie einem Prozeß gegen einen Gehirnchirurgen vorgesessen, der von seiner geschiedenen Ehefrau des Mordes angeklagt wurde. Er hatte seine sechsjährige Tochter so schwer mißbraucht, daß sie an den Folgen gestorben war. »Werde ich verhaftet?« hatte er ganz erstaunt gefragt, als die Handschellen um seine Gelenke klickten. »Das war doch nur Sex. Ich bin doch kein Mörder. Ich hab sie doch so lieb gehabt.«
Dagegen war dieser Marlon Stephan fast harmlos. Vergleichsweise harmlos. So harmlos, wie Göring im Vergleich zu Goebbels war. Er hatte sich nicht an Minderjährigen vergriffen. Und – alle Opfer lebten noch. Der Angeklagte schien unter ständigem Einfluß von Valium zu stehen. Er saß einfach nur da, sah weder die Richterin noch die Zuschauer an, kritzelte seinen Block voll, reagierte auf seinen Anwalt, diesen unsäglichen Gappmann, mit knappem Ja oder Nein. Sie ahnte, daß der seinem schwierigen Mandanten am liebsten den Hals umgedreht hätte, und feixte innerlich. Geschieht ihm recht, dachte sie schadenfroh.
Marlon spürte die forschenden Augen der Richterin, aber er brachte die Kraft nicht auf, sich ihrem klaren, fordernden Blick zu stellen. Trotz des Tablettennebels, in den er sich jeden Morgen hüllte, fühlte er sich von Tag zu Tag schutzloser, so als löse er sich vor aller Augen immer mehr und mehr auf, als werde seine Haut dünn und dünner, sei schließlich nicht mehr da. Es gab ihn nicht mehr. Er hatte kein Gefühl mehr für sich. Wer war er denn? Kein Lehrer, kein Stiefvater, kein Ehemann mehr. Kein Mann mehr. Nur, wenn er vor einer schlafenden Frau stand. Sogar seine Träume waren kaputt.
Und Anna war auch nicht da. Auch sie hatte ihn verlassen.
»Frau Dr. Fischer bitte.« Die Gutachterin, eine rundliche, sehr energische Frau, stand auf und trat in den Zeugenstand. Sie war als äußerst medienfreundlich bekannt, sehr zum Ärger ihrer Kollegen in der Jurisdiktion. Ihr spektakuläres Interview

mit *Dolce Vita* über den Mann, der seine Mutter, Schwiegermutter und Stiefmutter umgebracht hatte, lief unter der Überschrift »Warum ich Mütter hasse« und war erstens am Samstag vor dem Muttertag und zweitens in der Woche vor der Urteilsverkündung erschienen. Hunderte aufgebrachter Mütter waren vor dem Gerichtsgebäude erschienen, Dr. Fischer hatte jede Menge Interviews gegeben und Gabriele Weiß sie schwer verwarnen müssen. Vor dem Stephan-Prozeß hatte sie ihr deshalb striktes Redeverbot erteilt. Es war laut geworden in ihrem Büro, aber sie war hart geblieben.

»Der Angeklagte hat als Kind eines sanften Vaters und einer sehr dominanten Mutter schon früh ein Gefühl der Wehrlosigkeit Frauen gegenüber empfinden müssen«, begann Dr. Fischer und ließ ihren Blick bedeutungsvoll durch den Raum schweifen. Schade, daß im Gerichtssaal keine Kameras erlaubt waren, sie hatte sich vor dem Prozeß extra die Haare von gesträhnt auf ganz blond gefärbt, weil das fotogener war. »Er wurde erzogen, sich immer zu kontrollieren, nicht aufzufallen, keine Hochs, keine Tiefs. Bezeichnend ist, daß er bereits als Einjähriger trocken war.« Eine Kleinigkeit, die sie hinzuerfunden hatte, aber der zu Begutachtende war eine harte Nuß gewesen. Jede Information über sein Leben hatte sie so mühsam aus ihm herausziehen müssen wie der Zahnarzt einen entzündeten Backenzahn.

»Im Schwimmbad hat er Löcher in die Kabinenwände gebohrt, um die Mädchen beim Umziehen zu beobachten. Vor einer richtigen Begegnung hatte er Angst, hervorgerufen durch seine Mutter, die ihm schon als Zwölfjährigem drohte, er solle bloß kein Mädchen ins Unglück stürzen. Sex war also gleichbedeutend mit Unglück für ihn. Seine Versagensängste Frauen gegenüber steigerten sich. Die weibliche Scheide war für ihn kein Quell der Lust, sondern dunkel, bodenlos, unerforschlich. Der Penis dagegen fest, sauber, eine klare Sache.«

»Warum bist du dann nicht schwul geworden, du Wichser«, rief eine Frau aus der dritten Zuschauerreihe. »Dann hättest du dich an Männern aufgeilen können statt an wehrlosen Frauen.«
Sie wurde des Saales verwiesen. Dr. Fischer lächelte knapp. Sie liebte starke Zuhörerreaktionen, wenn sie ihre Gutachten verlas.
»Er spannte, weil er sich dabei überlegen fühlte. Er war unerkannt, hatte die Sache …«
»Welche Sache meinst du?« rief eine andere Zuschauerin. »Nenn die Sache doch beim Namen!« Buhrufe, schrilles Pfeifen. Gabriele Weiß verwarnte die Zuschauer – zum wiederholten Mal.
»Mit Sache meine ich nicht männliches Geschlechtsteil, sondern sexuelle Begegnung«, entgegnete Dr. Fischer belustigt und musterte die Zuschauerreihen. »Wer noch Fragen hat zu den Blumen und Bienen, der melde sich bitte jetzt, bevor ich weiterlese.«
Richterin Weiß mußte wider Willen schmunzeln. Fischer, der alte Haudegen. Sogar die Haare hatte sie sich färben lassen. Beim vorigen Prozeß war sie noch im Hausfrauen-Strähnchenlook erschienen, aber da ging es auch nur um einen vergleichsweise langweiligen Sorgerechtsfall. Bei Vergewaltigung war offensichtlich was Rasanteres angesagt.
»Bitte weiter, Dr. Fischer.« Ihre Stimme klang barsch. Zeit, daß sie die Zügel wieder an sich riß.
»Marlon Stephan heiratete dann eine Frau, der er sich von Anfang an unterlegen fühlte. Er empfand sie als zielstrebig, stolz, sauber, mütterlich, madonnenhaft. Eine Frau also, bei der er seine niederen Instinkte nicht ausleben konnte und wollte.«
Du Schwein, dachte Alexa, die mit ihrer Freundin Marlene direkt hinter Marlon saß. Sie hatte Urlaub genommen, um den

Prozeß hautnah verfolgen zu können. Eine Ausdauer, die ihr schlecht bekam, das merkte sie nun. Der Haß auf Marlon überwucherte ihr Leben wie ein bösartiges Geschwür, und sie war wehrlos dagegen. Wenn seine Strafe zu gering ausfällt, passiert was Schlimmes, dachte sie und erschrak über sich.
»Die perverse Reaktion, bei Frauen einzusteigen, tritt auf, wenn sich Marlon Stephan in einer innerlichen Krise befindet.«
Dr. Fischer klappte ihre Unterlagen zusammen. Sie hatte, wie immer, die letzten Absätze auswendig gelernt. »Es handelt sich zwar um neurotische Ängste und Konflikte, aber nicht um eine krankhafte seelische Störung. Es ist eine Art Getriebensein von der Gesetzmäßigkeit der perversen Inszenierung, eine Einschränkung der Impulskontrolle im Sinne des Paragraphen 21 StGB, keine Aufhebung der Selbstkontrolle im Sinne des Paragraphen 20 StGB, eine Entwicklung deshalb, die in ein psychopathologisches Geschehen eingemündet ist – keine psychopathologische Dauerverfassung. Eine fixierte Perversionsbildung besteht nicht. Ich bin der Meinung, daß der Angeklagte die Wahrheit sagt, wenn er behauptet, er habe die Frauen nicht vergewaltigt.«
Bei diesen Worten wurde Alexa so speiübel, daß sie den Saal verlassen mußte. Vor der Tür stützte sie sich an die Wand, atmete tief durch. »Na, Mädel, dir wird doch wohl hier nicht schlecht werden?« Die Stimme des weißhaarigen Gerichtsdieners klang mild besorgt. Kotze aufwischen am frühen Vormittag gehörte nicht zu seinen Lieblingsbeschäftigungen.
Alexa richtete sich auf. »Danke, es geht schon«, murmelte sie und trat ans Fenster. Draußen brandete der Verkehr. Wenn Marlon davonkommt, stoße ich ihn vors Auto, dachte sie und lächelte böse.
»Geht's wieder?« Marlene war ihr gefolgt und legte den Arm um Alexas Schultern. »Komm, laß uns einen Kaffee trinken, außerhalb dieser grauen Mauern. Dieser Mann bekommt dir

nicht.« Wie eine Kranke führte sie die Freundin ins Freie. »Also laß endlich los. Was immer mit ihm geschieht, er ist durch sich selbst bestraft genug. Sagt meine Großmutter immer, und die hat meistens recht. Und heute abend schauen wir uns *Basic Instinct* an. Dabei fällt uns sicher was Schönes ein.«

Im Gerichtssaal war Dr. Fischer endlich bei ihren Schlußworten. Richterin Weiß hatte längst unverhohlen auf ihre Armbanduhr geschaut, denn ihr knurrender Magen erinnerte sie daran, daß sie heute morgen verschlafen und das Frühstück ausgelassen hatte. Außerdem hielt sie generell nicht viel von Gutachten, seit sie am Anfang ihrer Karriere einen jungen Mann freigesprochen hatte, der auf Spielplätzen herumlungerte und kleinen Mädchen Eis versprach, wenn sie ihr Höschen herunterzögen. Der Gutachter der Verteidigung, ein kurz vor dem Ruhestand stehender Psychologe, hatte diverse Heimaufenthalte des jungen Mannes erwähnt, seine affektive Triebhaftigkeit in Streßsituationen, bla und bla und bla. Der Angeklagte war freigekommen und hatte vier Monate später ein kleines Mädchen vergewaltigt.

»Die Verhaftung Marlon Stephans bedeutet, daß die Welt der bis dahin verheimlichten Perversion jetzt sozusagen öffentlich ist, er ist aus dieser Welt herausgerissen. Ferner ist ein Prozeß der Selbstkonfrontation in ganz neuer Weise in Gang gebracht worden. Eine Wiederholungswahrscheinlichkeit wird zur Zeit nicht bejaht, aber er braucht therapeutische Hilfe. Vielen Dank.«

Als Dr. Fischer den Zeugenstand verließ, blickte Marlon Stephan auf und sah ihr voll ins Gesicht. Gabriele Weiß beobachtete den Blickwechsel mit Argusaugen. Irgendeine Botschaft ging da zwischen Angeklagtem und Gutachterin hin und her. Wortloser Dank? Amüsement?

»Wir vertagen bis morgen früh um neun Uhr«, sagte sie. Marlon erhob sich und verließ, flankiert von zwei Polizisten, den Saal.

Gabriele Weiß wußte, daß er bei seinen Mitinsassen einen schweren Stand hatte. Auf der Leiter der Knacki-Hierarchie stand er als »arme Spannersau« auf der zweituntersten Sprosse, unterboten nur von den »Kinderfickern«. Zweimal war er in einem unbeobachteten Moment zusammengeschlagen worden, und daß er nicht »geknackt«, das heißt vergewaltigt wurde, verdankte er lediglich der Tatsache, daß er mit seinen 40 Jahren für die Knastschwulen mindestens zwei Jahrzehnte zu alt war.

Als die Richterin die Gerichtskantine betrat und mißmutig den Geruch von Kohl und verkochten Spaghetti einatmete – reichte es denn immer noch nicht zu einem besseren Koch? –, winkte Kollege Günther Pio vom Ecktisch herüber. Er war Arbeitsrichter und verdiente sich eine goldene Nase in der Einigungsstelle, wo er mit Betriebsräten und Arbeitgebern Sozialpläne für bankrotte Unternehmen entwarf. Gabriele Weiß, die sich gerade mit einem Haus in Othmarschen hoch verschuldet hatte, musterte ihn schmallippig. »Du strahlst so widerlich, wo hast du diesmal abgezockt?« Günther Pio grinste zurück, kleine Brocken Spaghetti carbonara klebten zwischen seinen Zähnen. »In Wismar. Eine Werft macht dicht. 1000 Mitarbeiter. Das hat richtig was gebracht.«

Sie setzte sich, knabberte lustlos an einem Salatblatt, der Rest des Kantinenangebots hatte fast einen Brechreiz bei ihr ausgelöst. »Wieder 10 000 Deutsche Mark?« fragte sie gereizt.

Pio spülte den Carbonararest geräuschvoll mit einem Schluck Cola herunter. »Das Fünffache«, strahlte er. »Und was macht dein Sittenstrolch? Kannst du endlich mal einen nageln?«

»Ich tue mein Bestes, da kannst du sicher sein.« Gott, selbst der Salat schmeckte nach Glutamat, wie schaffte das die Küchenbrigade bloß?

»Dein letzter Vergewaltiger ist freigekommen«, piekste er nach. »Und da hast du vorher den gleichen Spruch verkündet.«

»Das war auch ein total anderer Fall.« Ihre Stimme wurde laut, schnell dämpfte sie sich. »Eine Barbekanntschaft, beide besoffen, sie lädt ihn zum Kaffee ein und wundert sich dann, warum er mehr will.«

»Hat eine Frau denn nicht das Recht, nein zu sagen, egal wann?« fragte Pio scheinheilig zurück. »Das hör ich doch immer von euch.«

Sie seufzte ungeduldig. »Nicht egal wann. Nicht, wenn sie einen ganzen Abend lang mit einem Mann getrunken und geknutscht hat und sie nackt mit ihm auf dem Bett liegt und seinen steinharten Penis in der Hand hat. Dann, finde ich, hat ein Mann das Recht zu erwarten, daß er diesen harten Penis auch einführen darf. Jedenfalls finde ich das als Frau, als Richterin müßte ich anders entscheiden.«

Pio grinste. »Ich weiß schon, dran ist drin. Wir armen Schweine – wie wir's machen, ist es verkehrt.«

»In ein paar Jahren ist es hier wie in Amerika«, sinnierte Weiß. »Da muß jeder Schritt zwischen Mann und Frau vorher abgesprochen werden. ›Darf ich dich jetzt auf den Mund küssen?‹ Ein einfaches Ja reicht nicht. Die Frau muß antworten: ›Ja, du darfst mich auf den Mund küssen.‹ Dann küßt der Mann. ›Darf ich danach deine Bluse aufknöpfen?‹ ›Ja, du darfst danach meine Bluse aufknöpfen. Aber nur drei Knöpfe.‹ Wenn er dann vier aufknöpft, ist er wegen versuchter Vergewaltigung dran.«

Sie schwiegen sekundenlang in ihre leeren Teller. Eine düstere Aussicht, aber vielleicht unvermeidbar. »Schläfst du noch mit deinem Mann?« fragte Pio unvermittelt.

»Wie kommst du jetzt darauf?« Gabriele Weiß war völlig konsterniert.

»Ich mein ja nur. Wenn nicht, hätte ich dich gefragt, ob ich dir die Bluse aufknöpfen darf.« Mit diesen Worten stand er auf, grinste, nahm seinen Teller und verschwand. Die Richterin

schaute ihm, plötzlich versonnen, nach. Sein Männerpo sah unter der Robe wirklich ziemlich knackig aus.
Sie brauchte dringend Urlaub.
Oder Sex.
»Darf ich?« Alexa stand vor dem Tisch, einen Plastikbecher mit dampfendem Kaffee in der Hand. »Oder hast du was dagegen, schöne Frau?« Ungefragt setzte sie sich. »Es sieht schlecht aus, oder?« fragte sie unverblümt. Die beiden Frauen kannten sich, seit die damals siebzehnjährige Gabriele bei einer rotzfrechen Göre namens Alexa den Babysitter gespielt hatte. Die Familien wohnten Reihenhaus an Reihenhaus. Sie hatten sich, altersbedingt, aus den Augen verloren, bis die junge Richterin eines Tages eine blutjunge Polizistin im Gerichtssaal dabei beobachtete, wie sie einer Gefangenen den Schweiß von der Stirn wischte. Was schwierig war, weil beide durch Handschellen miteinander verbunden waren.
»Es sieht ziemlich schlecht aus«, bestätigte Gabriele Weiß. »Die Frauen sind einfach keine glaubwürdigen Zeugen. Sie haben ihn entweder nicht erkannt oder ihre Anzeige zurückgezogen, wie dir ja bekannt ist. Selbst seine angeblich so erotische Stimme wird plötzlich nicht mehr wiedererkannt. Wenn die Staatsanwaltschaft nicht noch einen wirklich glaubwürdigen Zeugen auftreibt, kommt der Mann frei. Im Zweifel für den Angeklagten, das ist die Regel, leider.«
Wie aus heiterem Himmel hatte Alexa plötzlich eine Idee.
»Sorry«, murmelte sie, stand hastig auf. »Ich muß sofort weg. Bis morgen.«

5

Das wilhelminische Backsteinhaus sah von außen so schrecklich aus, wie es von innen roch. Alexa zog die Nase schief in dem vergeblichen Versuch, den Geruch nach Kohl, Urin und Schlimmerem nicht einzuatmen, der im Treppenhaus festzuhängen schien. Im vierten Stock klingelte sie. Und klingelte.

Mist, fluchte sie. Sie wollte gerade gehen, als sie hoch über sich ein ganz dünnes Stimmchen hörte: »Willst du vielleicht zu meiner Mami?« Erstaunt drehte sie sich noch einmal um. »Alex?« rief sie, warf den Mantel ab, lief die Treppen hoch bis zu dem Vorsprung, auf dem er kauerte, eine kleine Katze an sich gepreßt. Ohne Überlegung zerrte sie ihn geradezu auf ihren Schoß, drückte und küßte ihn.

Mein Kleiner, dachte sie, von seinem Geruch, seinem jungen, weichen Körper geradezu berauscht, was hab ich mich nach dir gesehnt.

»Erkennst du mich noch?« fragte sie, plötzlich besorgt. »Erinnerst du dich an mich?« Alex musterte sie aus riesengroßen Augen, die Katze eng an sich gepreßt. Dann schlang er beide Arme um sie.

Unten ging die Wohnungstür auf. »Alex«, rief eine Frauenstimme, »hast du dich wieder versteckt? Komm runter, der Mann ist jetzt weg, Mama ist allein.« Sie sah das innige Pärchen auf der Treppe, stemmte die Hände angriffslustig in die Hüften. »Was machen Sie da mit meinem Sohn?« rief sie. Alexa setzte Alex ab und ging die Treppe hinunter. Vor Angela blieb sie stehen.

»Frau Pfeiffer«, ihre Stimme war beschwörend, »ich muß Sie um einen ganz großen Gefallen bitten.«

6 »Trink noch ein Glas«, sagte er zärtlich. »Du bist so locker wie eine zu straff gespannte Gitarrensaite.« Anna und Gerd saßen auf seinem Sofa – das Babyphone war angeschaltet und gab die Schlafgeräusche von Lealu leise und etwas verzerrt wieder. Im Fernsehen lief eine schicksalsträchtige Begegnung an der äußersten Herzschmerzgrenze, die der Sen-

der als Weltpremiere angekündigt hatte. Sie hieß »Hab mich wieder lieb«, und genauso war sie auch.
»Gott, was für ein Blödsinn«, sagte Gerd und schob sich diskret ein Kissen in den Steiß. Seit seinem Unfall saß er eigentlich nur im Rollstuhl richtig bequem, aber heute abend, wo Anna neben ihm saß, ließ er sich nichts anmerken.
Vorsichtig schaute er sie von der Seite an, weil sie es haßte, wenn sie seine sorgenvollen Augen spürte. Blaß sah sie aus, tiefe Augenschatten hatte sie. Sie redete jetzt nicht mehr viel, weil einerseits alles gesagt war, andererseits vieles nicht erwähnt werden durfte. Marlon war ihre offene Wunde, jede Berührung schmerzte. Und ich bin das Pflaster, dachte Gerd ironisch, auch was Schönes.
Auf dem Bildschirm drohte das Finale. Tränenüberströmt sanken sich die verfeindeten Eltern in die Arme, der kleine Junge, um den sie neunzig Minuten lang erbittert gekämpft hatten, stand rührend niedlich daneben. Jetzt zog ihn die Mutter an sich.
»Papi und ich haben dich beide so lieb, mein Kleiner«, hauchte sie. »Ich hab euch doch auch so lieb«, lispelte der Kleine mit einer so saccharingetränkten Kinderstimme, wie sie nur im deutschen Fernsehen möglich war. Tränenmeer. Ende. Klopapierwerbung.
Gerd rückte vorsichtig an Anna heran, legte den Arm um sie. Was schwierig war für ihn, weil er in dieser Position leicht das Gleichgewicht verlor, aber ihre Nähe, ihr Geruch, ihre ganze, wunderbare Annahaftigkeit ließen ihn seine komplizierte Situation vergessen.
Sie seufzte und ließ sich fallen, legte den Kopf an seine Brust.
»Bis wohin fühlst du eigentlich was?« fragte sie.
Er grinste. »Warum probierst du es nicht aus?« lockte er. »Ich sag Bescheid, wenn ich nichts mehr fühle.«
Sie hob den Kopf von seiner Brust, sah direkt in seine kühlen,

kieselgraubraunen Augen. Sie griff zu ihrem Glas, leerte es mit einem Zug. Wohlige Verschwommenheit. Lieber Gott, dachte sie, ich weiß, du bist ein bißchen entsetzt, daß ich mich nach zwei Ehemännern so schnell mit dem dritten tröste. Aber denk bitte auch daran, daß nicht ich meine Männer verlassen habe, sondern sie mich. Und dann denk an die Umstände. Also gönn mir diese blaue Stunde hier. Amen. Sie beugte sich zu Gerd hinüber und küßte ihn. Im Küssen war er Weltmeister, der Druck seiner Lippen gerade richtig, seine Zunge weich, dennoch fordernd. Sie hätte stundenlang so weiterküssen mögen, aber er lehnte sich zurück. »Also hier fühl ich was, ohne Zweifel.«
Sie mußte lachen. Eine absurde Situation. Aber nicht ohne Reiz. Sie streichelte seinen Hals, den er, als ihre Hand ihn berührte, ganz leicht hin- und herwendete, als wolle er jeden Quadratmillimeter ihrer Hand spüren.
»Hier auch noch«, sagte er. Seine Augen waren geschlossen. Ganz langsam löste sie ihre Hände, ließ sie über seine Schultern zu seinem Brustkorb wandern. »Immer noch«, flüsterte er. Zu ihrem Erstaunen merkte sie, wie sie langsam heiß wurde. Ob er es merkt, wenn ich seinen Schwanz anfasse, dachte sie plötzlich und mußte kichern. »Warum lachst du?« fragte er sofort.
Sie schüttelte den Kopf. »Hat nichts mit dir zu tun«, sagte sie noch immer lächelnd und schob sein Hemd hoch. Seine Haut fühlte sich trocken und warm an, und beim Küssen merkte sie, daß sie nach Sandelholz und Pfefferminze roch. Gerd atmete jetzt etwas heftiger.
Doch als sie den Reißverschluß seiner Jeans öffnen wollte, schob er ihre Hand zurück. »Laß lieber.« Seine Stimme klang gepreßt.
»Warum?« fragte sie vorsichtig.
»Meine Beine sind nach dem Unfall ziemlich dünn geworden«,

sagte er und schaute sie an. »Ich weiß nicht, ob du diesen Anblick verkraften kannst.«
»Denk dir doch nichts dabei«, sagte sie liebevoll. »Es gibt Schlimmeres im Leben als dünne Männerbeine.« Sie wunderte sich selbst, daß ihre wohlige Erregung bei seinen Worten nicht abgeklungen war, im Gegenteil, sie war eher noch fordernder geworden. Sie hatte plötzlich unheimliche Lust auf ihn. Ganz kurz, ganz dunkel tauchte Marlon in ihren Gedanken auf. Hau bloß ab, dachte sie, verschwinde. Laß mich in Ruhe.
»Okay, du wolltest es nicht anders.« Gerd sah sie fest an, während er sich mit einer Hand abstützte und mit der anderen die Hose herunterzog. Die Anstrengung trieb ihm kleine Schweißperlen auf die Stirn. Sollte sie wegsehen? Doch sie war neugierig. Seine Oberschenkel, in denen er kein Gefühl mehr hatte, waren ziemlich flach, denn die Muskeln hatten sich zurückgebildet, sonst sahen sie ganz normal aus. Dünne Männerbeine eben.
Sie legte ihre Handfläche darauf. »Und jetzt?« fragte sie. »Fühlst du noch was?«
»Und wie«, behauptete er tapfer, »du würdest selbst Tote auferwecken.« Er lehnte sich zurück, zog sie auf sich. »Wie lange hast du keine Frau mehr gehabt?« Die Frage war ihr herausgerutscht. Er lachte. »Laß mich überlegen ... hm, eine Woche?«
»Du Schuft«, rief sie und ließ ihre Hand nach unten wandern. Was sie dort vorfand, fühlte sich ausgesprochen normal an, bei näherem Betasten sogar mehr als das.
»Was fühlst du jetzt?« fragte sie.
»Frag nicht so dumm.« Seine Stimme war heiser geworden. »Und zieh dich endlich auch aus.«
In Sekundenschnelle war sie nackt, heiß war sie sowieso, und dann legte sie sich auf ihn, und als ihre Körper zueinanderfanden, war es wie ein kleines Wunder. Alles paßte, alles hatte

den richtigen Rhythmus. Als sie nach einer Ewigkeit schwitzend zusammenbrachen, konnte sie sich trotzdem eine Frage nicht verkneifen: »Bist du auch gekommen? Ich meine …« Sie bemerkte seinen Blick und fing an zu stottern. »So wie früher, vor dem Unfall?«

Er lächelte entspannt. »Nicht mehr ganz so. Meine Höhepunkte sind noch da, sind aber irgendwie inwendiger geworden. Es schüttelt mich sozusagen von innen …«

Sie verstand kein Wort, aber das machte nichts. »Ich hatte einen ganz normalen«, sagte sie.

»Das hab ich gemerkt.« Er grinste. »Bist du immer so laut dabei?«

»Nicht immer, nur bei dir.«

7

»Komm rein, Alex.« Gabriele Weiß winkte den verschüchterten Jungen in ihr Arbeitszimmer, Alexa folgte ihm.

»Setz dich. Hier sind ein paar Malsachen. Gleich unterhalten wir beide uns.«

Sie schob ihm Stifte und ein paar Bogen Papier hin und winkte Alexa zur Sitzgruppe vor dem Fenster. »Du willst ihn wirklich aussagen lassen?« flüsterte sie. »Einen Sechsjährigen? Was versprichst du dir davon? Der Kleine sieht doch völlig verschreckt aus.«

»Das weiß ich ja auch, Gaby«, flüsterte Alexa zurück, »aber er ist der einzige, der Marlon ohne Maske gesehen hat. Und wenn er ihn wiedererkennt, dann haben wir zumindest eine Aussage.«

»Die Aussage eines Kleinkindes«, gab die Richterin zu bedenken. »Was ist mit der Mutter? Wäre die nicht bereit, als Zeugin aufzutreten?«

»Leider nicht dran zu denken«, seufzte Alexa. »Kein Wunder

nach ihren Erfahrungen mit der Polizei. Außerdem war sie ziemlich betrunken, als es passierte, erinnert sich nur schemenhaft. Und ihr Lude hat sein striktes Veto eingelegt. Wegen angeblicher Geschäftsschädigung. Ich mußte meinen gesamten Charme aufbieten, damit sie wenigstens Alex freigibt. Laß uns diese Chance nutzen, Gaby«, fügte sie eindringlich hinzu. »Du weißt, daß es unsere letzte ist.«

Gabriele Weiß sah zu Alex herüber, der still und artig am Tisch saß und malte. Sie ging zu ihm, schaute auf sein Bild. Ein wüstes, schwarzes Gekritzel. »Was soll das sein, Alex?« fragte sie.

Er blickte hoch. Seine Augen waren groß und dunkel. »Das ist der böse schwarze Mann, der meiner Mami so weh getan hat«, sagte er.

»Okay.« Gabriele griff zum Telefon. »Wir verschieben die Urteilsverkündung um einen Tag. – Wir brauchen einen Fernseher mit Videogerät«, sprach sie in den Hörer, »und eine Direktleitung in den Gerichtssaal. Raum 101. Danke.« Sie legte auf, wandte sich an Alexa. »Willst du die Befragung machen?«

Alexa zögerte keine Sekunde. »Selbstverständlich.«

8

Als Gabriele Weiß den Gerichtssaal 101 betrat, war sie äußerlich so gelassen und souverän, wie es ihre Rolle als Vorsitzende Richterin verlangte. Innerlich fühlte sie sich so flatterig wie vor dem ersten Rendezvous.

»Wir schließen ausnahmsweise die Beweisaufnahme mit einem Zeugen der Anklage ab«, sagte sie in die spannungsgeladene Stille hinein. »Da dieser Zeuge jedoch erst sechs Jahre alt ist, wird er nicht im Gerichtssaal erscheinen. Es ist ihm wegen seines jugendlichen Alters nicht zuzumuten, dem Angeklagten gegenüberzutreten. Er wird deshalb von einer Kriminalkom-

missarin in meinem Arbeitszimmer vernommen; eine Direktschaltung in den Gerichtssaal ermöglicht es uns, seine Aussagen zu hören, ohne daß er hier erscheinen muß. Dem sehr jungen Alter des Zeugen Rechnung tragend, muß ich darauf bestehen, daß während seiner Aussagen alle Zuschauer außer den direkt am Prozeß Beteiligten den Saal verlassen.«
Ohne auf das Protestgemurmel der Zuschauer zu achten, beugte sie sich über ihre Akten. Gappmann tuschelte auf seinen Mandanten ein, der dies scheinbar ungerührt über sich ergehen ließ. Er hatte keine Ahnung, wer dieser Zeuge sein konnte. Ein kleiner Junge? Dunkel tauchte einer auf, der vor einer kleinen Ewigkeit bei seinem Anblick einmal laut geschrien hatte. Wie hieß er noch? Er war mit Alexa gekommen. Ob sie dahinter steckte? Er traute ihr alles zu.
»Darf ich um absolute Ruhe bitten.« Gabriele Weiß musterte die leeren Zuschauerbänke, die Anklage- und Zeugenbank, die neugierig-besorgten Blicke der Anwälte. Ein Gerichtsdiener erschien und stellte ein Fernsehgerät mit einem Videorecorder auf. Dann fummelte er an den Knöpfen.
Es rauschte, knackte, dann erschien das Büro von Gabriele Weiß auf dem Bildschirm, ihr Schreibtisch. Alexa, die einem kleinen Jungen mit großen Augen gegenübersaß, der einen Spielzeughasen im Arm hielt. Die offensichtlich im Büro befindliche Kamera zoomte heran. Man sah, daß der Hase nur noch ein zerfleddertes Ohr hatte.
Marlons Miene verdüsterte sich. Also doch.
Alexa bewegte die Lippen, kein Ton.
»Was ist los?« rief Weiß nervös. »Stimmt was nicht, Herr Jürgens?«
Der Gerichtsdiener drückte und klopfte, endlich …
»Sagst du mir, wie du heißt?« Alexas Stimme, klar und deutlich.
»Das weißt du doch«, flüsterte der kleine Junge.
»Ich hab's vergessen«, lockte sie. »Sag's mir noch mal.«

»Ich bin Alex«, antwortete er, »und sechs Jahre alt.«
»Das hast du toll gemacht«, lobte Alexa. Vor ihr lag ein Stapel Fotos, den sie etwas zur Seite rückte, damit die Kamera ihn nicht erfaßte. Dann kam sie freundlich, aber bestimmt zur Sache. »Weißt du, warum du hier bist?«
»Weil ich über den bösen Mann reden soll.« Es klang ängstlich, ein bißchen verstockt. »Der Mann, der meiner Mami so weh getan hat.«
Im Gerichtssaal beugte sich Christian Gappmann sehr ärgerlich zum Ohr seines Mandanten: »Wer ist dieser Junge, Herr Stephan? Warum weiß ich davon nichts?« Marlon schien ungerührt, obwohl es in ihm brodelte.
Welche Mami? Es waren so viele gewesen, bei denen er gewesen war, daß er sich an die Frauen selbst nicht mehr erinnerte. Nur an Einzelteile. An ein Bein, das unter der Bettdecke hervorlugte. An besonders schöne Haare. An besonders laute Schreie. Alles andere war zu einem vagen Gefühl verschwommen. Bis auf Anna. »Ich weiß auch von nichts«, war deshalb die ehrliche Antwort an seinen Anwalt, der sich nur ganz mühsam beherrschen konnte.
Auf dem Bildschirm war Alex inzwischen auf Alexas Schoß gekrabbelt, hatte sein Gesicht in ihrer Halsbeuge vergraben. »Ich hab so Angst«, schluchzte er für alle hörbar, »daß der böse Mann mir auch was tut.«
»Der böse Mann kann dir nichts tun«, sagte Alexa und streichelte ihm über die Haare. »Der ist doch im Gefängnis. Wie war das, als du mit deiner Mama im Bett warst? Kannst du mir das erzählen?«
Vorsichtig schob sie Alex wieder auf den Stuhl neben sich, damit ihr später nicht Zeugenbeeinflussung vorgeworfen werden konnte. »Du warst also schon im Bett, deine Mama auch, und dann?«
»Ich war bei meiner Mama im Bett, weil die Männer alle weg

waren«, sagte Alex und griff nach Alexas Hand. »Und ich kuschel so gern mit meiner Mama. Sie war ganz müde, weil sie so viel gearbeitet hat, aber ich konnte nicht schlafen. Und dann ging plötzlich das Fenster auf, und der böse Mann kam rein …«

»Und was hat der Mann dann gemacht?« Was tu ich dem Kleinen bloß an, dachte Alexa schuldbewußt, hoffentlich verkraftet er das. Sie drückte seine kleine Hand, als wolle sie ihre Kraft auf ihn übertragen.

»Der böse Mann hat sich zu meiner Mami aufs Bett gesetzt«, sagte Alex, »und dann hat er sie angefaßt. Er hatte eine Maske auf, wie Batman.« Alex' Atem kam in kleinen, harten Stößen, die Erinnerung an jene Nacht regte ihn noch immer furchtbar auf. »Ich hab mich ganz doll in meine Decke gekuschelt, damit er mich nicht sieht.«

»Das hast du ganz toll gemacht«, lobte Alexa. »Der böse Mann hat dich also überhaupt nicht gesehen, so gut hast du dich versteckt? Wie ein richtiger Räuber?«

Alex strahlte. »Der böse Mann hat wahrscheinlich gedacht, daß ich nur ein Kissen bin«, überlegte er. »Was meinst du?«

»Das mein ich auch«, sagte Alexa. »Und was hat er dann mit deiner Mami getan?«

»Er hat die Decke zurückgemacht, da hatte ich ganz furchtbar dolle Angst, weil ich dachte, daß er mich auch sieht, und ich bin ganz weit weggerückt, bis an die Bettkante. Und dann hat er meine Mami angefaßt, aber sie hat überhaupt nichts gemerkt, weil sie ja so fest geschlafen hat. Und dann hat er sich auf sie gelegt und so komisch geruckelt, und da ist sie plötzlich aufgewacht und hat ganz doll geschrien. Kann ich jetzt wieder auf deinen Schoß?«

Er sah Alexa so flehend an, daß sie ihre Prinzipien über Bord schmiß. »Komm her«, sagte sie zärtlich. »Und was ist dann passiert, als deine Mami ganz doll geschrien hat?«

»Dann hat sie gekämpft und ihm die Maske runtergerissen. Und da hab ich sein Gesicht gesehen.«
»Wie konntest du denn sein Gesicht erkennen?« Sie sprach ganz langsam, weil jetzt der entscheidende Punkt kam. »Es war doch gar kein Licht im Zimmer.«
»Aber auf der Straße war 'ne Lampe«, sagte Alex, »und die hat auf unser Bett geschienen.«
Alexas Herz klopfte so aufdringlich, daß ihr fast schlecht wurde. »Wenn ich dir jetzt ein paar Bilder von Männern zeigen würde, glaubst du, daß du den bösen Mann wiedererkennst?«
Alex zögerte, sah sie ängstlich an. »Kommt er dann und haut mich?«
»Nein«, sagte sie und schob den Bilderpacken in Sichtweite der Videokamera. »Das versprech ich dir. Großes Ehrenwort. Und jetzt setz dich neben mich und schau mal, und wenn du den bösen Mann siehst, dann sagst du Bescheid, okay?«
Langsam legte sie ihm die Fotos vor – Männerporträts, die sie, um ganz sicherzugehen, vorher gemischt hatte. Die typische Pose eines Insassen im Gefängnishof von vorn und seitlich, dann ein Ganzbild von Don Johnson, ein Urlaubsbild ihres Vaters. Alex schüttelte den Kopf. Nein, das war es nicht. Jetzt schob sie ein Foto von Marlon Stephan vor ihn, hielt es vorher so, daß die Videokamera es genau erfassen konnte.
»Erkennst du den Mann, Alex?«
Der Junge nickte, schluckte, Tränen schossen ihm in die Augen.
»Wer ist dieser Mann, Alex? Kannst du uns das laut und deutlich sagen?«
Jetzt hob er den Kopf, sah sie an, tränenüberströmt: »Das ist der böse Mann, der meiner Mama weh getan hat. Ich will jetzt zu meiner Mama, ich will sofort zu meiner Mama.« Seine kleine Stimme war hoch und schrill geworden, ein waidwundes, verstörtes Tier. Er sprang hoch, lief aus dem Zimmer.

Alexa sah in die Kamera: »Ich hoffe, das reicht«, sagte sie nur. Dann lief sie hinter ihm her.

9 »Heute kommt das Urteil«, murmelte Anna und tastete nach Gerd, der mit kleinen Unlustlauten langsam aus dem Tiefschlaf auftauchte. »Ich bin richtig aufgeregt, wie ein kleines Schulmädchen. Schon komisch.«
Er drehte sich um, zog sie an sich. »Gar nicht komisch«, murmelte er, »schließlich seid ihr noch verheiratet.«
»Aber sehr abstrakt«, erwiderte Anna und stand auf. Morgens hatte sie Familienvolldienst, Gerd durfte liegenbleiben, bis die Kinder wach waren und unter seine Decke schlüpften. Dann erwarteten sie eine Flasche mit Kakao und eine Gutenmorgengeschichte, egal, wie müde er noch war. Aber er hatte in den ersten Tagen Maßstäbe gesetzt, und auf denen beharrten Lealu. Heute schliefen sie zum Glück noch. Anna ging in die Küche, stellte die Kaffeemaschine an, machte Müsli, holte die Morgenzeitung aus dem Türschlitz.
»Hartes Urteil im Bestien-Prozeß erwartet« – »Die Opfer weinen immer noch.« Der Morgen fing ja gut an. Gab es überhaupt noch Tage, an denen sie nicht daran erinnert wurde, daß sie vor zwei Jahren den allergrößten Fehler ihres Lebens begangen hatte? Verfolgte diese Unglücksehe sie bis ins Grab?
Sie warf die Zeitung auf Gerds Betthälfte. »Die Bestie läßt grüßen«, sagte sie sarkastisch und verschwand. Der Kaffee war fertig. Sie auch.
Gerd blickte ihr besorgt nach. Sie war wieder einmal gespannt wie eine Feder. Ungeduldig mit den Kindern, schlecht gelaunt mit ihm, außerdem rauchte sie wie ein Schlot, was ihn besonders störte, weil er seit seinem Unfall ein geradezu fanatischer Nichtraucher war. Wenn dieser Alptraum doch endlich vorbei wäre, dachte er zornig.

Stumm kam sie herein und stellte die dampfende Tasse Kaffee auf seinen Nachttisch. Dann setzte sie sich mit ihrer Tasse auf die Bettkante und nahm einen großen Schluck. »Der Tag kann anfangen«, seufzte sie. »Noch kein Geräusch aus dem Kinderdschungel?«

»Sei leise, rühr nicht dran«, warnte er, aber es war schon zu spät. Mit Riesengeschrei tobten Lealu aus dem Kinderzimmer, direkt auf den sanft protestierenden Gerd, sprangen auf ihm herum, küßten, leckten ihn ab. »Eine Geschichte«, brüllte Leander, »eine Geschichte mit dem großen Dino.«

Vom Geschrei aufgewacht, begrüßte auch Johanna, die in einer kleinen Kammer schlief, den Tag deutlich phonstark. Sie war bis oben hin vollverdaut, hatte Hunger, wollte dahin, wo die Action war. Anna ging ans Gitterbett, wo Johanna schon ungeduldig ihre Ärmchen ausstreckte. Eine fast unbewußte Sekunde zögerte sie, dann nahm sie ihre Jüngste hoch.

Dieses unmerkliche Zögern, diese innerliche Zurückhaltung hatte sie bei ihren älteren Kindern nie gehabt. Mit Johanna war alles anders. Im Gegensatz zu Leander und Lucy, die ihre letzten Monate im Bauch fast nur wild strampelnd verbracht hatten, war Johanna fast reglos geblieben – mucksmäuschenstill, so als wolle sie bloß nicht auf sich aufmerksam machen. Anna hatte in der Tat manchmal mit dem Gedanken an eine Abtreibung gespielt, obwohl sie die Ablehnung, die sie gegen das werdende Leben in sich spürte, zugleich auch erschreckte. Die Geburt war kurz und relativ schmerzlos gewesen, und als Gerd, der dabei war und ihre Hand drückte – »Mitatmen kann ich leider nicht, meine Lunge ist zu schwach« –, plötzlich aufgeregt schrie: »Ich kann den Kopf schon sehen«, da hatte sie nur einen Gedanken gehabt. Hoffentlich ist es ein Mädchen, und hoffentlich sieht es Marlon nicht ähnlich. Johanna war ein extrem niedliches Baby, dichtes, schwarzes Haar, Grübchen am Kinn, das hatte Anna fast gefühllos festgestellt, als man sie ihr an die Brust legte; es war noch viel zu früh, um irgendwelche Familienähnlichkeiten festzustellen. Schwach hatte sie sich an das intensive Gefühl nach ihren früheren Geburten erinnert. Dieses unbeschreibliche Glück, als sie Lucy zum allerersten Mal an die Brust legte und den kleinen, heißen Kopf auf sich spürte. Dieser fast rauschhafte Wunsch des Beschützenwollens, als Leander mit Gelbsucht im Brutkasten lag und sich sein winziges Fäustchen um ihren Zeigefinger krallte. Dagegen dieses Gefühl von Leere und Erschöpfung, als Johanna an ihrer Brust lag und kräftig anfing zu saugen. So, als sei sie ungemein erleichtert, unbeschadet auf die Welt gebracht worden zu sein, als könne ihr nun nichts mehr passieren.

Johanna hatte sich zu einem fröhlichen, außerordentlich friedlichen Kind entwickelt, aber zu einem, das wenig Schlaf brauchte.

Jede Nacht wälzte sich Anna fluchend bis zu dreimal aus dem Bett, die Brust bereits entblößt, um dann erschöpft mit dem Baby auf dem Sofa zusammenzusinken. Manchmal schlief sie ein, dann rüttelte Gerd sie sanft wach, brachte Johanna ins Bett, die bei ihm nie aufwachte, und rollte anschließend mit Anna auf dem Schoß ans Ehebett. »Hinlegen, weiterschlafen«, sagte er und lag dann selber stundenlang schlaflos.

Was konnte er tun, um das gestörte Mutter-Kind-Verhältnis zu verbessern? Er selbst hatte Johanna in dem Moment ins Herz geschlossen, als er ihre klebrige Nabelschnur durchschneiden und danach das glitschige Bündel als erster halten durfte. Meins, hatte er gedacht und das winzige, rotverkrumpelte Gesicht gestreichelt, vielen Dank, du Schuft.

Gerd dachte oft an Marlon, immer mit einer Mischung aus Haß, Triumph und leisem Schuldgefühl. Er war der einzige, der von Marlons dunkler Seele profitierte. Dessen düsteren Trieben verdankte er alles, was sein Leben überlebenswert

machte – eine Frau, drei Kinder, dieses ganz alltägliche Glück. Er wußte, daß er ohne all das nicht mehr leben wollte.
Für den Fall, daß Anna ihn verlassen und die Kinder mitnehmen würde, hatte er eine Glasflasche in seiner Hausapotheke. Die Tabletten hatte er angespart; als er seinerzeit im Krankenhaus und danach in der Rehaklinik lag, waren die Schwestern mit Schlaftabletten nicht geizig gewesen. 62 hatte er, das war mehr als genug. Und diesmal würde es klappen. Sein Glück, mit Anna und den Kindern leben zu dürfen, war so groß, daß ein Verlust für ihn undenkbar war. Dann wollte er sich lieber verabschieden, still und schmerzlos.
Und heute kam also das Urteil. Eine Befreiung. Johanna lag neben ihm, nuckelte mit geschlossenen Augen an der Flasche, stieß diese leisen, glucksenden Töne aus, die Gerd immer wieder begeisterten. Stundenlang hätte er so neben ihr liegen und einfach nur lauschen mögen. »Schade, daß du schon abstillst«, sagte er zu Anna, die unschlüssig vor dem Kleiderschrank stand, »an deiner Brust hat es noch niedlicher geklungen.«
Sie drehte sich um. »Eine Person an meiner Brust reicht mir«, sagte sie und lächelte ihm kurz zu. »Nervt sie dich, soll ich sie zurücklegen?«
»Sie nervt mich nie«, meinte er bestimmt. »Und zieh bitte nicht schon wieder das schwarze Leinenkleid an, du gehst ja nicht zur Beerdigung.«
»Wer weiß«, sagte Anna.

10

Es war absolut still im Gerichtssaal 101 der Großen Strafkammer des Landgerichts, als Richterin Gabriele Weiß hereinkam und Platz nahm. Seit den frühen Morgenstunden drängten sich Schaulustige und Presse auf dem Gerichtsflur, um möglichst gute Plätze zu bekommen. Ein

Rentner, der bereits seit Mitternacht da war, wurde ohnmächtig, weigerte sich aber, ärztlich betreut zu werden. Ein Hauch von Lynchjustiz lag in der Luft.

»Wir beginnen mit den Aussagen der Staatsanwaltschaft.« Die Stimme der Richterin klang ruhig und fest, deutlich anders, als Gabriele Weiß sich an diesem Morgen fühlte. Lausig nämlich, so unsicher und zögerlich wie noch nie. Bis zum Schluß war sie hin- und hergerissen zwischen ihrem eindeutigen Rechtsempfinden als Richterin und ihren sehr viel uneindeutigeren Gefühlen als Frau und Mutter. Welches Gewicht sollte sie der Aussage dieses Kindes beimessen – dem einzigen Augenzeugen, den sie hatten? Immer und immer wieder hatte sie im Strafgesetzbuch nachgelesen. Aber das hatte letztlich auch nicht geholfen. Sie kannte ja die Paragraphen auswendig.

Paragraph 177 StGB – Vergewaltigung.
(1) Wer eine Frau mit Gewalt oder Drohung mit gegenwärtiger Gefahr für Leib oder Leben zum außerehelichen Beischlaf mit ihm oder einem Dritten nötigt, wird mit Freiheitsstrafe nicht unter zwei Jahren bestraft.
(2) In minder schweren Fällen ist die Strafe Freiheitsstrafe von sechs Monaten bis zu fünf Jahren.
(3) Verursacht der Täter durch die Tat leichtfertig den Tod des Opfers, so ist die Freiheitsstrafe nicht unter fünf Jahren.

Gabriele Weiß fand diesen dritten Passus völlig überholt, antiquiertes Männerrecht. Was hieß »leichtfertig«, wenn eine Frau tot war? War demnach ein Mann, der eine Frau während einer Vergewaltigung zu Tode würgte und dann behauptete, er sei auch ganz verblüfft, wie schnell so ein Frauenhals sich zudrücken ließe, leichtfertig oder nicht?

Da sie sich von Marlon kein Bild machen konnte, hatte dieser

Prozeß sie um den Schlaf gebracht. Sie hatte kein Gefühl für den Angeklagten, als Richterin nicht und als Frau schon gar nicht. Gern hätte sie sich einmal mit seiner Frau unterhalten, aber da sie eine Aussage verweigerte und nicht zwangsvorgeladen werden konnte, war das nicht möglich. Seit Prozeßbeginn schlief Gabriele im Gästezimmer, weil sie die Berührungen ihres Ehemannes nicht ertragen konnte. Auf eine ihr selbst nicht faßbare Weise fühlte sie sich beschmutzt, quasi stellvertretend für die Zeuginnen. Wer war dieser Angeklagte? Manchmal wirkte er ausgesprochen unsympathisch auf sie, verstockt, ohne Einsicht. Sein schmiernippeliger Anwalt trug wenig dazu bei, das düstere Gesamtbild aufzuheitern. Und dann gab es Momente in den letzten Prozeßtagen, ganz kurze nur, wo sich ihre Blicke trafen und sie eine Traurigkeit in Stephans Augen sah, die sie zutiefst anrührte. Waren seine Taten entschuldbar? Zumindest erklärbar? Wie groß war der Schaden, den er den Frauen zugefügt hatte? Und war er überhaupt der Maskenmann? Wenn ja, wo war die Maske? Aber warum sollte der kleine Junge lügen?
Wie sollte sie das beurteilen? War sie Göttin?
Außerdem hatte sie dieses ganze Thema so satt. Fast sehnte sie sich nach einem ganz normalen Mordfall oder einem raffinierten Banküberfall. Klare Fakten, klare Motive.
»Die Staatsanwaltschaft hat das Wort.«
Auftritt Wolfgang Wiesner, spärliches Haupthaar sorgfältig auf Fülle gefönt, Robe frisch gereinigt. Staatsmacht, aus dem Ei gepellt. Und gnadenlos. So sah er sich gern. Er räusperte sich, wartete auf absolute Stille. »Wir haben es bei dem Angeklagten Marlon Stephan mit einem Mann zu tun, der eine so große Distanz zu sich selbst hat, daß ihm jegliches Gefühl dafür fehlt, wie gewalttätig er vorgegangen ist. Ihm fehlt jegliche Einsicht in die Schwere seiner Taten. Taten, die er begangen hat, auch wenn er sie auf lächerliche Weise abstrei-

tet. Denn wer die Mühe des Einsteigens auf sich nimmt, der bleibt nicht auf dem Bett sitzen. Der geht weiter. Der vergewaltigt auch, meine Damen und Herren. Erschwerend kommen hinzu die äußerst brutale Ausführung der Tat, die schweren physischen und psychischen Folgen für die Zeuginnen. Denn jede Frau vermeidet bestimmte Situationen, und zwar von klein auf, in denen sie sich besonders gefährdet fühlt. Die Wohnung aber ist ein Ort, wo man sich sicher fühlt, beschützt und aufgehoben. Man schläft in dem Urvertrauen, daß einem nichts zustößt. Was für eine wahnsinnige Angst hat der Angeklagte mit seiner Betäubung bei den Zeuginnen ausgelöst! Tötet er mich, verstümmelt er mich? Die Maske, hinter der sein Gesicht nicht zu erkennen war, bedeutete konkret für die Frau, daß jeder Mann, dem sie nach der Tat begegnete, im Prinzip der Täter sein könnte. Der Täter ist zudem uneinsichtig, er hat nichts getan, um diese Tatserie zu beenden. Er hat keine psychologische Hilfe gesucht. Ich bin sicher, daß er in Freiheit sofort weitermachen wird. Ich beantrage deshalb für drei Vergewaltigungen mit Körperverletzung und eine sexuelle Nötigung eine Haftstrafe von insgesamt fünf Jahren.«

Im Gerichtssaal brachen Jubel und Protest gleichzeitig los. Trampeln, Schreien, Trillerpfeifen.

»Ruhe!« schrie Richterin Weiß. »Wenn nicht augenblicklich Ruhe herrscht, schließe ich die Öffentlichkeit von der Verhandlung aus.« Die Drohung wirkte.

Alexa, die wieder hinter Marlon saß und sein Zusammenzucken bei den letzten Worten des Staatsanwaltes gesehen hatte, dämpfte die kleine Stichflamme der Freude sofort. Natürlich forderte ein Staatsanwalt die Höchststrafe, das war sein Job. Und was waren schon lächerliche fünf Jahre! Die Frauen hatten seelisch lebenslänglich.

»Die Verteidigung hat das Wort. Herr Gappmann, bitte.«

Auch Gappmann hatte sich schöngemacht. Urteilstag war

Pressetag, attraktive Fotos, möglichst mit einem in Freiheit entlassenen, strahlenden Ex-Angeklagten, das war unbezahlbare PR. Hinter Gappmanns Schreibtisch hingen ganze drei Prozeßfotos, auf denen dieses Glück zu sehen war. Diskret zog er unter dem Talar seinen Krawattenknoten straff und trat nach vorn. »Marlon Stephan ist ein Mann, der sich voll zu seinen Taten bekannt hat. Zu seinen Taten wohlgemerkt, nicht zu den gegen ihn erhobenen Vorwürfen, die ihm zum allergrößten Teil nicht nachgewiesen werden konnten. Und die rücksichtslose Zeugenerpressung eines Minderjährigen wollen wir lieber ganz schnell zu den Akten legen, meine Damen und Herren. Das war kein Glanzlicht in diesem Prozeß. Mein Mandant hat offen zugegeben, daß er Frauen beobachtete und bei ihnen eingestiegen ist. Nicht mehr, aber auch nicht weniger. Aber er hat sich während seines Prozesses einer sichtbaren, emotionalen Stellungnahme konsequent verweigert. Dies hat nichts mit einer Verhärtung seiner Gefühle zu tun, vielmehr ist diese Unfähigkeit, Gefühle zu zeigen, der Auslöser seiner sogenannten perversen Inszenierung – er hat Todesangst davor, sich emotional mitzuteilen und auszuliefern, und diese Todesangst ist größer als seine Fähigkeit, sich in die Todesangst seiner Opfer hineinzuversetzen.«

Das hast du wirklich schön gesagt, Christian Gappmann, lobte er sich innerlich.

In den Zuschauerreihen raunte es, aber Gappmann ließ sich nicht beirren. Er schob seine rotgolden umrandete Brille hoch, die er sowieso nur der intellektuellen Optik wegen trug, und las weiter:

»Jahrelang hat der Angeklagte Frustgefühle und Aggressionen in sich niedergekämpft, aber diese verdrängte Wut brach sich langsam wieder Bahn. Ein totaler Angriff auf die ganze Persönlichkeit begann. Eine Abspaltung der Nachtperson von der Tagesperson. Die Tagesperson steigert ihre Selbstaufopferungstendenz, während sich gleichzeitig die Nachtperson aus der emotionalen Blockade befreit und Opfer sucht. Eine Persönlichkeit im Umbruch, auch wenn für viele hier während des Prozesses dieser Umbruch nicht sichtbar geworden ist. Der Angeklagte hat versucht, bei seinen Taten möglichst wenig Schaden anzurichten. Ich plädiere deshalb auf sechs Monate wegen Hausfriedensbruch unter Anrechnung der Untersuchungshaft und empfehle anschließende psychologische Betreuung.«

Die Richterin seufzte. Empfehlen konnte man alles.

»Möchte der Angeklagte noch etwas Abschließendes sagen?«

Das war üblich. Nach den Plädoyers kam eigentlich die Beratung und anschließend die Urteilsverkündung. Doch irgend etwas trieb die Richterin. Diese letzte Chance geb ich dir, dachte sie.

Gappmann schüttelte noch den Kopf, als sich Marlon Stephan urplötzlich erhob und in den Zeugenstand trat. Das Gemurmel verstummte, es wurde mucksmäuschenstill. Alle hielten den Atem an.

»Herr Stephan, Sie möchten dem Gericht noch etwas mitteilen?« Gabriele Weiß machte ein kühles, fast unbeteiligtes Gesicht, dem man die explosive Neugier darunter nicht anmerkte. Also doch noch, dachte sie.

Marlon nickte. Fast scheu. Räusperte sich. Wischte sich kurz über die Augen. Seufzte und drehte sich zum ersten Mal zum Publikum.

»Ich möchte diese Gelegenheit ergreifen, um mich in aller Form bei meinen Opfern zu entschuldigen. Jedes Wort, jeder Satz hat sich in meinem Herzen eingegraben. Ich schäme mich zutiefst, daß ich die Frauen so verängstigt habe. Verängstigt, nicht vergewaltigt. Trotzdem: Ich kann nur aus tiefer Seele hoffen, daß meine Opfer durch meine Taten nicht lebensläng-

lich geschädigt worden sind. Meine eigene Schuld ist lebenslang. Egal, wie lange ich ins Gefängnis muß, und hinter Gitter gehöre ich. Worte sind zu schwach …« Hier versagte seine Stimme plötzlich.
Unruhe in den Pressebänken. Reporter tuschelten in ihre Mikrofone, Schreiber klickten diskret, weil verboten, ihre Notebooks an, TV-Reporter drängten nach draußen, um ihre Kollegen über diese neue, sensationelle Entwicklung zu informieren. »Die Bestie bereut« – welcher Glücksfall, jetzt nur die ersten sein, die Konkurrenz ausschalten, das beste Bild zeigen. Adrenalin pulsierte auf allen Fluren.
Marlon wischte sich diskret eine Träne aus dem Augenwinkel, den die junge Gerichtszeichnerin liebevoll auf ihren Block bannte. Da im Gerichtssaal nicht fotografiert werden durfte, gingen ihre Zeichnungen bundesweit durch die Presse. Glücksfall für eine Anfängerin. Sie hatte sich gleich zu Prozeßbeginn verschämt, aber heftig in den Angeklagten verliebt; »mein trauriger Engel« nannte sie ihn heimlich, und ihre Bilder fielen so geschönt und weichgezeichnet aus, daß sie jeden Abend Ärger mit ihrer Bildchefin bekommen hatte. Aber sie setzte sich durch.
»Worte genügen nicht. Ich möchte mich bei jeder einzelnen Frau entschuldigen, bei ihrer Familie, ihrem Lebenspartner, ihren Kindern. Ganz besonders bei meiner Ehefrau Anna und meinen Kindern Lucy und Leander, die ich noch immer liebe, deren Zuneigung ich aber nicht mehr verdient habe. Es tut mir aufrichtig leid.«
Er ging auf seinen Platz, setzte sich mit gesenktem Kopf.
Aus der dritten Zuschauerreihe war lautes Schluchzen zu hören. Susanne G. vergrub ihren Kopf in die Hände und weinte.
Gappmann, der große Mühe hatte, sich ein freudiges Grinsen zu verkneifen, beugte sich zu seinem Mandanten. »Mensch,

alter Junge, das war ja großartig«, flüsterte er. »Warum nicht gleich so? Es geht doch.«
Marlon sah ihn still und blaß an. Er sagte kein Wort. Du dummes Arschloch, dachte er, du begreifst überhaupt nichts. Dann sah er hoch, mitten in Alexas steinkalte Augen.
Sie begriff alles.

11

Da die Kinder in Kindergarten und Schule waren, Gerd in seiner Wohnung vor der Staffelei saß und Johanna endlich mal schlief, gönnte sich Anna den Luxus einer Tasse Kaffee vor dem Fernseher. Sie versank im Sofa, genoß die seltene Stille, griff zur Fernbedienung. Sie zappte durch die morgendlichen Wiederholungen uralter Soap-Operas, amüsierte sich kurz über den grauenhaften Look der Siebziger und frühen Achtziger, wo die Männer alle dicke Koteletten und aufgebauschte Fönfrisuren und die Frauen zuviel Make-up trugen. Eine Wiederholung von Biolek, den Gerd nicht ausstehen konnte, weil er mit dessen Kochrezepten nicht klarkam. Der neue Hamburg-Sender. Eine junge, offensichtlich überforderte, fast hyperventilierende Frau stand vor dem Hamburger Gerichtsgebäude. Sie hatte einen Knopf im Ohr, lauschte. »Wir befinden uns vor dem Hamburger Landesgericht, in dem heute das Urteil im sensationellen Vergewaltigungsprozeß« – noch immer zuckte Anna zusammen, wenn sie dieses Wort hörte – »erwartet wird. Und eben, so hörte ich von meinem Kollegen live aus dem Gerichtssaal, gab es eine kleine Sensation. Der Angeklagte, der während des gesamten Prozesses nicht ein Wort gesagt und keine Miene verzogen hat, der seine Schuld nur teilweise zugegeben hat, brach zusammen ...« Hier wurde es zuviel für die junge Moderatorin, sie war so aufgeregt, daß ihr regelrecht die Luft wegblieb, sie nach

Luft schnappte wie ein Karpfen. »Und er entschuldigte sich bei seinen Opfern.«
Anna hatte sich kerzengerade aufgesetzt. Johanna war aufgewacht und schrie, aber ihre Mutter blieb wie festgewurzelt sitzen.
»Wir haben ein Tonband aus dem Gerichtssaal. Hören Sie live, wie sich der Vergewaltiger bei seinen Opfern entschuldigt.«
Es rauschte und knackte aus dem Off, dann kam die Stimme von Marlon und traf Anna wie ein Giftpfeil – mitten ins Herz.
»Ganz besonders bei meiner Ehefrau Anna und meinen Kindern Lucy und Leander, die ich noch immer liebe, deren Zuneigung ich aber nicht mehr verdient habe. Es tut mir aufrichtig leid.«
Lucy und Leander sind nicht mehr deine Kinder, dachte Anna voller Wut und Panik – und dem Rest eines anderen Gefühls, das sie in den hintersten Winkel ihrer Seele verdammt hatte. Liebe? Sehnsucht? Wollte sie ihn wieder, wenn er eine Therapie machte? Würde sie ihm jemals wieder vertrauen oder seine Berührungen ertragen können? Aber war es wirklich so unverzeihlich, was er getan hatte? Schließlich hatte er ja keine Gewalt angewendet. Oder doch? Und was war mit Gerd?
Sie ging in die kleine Kammer, holte Johanna aus dem Bett, die sich auf ihrem Arm sofort beruhigte, trat mit ihr vor den Fernseher, auf dem jetzt Marlon in Handschellen zu sehen war, wie er, von Polizeibeamten flankiert, bis zur Urteilsverkündung in seine Zelle zurückgebracht wurde.
»Das ist dein Vater«, sagte sie, »den du hoffentlich nie kennenlernen wirst.«
Johanna öffnete ihren zweizähnigen Mund und lachte sie an.
»Mamamamamam«, gurgelte sie, was Mama heißen konnte oder gar nichts.
Zum ersten Mal seit der Zeugung ihrer jüngsten Tochter fühlte Anna, wie ein Gefühl ihr den Brustkorb heiß und eng machte,

das sie sofort mit großer Erleichterung wiedererkannte. Es war Mutterliebe, dieses völlig unbeirrbare Wissen, daß sie, wenn irgend jemand ihrem Kind auch nur ein Haar krümmte, zur Löwin würde. »Ich hab dich doch auch lieb, mein Schnurzel«, flüsterte sie in den Babyflaum. »Du wirst es gut haben bei mir.«
Das Leben spielt mir wirklich seltsame Streiche, dachte sie. Und betrachtete ihre Tochter zum allerersten Mal lange und ausführlich. Johanna war ein wunderschönes Kind. Die Augen leicht mandelförmig, leicht melancholisch, ein winziges Grübchen am Kinn, die Ohren. »Du siehst wie dein Papa aus«, flüsterte Anna und bedeckte die duftende Babyhaut mit kleinen Schmetterlingsküssen. »Aber Mama hat dich trotzdem ganz doll lieb.«
Sekundenlang fühlte sie sich federleicht, so als würde Marlons Gift nun endlich, endlich aus ihrem Leben weichen.
»Liebe Zuschauer«, sagte die Moderatorin im Fernsehen, »der Angeklagte wurde soeben in seine Zelle zurückgebracht. Das Urteil wird heute nachmittag erwartet. Wir halten Sie, wie immer, auf dem laufenden. Martina Hagen von Hamburg Live Nord, sorry, von Hamburg Nord, nein Hamburg Nord Live.«
Anna schaltete den Fernseher aus.
Das Telefon klingelte.
»Hast du zufällig dieses Schmalzgetriefe eben in der Glotze gesehen?«
»Hab ich zufällig, Gerd«, sagte sie und hätte das Thema gern beendet.
»Fall bloß nicht wieder auf diesen Schmäh herein.« Gerds Stimme klang besorgt.
»Willst du einen Kaffee?« fragte sie statt einer Antwort. »Er ist noch lauwarm, wie du ihn liebst.«
»Keine Antwort ist auch 'ne Antwort«, sagte er. »Soll ich die Zeitung mitbringen?«
»Lieber nicht«, sagte sie.

12

»Ich begreife Sie nicht.« Christian Gappmann war kurz davor, die Beherrschung zu verlieren und seinen berüchtigten Mandanten durchzuschütteln. »Die Frau hat Ihnen die Hand entgegengestreckt, verdammt noch mal! Warum sind Sie wie ein Idiot an ihr vorbeigegangen? Noch nie was von Public Relations gehört?«

Marlon saß auf seiner Bettkante und wünschte seinen zornverschwitzten Anwalt auf den Mars. Ohne Rückfahrkarte. »Weil ich so was verlogen finde«, sagte er unwillig. »Ein kitschiges Motiv für die Fotografen, mehr nicht. Der Frau hätte ich damit auch nicht geholfen.«

Gappmann ging auf und ab, um seine Nervosität abzureagieren. »Woher wissen Sie das denn, Sie Neunmalschlauer? Aber im Zeugenstand auf die Tränendrüse drücken, das geht plötzlich. Ich bin heilfroh, wenn ich diesen Fall endlich ad acta legen kann.«

Marlon musterte seinen Anwalt ironisch. »Dafür hab ich Sie mit einem Schlag berühmt gemacht«, sagte er. »Vorher kannte Sie kein Schwein, jetzt reißen sich die Talkshows um Sie. Wenn das kein Karrieresprung ist.«

Gappmann schwieg wohlweislich. Sein Mandant hatte völlig recht, aber er betrachtete die Honorare für TV- und Printmedien-Interviews, die er seitdem regelmäßig gab und hoch abrechnete, als legitimen Ausgleich für die lausige Bezahlung aus der Rechtsschutzversicherung. Und das Beste sollte ja noch kommen. Er hatte einen Privatdetektiv auf die Ehefrau seines Mandanten angesetzt. Für die nächste *Stern*-Titelgeschichte, die »Mein Leben mit dem Sex-Unhold« heißen sollte. Alle waren heiß auf Anna und die Kinder. Selbst schuld, diese dumme Pute, warum knallte sie jedesmal den Hörer auf, wenn er höflich, wie es seine Art war, um ein kurzes persönliches Gespräch bitten wollte. Sie hätte im Zeugenstand – vorausgesetzt, sie hätte die liebende Gattin gemimt – vermutlich Wun-

der wirken können, aber nein, Lady Hochmut läßt sich verleugnen. Gestern abend hatte der Detektiv bei ihm angerufen und ihm eine Sensation angekündigt, die ihn 5000 Mark mehr kosten sollte. Er war gespannt.
»Sie haben eigentlich recht«, sagte er bescheiden. »Haben Sie zufällig eine Zigarette für mich? Dieser Körper braucht jetzt Gift.«

13

Jedes Urteil war wie eine Premiere, fand Richterin Gabriele Weiß. Die nervöse Erwartung, das atemlose Schweigen, keiner im Publikum wußte den Ausgang, nur sie, die Regisseurin. Selbst die Akteure hatten nur ihr limitiertes Skript. Als sie jetzt den Gerichtssaal betrat, unter der Robe trug sie einen Jogginganzug, weil enge Kleidung sie ablenkte, schlug ihr diese Mischung aus Aufregung und Sensationslust entgegen, die sie immer noch, nach fast fünfzehn Jahren im Richteramt, fast euphorisierte. Ihr Auftritt, Gabriele Weiß!
Als sie anfing zu sprechen, klang ihre Stimme tief und fest. »Im Namen des Volkes ergeht folgendes Urteil. Der Angeklagte wird wegen Vergewaltigung und sexueller Nötigung in insgesamt vier Fällen zu einer Freiheitsstrafe von vierzehn Monaten verurteilt. Die Untersuchungshaft wird angerechnet, die Reststrafe auf fünf Jahre zur Bewährung ausgesetzt. Bitte nehmen Sie Platz, während ich die Begründung vorlese.«
Alle setzten sich, nur Alexa stand auf und verließ den Saal.
Die Richterin räusperte sich zweimal, begann zu lesen: »Das Gericht folgt damit im wesentlichen den Punkten von Gutachterin Dr. Fischer, die den Angeklagten für nur beschränkt zurechnungsfähig hält. Das klingt zunächst merkwürdig, weil der Angeklagte seine Taten sorgfältig geplant hat und er auch während des gesamten Prozesses einen zwar zurückhaltenden, aber durchaus zurechnungsfähigen Eindruck gemacht hat.

Erschwerend kommt deshalb hinzu, daß er seine Taten nur teilweise zugibt. Aber, wie so oft in unserem Leben, versagt sich das Abnorme der öffentlichen Einsicht. Der Angeklagte verpflichtet sich zu einer Therapie. Ich danke Ihnen.«

Schnell stand sie auf und verließ den Gerichtssaal. Hinter ihr brummelte es, lauter und lauter. Im Gegensatz zu Rechtsanwalt Gappmann und Dr. Fischer war Gabriele Weiß ausgesprochen publicityscheu, und da sie wußte, welche Hölle gleich ausbrechen würde, schlüpfte sie durch den Hinterausgang in den Hof des Gerichts. Sie versuchte, dieses vage schlechte Gefühl loszuwerden, das beim Gedanken an die betroffenen Frauen immer wieder in ihr hochkam wie ein schlechter Mundgeruch, aber es gelang ihr nicht. Trotzdem hielt sie eine Gefängnisstrafe nicht für angemessen, im Falle Marlons sogar für gefährlich. Latente Verrohungen, das wußte sie, wurden im Knast meist virulent. Das wollte sie nicht riskieren, eine Therapie schien aussichtsreicher. Außerdem hegte sie immer noch einen Restzweifel an seiner Schuld. Weder Blut- noch Spermaproben waren bei den Frauen gefunden worden, der Täter offensichtlich mit Kondomen und Handschuhen ausgestattet gewesen. Gottchen, Gaby, so lange Richterin und immer noch so unsicher. Ob das ihren Kollegen, den Halbgöttern in Schwarz, wohl ähnlich ging?

»Gott sei Dank, mein Auto«, flüsterte sie, als sie ihren zerbeulten roten Fiat im Parkverbot entdeckte. Sie fummelte nach dem Schlüssel, als eine Hand auf ihre Schulter krachte. Sie fuhr herum und blickte in Alexas weißes, wütendes Gesicht. »Schämst du dich nicht, Gaby«, sagte sie, »einen Vergewaltiger wieder auf freien Fuß zu setzen? Was ist mit der Aussage meiner Kollegin? Mit dem Video von Alex?«

»Du weißt genau wie ich, daß der Einsatz deiner Kollegin ziemlich umstritten gewesen ist. Verdeckte Ermittlungen oder Anstiftung zu einer Straftat – darüber kann man zumindest streiten, meine Liebe. Und dein kleiner Zeuge war einfach nicht glaubwürdig genug. Ich hab mir das Zimmer seiner Mutter angeschaut, im Dunkeln. Das Licht von der Straße ist ziemlich trübe. Du bist keine Mutter, du kennst die blühende Phantasie von Kindern nicht.«

»Ich kenn auch meine Freundin Gabriele Weiß nicht mehr.« In Alexas Stimme schwang Verachtung. »Ich hoffe, du kannst mit deinem Urteil leben. Viele Frauen werden es nicht können.«

Sie drehte sich auf dem Absatz um. Sekunden später verschluckte sie das Feierabendgewühl.

Während Gabriele Weiß mit seltsam sinkendem Gefühl in ihren Fiat stieg, sonnte sich Gappmann in einer Woge unerwarteten Erfolges. »Ich freue mich sehr, daß das Gericht so einsichtig war«, sprach er in die bereitgehaltenen Mikrofone. »Mein Mandant ist einsichtig und hat sich öffentlich entschuldigt. Der Schock seiner Verhaftung war so groß, daß er nie wieder rückfällig werden wird, dafür lege ich beide Hände ins Feuer.«

Der Mann hatte die Kamera auf den Balkon gerichtet und scharfgestellt. Eine Frau trat heraus, ein Kind auf dem Arm. Klick. Klick. Er lächelte.

In seiner Zelle saß Marlon Stephan nachdenklich am Tisch. Frei, er konnte gehen. Aber wohin? Er merkte plötzlich, daß ihn seine unerwartete Freilassung eigentlich gar nicht freute. Er konnte nichts mehr anfangen mit seiner Freiheit. In der Tasche hatte er die Telefonnummer eines Psychologen. Würde er hingehen? Er mußte, sein Bewährungshelfer würde dafür sorgen. Ihm war seltsam schwindelig, auch seine Augen hatten sich während der Haft verschlechtert. Immer öfter fühlte er sich wie in einer immer enger werdenden Röhre, ein beklemmender Zustand.

Die Tür ging auf, Gappmann federte herein, und zu seinem allergrößten Widerwillen wurde Marlon plötzlich von dem heftig transpirierenden Anwalt in die Arme genommen. »Viel Glück, alter Junge«, sagte der Anwalt, gerührt über seine Gefühle, und schob seinen widerstrebenden Ex-Mandanten in die Freiheit.

14

Gerd saß im Rollstuhl unter der Dusche und ließ das warme Wasser genüßlich über seinen Körper prasseln. Es hatte lange gedauert, bis er einen Fliesenleger gefunden hatte, der ihm diese extragroße Duschkabine rollstuhlgerecht installiert hatte, denn natürlich entsprach sie keiner bundesdeutschen Norm. Aber jetzt mußte er sich nicht kauernd irgendwie abstützen, sondern konnte in aller Ruhe sein trotz aller Komplikationen so entspannendes Reinigungsritual genießen. Der Radiowecker war so laut gestellt, daß er das Prasseln übertönte. Softrock, nichts Lautes um diese frühe Uhrzeit.
Die Stimme des Ansagers ertönte. Wie immer berichtete er über Mord und Totschlag, Diäten- und Steuererhöhungen, Polizeiberichte: »Im Prozeß gegen den 40jährigen ehemaligen Gewerbelehrer ist folgendes Urteil …«
Gerd stellte die Dusche ab und lauschte.
»Verdammte Scheiße«, rief er dann und stellte die Temperatur auf eiskalt. Was würde Anna sagen?

15

»Also – was haben Sie für mich?«
»Nu mal sachte. Erst mal möcht ich Scheinchen sehen.«
»Die Scheinchen sind in diesem Umschlag. Ich zähle vor. Zufrieden?«
»Er hat ein Kind.«
»Er hat sogar zwei Kinder, was ist daran die Sensation?«

»Die zwei sind ja Stiefkinder. Nein, er hat ein eigenes. Ein Baby. Das hat sie ihm vorenthalten.«
»Aber sie lebt doch jetzt mit diesem Krüppel. Vielleicht ist es von dem. Künstliche Befruchtung oder so'n Scheiß.«
»Is' nicht. Hab mit seinem Arzt gesprochen. Seine Praxis läuft so schlecht, daß er gequatscht hat. Ganz allgemein, über Querschnitte und ihre Fruchtbarkeit und so. Ich hab meinen falschen Presseausweis gezückt. Der kann nicht mehr. Nur noch heiße Luft.«
»Vielleicht hat die Dame noch einen Lover. Kann man nicht ausschließen.«
»Ich hab ein paar Fotos. Das Gör sieht ihm verdammt ähnlich.«
»Zeigen. Hmm. Die sind ihr Geld wert. Was hatten wir vereinbart?«
»Fünf Mille für die Recherche, eine drauf für die Fotos. Macht sechs nach Adam Riese.«
»Hier sind die Lappen. Ich ruf an, wenn mal wieder was ist. Bye.«
Gappmann griff zum Telefon in seiner Jackentasche. Tippte eine Nummer. »Ich bin's, mein Alter. Ja, ja, nur nicht ungeduldig werden, ihr kriegt den Aufmacher. Nein, kein Kurier, ich bring's persönlich vorbei. Und nimm diesmal bitte das alte Urlaubsfoto von mir, die neueren sind ja gräßlich. Ich seh so aus? Danke, daß du mich daran erinnerst. Und stell den Scheck bitte wieder auf meine Mutter aus. Die Steuer kriegt genug von mir. Hertha mit h, genau. Bye.«
Er grinste zufrieden. Von Rechtsschutzhonoraren konnte man heutzutage schließlich nicht leben. Außerdem: Marlon würde ihm dankbar sein.

16 Er hatte das Zimmer wieder bekommen. »Wenn du Scheiß machst, fliegst du sofort«, hatte die Wirtin gesagt, eine abgehärmte Frau Mitte Fünfzig. »Ich weiß Bescheid und hab ein Auge auf dich.« In der Zwischenzeit hatte offensichtlich ein nigerianischer Drogenhändler dort gewohnt, unter dem Bett lagen kleine Säckchen und Tüten, in denen winzige Heroin- und Kokainreste sowie afrikanische Gewürzmischungen waren. Offensichtlich hatte der Herr gekocht, wenn er nicht dealte. Über der rachitischen Nachttischlampe hing eine schwarzkrause Perücke mit einer roten Schleife drin – wohl von einer Freundin. Oder ging der Herr transvestitischen Gelüsten nach?

Wenn er morgens nach einer unruhigen Nacht erwachte, lag der lange, völlig termin- und planlose Tag wie eine Strafe vor ihm. Vom Lehrerdienst in Unehren suspendiert, bezog er eine kleine Rente, von der er nicht viel mehr als dieses Zimmer und eine warme Mahlzeit am Tag bezahlen konnte. Er dachte oft an Selbstmord. Gestern hatte er Anna angerufen und gleich wieder aufgelegt, als sie den Hörer abnahm. Ihre Stimme, warm, leicht heiser, hatte ihm trotz allem durch den Tag geholfen. Die Sehnsucht nach ihr und den Kindern war ein Schmerz, mit dem er inzwischen leben konnte, ein kleines, nagendes Tier, tief in ihm drin, jederzeit abrufbereit.

Er wußte, daß sie jetzt mit Gerd lebte, die Zeitungen hatten sich genüßlich über seinen Nachfolger, den Rollstuhlfahrer Gerhard Hoffmann, verbreitet. Vielleicht hatten sie sich ja schon wieder getrennt? Was wollte schließlich eine gesunde, hübsche, junge Frau mit einem Schwerbehinderten? Es ging ihn nichts mehr an. Sie hat wahrlich kein Glück mit Männern, dachte er, als er nach einer Katzenwäsche und kurzen Rasur auf die Straße trat und wie jeden Morgen in den Papierkorb neben dem Ausgang des *Hotel Mercur* griff, um sich eine zerlesene Morgenzeitung herauszufischen.

Er rieb sich die Augen. Wieder dieses verdammte Röhrengefühl. Aber zum Arzt gehen? Und im Wartezimmer von den Muttis und Rentnern erkannt und gelyncht werden? Vielleicht wurde es ja wieder besser.

Mechanisch strich er die Seiten glatt, erstarrte. Sein Foto. Er stand vor dem Gerichtsgebäude, neben ihm der strahlende Gappmann. Darunter ein kleineres Bild von Anna, die mit einem Baby auf ihrem Balkon stand. DAS KIND DER FREIEN BESTIE stand mit riesigen Blockbuchstaben daneben.

Darunter: »Endlich frei, aber weiß er, daß er Vater geworden ist?« Marlon ließ die Zeitung sinken. Sein Kind, ein Stück von Anna und ihm. Es war unfaßbar. Er schaute genauer hin. Das Kind war nicht älter als ein halbes Jahr, mit kleinen, weichen Haarbüscheln, riesigen Knopfaugen und einem lustigen Stirnband. Offensichtlich ein Mädchen. Sah sie ihm ähnlich? Sein Herz klopfte. Was sollte er tun? Hatte er ein Recht auf das Kind? Ein Kind, das, wie er sich jetzt beschämt erinnerte, womöglich in ihrer letzten gemeinsamen Nacht entstanden war. Warum Anna wohl nicht abgetrieben hatte? Aus Liebe zu ihm? Nach seiner Verhaftung hatte sie sich nie wieder bei ihm gemeldet, obwohl er es so gehofft hatte. Er hätte ihr gern geschrieben, aber was?

Es war soviel Ungeklärtes zwischen ihnen, soviel Unerledigtes. Er ging in ein Lokal, trank einen Kaffee, wehrte die Avancen der übermüdeten Prostituierten ab, die nach einer lausigen Nacht nicht ganz ohne Geld zu ihren Zuhältern zurückwollten. Dann ging er zur Telefonzelle um die Ecke, wartete, bis die Dealer ihre Drogengeschäfte abgewickelt hatten, und wählte die Nummer, die er noch immer im Schlaf kannte.

17 Wortlos legte Gerd die Zeitung auf den Frühstückstisch. »Ich könnte diesem Reporter den Hals umdrehen«, knurrte er am Arbeitstisch, wo er Eier, Milch und Kräuter zu einem Omelette zusammenquirlte. »Widerlich, Leuten aufzulauern und in ihrer Intimsphäre herumzurühren. Ein richtiger Aasgeierjob.«

Anna, die gerade vom Kindergarten zurückkam und erschöpft auf der Küchenbank zusammengebrochen war – Johanna zahnte gerade, wachte deshalb nachts im Halbstundentakt auf – setzte ihre Kaffeetasse ab. »Was ist … o Gott«, stammelte sie, griff zur Zeitung, ihr wurde schwindelig. Deshalb hatten sie die Leute beim Bäcker so merkwürdig angesehen, war die Ladenchefin so überbetont freundlich zu ihr gewesen. Es hörte einfach nie auf.

Sie wußte, was jetzt passieren würde.

Das Telefon klingelte. Automatisch griff Gerd zum Hörer, aber sie hielt ihn zurück. »Ich weiß, wer dran ist«, sagte sie nur. »Sei so lieb und laß mich mit ihm allein.«

Er sah sie an, und sein Herz verkrümelte sich. Langsam rollte er aus der Küche. Im Flur rief sie ihm nach: »Geh bitte nach unten. Ich ruf dich gleich an.«

Wie ein geprügelter Hund verließ er die Wohnung. Reiß dich zusammen, Gerd, sagte er sich, du hast schon Schlimmeres überlebt.

»Ja, bitte?« Seit Marlons Verhaftung meldete sich Anna nicht mehr mit Namen.

»Ich bin's«, sagte er.

»Ich weiß.« Ihre Stimme klang freundlich, abwartend. »Was kann ich für dich tun?«

»Hast du heute schon die Zeitung gelesen?« fragte er, und der leise, ironische Tonfall, der mitschwang, erinnerte sie an frühere, trügerisch unbeschwerte Zeiten.

»Du offensichtlich auch«, meinte sie nur.

Aus dem Hörer klang leises Lachen. Ihr war plötzlich speiübel, sie atmete tief durch.

»Darf ich sie sehen?« fragte er.

»Johanna hat einen richtigen Vater«, sagte Anna fest. »Sie braucht dich nicht.«

»Das weiß ich doch.« Marlons Stimme klang bescheiden, fast demütig. »Ich will sie nur mal sehen. Dann verschwinde ich wieder. Ehrenwort.«

Sie überlegte. »Gut«, sagte sie dann, »in einer halben Stunde. Nicht später. Ich will auf keinen Fall, daß dich die Kinder sehen.«

»Ich danke dir«, sagte er. »Anna?«

»Ja?« Ihre Stimme, leicht ungeduldig, aber *ihre* Stimme, weckte süße Erinnerungen.

»Ich liebe dich noch immer«, flüsterte er und legte auf.

Anna ging ins Badezimmer. Marlon hatte sie immer ganz besonders mit knallroten Lippen geliebt. Das Gift war wieder da.

Als es klingelte, war sie ganz ruhig. Johanna lag im Bett und schlief, die Wohnung war aufgeräumt, sie selbst frisch geduscht, mit rot abgerubbelter Haut, so, als wolle sie sich häuten.

Sie stand in der Wohnungstür und wartete auf ihn. Da er keinen Schlüssel mehr hatte, konnte er den Fahrstuhl nicht benutzen und mußte die Stufen bis zum fünften Stock zu Fuß hochsteigen. Und dann kam er. Endlich sah sie ihn wieder, nach mehr als einem Jahr und Millionen Tränen. Stumm betrachtete sie ihn, zu ihrer Verwunderung fand sie ihn attraktiver denn je. Er war dünn geworden, fast hager, aber es stand ihm. Seine dunklen Augen glühten. Wie Jeremy Irons, dachte sie, Schicksal steht ihm. Schicksal? Ihm war nichts Böses zugestoßen, verdammt noch mal, er hatte Böses verursacht.

»Darf ich reinkommen?« Diese Stimme! Solche Stimmen müßten verboten sein.
»Natürlich.« Sie trat zurück, ließ ihn vorbei. Prüfend sah er sich um, als er die Wohnung betrat. »Du hast den Flur gestrichen«, bemerkte er dann, »warum in Gelb?«
»Weil Gelb die Lieblingsfarbe von Gerd ist«, log sie, ganz bewußt. Klare Fronten waren angesagt.
Er zuckte leicht zusammen. »Ist er da?« fragte er und blieb stehen. »Nein«, sagte sie, »er wartet in seiner Wohnung, bis du wieder weg bist. Also beeil dich bitte.«
Er drehte sich zu ihr herum, zog sie kurz an sich. So überraschend, daß sie sich nicht wehren konnte. Oder wollte? Er ließ sie sofort wieder los, trotzdem erkannte sie sofort seinen Duft. Diese Mischung aus Niveaseife, Leder und etwas Moschus, typisch Marlon. »Du siehst phantastisch aus«, sagte er bewundernd. »Schöner bist du geworden in meiner Abwesenheit. Ich sollte beleidigt sein.«
Wider Willen lächelte sie. »Johanna liegt in der Besenkammer. Wir haben sie ganz ausgeräumt«, erklärte sie schnell, als sie sein Gesicht sah.
Er war schon draußen.
Sie ließ ihm ein paar Minuten Zeit, dann folgte sie ihm in die Besenkammer. Johanna lag im Bett und schlief. Die langen Wimpern warfen kleine Schatten auf ihre schlafwarmen Bäckchen. Anna blickte von Vater zu Tochter und zurück. Wie aus dem Gesicht geschnitten, dachte sie mit sinkendem Herzen, so, als würde diese Ähnlichkeit irgend etwas ändern.
»Sie sieht mir überhaupt nicht ähnlich«, sagte Marlon leise, wie um sie zu schützen. »Woher hat sie bloß diese seltsam geformte Nase? Sie sieht wie ein Spoiler aus.«
»Du spinnst wohl«, protestierte Anna, »höchstens wie ein Tropfenfänger. Meine Großmutter hatte die gleiche Nase, das wächst sich zurecht. Keine Sorge.«

Johanna war aufgewacht. Ganz ruhig lag sie da und betrachtete das Wesen, das sich über ihr Bett beugte und sie still und stumm betrachtete.

»Mamamamampapapapaplalalal« brabbelte sie freundlich. Der große Mensch sah so erwartungsvoll aus. Offensichtlich wurde Reaktion von ihr erwartet. Jetzt verzog er die Mundwinkel nach oben. Sah ziemlich doof aus.

»Sie hat Papa gesagt.« Marlon strahlte, aber Anna verzog keine Miene. »Das sind ihre Generalgeräusche«, erwiderte sie nur. »Das sagt sie zu jedem.«

Unbehaglich spürte sie wieder diesen unseligen Bann, in den sie sich jedesmal von ihm gezogen fühlte. Diese verfluchte Kombination von sexueller Anziehung und gleichzeitiger Abscheu wegen ebendieser Gefühle, Verwirrtheit, Wut. Sie haßte und verachtete ihn, trotzdem hätte sie ihm am liebsten die Kleidung vom Körper gerissen und hätte hier und jetzt und sofort. Wenn er sie doch bloß auch vergewaltigt hätte! Aber das hatte er ja nicht. Weder sie noch andere Frauen. Sagte er. Oder doch? Dann würde sie ihn richtig hassen können. Aber so hing sie zwischen allen Gefühlen. Wußte, wozu er fähig war – aber nur theoretisch. Praktisch sah sie in seine Augen und –.

Sie atmete tief durch. Angeekelt von sich selbst. Er schaute sie an, als wüßte er, was in ihr vorging.

»Hast du mich vermißt?« fragte er sanft.

»Nein«, entgegnete sie schroff. Zu schroff. »Ich hab ja jetzt Gerd.«

»Liebst du ihn?« Seine Stimme klang gelassen.

»Im Grunde schon.« Mein Gott, das kam so zögerlich. Warum hatte sie nicht einfach ja gesagt?

»Warum hast du nicht einfach ja gesagt?« fragte er. Als könnte er Gedanken lesen.

»Weil du mich verwirrst«, sagte sie böse. »Bitte geh jetzt.«

»Darf ich mein Kind ab und zu mal sehen?« Kleine Stimme, traurige Augen.

»Johanna war nie dein Kind und wird es auch nie sein.« Sie klang endgültiger, als ihr zumute war. »Kannst du nicht einfach ganz weit wegziehen? Nach Alaska oder zum Mars?«

Er ging auf sie zu und küßte sie. »Wir sehen uns.« In der Wohnungstür drehte er sich um: »Wo sind eigentlich meine Sachen?«

»Die hab ich weggeschmissen«, sagte sie kurz, »oder hast du was anderes erwartet?«

»Alle?«

»Restlos.«

Also auch die Maske und die Handschuhe, dachte er, Gott sei Dank. »Schade«, sagte er statt dessen. »Ich hab den Norwegerpulli, den du mir gestrickt hast, richtig vermißt. Aber ich kann dich verstehen. Bis bald.«

Sekunden später klappte die Wohnungstür.

Als es wieder klingelte, zuckte Anna zusammen. Was wollte er denn noch?

»Laß mich in Ruhe!« Sie riß die Tür weit auf.

»Dir auch einen schönen guten Morgen.« Alexas Stimme klang amüsiert. »Welche Laus ist dir denn über die Leber gelaufen?«

Anna sank in sich zusammen. »Marlon war eben hier«, sagte sie schwach.

Alexa wurde heiß. »Was wollte er?« Sie ging in die Küche, Anna folgte ihr, wie willenlos. »Noch Kaffee da? Scheiße. Also was?«

»Das Kind sehen.«

Alexa seufzte. »Diese Schweinerei hast du bestimmt der Obersau Gappmann zu verdanken. Der ist bekannt für seine guten Pressekontakte.«

Sie schnaubte verächtlich, dann wurde ihre Stimme sanfter. »Und wie geht's sonst so?«

»Gemischt«, sagte Anna ehrlich. »Ich weiß einfach nicht, was ich von Marlon halten soll. Ich glaube, er will zurück.«
Alexa zog scharf die Luft ein. »Das darf doch jetzt bitte nicht wahr sein«, fauchte sie, »daß du immer noch 'ne weiche Stelle für diesen Mann hast.«
»Und wenn er nun eine Therapie macht?« fragte Anna kläglich. »Wenn er nun geheilt wird? Johanna ist schließlich auch sein Kind.«
»Und was ist mit Gerd?« fragte Alexa zurück. »Ich denk, du lebst jetzt mit ihm!«
Anna seufzte tief. »Gerd ist mein allerbester Freund.«
»Das wird ihn wahnsinnig freuen«, schnaubte Alexa sarkastisch. »Hausfreund am besten.«
»Wer ist hier der Hausfreund?« Unbemerkt war Gerd in die Wohnung gerollt und schmiß eine Tüte auf den Eßtisch. »Frische Brötchen, auch wenn's schon Mittag ist.«
Er schenkte sich eine Tasse Buttermilch ein, musterte die beiden Frauen, von denen die eine leichenblaß, die andere hochrot im Gesicht war. »Wo ist Marlon? Aus dem Fenster gesprungen, wie ich hoffe?«
Keiner lachte.
»Er war eben hier und hat Johanna besucht.«
Gerd spürte, wie ihm Wut und Enttäuschung über den Kragen krochen. »Besucht? Seit wann hat er denn Besuchsrechte?«
Alexa war dem Protestgejaul aus der Besenkammer gefolgt und hatte Johanna aus dem Bett geholt. Jetzt stand sie mit ihr in der Küchentür. Gerd und Anna saßen sich gegenüber und waren offenbar so erregt, daß sie dringend einschreiten mußte.
»Ihr beiden«, rief sie, »IHR BEIDEN.« Endlich drehten sie die Köpfe. »Ich mach mal 'ne Runde mit der Kleinen, und ihr beide quatscht euch aus. Vor Mitternacht bin ich wieder da.«
Draußen vor der Tür holte sie tief Luft und beugte sich zur

Kinderkarre herunter. »Wir beide gehen jetzt ein dickes Eis essen. Und danach einen Doppelwhopper mit Pommes.«

Vor Wut kamen ihr die Tränen.

In der Küche war das Schweigen so dick, daß es Anna und Gerd die Sprache verschlug.

»Willst du ihn wieder aufnehmen?« konnte er endlich fragen.

Anna schwieg.

»Soll er hier wieder einziehen?« schrie er plötzlich. »Dann sag was! Entscheide dich.«

»Ich weiß einfach nicht, was ich will.« Annas Stimme war so leise, daß er sie kaum verstehen konnte, es war, als habe sie alle Kraft verlassen. »Ich muß mit mir ins reine kommen. Und das kann ich nur allein.«

Gerd war schon zur Tür gerollt. »Ich verstehe«, sagte er kurz. »Es war schön, den Lückenbüßer zu spielen.«

Sekunden später klappte die Wohnungstür.

18

Als er in seine Wohnung kam, klingelte das Telefon. »Hoffmann?« Er merkte selbst, wie klein und kaputt seine Stimme klang, also noch mal lauter: »Hier spricht Hoffmann.«

Die weibliche Stimme am anderen Ende klang so erfreut, als habe man ihr gerade einen achtstelligen Lottogewinn verkündet. »Herr Hoffmann, wie schön, daß ich Sie endlich mal erreiche. Ich versuche es seit Tagen, nie sind Sie zu Hause.«

Stimmt, dachte er, ich war bei Anna, aber das wird sich wohl jetzt wieder ändern. »Ich bin verreist gewesen«, sagte er. »Entschuldigen Sie, ich hab Ihren Namen nicht verstanden. Frau …«

»Frau Schwabe von der Galerie Nefemeyer. Dorothee Schwabe. Sie kennen uns?«

Natürlich kannte er die Galerie Nefemeyer. Vor drei Jahren erst

eröffnet, hatte sie sich auf die Entdeckung von jungen, unbekannten Künstlern spezialisiert, deren Preise noch niedrig waren und deshalb marktbewußte Kunstkenner anlockten. Gerade lief eine vielbeachtete Ausstellung des finnischen Lithographen Pettar Smitanisi, die danach im Museum of Modern Art in New York gezeigt würde.
»Ich kenne Sie«, sagte er nur und spürte, wie sein Herz schneller schlug. »Was kann ich für Sie tun?«
Frau Schwabe lachte, tief und sexy: »Ich hoffe, daß Sie sehr viel für uns tun, Herr Hoffmann. Wir planen eine Ausstellung mit Ihnen. In drei Monaten. Hätten Sie Lust?«
Lieber Gott, ich danke dir, daß du mir diesen Anruf ausgerechnet in diesem Moment geschickt hast! Perfektes Timing, Alter.
»Ich hätte große Lust«, sagte er nur.
»Dann komm ich am besten in den nächsten Tagen mal vorbei und schau mir Ihre Bilder an«, meinte sie. »Ich kenne bisher ja nur das, was bei meinen Freunden hängt. Aber das ist schon beeindruckend genug. Ich melde mich.«
Gerd legte den Hörer auf und rollte ins Badezimmer. Er stemmte sich am Waschbecken hoch, öffnete den Allibertschrank und nahm die Röhrchen mit den Schlaftabletten heraus. Dann hob er den Klodeckel hoch, warf die Tabletten hinein und zog an der Spülung. »Bye, bye«, sagte er.
Das Telefon klingelte.
»Hoffmann.«
»Gerdie, ich bin's. Sei doch nicht so – ich weiß ja auch nicht, was mit mir los ist. Ich brauche dich doch, die Kinder sowieso. Komm wieder hoch. Wer erzählt denn morgen früh die Aufwachgeschichte? Ich hab doch keine Ahnung, ob der feuerspeiende Riese die Prinzessin heiratet oder nicht.«
»Tut mir leid, ich muß arbeiten. Der Riese heiratet nicht die Prinzessin, sondern ihre böse Stiefmutter. Er steht nicht auf Blondinen. Schlaf schön.«

Er legte auf.
Das tat irgendwie gut, dachte er befriedigt und setzte sich vor seine Staffelei. Du wirst schon merken, was du an mir nicht mehr hast.

19

»Hast du Lust auf eine kleine Autofahrt, Johanna Blumenberg?« fragte Alexa, während sie das Baby auf den Kindersitz hob, den sie sich bereits zur Geburt von Lucy angeschafft hatte. »Hier ist die Flasche.«
Sie wußte, daß Johanna nur ein Vorwand war, aber den brauchte sie, um vor sich selbst eine Rechtfertigung zu schaffen für das, was sie jetzt tun würde. Tun *mußte*. Wenn sie ihn nicht wiedersah, würde sie verrückt werden. Charlotte Pipp hatte bereits angedeutet, daß ihre häufigen Telefonate und Anfragen sich allmählich zum Telefonterror auswüchsen.
»Alex ist wieder bei seiner Mutter, Frau Martini«, hatte sie erst gestern gesagt, »und ein anderes Kind ist auch nicht da. Ihre Hartnäckigkeit ist wirklich bemerkenswert. Haben Sie schon einmal überlegt, ob Ihnen vielleicht ein guter Psychologe gegen diese Fixierung auf ein Kind helfen könnte? Ich wüßte da jemanden.«
Aber sie wollte keinen Psychologen, sie wollte auch kein anderes Kind. Sie wollte nur Alex.
Nach seiner Aussage vor Gericht hatte sie ihn nach Hause zu seiner Mutter gefahren. Verstört saß er auf ihrem Kindersitz, sagte kein einziges Wort mehr. Doch als sie vor seinem Haus hielt und ihn aus dem Sitz auf die Straße hob, klammerte er sich an sie wie eine Schraubzwinge. »Kommt jetzt der böse Mann und haut meine Mama wieder?« Seine kleine, ängstliche Stimme drang ihr bis ins Mark. Was hatte sie nur getan?
»Der böse Mann kommt nie mehr wieder«, sagte sie bestimmt. »Den hab ich weggezaubert.«

Seine Augen funkelten. »Du kannst doch gar nicht zaubern«, meinte er, »du bist doch keine Hexe.«
Wenn du wüßtest, dachte sie. »Du glaubst mir nicht?« tat sie empört. »Ich zaubere dir jetzt sofort eine Süßigkeit aus meiner Hosentasche. Was willst du? Salzbrezeln oder Smarties?«
»Beides«, schrie er. »Ich will beides.«
Sie griff in ihre Hosentasche und holte die Leckereien heraus. »Da hast du aber Glück gehabt«, lächelte sie, »zufällig hat die Zauberin genau, was du willst.«
Dann ging er. In der Tür drehte er sich noch mal um: »Besuchst du mich mal?«
Sie nickte. »Indianerehrenwort.«
Doch bereits am nächsten Tag war Charlotte Pipp am Telefon gewesen. Böse wie nie. »Frau Martini«, sagte sie, obwohl sie eigentlich schon bei Vornamen und »Sie« waren, »ich möchte Sie dringend bitten, den Jungen jetzt in Ruhe zu lassen. Er braucht einfach Zeit, um sich wieder an seine Mutter und die alte Umgebung zu gewöhnen. Sie stören diesen Prozeß, Frau Martini, Sie stören ihn ganz gewaltig.« Aufgelegt.
Alexa hatte versucht, die Sehnsucht nach Alex zu unterdrücken, wie eine schlechte Angewohnheit. Wie Rauchen zum Beispiel, wie zuviel Süßigkeiten. Beides hatte sie auch nicht geschafft. Und Alex war einfach eine stärkere Droge als Nikotin und Schokolade. Diese unerklärliche, fast anmaßende Sicherheit, daß sie zu ihm gehörte. Die Entzugserscheinungen, wenn er nicht da war, obwohl sie ihn ja noch nie richtig gehabt hatte. Sie redete wenig darüber, weil sie genau wußte, daß alle sie für verrückt erklären würden. Dabei war sie so klarsichtig wie nie. Klarherzig.
Sie drehte sich um, als Johanna zu weinen anfing. Was konnte es sein? Volle Windel? Bitte nicht, dachte Alexa, parkte auf dem Radfahrweg, roch am Babypo. Nichts. Johanna schrie weiter. Hunger? Was aßen so kleine Kinder? »Willst du ein

bißchen Marsriegel?« fragte sie hoffnungsvoll, während sie den Riegel aus dem Papier wickelte. »Hier, halt fest, lutsch oder kau, mach, was du willst, in drei Minuten sind wir da.«
Als sie vor dem Haus von Angela Pfeiffer hielt, einen Autoreifen in der Hundescheiße, den anderen auf einer schmutzigen Drogenkanüle, dazwischen benutzte Kondome, dachte sie: Hier muß er nun leben, mitten im Abfall.
Mit einer bis zu den Augenbrauen verschmierten, aber zufriedenen Johanna auf dem Arm, die inzwischen gut riechbar verdaut hatte, keuchte sie die Treppen hoch. Da sie, wie alle erfahrenen Polizisten, eine Atemtechnik beherrschte, die üble Gerüche herausfiltern konnte, kam sie unbehelligt bis zu Angela Pfeiffers Wohnungstür, erst da atmete sie tief durch.
Keiner meldete sich, sie klingelte noch mal. Dann klopfte sie, versuchte, durch den Türspion zu spähen.
»Ej Alte, kann ich dir helfen?« Ein Mann, offensichtlich gerade aufgestanden, Bierflasche in der Hand, kam die Treppe herunter auf sie zu. »Wenn du zu Angela willst, die schläft noch. Schönheitsschlaf, hä hä. Aber der Meister ist wach ...« Er klopfte sich an die Brust. »Der hilft dir gern.«
»Arbeitet Angela Pfeiffer für Sie?« Alexa bemühte sich um erlesene Höflichkeit.
»Kann man so sagen, ja«, sagte der Mann und kratzte sich am Bauch. »Was willst du'n von ihr?«
Ob das der Vater von Alex ist, dachte Alexa plötzlich voller Grauen, dieser arbeitsscheue Vollprolet und Schwachsinnslude? So wird Alex auch enden, wenn er hier bleiben muß, oder im Knast.
»Ich bin 'ne Freundin von der Angela«, log sie. »Ich will sie nur mal besuchen. Von Mutter zu Mutter sozusagen.« Erklärend hielt sie Johanna hoch, die inzwischen aussah wie ein lebender Negerkuß.

»Angela ist keine Mutter mehr«, sagte er. »Der Balg ist wieder versorgt.«
»Sie meinen Alex«, rief sie aufgeregt. »Er lebt also nicht mehr hier? Wo ist er denn, im Heim?«
Der Mann ging die Treppe wieder hoch. Das Katerfrühstück wartete.
»Kein Schimmer, wo der Scheißer steckt.« Er drehte sich um, grinste. »Hauptsache, er ist wieder weg, und die Angela kommt zum Arbeiten.«
Auf dem Weg zum Kinderheim bekam Johanna ihren zweiten Marsriegel, der sie auch sofort zufriedenstellte.
»Sorry, Schatz«, sagte Alexa mit Blick in den Rückspiegel, »aber wir müssen jetzt sofort zu Alex. Anschließend bist du dran. Dann fahren wir zu McDonald's, und du kriegst eine Junior-Tüte.«
An der nächsten Ampel holte sie ihr Handy raus, tippte eine Nummer. »Frau Pipp? Ja, genau, ich bin's. Sie haben meinen Anruf erwartet? Seit wann ist Alex im Heim? Wo ich bin? Was glauben Sie wohl? Ich bin auf dem Weg dahin. Danke.«

20

Anna ging durch die Wohnung, die ihr noch nie so still und leer vorgekommen war. Die Kinder waren bei Freunden, und Gerd ließ sich seit jenem Abend nicht mehr blicken. Funkstille. Wenn sie sich auf der Treppe oder im Hausflur begegneten, grüßte er freundlich, erkundigte sich nach den Kindern, weg war er. Das Loch, das er hinterließ, war größer, als sie gedacht hatte. Sie wollte ihn ja zurück, sie vermißte ihn, jede Stunde, jede Minute, jede Sekunde, wenn sie ehrlich war. Und Marlon? Sie telefonierten gelegentlich, einmal waren sie zusammen spazierengegangen, er mit Perücke und Sonnenbrille, damit ihn niemand erkannte. Und sie hatte gedacht: Soll das mein Leben sein? Immer auf der Flucht vor den Fotografen?

Sollte sie ihm nicht noch eine Chance geben, eine einzige?

Auf dem Weg zum Telefon ging sie an Lucys Zimmer vorbei, in dem, wie immer, die Schicht aus Spielzeug, Kleidungsstücken und Süßigkeiten einen nahezu undurchdringlichen Dschungel bildete. Hier muß dringend aufgeräumt werden, dachte Anna und nahm sich vor, es gleich nach dem Telefonat mit Marlon zu tun. Solange Lucy noch weg war und nicht bei jedem abgebrochenen Plastikbarbiefingernagel, den Anna wegschmeißen wollte, ein Riesengezeter anstellte.

Sie wählte mit klopfendem Herzen und feuchten Handflächen. Was tat sie da? »Ich bin's, Anna.«

»O Gott, Anna«, seufzte er. »Endlich rufst du an. Wie geht's dir?«

»So weit, so schlecht. Und dir?«

»Mir geht's grauenhaft. Ich weiß einfach nicht mehr, wohin mit mir. Ich vermisse euch so.«

»Das klingt sehr nach Selbstmitleid, Marlon.«

»Du hast recht, Frau Lehrerin, aber ich bin leider nicht so stark wie du. Ich bin ziemlich schwach. Und sehr einsam.«

»Machst du eigentlich eine Therapie?«

»Ich hab gerade angefangen.« Die Lüge kam ihm ganz leicht über die Lippen, wie spielerisch. Ich therapiere mich selber, dachte er, auf meine Art.

Sie holte tief Luft.

»Glaubst du denn, du schaffst es?«

»Wenn du mir hilfst«, sagte er, »und wenn ich die Kinder mal sehen kann.«

Da faßte sie einen schweren Entschluß.

»Ich helf dir«, sagte sie, »wenn du dir helfen läßt.«

Er schwieg. Widersprüchliche Gefühle. Vorwiegend Freude.

»Darf ich heute abend vorbeikommen«, bat er, »ganz kurz?«

Sie überlegte. Die Kinder schliefen bei Freunden, sie war allein.
»Okay«, sagte sie, »komm gegen acht vorbei.«
Sie legte den Hörer auf und ging nachdenklich in Lucys Zimmer. Mechanisch entwirrte sie das Gewühl auf Boden, Bett und Schreibtisch. Leander hatte offensichtlich einen unerlaubten Besuch gemacht, alle Barbiebeine und -arme waren ausgerupft und auf den Barbieswimmingpool, das Barbiehaus und das Barbieboot verteilt. Anna seufzte und stöpselte die Gliedmaßen wieder ein. Geschafft. Nur Kens rechtes Bein fehlte. Sie versuchte, alle Gedanken aus ihrem Gehirn zu verbannen, nicht an heute abend zu denken. Sie hatte soviel gedacht, gehofft, gefühlt in den letzten Monaten, daß sie sich eigentlich nur noch nach Stille sehnte und nach Ereignislosigkeit. Keine Aufregung mehr.
Mechanisch griff sie zu Lucys großer Verkleidekiste, ein Dauerhit unter Lucys Freundinnen, denn sie war voll von ausrangierten Petticoats und Hüten, von Faschingskostümen und billigem Modeschmuck. Eine Fundgrube für kleine Mädchen. Sie schüttete den Inhalt aus, um restlos zerfledderte Teile ohne Lucys schrilles Protestgeschrei auszusortieren. Der alarmrosa Seidenschal voller Mottenlöcher? Weg damit. Die giftgrünen Plastikstiefel Größe 25, die sie seinerzeit auf dem Flohmarkt von Rimini ersteigert hatte? Weg damit. Ihre Hand griff in etwas Weiches. Was war das? Sie wühlte es heraus, hielt es hoch. Dann blieb ihr das Herz stehen.
Es war eine schwarze Skimaske.

21

Dorothee Schwabe musterte den Mann äußerst wohlgefällig, der ihr im Rollstuhl gegenübersaß und mit geschickten Händen den Grand Cru entkorkte. Sie mochte Männer, die mit ihren Händen etwas anfangen konnten, egal wo und was. Und diesen Mann mochte sie ganz besonders.

»Gern«, sagte sie sanft, als er fragend die entkorkte Flasche hob. »Ich muß ja nicht mehr fahren, oder?«

Gerd lächelte, damit sie nicht merkte, welchen Zwiespalt diese Frage in ihm auslöste. Er fand sie sehr sexy, intelligent, witzig, und daß sie für die Ausstellung verantwortlich war, die ihn in ein paar Wochen hoffentlich zum berühmten, hochbezahlten Porträtmaler machen würde, war ihrer allgemeinen Anziehungskraft natürlich auch nicht gerade abträglich. Und trotzdem: Immer wieder mußte er an Anna denken. Wenn er die Augen schloß und Dorothee küssen wollte, schob sich Annas trauriges Gesicht dazwischen. Wenn er wie jetzt die deutliche Aufforderung in Dorothees Augen sah und wußte, daß ihn vermutlich eine heiße Nacht erwartete, fiel ihm die letzte Nacht mit Anna ein – und es ging nicht.

Es muß aber gehen, dachte Gerd und stieß sein Glas an Dorothees. »Prost«, lächelte er, »auf ...« Er suchte nach Worten.

»Auf uns«, half sie nach, »auf schöne gemeinsame Projekte.«

Die Gläser klangen aneinander, ein satter Ton. »Komm doch mal rüber«, sagte Dorothee und stellte ihr Glas ab. »Ich will dir was zeigen.«

Er rollte um den Tisch, sie zog ihren Stuhl dicht an ihn heran.

»Ich bin sehr in dich verliebt«, flüsterte sie und schwupps, saß sie auf seinem Schoß. »Und nicht nur, weil du ein toller Maler bist und uns viel Geld einbringen wirst.« Sie beugte den Kopf vor und küßte ihn. Ihre Lippen waren sehr weich und sehr einladend, ein weiches Daunenkissen zum Hineinsinken. Er versank.

Es klingelte.
»Mach nicht auf«, flüsterte Dorothee und hielt seinen Kopf fest. »Küß mich lieber.« Er küßte sie, aber als das Klingeln hartnäckig wurde, löste er sich seufzend. »Wer immer es ist, ich wimmel ihn ab«, versprach er und öffnete die Wohnungstür.
»Anna?« Seine Stimme klang nicht einladend. »Was willst du? Ich hab Besuch.«
Sie stand auf seiner Fußmatte, in den Händen etwas Schwarzes aus Wolle, offenbar eine Mütze. »Willst du noch raus?« fragte er und deutete auf die Mütze. »Dann bitte ohne mich.«
Anna sah ihn genauer an. Seine etwas aufgelöste Frisur, sein gerötetes Gesicht. Damenbesuch. Sie störte. Sie hatte keinen Platz mehr in seinem Leben. Und in einer Stunde kam Marlon.
»Liebling?« Hinter Gerd war eine hochgewachsene Blondine aufgetaucht, ebenfalls im Zustand leicht beschwipster Auflösung. Sie schwenkte eine Champagnerflasche. »Kommst du?«
Gerds Gesichtsröte vertiefte sich. »Hat es bis morgen Zeit?« fragte er Anna, leicht schuldbewußt. Sie sah wirklich ziemlich mitgenommen aus.
Anna nickte. »Klar, entschuldige, war nicht so wichtig. Viel Spaß.«
Sie floh die Treppe hoch, knallte ihre Haustür zu.
»Deine Nachbarin?« fragte Dorothee maliziös. »Oder mehr?«

22

Dr. Klaus Kleinschmidt machte keinen Hehl daraus, daß ihm dieser späte Patient überhaupt nicht in den Zeitplan paßte. »Herr – «, er schaute auf die Patientenkarte, » – Stephan, Marlon Stephan.« Sein Blick wurde starr, kalt. »Sie sind – Sie haben Probleme mit den Augen?«
Marlon schluckte. Er hatte auf diesem Termin nach Praxisschluß bestanden, weil er ein volles Wartezimmer nicht ausgehalten hätte. Er wurde nicht oft erkannt, aber wenn, dann

war die Reaktion der Leute heftig und feindselig. Eine Frau hatte ihm gestern voll ins Gesicht gespuckt, eine andere ihm zwischen die Beine getreten. Ich muß die Stadt verlassen, dachte er immer öfter, ich muß ganz neu anfangen. Mit Anna und den Kindern.

»Es tut mir leid«, entschuldigte er sich, als er den finsteren Blick des Arztes richtig deutete. Er hatte ihn also erkannt. »Vielen Dank, daß Sie sich die Zeit genommen haben. Ich kann schon seit geraumer Zeit immer schlechter sehen. Wahrscheinlich brauch ich eine Brille.« Er lächelte zaghaft in dem Wissen, daß sein Lächeln nicht erwidert werden würde.

»Dann wollen wir mal sehen.« Der Arzt klang kurz angebunden, er wollte nach Hause, diesen Patienten so schnell wie möglich loswerden. »Bitte halten Sie ein Auge zu und lesen die Zeichen, auf die ich zeige.« Er schob ihm das Leseprüfgerät vor die Augen, eine Art bewegliches Fernrohr. »Was ist das?«

Marlon kniff die Augen zusammen. »Ein H.«

»Stimmt, und das?«

»Ich glaube, ein E.«

»Richtig.«

Dr. Kleinschmidt schob das Gerät zur Seite und holte eine Art langer, dünner Taschenlampe. »Bitte mal weit aufmachen«, sagte er und schob Marlons Lider hoch. »Haben Sie manchmal eine Art tunnelförmiger Wahrnehmung? Als ob Sie durch eine Röhre gucken?« Er legte die Lampe weg und musterte seinen Patienten. Fast tat er ihm leid.

»Sie haben den Nagel auf den Kopf getroffen«, sagte Marlon erleichtert. Er wurde also nicht verrückt, er hatte ein ganz konkretes Augenproblem. »Ich habe genau die Symptome, die Sie beschrieben haben. Was kann man dagegen tun?«

Dr. Kleinschmidt seufzte. »Ich fürchte, gar nichts, Herr Stephan.«

»Gar nichts? Was soll das heißen?« Eisige Angst kroch in Marlon hoch. »Hab ich einen Tumor?«
Dr. Kleinschmidt stand auf und wanderte auf und ab. Er hatte Schwierigkeiten damit, schlechte Nachrichten im Sitzen zu verkünden. »Nein, ein Tumor ist es nicht«, sagte er schließlich. »Sie leiden an einer sehr seltenen Augenkrankheit namens Retinitis pigmentosa, die meist, aber nicht immer rezessiv vererbt wird. Ihre Netzhaut ist braun-schwarz pigmentiert, das heißt leider, daß in Ihrem Fall die Zerstörung des Sehnervs schon ziemlich weit vorangeschritten ist.«
Marlons Herz klopfte so stark, daß ihm fast die Luft wegblieb. Angst, Panik, Ohnmacht. Und Wut. »Und was ist mit einer Netz- oder Hornhauttransplantation?« fragte er heiser. »Irgend etwas muß man doch tun.«
»Leider nein«, sagte Dr. Kleinschmidt, »weil ja nicht die Horn- oder Netzhaut, sondern der Sehnerv geschädigt ist. Wenn Sie Diabetes hätten oder ein Glaukom, das wäre heutzutage kein Problem. Aber bei einer Retinitis pigmentosa ist leider nichts zu machen. Es tut mir außerordentlich leid, Herr Stephan. Ich wünsche Ihnen alles Gute. – Trotz allem ...« fügte er hinzu.
»Werde ich erblinden?« fragte Marlon, hob schützend seine Hand vor die Augen.
»Es tut mir leid«, wiederholte der Arzt und ging zur Tür.
Marlon stand auf, wie betäubt. »Wie lange habe ich noch?«
»Nicht mehr lange.« Dr. Kleinschmidt reichte ihm die Hand. »Auf Wiedersehen.«

23

Als sie die Tür öffnete, dachte er: Sie weiß es schon. So ernst sah sie aus, so tief traurig, so beherrscht.
»Komm rein«, sagte sie und ging voran in die Küche. »Kann ich dir etwas anbieten? Kaffee, Wein, Wasser?«
»Einen doppelten Cognac, bitte.« Er setzte sich und sah sie an.

Bald werde ich sie nicht mehr sehen können, dachte er, und abgrundtiefe Panik kroch in ihm hoch. Ob sie bei mir bleibt, wenn ich blind bin? Ob sie mir über die Straße hilft? Ob sie mir vorliest? Und er wußte mit unerschütterlicher Gewißheit, daß ihn Anna nie verlassen würde. Sie war keine Frau, die einen Mann im Stich ließ. Und da sie es bisher nicht getan hatte, jetzt, wo er so in Not war, würde sie es erst recht nicht tun. Eine Spur von Erleichterung kroch in sein Herz. Er mußte es ihr schonend beibringen.

»Anna?« Er räusperte sich. Es war schwerer, als er dachte. »Anna?«

Sie hielt ihm ein Glas Cognac hin, er griff einmal daneben, dann packte er es. »Bist du betrunken?« fragte sie ruhig. »Du zitterst.« Neben ihr auf der Küchenbank lag eine Plastiktüte.

»Es geht mir sehr schlecht, Anna«, sagte er. »Du mußt mir jetzt helfen.«

Sie sah ihn nur an. Was lag in ihrem Blick? Liebe, Angst vor der Zukunft? Er konnte es nicht mehr erkennen.

»Mir geht es auch sehr schlecht, Marlon«, erwiderte sie und legte die Plastiktüte auf den Tisch.

»Meinetwegen?« Ob der Arzt sie angerufen hatte?

Sie griff in die Tüte.

»Deinetwegen«, bestätigte sie. »Ich hab heute deine Skimaske gefunden. In Lucys Kleiderkiste. Du weißt ja, wie gern sie Sachen versteckt. Die Maske, die du getragen hast, als du die Frauen vergewaltigt hast. Sicher hast du sie schon vermißt.« Sie holte die Maske aus der Tüte, legte sie vor ihn auf den Tisch. »Ich gebe dir genau eine Minute.« Ihre Stimme klang völlig unbeteiligt. »Und dann bist du für immer aus meinem Leben verschwunden. Vergiß die Maske nicht.«

Sie drehte sich um und verließ die Küche.

Er wußte, daß sie ihn, wenn sie alles wüßte, vermutlich nie verlassen würde. Sie war so ein Mensch. Ihr Herz war beliebig

dehnbar. Also mußte er schweigen und sie loslassen. Wenigstens das war er ihr schuldig.
Er stand auf, ging über den leeren Flur zur Tür. Auf der Kommode lag seine Maske. Er nahm sie und verließ die Wohnung.

24 Es war brechend voll in der Galerie Nefemeyer. Voll-, Halb- und Viertelprominenz aus Kunst und Wirtschaft drängelte sich vor den leckeren Amuses Gueules, nippte am Prosecco und war begeistert von den wilden, modernen, sehr gewagten Porträts des Künstlers Gerd Hoffmann. An fünfzehn der vierzig ausgestellten Bilder klebte bereits ein roter Punkt – verkauft. Der Künstler, im Smoking, war umringt von Kunstfans. Neben ihm stand Dorothee und hatte die Hand besitzergreifend auf seine Schulter plaziert.
»Na, wie gefällt dir der Rausch des Ruhmes?« flüsterte sie ihm ins Ohr. »Schon besoffen?« Er hob den Kopf, küßte sie schnell und zart auf die Wange. »Ich danke dir«, sagte er aufrichtig, »du bist wunderbar.«
Dorothee ließ ihren Blick über den hell erleuchteten Raum wandern. Ihr entging nichts. Der Industrielle nicht, dessen kunstinteressierte Frau ihm gerade ein größeres Bild abschwatzen wollte, wahrscheinlich gab er nach, um seine Ruhe zu haben. Die Vernissage-Groupies nicht, die auf jede Eröffnung gingen und meistens bei den kalten Platten stehenblieben und über Kleidung und Benehmen der zahlenden Gäste tratschten. Was war da für ein Gedrängel an der Eingangstür? Ihre Augen verengten sich. Hoffentlich keine Partycrasher. »Augenblick, Liebling«, sagte sie zu Gerd, straffte den Rücken, zauberte den stählernen Gesichtsausdruck in ihre Züge, der sich bei erwünschten Gästen sofort auflöste, bei unerwünschten noch stählerner wurde.

In der Tür hatte sich jetzt das laute Knäuel in diverse Einzelpersonen aufgelöst. O Gott, Kinder, dachte Dorothee verschreckt. »Dies ist eine Ausstellung«, sagte sie förmlich zu der einzigen Erwachsenen, die mit vier kleinen Kindern am Körper wie ein bepacktes Eskimoweib aussah. »Wo möchten Sie bitte hin? Vielleicht kann ich Ihnen weiterhelfen?«
Doch die Kinder hatten sich bereits losgerissen. »Gerd, Gerd«, rief das Mädchen und lief auf den Künstler zu, vor dem sich eine kleine, erstaunte Gasse in der Menschenmenge bildete. »Sind das alles deine Bilder?« Gerd rollte auf das Mädchen zu, hob sie auf den Rollstuhl, drückte sie. »Alles meins«, sagte er und beugte sich zu Leander hinunter, der mit hochgereckten Armen vor ihm stand. »Komm her, mein Kleiner.«
Alexa spürte die leicht befremdeten Blicke, die ihr folgten, als sie langsam durch den Raum zu Gerd ging. Was möglicherweise daran lag, daß sie und Alex wie Zwillinge gekleidet waren. Beide in schwarzen Anzügen, beide in weißen Hemden, beide mit roten Schlipsen. »Jetzt atmen wir ein bißchen Kultur, mein Kleiner«, raunte sie ihm zu. »Und dann geht's ab zu McDonald's.«
Als sie vor Gerd stand, war sie außer Atem. »Ganz schöner Auftrieb«, stellte sie bewundernd fest. »Alles deinetwegen?«
»Alles seinetwegen«, bestätigte Dorothee Schwabe, die herbeigeeilt war, um mögliche Territoriumsansprüche von anderer Seite abzuschmettern. »Wir sind ein riesiger Erfolg.«
»Wir?« fragte Alexa mit hochgezogenen Brauen. »Hab ich da eine Entwicklung verpaßt?«
»Vielleicht«, hauchte Dorothee. Die Frauen musterten sich feindselig. »Ich muß mich um die Gäste kümmern.« Die Galeristin entschwand im Gewimmel.
»Wo ist Anna?« fragte Gerd.
»Sie parkt noch das Auto«, sagte Alexa. »Reizend übrigens von

dir, daß sie deine Ausstellungseröffnung aus der Zeitung erfahren durfte. Seid ihr nicht Nachbarn?«

»Nachbarn sind wir noch«, bestätigte Gerd nachdrücklich. »Für alles andere bin ich nicht mehr zuständig.«

»Und warum nicht, du Esel?« Alexa ging mit Johanna auf der Hüfte neben dem Rollstuhl in die Knie; dieses Gespräch war nicht für die Öffentlichkeit. »Marlon existiert nicht mehr, er ist weg, futschicato.«

»Und wo steckt er?« Sein Herz fing an zu hämmern. »Wieder im Knast?«

»Keine Ahnung, er ist abgetaucht. Anna hat ihn rausgeschmissen.«

»Endgültig?«

»Für immer und ewig. Warum gehst du nicht mal vor die Tür? Könnte ja sein, daß sie sich nicht reintraut. Du kennst doch unsere Kleine.«

Er gab Schwung, stemmte die Tür auf und rollte auf die Straße. Es hatte angefangen zu regnen, in Sekundenschnelle war er völlig durchnäßt. »Anna?« rief er, rollte unruhig hin und her. »Anna?«

»Ich bin hier.« Ihre Stimme kam vom Bordstein.

»Bist du verrückt?« Er riß sie hoch. »Du bist ja klitschnaß. Warum kommst du nicht rein?«

»Ich find's schön hier draußen«, sagte sie trotzig. »Du hast ja genug Damen da drin. Ich hab eben mal reingeguckt.« Sie wandte den Blick zur Seite, wischte sich mit dem Ärmel übers nasse Gesicht.

»Mensch, bist du etwa eifersüchtig?« fragte er. »Auf einmal?«

Sie sah ihn an. Die Augen in ihrem mondhellen Gesicht waren riesengroß. »Nicht auf einmal«, sagte sie, »eigentlich schon lange. Ich hab's nur nicht gemerkt.«

»Komm her.« Seine Stimme klang heiser. »Komm her und küß mich wieder.«

Endlich, dachte sie und küßte ihn.
Endlich bin ich wieder zu Hause.
»Wenn du mich jemals verläßt, bring ich dich um«, flüsterte sie.
»Wie sollte ich denn?« fragte er belustigt. »Mit dem Rollstuhl komm ich ja nicht weit.«
»Du bist geschmacklos«, kicherte sie.
»Ich weiß«, sagte er.